U0067280

論文
就是要這樣寫

（第五版）

張芳全　著

作者簡介

張芳全

現　　職：國立臺北教育大學教育經營與管理學系教授（2011.02～）

學　　歷：國立政治大學教育學系博士

經　　歷：1996.06～2002.01 行政院經建會從事教育政策規劃、分析與評估

　　　　　　2002.02～2006.07 國立臺北師範學院國民教育學系助理教授

　　　　　　2005.08～2006.12 中國測驗學會秘書長

　　　　　　2006.08～2011.01 國立臺北教育大學教育經營與管理學系副教授

考　　試：1993 年及 1994 年教育行政高考及格

學術獎勵：2003～2007、2009～2012、2014、2016 及 2018 年均獲得行政院科技部專案研究獎助

　　　　　　2012～2014 年獲得行政院科技部大專校院獎勵特殊優秀人才

　　　　　　2021 年及 2022 年獲得教育部補助大專校院實施特殊優秀人才彈性薪資獎勵

著　　作：教育問題與教育改革：理論與實際（1996，商鼎，四版）

　　　　　　教育政策（2000，師大書苑）

　　　　　　教育政策立法（2000，五南）

　　　　　　教育政策導論（2000，五南）

　　　　　　教育政策分析（2004，心理）

　　　　　　國家發展指標研究（2004，五南）

　　　　　　教育議題的思考（2005，心理）

　　　　　　教育政策指標研究（2006，五南）

　　　　　　教育在國家發展的貢獻（2006，五南）

　　　　　　教育政策規劃（2006，心理）

　　　　　　教育知識管理（2007，心理）

　　　　　　新移民子女的教育（2007，心理）（主編）

　　　　新移民的家庭、親職教育與教學（2009，心理）（主編）

　　　　教育與知識經濟（2009，麗文）

　　　　新移民新教育（2009，麗文）

　　　　多層次模型在學習成就之研究（2010，心理）

　　　　邁向科學化的國際比較教育（2012，心理）

　　　　問卷就是要這樣編（2014，心理，二版）

　　　　高等教育：理論與實證（2017，高等教育）

　　　　新移民子女教育的實證（2017，五南）

　　　　校務研究：觀念與實務（2018，五南）

　　　　論文就是要這樣寫（2021，心理，五版）

　　　　統計就是要這樣跑（2022，心理，五版）

　　　　並於 TSSCI 發表十多篇論文，學術論文發表超過百篇

學位論文指導：2002～2022 年指導 160 篇碩士論文以及 3 篇博士論文

專　　長：教育政策分析、教育經濟學、多變量統計、SEM、HLM、論文
　　　　寫作、校務研究、教育行政

e-mail：fcchang@tea.ntue.edu.tw

五版序

2017 年 4 月才改版，一晃眼四年又過去了。這四年來，有不少讀者來信與筆者論文寫作交流，筆者也從不斷投稿期刊論文，學習論文寫作的經驗與技巧。很恰巧的是，美國心理學會的 APA 論文寫作格式於 2020 年更新為第七版，國內很多學術刊物與大學的學位論文撰寫，陸續改以新版體例做為論文門檻之要求。為符應變遷、與時俱進，本書進行改版。

本次改版主要有三方面：第一是將論文寫作的內文引述及參考文獻格式，全部調整為 APA 第七版之體例；第二是近年有許多法規陸續修訂，本書先前引用的說明已不符合現況，需要以最新的法規來說明會更貼近；第三是部分內容增修，包括修改中介變項檢定、後設分析概念，增加閱讀英文期刊文章的內容，以及各章節文字潤飾，讓文章說明更加明確流暢。

本書不斷的精進與改版，讓體例正確、善巧舉例、詮釋完整，旨在讓初學論文寫作者、已有寫作經驗者、有發表學術文章者，在閱讀與使用本書的觀念及寫作技巧時，都能感受到「論文寫作次第，易於受持」，就如同《菩提道次廣論》是「調心次第為最勝故，易於受持」的感受一樣，以解決寫作的困擾，突破寫作障礙，最後達到做研究的樂趣。

本次改版衷心感謝心理出版社全體同仁的用心協助，林敬堯總編輯的用心校對與鼓勵，讓本書更加平易近人，提供讀者給更多豐富的寫作經驗。更要感謝雙親讓我能接受良好的教育，而家人的心靈支持，也讓我在大學任教忙碌之餘，還有時間做研究。最後，要感謝所有的讀者，不管您們是學生、教師、還是研究機構人員或是社會大眾，有您們的支持肯定，是本書不斷精進之動力。本書若有任何疏漏，懇請斧正，感激不盡。

張芳全 謹識於臺北內湖
2021 年 7 月 7 日

四 版 序

　　時光飛逝，2013 年 2 月才修訂過本書，四年的時間就這樣不知不覺地過去了。在這段時間裡，筆者經常收到讀者、研究生、研究人員或大學老師的電子郵件，跟筆者討論與分享論文寫作的經驗，尤其是針對本書提出的一些想法及經驗之相互交流，很讓筆者感動。於是，筆者就將這些想法及意見蒐集起來，做為本次改版的參考之一。

　　本書期待提供給讀者最正確的觀念、最有效率的完成論文寫作而投稿或是取得學位。為了與坊間「論文寫作」的書籍做區隔，筆者在這些年來都想以比較輕鬆而不嚴肅、簡單而不繁瑣、容易閱讀又不會難以入門的角度來修訂本書，讓讀者能更親近論文寫作，而不會對論文寫作產生恐懼與害怕。

　　本次改版主要有二個重要的方向：一是在每一章的章末都增加了「問題思考」專欄，讓讀者在讀完該章或在寫作過程中，若有面臨相近的問題時，能提供解決的參考方向。這些問題都相當的實用，足以讓讀者省思再三。二是對於各章的內容重新編排，增添了一些內容、潤飾各章節段落，在許多段落中又增加了例子說明，讓讀者能夠更清楚地掌握寫作的重點與方向，可以在很短時間內快速地完成論文。

　　特別要加以說明的是，在每一章所增加的「問題思考」，不僅在思考議題上有其活潑性與實務性，更重要的是還兼具了啟發性及知識性。讀者在閱讀完該章的內容之後，再閱讀「問題思考」，就更能增強寫作的動機及避免不必要的寫作錯誤。

　　本次的改版很感謝心理出版社全體同仁的鼎力協助，林敬堯總編輯的一再鼓勵及叮嚀，使得本書的可讀性更高，能夠傳達給讀者更完整又豐富的論文寫作經驗與技巧。筆者還要感謝爸媽及家人，讓筆者能接受良好的教育，可以在大學任教的繁忙之餘，還有餘裕寫作。最後，更要謝謝所有讀者，有您們的支持及提供的建議是本書不斷精進的動力。本書如有疏漏之處，敬請不吝指正，感恩不盡！

張芳全　謹識於臺北內湖

2017 年 2 月 15 日

三版序

　　時間過得很快，2010 年 4 月才修訂本書，二年半又過去了。這段時間，有很多研究生、大學教授常寫信給筆者，討論論文寫作的問題，讓筆者感受到本書提供給學習者論文寫作上，無論是觀點、問題找尋、研究架構的建立、研究結果的呈現，以及結論與建議等，都要以最好的內容與大家分享，並讓讀者獲益為最重要，因此再次修訂本書。

　　本次改版主要是刪除一些內容，並潤飾各章節內容，使論文寫作的重點讓讀者更易掌握，更重要的是加入了不少新資料，例如：論文寫作經驗分享、如何使用大型資料庫、中介變項的分析、資料處理與統計分析、中英文摘要的寫法等，尤其是將目次頁重新調整，讓讀者能一目了然地瞭解各章的重點大要，對於學習者的指引有很大的助益。

　　本次改版感謝心理出版社全體同仁的協助。林敬堯總編輯的一再鼓勵，使得本書得以蒸蒸日上，讓所要傳達的知識內容能協助讀者閱讀。筆者也要十二萬分地感謝內人的包容與兩位可愛女兒的支持，讓筆者在工作繁忙之餘，有時間寫作。最後，本書如有疏漏之處，請不吝指正，無限感激。

張芳全　謹識於臺北內湖

2013 年 2 月 15 日

二版序

2007 年 10 月本書才剛出版，一晃眼二年半就過去了。這段時間，本書受到很多大學校院研究所的青睞，將它列為授課的必備教材，很多熱情的研究者更透過網路來詢問相關的寫作問題，讓筆者深深體會本書對讀者的重要性。這二年半來，筆者指導了不少研究生，參與了很多場學位論文口試及論文審查，對於論文寫作增添了更多的經驗，因此有修改本書的念頭，期待將新的經驗提供給正在寫論文或盲然不知所措者分享。

本次改版主要加入的內容包括：研究生的畢業進程、論文抄襲、常見的文獻探討之錯誤、中介變項之使用、研究樣本的取樣、論文寫作的對話與回應、二份寫作經驗分享等，其重點如下：第一，研究生一定想要能有效率的寫作，想早一點畢業，但論文品質要好，研究生對畢業進程的瞭解就相當重要；第二，論文檔案電子化愈來愈普遍，國內很多學位論文有抄襲現象，本次改版即對此深入說明；第三，研究者在整理文獻時容易陷入盲點，本次改版有深入分析；第四，中介變項一直為人所忽視，如果研究設計有其需要，納入中介變項會讓研究價值更高；第五，樣本取樣常困擾著許多研究者，本次改版以淺顯例子讓讀者能掌握其敘寫的方式；第六，研究生寫作論文容易閉門造車，本次改版增加了對話與回應，讓讀者瞭解在寫作論文中遭遇問題時，請教指導教授之過程；第七，增加澎湖縣二位在職老師撰寫論文的經驗，分享他們與指導教授相距數百公里，如何在二年內完成學業拿到學位的經驗。上述內容除了讓讀者在閱讀本書時，能有獲得閱讀多本論文寫作書籍的感受之外，更讓本書在易讀、易理解、易操作的情況下，能從中獲得閱讀之喜悅，有信心早日完成論文。

本次改版感謝心理出版社所有同仁之協助，尤其是林總編輯敬堯一再地鼓勵筆者，讓本書有調整之機會，可讀性及價值性更高。而澎湖縣二位老師的分享，讓改版多了一些經驗分享。當然，也要感謝家人讓我有時間寫作，在繁忙工作之餘，又要寫作實在相當困難，在此也謝謝他們。最後，本書如有疏漏或觀念交代不清之處，尚請專家斧正，不勝感激。

張芳全 謹識於臺北內湖
2010 年 4 月 15 日

初版序

　　隨著各大學校院研究所學生人數的擴增，碩士班學生人數持續增加。研究生常常為了撰寫碩士論文找不到方向，而感到苦惱；縱使研究生的論文寫作有了方向，但也常不曉得應從哪個角度切入來撰寫學位論文比較好。其實，撰寫學位論文，除了要有良好的撰寫論文規範之外，與指導教授的討論、和口試委員的互動，以及在學位論文的各章節撰寫方式及撰寫重點，都是研究生常面對的問題。研究生往往缺乏寫作經驗豐富的詢問對象，因而對學位論文之撰寫心生恐懼，茫然無所從。有鑑於此，筆者以過來人與目前在大學任教指導學生撰寫論文的經驗，將寫作經驗加以統整，撰寫此書與讀者分享論文寫作的方法。

　　筆者從 2002 年任教至今（2007 年）已指導了 34 篇已畢業的碩士論文，也參與過數十篇的論文口試，更參與了國內許多知名學術期刊的論文審查，也有數十篇的學術研究報告發表於專業學術期刊及學術研討會。這幾年來，筆者不管是在指導學生也好，參與論文口試也好，或是學術論文審查或投稿也罷，從眾多經驗發現，撰寫一篇品質較好的學位論文並不難，關鍵在於掌握研究議題之後，如何將研究議題轉換為好的論文撰寫格式。而這些撰寫論文的經驗又往往是一般研究法的書籍沒有完整介紹的，因此，常有研究生來詢問筆者，研究論文如何寫比較好？這種問題相信也存在於許多校園之中。簡單的說，好好面對論文的寫作問題，論文寫作其實不困難。論文撰寫有其技巧，其重要的觀念、態度及規範應善加掌握。

　　以撰寫學位論文來說，研究生如果態度能主動積極、依據學術論文撰寫的格式，以及遵照指導教授的指導，通常都可以在二至三年內完成一篇還不錯的學位論文，順利畢業，但是往往很多研究生並非如此。筆者常詢問那些應該畢業而未能畢業者，其論文寫作有何困擾，從他們的心得瞭解到，他們其實很想畢業，只是無法掌握撰寫論文的方向及技巧，在還沒有跨進論文寫作門檻前就已心生害怕、手足無措，更不用說要找指導教授，以致於到後來很多研究生無法畢業，因而浪費了求學時光。

　　筆者以過來人的身分與指導學生的經驗，深深的瞭解研究生撰寫論文的困難，因此特別以學生的觀點撰寫此書。本書共有 15 章，區分為論文寫作

的觀念篇與實務篇。觀念篇的內容包括：第一章是論文寫作的管理；第二章為論文寫作經驗分享；第三章為如何找尋論文題目；第四章為研究資料的取得；第五章為統計的正誤用；第六章是單變項統計在論文的應用；第七章為多變項統計在論文的應用。觀念篇主要是讓讀者可以掌握完成論文寫作的管理、研究資料的取得、統計的選用等。尤其本篇更瞭解讀者需求，專為讀者找尋幾位完成論文者的經驗交流，透過他們論文寫作之經驗分享，讓讀者更能體會論文寫作的困難、經驗及啟發。實務篇的內容包括：第八章是如何撰寫研究計畫；第九章為如何撰寫緒論；第十章為如何撰寫文獻探討；第十一章是如何撰寫研究設計與實施；第十二章為如何撰寫研究結果與討論；第十三章是如何撰寫結論與建議；第十四章為摘要、附錄與參考文獻的敘寫；第十五章為結語：論文寫作困難嗎？實務篇顧名思義就是讓研究者可以依據這些章節的相關論述，掌握研究論文的各章寫法，包括：研究計畫的撰寫、參考文獻格式、摘要與附錄等。

　　本書可以說是論文寫作的理論與實際兼備，各章節均運用淺顯易懂的文字與範例來解說，讀者可以不用依章節順序來閱讀，只要依據需求直接切入，就可以從書中瞭解到如何撰寫論文的技巧與經驗，相信只要用心的閱讀，就可以解答心中的疑惑。本書這樣的安排，一方面是讓讀者可以在家自行閱讀，讓讀者很快就會有想要完成學位論文的念頭；另一方面能讓讀者自行閱讀之後，可以避免浪費撰寫論文的時間，具有事半功倍之效。

　　本書的出版很感謝心理出版社所有同仁的協助，尤其是林總編輯敬堯一再地鼓勵筆者，更不吝提出他的想法，讓本書有修正與調整的機會；在他們的督促下，本書讓讀者閱讀之後，必有樂在其中的感受，這是他們的功勞。而趙珮晴小姐的細心校稿，讓書中錯誤更少，也讓本書的可讀性提高。同時也要感謝蕭玉盞校長、張樹閔老師、那昇華老師、洪毓珆老師、楊志欽老師、柯淑慧老師、林永盛老師、林維彬老師、陳冠蓉老師、陳俊男老師、許惠卿小姐、林詩琴小姐、王欣怡小姐等提供論文寫作經驗分享，讓本書增色不少。當然，要感謝家人讓我有時間寫作，在繁忙的工作與研究之下，又要寫作是相當困難的，在此也謝謝他們。最後，如果本書有疏漏或觀念交代不清之處，尚請專家斧正，不勝感激。

張芳全　謹識於臺北內湖
2007 年 8 月 15 日

目次

觀念篇

第一章

論文寫作的管理

壹、找一位相應的指導教授

　　《莊嚴經論》云:「知識調伏、靜、近靜、德增、具勤、教富饒、善達實性、具巧說、悲體、離厭應依止。」這是說,學人須依成就十法知識。

　　論文寫作猶如修行,需要師長引導,找出正確理路,精進修持、累積資糧,必會有研究樂趣。

一、良師的找尋

　　撰寫學位論文需要有一位良好的指導教授。找尋一位適合的教授指導撰寫論文相當重要,而尋找教授更是一門學問。通常找教授的方式有:請教師長、自行觀察研究所生態之後,自我評估要繼續進修、出國深造學習治學觀念,還是僅要獲得學位而已。

　　1. 學習治學觀念:如果要繼續深造學習治學觀念(包括論文寫作、資料分析方法與治學精神),最好找尋一位可以提升論文寫作技巧與資料處理能力兼具的教授。嚴格的指導教授會讓論文寫作及治學觀念提升不少;劣質的論文或許靠關係可以矇混畢業,但是未來若需進修博士學位,期待在大學或研究機構擔任職務,都與論文寫作有關,所以慎選指導教授很重要。據**學位授予法**(2018)第 16 條規定:「取得博士、碩士學位者,應將其取得學位

之論文、書面報告、技術報告或專業實務報告，經由學校以文件、錄影帶、錄音帶、光碟或其他方式，連同電子檔送國家圖書館及所屬學校圖書館保存之。……」因此，研究者應該好好撰寫，因為它將伴隨著您的一生。在論文上傳至國家圖書館網站之後，以目前網路非常發達的情況下，其內容隨時會有人查閱，如果論文品質不佳或論文有抄襲之虞，就容易遭人舉發，不可不審慎。

2. **協助獲得學位**：如果僅要獲得學位而已，找尋過程就較為簡單，能護航的教授是一種選擇，只要能與指導教授相處融洽，依據論文的基本格式來完成寫作，應當就可以順利畢業。當然，如果研究者態度消極、外務太多、工作太忙，沒有時間閱讀專業論文，又沒有教授的督促與叮嚀，很可能就無法順利畢業。在國內，碩博士論文的指導教授由一位擔任即可，但是也有特殊原因由二位擔任，例如：在指導過程中，指導教授出國進修、生病、發生意外，或者死亡，此時需改聘指導教授；當然，也有少數系所規定，論文指導教授須二位。在論文計畫與最後完成的階段，除非有其必要，否則最好不要任意更換論文指導教授。

3. **瞭解系所生態**：找尋適合的指導教授會依各研究所的生態與規定而有不同：第一種是分配的方式，也就是研究所內有幾位專任教授，就將研究生按人數比例予以分配，但這種方式已較為少見；第二種是由研究者尋找指導教授，有些研究所可以找校內外的教授，而校外的教授可能有二種情形：一是要在該所或該校任課且具有博士學位才符合資格；二是沒有在該所或該校任課者也可以被聘請為指導教授，前者較為常見，後者則較為少見；第三種是教授指定要指導，這種情形是研究生表現優異、教授的偏好，或是一種緣分。有許多研究生表現優異、反應靈敏、主動積極、撰寫論文的先備知識充足，教授不需要運用太多時間討論，所以喜歡指導這類學生。

4. **掌握教授專業**：找尋指導教授要顧及教授的偏好，有些教授在性別、職等、系所生態或研究主題等有特別考量。許多在職生具有機關的頭銜，如司長、處長、主任、總裁、執行長、主任秘書、局長、副局長、校長等，常有很多喜歡「公關型的指導教授」，想要拉攏這些行政官員，一方面日後行政機關或學校有許多的研究計畫可以發包給指導他（她）的恩師；另一方面教授指導這些「有頭銜」的學生，也與有榮焉，雖不一定稱得上「得天下之

英才而教之」，但好歹也比沒有頭銜的研究生更有名氣，對指導教授來說，在名氣上可能有加分的效果。其實，找教授有時是一種緣分，您的指導教授可能是您在聽一次演講、上一節課、路上打招呼、某次搭同樓層電梯幾句話的寒暄等，因為結善緣之後，後續的請益都有可能成為您的指導教授。

總之，指導教授的找尋，也許是受安排，也許是自己的選擇，也許是教授選擇您，不管如何都是一種緣分，應加以珍惜。

 ## 二、找尋良師的重點

找尋指導教授除應考量教授的治學風範、是否勤於學術發表，以及是否可以快速回應研究者所提的問題之外，還有下列幾項重點：

1. **研究議題應與教授相符**：研究主題要符合教授的研究領域，所以研究生在找教授之前，應先做好功課，把教授過去所發表、撰述之研究做一簡要整理，以瞭解想要研究的主題與指導教授是否相符。

2. **瞭解教授指導人數限制**：要瞭解教授是否有時間指導學生，例如：有些教授在一個學年內僅指導五至七名學生，不會指導過多學生，以免影響自己的指導品質，因而超過指導人數就不再收學生。同時因應大學評鑑規定，每位教授指導的學生人數上限為十名；有些教授僅指導博士生，不指導碩士生。指導過多研究生會影響教授的研究、教學、服務與家庭生活。所以，瞭解教授一年內的指導人數及可指導時間很重要。

3. **瞭解教授能指導的時間**：大學教授很忙，有些兼任校內外的行政工作、校務評鑑、演講，或者申請不少政府部門的研究案，甚至有些是媒體寵兒，外務不斷。此時研究生應先瞭解教授指導論文的期間是否有長期出國休假，或者瞭解在接受指導之後，可以和教授討論論文的面談時間多寡。如果教授沒有時間引導學生寫作，很容易形成「放牛吃草」，自生自滅，學生因而心生緊張，甚至恐懼，無法順利完成論文，這種例子還真不少。

4. **瞭解教授能協助的範圍**：在指導教授的專業研究領域之外，研究生應以教授在研究方法或資料處理上，能否提供協助為優先考量。時下有很多研究生，在面臨論文寫作的資料分析時，尤其是統計方法的運用，會手足無措，產生不少問題，一方面是指導教授在此無法給予專業協助；另一方面又

迫於二至三年內就要畢業，在時間的緊迫性、要求論文品質及正確的前提下，很多的論文撰寫就會受到影響。因此，在找尋指導教授時，應考量教授在研究取向上是否能給予專業或技術的協助（如統計資料處理），這對於論文的撰寫非常重要。

總之，找尋指導教授一定要先瞭解教授的專業領域、能指導的時間、能指導的學生人數及等級、在整個論文寫作過程可以協助的範圍，以及研究者所要的期待。

貳、與指導教授的互動

撰寫論文需要師長引導，就如同親近善知識，有無限好處。就如同《菩提道次第廣論》所言：「近諸佛位，諸佛歡喜，終不缺離大善知識，不墮惡趣，惡業煩惱悉不能勝，終不違越菩薩所行，於菩薩行具正念故，功德資糧漸漸增長。悉能成辦現前究竟一切利義，承事師故，意樂加行悉獲善業，作自他利資糧圓滿。」

一、研究計畫撰寫之前的互動

撰寫學位論文一定要與指導教授多互動，這會提升論文的寫作進度及研究品質；相對的，研究者個人問題會減少，很容易就可以完成論文。與指導教授的互動應注意下列幾項：

1. **最好每二至四週面談一次**：撰寫學位論文者，不要過長時間才與教授討論論文寫作面臨的問題，一方面教授很忙，無法臨時抽出時間，協助解決問題；另一方面研究者討論的問題會隨著時間累積，或失去方向，對於論文討論沒有正向影響。最好是每二至四週與教授討論一次，如果時間不允許，一個月至少也要有一次深入討論。

2. **討論前要有完整的準備**：與教授討論之前，最好將近日來對於論文寫作的方向及問題，一一詳細的列出來，一方面可以節省師生討論的時間；另一方面可以掌握更多的時間來討論論文更重要的問題。切記不要沒有準備相

關的問題，或是沒有事先閱讀、釐清思緒，就要找指導教授討論，這代表著研究生沒有禮貌，也會浪費教授的時間。

3. **請教教授指引後續的進度**：與教授討論完所列舉的相關問題之後，研究者可以試著請教指導教授在問題解決之後，接下來要完成哪些進度，或是要進行哪些事項。透過教授的指導，指引未來進行的方向，這可以避免後續的論文寫作產生盲點，也可以避免論文的寫作進度被拖延。

總之，要與指導教授討論前，宜有完整的準備，且不要很久才與教授討論，討論過程要記下教授的意見，並請教其引導論文寫作的後續進度。

 ## 二、研究計畫口試之後的互動

在研究計畫口試之前，研究生與指導教授的互動，與研究計畫口試之後的互動相近，只是研究計畫口試之後的討論，應更為積極務實。在研究計畫口試之後，論文就進入了執行階段。以問卷調查法研究來說，此時研究工具已初步完成預試，接著將所回收的問卷進行信效度估計，最後發出正式問卷，再將回收的問卷一一登錄在電腦中。這個階段最好能與教授多討論，討論重點如下：

1. **問卷資料登錄電腦後的確認**：試著將問卷的資料登錄在電腦之中，這部分請見本書第十一章的說明，並找時間請教授確認登錄資料的正確性，如果無誤，教授會要求繼續完成後續的資料登錄工作。如果指導教授並不專精於量化研究或統計方法，最好請專家學者協助確認資料登錄的準確性。當然最好的狀況是，研究者可以認真學習統計原理及統計軟體操作，這樣就可以自己來判斷了。

2. **詢問分析資料的統計方法**：把回收的問卷完全登錄之後，就要進行資料處理工作，此時需要運用統計套裝軟體（如 SPSS、SAS、SEM、HLM、R 語言等）。這階段是在研究所中，運用所學的統計方法試著分析實際的資料，但研究生常將先前所學的忘光，所以最好能請教熟悉統計的同學或朋友，如果沒有諮詢的對象，也可以和指導教授討論應如何進行分析。

3. **請求協助確認工具的信效度**：在研究論文計畫口試之後所進行的問卷預試，宜對資料進行信度、效度（因素分析）的檢驗。因素分析（factor

analysis）要花費比較久的時間，研究者在這方面通常沒有經驗，不曉得如何進行篩選問卷題目，以及不瞭解所進行的因素分析之正確性，此時可以請求教授的協助。如果教授這方面素養不足，可以請教有經驗者。因素分析可能會有二種情形：一是，所蒐集的資料無法有效的進行因素分析，代表因素分析無法成功，此時要與教授討論是否再發放一次問卷，其原因可能是樣本數不足或變項太多，而無法形成有效的因素結構；二是，因素分析無誤，此時可以刪除研究工具中不適合的題目，形成正式問卷，可參見張芳全（2014）《問卷就是要這樣編》（第二版）。在篩選不必要的題目之後，再請教授確認正式問卷，若確定無誤，就可以發出正式問卷對樣本施測。

此外，論文計畫口試完之後，宜針對口試委員對研究計畫所提的意見修改。研究者應將口試委員所提的意見，整理出文字檔，再與指導教授討論修正調整的事宜。

三、研究結果與討論撰寫的互動

當問卷全部回收之後，宜篩選出無效問卷（如有題目未填答者），接著在紙本問卷上編碼，務必要編碼，再把正式問卷的調查資料一一登錄在電腦中，並檢核資料登錄有無錯誤及遺漏。此時可運用 SPSS V.25.0 for Windows 中文版軟體視窗中 分析 (A)，點選 敘述統計 (E)，再點選 次數分配 (F)，跑出次數分配來瞭解輸入的資料有無號碼錯誤，可參見張芳全（2019）《統計就是要這樣跑》（第四版）第三章。如果資料無誤，接著進行研究結果的統計資料處理。要如何分析與如何將分析結果呈現在論文之中，需要與教授討論。

在撰寫研究結果常面臨到資料如何呈現，以及如何將統計資料做有意義解釋的狀況。研究者可以請教授建議或提供幾篇品質比較好的作品做為參考，學習論文的寫作方式。當然，若已撰寫部分的研究結果，則可以請教授批閱、討論，無誤後再進行後續的統計分析。

當研究結果撰寫完成，接下來要撰寫研究結果的綜合討論，它是針對研究結果進行討論，通常這部分應接續完成，當完成之後再將這部分的結果交給教授。若不會撰寫研究結果的討論，可以請教教授如何進行研究討論的敘寫，或者多參考幾篇論文的討論，來掌握撰寫討論的要領。

在研究結果與討論完成後，最後就是撰寫結論與建議。這是研究者針對研究結果所歸納的結論，接續再進行建議。研究者可以將結論與建議完成之後，交由教授批閱，再找時間與教授討論是否需要修改內容。

 ## 四、與指導教授互動討論的態度

研究者撰寫論文可以學習不同的經驗，不僅可從指導教授處學習到治學方法、態度、觀念及資料的分析技術，甚至還可以學習到為人處事的原則。就前者來說，可以讓研究者體悟研究的進行、發現探究知識的奧秘；就後者來說，可以讓研究生體會到教授身教的可貴，例如：可以瞭解其對研究的執著、對事物的專注或師生互動等，在短短一至二年內獲取此經驗是很難得。在論文寫作過程中，研究者與教授之互動應掌握以下重點：

1. **有效歸納重點**：研究者能有效率的將論文撰寫之相關問題，有系統的整理、歸納，並提出來與指導教授討論，不浪費時間。研究者最好將幾週以來所遇到的問題整理出來，列舉項目，一一與指導教授討論，以節省時間。

2. **寫作態度積極**：論文寫作的態度應該積極應對，而非消極的面對。論文寫作是研究者個人的責任，教授僅以指導的立場，指引研究生寫作的觀念、方法及態度，能否完成論文寫作是研究者要承擔的責任。所以研究者對研究論文的態度應積極以對。

3. **完全虛心受教**：對於指導教授的教誨，研究者應虛心接受、牢記在心，並有心改善。研究方法日新月異，有時研究者的學習及觀念超越了教授，學生仍應虛心不斷的學習，才可以青出於藍而勝於藍。因為研究者會選擇該位教授為指導教授，一方面是師生的緣分；另一方面是寶貴的學習機會，對於教授專業領域的叮嚀與撰寫論文的經驗分享更是難能可貴。所以要保持一顆柔軟的心，像海綿一樣不斷吸收，且對教授的指導應抱持著虛心學習的態度。

4. **保持良好互動**：切記！研究者不要在寫作論文的過程中，與教授產生不愉快的感受，甚至衝突，也許教授可以容忍學生在學習的不成熟，包括學習態度、專業領域的觀念及資料分析等。但是學生如果一而再、再而三學習態度不佳、撰寫論文不積極，甚至衝突對立，這可能會讓教授有不好的感

受，因而在彼此之間產生不愉快，此時研究者就需要好好的檢討，畢竟未來還要取得碩、博士學位。

總之，學生的學習態度要積極、互動要和諧、關係要建立，同時要有效歸納與論文有關的議題及困難。師父引進門，修行在個人，就是這道理。

 ## 五、教授心目中的好學生——您是千里馬嗎？

研究生寫作學位論文會找尋指導教授，相對的，教授也會挑選學生。研究生選擇教授的態度往往是教授要不嚴格、幽默、好講話、不要要求太多，甚至可以幫他（她）護航者。研究生常抱著，不一定要在寫作論文的過程中學到什麼觀念，只要能畢業，拿到學位，爭取晉級加薪就好，這是時下很多研究生常有的念頭，也是多數研究生論文寫不出來，又很想趕快畢業的共同心聲。因此，研究生在選擇指導教授的態度，就決定了論文寫作的品質以及日後的治學態度。研究生有權選擇教授，教授也有權選擇研究生，而教授心目中的好研究生有幾項基本標準，諸如：

1. **學習態度重於智商**：研究生的學習態度要積極，論文寫作不一定要聰明、太高的智商，但是學習的態度要主動，指導教授所指示的內容及要求，研究生一定要主動及準時的完成論文進度，不要讓教授說了才動筆，也不要一拖再拖，拖得愈久對個人愈不利。

2. **中外文能力要兼備**：研究生的思考觀念要好、虛心學習之外，中文寫作表達的能力要好，要能組織、統整及分析文獻，且外語能力要好，但是這樣的研究生很少。如果研究者具備了外語能力，教授可以要求更多外文文獻的閱讀，這對引述國外最新的研究於論文寫作有很大的助益。有許多教授期待研究生以第二外語寫作論文，這要求可以讓論文寫作更具挑戰性，日後也可以讓論文與國際接軌。

3. **具備統計分析能力**：它包括了對統計套裝軟體的瞭解，在研究所學習階段一定要學習高等統計，甚至多變項統計，或統計專題研究，例如：時間數列分析、階層線性模式（hierarchical linear models, HLM）、潛在成長曲線分析（Latent Growth Curve Analysis），如此可以增加研究者的資料分析能力。這是研究者很大的弱點，如果沒有統計能力的基礎，一定要在修課或學

習階段不斷的學習，包括到校外修課、參與統計工作坊，或找專家討論，這對論文寫作才有幫助。

4. **正確掌握 APA 格式**：美國心理學會（American Psychological Association, APA）出版的《APA 出版手冊》（第七版）（*Publication Manual of the American Psychological Association*, 7th ed.），簡稱 APA 格式，研究者宜有正確認識，並能準確使用。APA 格式是研究者應掌握的基本工夫，如果沒有正確掌握重點，就無法寫作論文。APA 格式在第十章與第十四章有詳細說明。

5. **與教授良好互動**：研究者最好能每二至四週向教授請益所遇到的寫作或資料分析的問題，一方面讓教授瞭解研究者的問題及進度；另一方面也讓教授知道研究生的學習態度及困難。如果無法面對面的討論，網路非常方便，透過網路分享寫作經驗，也是很好方式。

6. **遇到困難會告知教授**：在生活上或寫作的過程中，真的有困難時，一定要告知教授，不要因為生活問題及困擾，而影響論文寫作的進度，這反而會讓指導教授認為研究生在偷懶。

筆者在 2003 至 2021 年指導了 154 篇碩士論文／3 篇博士論文，有幾種是比較不喜歡見到的類型：一是，學生在學習期間沒有論文寫作的進度；二是，學習態度消極、被動，一直認為碩、博士班的時間還很長，並不急著寫論文；三是，平時工作的時間已經很長，又有太多的外務要面對，對於論文寫作，消極以對；四是，有很多的藉口及理由不動手，不把論文寫作當作是一回事。

總之，身為學生要有弟子相，如努力、主動、積極、有計畫、有目標、有潛力、有實力、動機強烈、願意學習、虛心學習的個人特質，是教授比較喜歡的學生；相對的，懶惰、被動、消極、無計畫、無目標、無潛力、無實力、動機低落、不願學習、不瞭解自己，是教授不願意指導的對象。

參、畢業的進程

　　要怎麼收穫，先那麼栽；一分耕耘，一分收穫。

 一、學位論文考試規定

申請碩、博士學位論文之考試的流程與表件，各校規定不盡相同，但大致如下：(1)申請時應填具申請書並備齊文件，包括論文初稿與其提要各一份及指導教授推薦函，嚴謹的話，要附一份歷年成績表；藝術類或應用科技類系所之研究生，其論文得以創作、展演的方式，連同書面報告，或以技術報告代替，並應撰寫提要；學位論文（含提要）以中文撰寫為原則，也可以用外文撰寫；(2)經所屬系、所主管在申請單批閱同意後，依期參加學位考試；(3)學位考試應先組織碩士或博士學位考試委員會，由各系、所公告碩、博士學位考試日期，辦理學位考試；考試之方式以口試行之，必要時得在實驗室舉行實驗考試。

 二、完成論文順利畢業的歷程

在進入研究所之後一定想瞭解，究竟要幾年才畢業？這要依個人努力的付出程度而定，但是**學位授予法**（2018）規定，碩士班只要二年、博士班最少三年可以畢業。研究生要修習規定之學分，又要撰寫論文，要怎樣在短時間畢業呢？這就與何時找到題目與何時動手撰寫論文，以及何時找指導教授有關。

就何時找題目及何時寫論文來說，先要有題目才可以進行後續的文獻蒐集及整理，也才可以動手撰寫。建議最好在進入研究所前就有研究題目，但是這種情形很少，一來研究生對於某些議題有高度的敏感性，例如：某些在職班學生在職場上已感受到某些議題值得探究，但這些議題往往是個人主觀臆測，成為學位論文題目仍很遙遠，所以無法構成論文題目；二來研究生常抱著走一步算一步的心態，沒有想太多就進入研究所，反正沒有概念才念研究所，所以論文題目慢慢再說。因此，研究生沒有論文題目，無法蒐集文獻撰寫，因而不斷往後延緩畢業時間。

雖然多數研究生在進入研究所之前無法有論文題目，但是一進入研究所修習課程後，就應該試圖從修課過程中，尋找文獻資料、整理文獻以及與師

生課堂討論的過程中，慢慢建構研究題目。當研究者在某一個科目找到自己認為適當的題目時，就可以請教授課老師研究題目的可行性。記得，一定要大量閱讀文獻，地毯式蒐集所要探究題目的文獻資料，瞭解過往的研究究竟運用了哪些研究方法？納入哪些研究變項？以及有哪些的研究發現及研究限制？從修課過程中慢慢找出研究題目是最好的。簡言之，何時找題目，建議進入研究所之後的修課過程，就一定要有高度的敏感性。

 ## 三、瞭解指導教授的時間

何時找指導教授呢？若為碩士生，最好在碩一下學期就確定論文題目，並試著找教授；如果是博士生，最好在博二下學期就試著找教授。以碩士班來說，碩一下學期找到教授之後，可多與教授討論論文的寫作方向，並於碩一的暑假中，運用時間蒐集與整理文獻，建立研究設計及架構等，這時就等於完成了研究計畫。因此，碩二上學期開學後，每年約 10 月至 12 月可以安排論文計畫口試。當論文計畫口試完之後，再修正口試委員所提供的意見，繼續執行研究。若以問卷調查法研究，可在碩二上學期放寒假之前，把研究工具的專家評定、預試問卷回收、刪除不適合題目等項目完成，再完成正式問卷，最好將正式問卷施測完畢並將資料登錄（因為碩二下學期會有很多研究生發放問卷，填答者勢必接受度不高）。碩二下學期就可以撰寫第四章的研究結果與討論以及第五章的研究建議，並在該年 5 月份完成最後的論文口試，6 月初或中旬修訂口試委員所提供的意見，再將論文送交系、所主管簽名，完成畢業手續，參加畢業典禮。由上述看來，碩士生在二年內應該可以畢業，這也許看起來不太可能，但是筆者指導的研究生大多是二年畢業獲得學位。

 ## 四、在職生的論文寫作心態

因應終生學習與在職進修，各大學校院多數研究所都設有在職專班，很多博士班也增收在職生，但在職生的論文寫作心態較為消極。在職生工作忙碌又要進修，常抱著較為消極的心態求學——只要拿到學位就好，而不管學

位論文品質。很多在職進修的中小學教師與行政人員，只為了晉級加薪進修，對論文寫作不要求品質，只要能畢業就好。在論文寫作過程中，不會自我要求，常打聽會護航的教授或容易通過論文的口試委員。這類研究生所寫的論文，不用說其論文價值，就連論文寫作最基本的 APA 格式、基本架構及文字表達流暢程度等都欠缺，甚至有些研究者以問卷調查法蒐集資料，研究工具沒有信度，也沒有效度，使用錯誤的統計分析技術，例如：運用類別變項（如教師職務──兼任組長、兼任主任、級任老師）或是學校所在地（如鄉鎮、都會、偏遠）做為自變項，在沒有對這些類別變項虛擬編碼，就以多元迴歸分析來預測學校效能等，或者用這些類別變項計算它們的積差相關係數。在沒有嚴謹的論文口試把關下，把口試論文當成是一種虛應形式的過程，論文也變成沒有品質的作品。他們畢業了，取得學位，但其畢業論文上傳至國家圖書館網站後，後續就製造了不少問題。最簡單的情形是，後來的研究者不查其論文品質，就任意引用這些未出版的論文做為文獻探討內容，並做為討論的依據，而造成學術研究內容的混淆。

這些研究生心態消極，所「製造」出來的「有問題的論文」、「黑心論文」，是讓他們畢業了，但其「研究發現的摘要」仍存放在國家圖書館網站中。後來的研究者對這些研究生的寫作態度及嚴謹程度不瞭解的情況下，也沒有真正的將整本論文加以閱讀，而僅抓取摘要，更沒有求證這些論文的實質內容（如研究工具的可靠度以及資料處理方法的正當性）下，撰寫研究論文時就在該網站抓取這些畢業論文的摘要，做為文獻探討及研究結果的討論，這種論文寫作很容易造成似是而非的結果。甚至有些在職生，把他人上傳至國家圖書館網站的博碩士論文「直接抓取下來」，再以某一本論文為藍本進行修改、變造及加工，成為自己的畢業論文，這種情形所在多有。時下很多在職研究生為了取得學位，在寫作心態上甚為消極，不把論文品質當作一回事，只求畢業取得學位與晉級加薪，不求這份論文事後在知識體系所造成的混淆，而未能有社會責任感，實在很令人擔憂。

五、學位之取得

學位論文完成之後，可以取得碩、博士學位，對一些在職生來說，可以

讓他們晉級加薪或升官等。學位考試成績以 70 分為及格，100 分為滿分，論文的評定以一次為限，它以出席委員評定分數之平均決定之。但碩士學位考試有二分之一以上（含二分之一）出席委員，博士學位考試有三分之一以上（含三分之一）出席委員評定為不及格者，以不及格論。考試委員應親自出席委員會，不得委託他人代表。碩士學位考試應有委員三人出席，博士學位考試應有委員五人出席，其中校外委員均須達三分之一以上（含三分之一），否則不得舉行考試；已進行考試者，其考試成績不予採認。

肆、口試委員的重要

協助順利完成論文的貴人，也許不僅有指導教授，還有口試委員的提醒。

一、口試委員的聘任

口試委員是研究生撰寫碩博士論文提供審查意見的重要人員。據**學位授予法**（2018）第 8 條規定，碩士學位考試的口試委員有三至五位（通常是三位，一位是校內、所內或系內的教授，一位是校外的教授，一位為指導教授；但也有些學校認為二位口試委員可以都是校外委員，並沒有強制規定），由校長遴聘之；博士論文的口試委員有五至九位。在論文計畫及論文初稿完成之後，研究者都要面對口試委員的論文審查。在這兩個階段之中，口試委員以提升論文品質的態度為出發點，提出與論文寫作相關的意見，做為修改論文的建議。這些意見是研究者經常沒有注意到的細節。因此，口試委員的重要性不可言喻。

學位考試委員會分為博士及碩士學位，其組成僅有委員人數不同，其聘任程序大致相同。碩士學位考試委員會之組成常見規範如下：第一，碩士學位考試委員為三人（惟若有二人擔任共同指導教授者，得增聘為四人），其中校外委員（含本校兼任教授）須達三分之一以上（含三分之一），委員均由校長聘任；碩士學位考試委員會召集人由校外委員擔任；第二，碩士學位考試委員，除對碩士生所提論文有專門研究外，應具備以下資格之一：(1)曾

任教授、副教授者；⑵擔任中央研究院院士或曾任中央研究院研究員、副研究員者；⑶獲有博士學位，在學術上卓有成就者；⑷屬於稀少性或特殊性學科，在學術或專業上有成就者。

　　各校在聘任口試委員的方式不一，但是大致如下：第一，由指導教授與研究生共同討論，教授較瞭解這部分的專業領域，能提供一些建議名單；而有些教授會尊重學生意見，詢問學生是否有適當的口試委員建議，在師生討論之下，產生了建議的口試委員名單。第二，在教授建議口試委員名單之後，再將建議名單送到系、所，由系、所主管或該研究所設立的聘任口試委員討論會議，討論決定口試委員的人選，也就是說，教授的建議名單，與系、所主管或研究所會議決定的名單可能會不一樣。另外一種方式是系所主管從建議名單勾選。第三，當口試委員名單確認之後，研究生就可以通知受聘的教授，安排時間進行口試。切記，研究者宜在口試委員名單確認之後，再通知口試委員，而不要在上述的作業尚未完成，就先聯絡口試委員，若被聯絡者最後不是正式的口試委員，就會很尷尬。

　　此外，如果系、所主管已勾選好口試委員，或者已送出口試委員聘書，研究者的計畫也寄給口試委員，然而口試委員臨時有要事，如生重病、出國或意外等，無法參與口試，需更換口試委員。通常口試委員會先告知研究生或指導教授，此時研究生需請教授重新提出口試委員的建議名單，再呈給系、所主管勾選名單。在確定口試委員之後，再由校長聘任（發聘書）新的口試委員，擔任此次的論文審查。

　　總之，聘任口試委員是由系、所主管或研究所會議所決定，再由學校校長遴聘（發聘書），但是事後的聯絡要靠研究生，而與口試委員的互動也是學習如何與人溝通的重要方式，應當注意。

二、研究計畫階段與口試委員的互動

　　在研究計畫口試時，宜將口試委員的建議一一用心記錄，以做為後續調整論文題目、論文架構、蒐集文獻，甚至資料處理方法的意見修改。口試委員尊重指導教授，因此常客氣的指出相關意見，並認為這僅是參考，能修改多少就修改多少。類似這樣的建議，研究生更應審慎參考，也就是說，對於

口試委員的意見，在研究過程中應盡可能的修改、調整或刪除。畢竟多一雙專業的眼睛、一個專業的頭腦與專業經驗的審查，必然可對論文寫作或論文品質提升有幫助，否則就不要口試委員了，不是嗎？

因此，在這階段應有以下的學習態度：(1)虛心學習的態度，好好採納口試委員的建議，以做為後續研究的參考；(2)研究論文陳述時，如果口試委員有誤解或是未能掌握者，研究生可以試著將所要表達的意見重新再說明一次，讓口試委員瞭解真正的意思，或許也能釐清口試委員的疑慮；(3)如果口試委員所提的建議，在研究期間無法完成，亦可以據實以告；切記口試過程中不要強詞奪理，如果問到不知道的問題，也應就所瞭解的內容來說明，或是表明後續再找資料來釐清等。

在此要強調的是，不管是論文計畫或是正式論文口試，研究者容易緊張，為了避免緊張，最好能在還未口試之前，先聽聽幾場他人的論文口試，以瞭解整個口試過程。這種觀摩學習很重要，最好能觀摩他人的研究計畫及正式口試各一場為宜。

三、研究完成與口試委員的互動

研究論文完成之後，要以口試委員審查意見，做為論文修改的參考。論文計畫的口試委員與論文完成時審查的口試委員相同，除非在過程中口試委員因特殊因素，如出國、重大事故等，才會在最後的論文審查更換口試委員。論文完成之後，應依據先前的論文計畫口試意見一一修改，並在口試過程中回應口試委員，讓其瞭解研究生在後來的執行研究過程，代表將口試委員的意見納入考量。當然，對於章節修改、論文架構調整、文字及文獻的補充或歸納等都應簡要的說明，讓口試委員瞭解修改程度。

正式論文的口試重點在於研究結果、研究討論、結論及建議等，但對於整體論文之審查都包括在其中。研究生對於上述的意見宜加以記錄，有些問題可以當面回答口試委員者就直接回答，有些當下無法回答者，可以向口試委員表達需要再深入瞭解等。

總之，論文口試中口試委員所提之意見，研究生都應善加的修改調整，畢竟他們已運用不少的時間閱讀，所提供專業的意見，當有其學習之處。

伍、送出口試本論文的注意事項

> 愈到緊要的關頭，愈要注意論文的細節，否則容易功虧一簣。

 ## 一、基本格式宜正確

學位論文寫作完成之後，要經過嚴謹審查。會送出二次論文給口試委員：一是在研究計畫的口試階段，二是在論文完成後的口試階段。研究者常認為這二個階段在論文寫作上已告一段落，但許多細節卻很容易出錯。

以論文完成階段送出去的論文本來說，除了應注意上述可能的問題之外，更應注意以下事項：(1)中文摘要、英文摘要是否已完成，且中英文摘要宜一致，不可以中文摘要內容是一回事，英文摘要又是另一回事；(2)中英文摘要宜提出三至五個關鍵詞，不要有太多的關鍵詞，因太多項就不是關鍵詞；關鍵詞通常以第一章中的名詞釋義之名詞為主，最好不要超出此範圍；(3)目次要將本研究有關的附錄一併呈現；附錄如同章的位階一樣，其標題的字體大小與章一樣，另外，如有三個附錄，宜以附錄一、附錄二、附錄三排序，每項附錄標題都列出；(4)口試委員的聘書、口試時間及地點等通知書，以及學生或系所聯絡方式宜置於信封袋內，一併轉交給口試委員。

研究生為了早點畢業，急著要送出口試本論文，常在送出論文後，才發現有不少錯誤，例如：編印時漏頁、有錯別字、目次頁的標題與內文不符，或是少了某個附錄等。不管是少了或錯了哪些，在口試時間允許之下，最好抽換口試本論文，以避免口試委員審查論文的困難，對研究生產生不良的印象，因而影響論文口試。如果時間不允許無法抽換，也最好作一份簡要的訂正表，將口試論文所有的錯誤一一列舉，透過網路告知正確的論文內容，可以讓口試委員更早瞭解研究內容，對於論文審查有助益，也有益環保。

 二、正式通知信函與聘函

　　口試本論文送給口試委員的時間，最好以距口試的時間二週為宜。雖然，各研究所對於送出論文的時間沒有硬性規定，但是口試委員很忙碌，要教學、研究與服務，生活作息非僅以審查該篇論文而已。所以最好能在口試前的二週，就將口試本論文送達口試委員，讓其有充足時間仔細評閱。記得，提供充足的時間讓口試委員審查論文是一種研究倫理，更是對口試委員的尊重與禮貌。研究生不可以明日要口試，前一、兩天才送達口試委員的手中，這是很不禮貌，也不尊重的行為。

　　在送出口試本論文的同時，需要在論文本中附加一份學校的聘函（如圖1-1 所示）；依據**學位授予法**（2018）第 8 條和第 10 條之規定，口試委員應由校長遴聘，故聘函應由該校校長發出，但時下很多學校作法以系、所、院主管名義發出聘函是不正確的。若有聘任該位口試委員的正式聘書，才代表本次論文審查的正當性。

　　最後，寄送論文（或計畫）時宜附上通知信函。在送出論文計畫及最後的論文給每位口試委員時，宜附上一份口試的正式通知信函。為求其正當性，此信函宜有系、所戳章，並在通知信函上載明：口試時間、地點、所有口試委員名單、指導教授，以及研究生的聯絡方式（如手機號碼或可聯絡的電話號碼、email 等），以利口試委員若有要事聯絡，才有明確管道。

陸、論文口試

　　口試很緊張是必然的，但是應以平常心應對，就如平時的寫作與老師分享的心情一樣。

圖 1-1
正式聘函

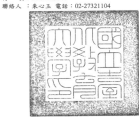

國 立 臺 北 教 育 大 學　聘 函

機關地址：台北市和平東路二段一三四號
傳　真：02-27365540
聯絡人：朱心玉 電話：02-27321104

發文日期：110 年 04 月 15 日
發文字號：

兹　　聘

張芳全教授為本校 109 學年度第二學期社會與
區域發展學系社會學習領域碩士在職專班研究
生劉佳雯碩士學位論文「國小志工參與動機及幸福感
之研究－以新北市汐止區為例」指導教授。

校長 陳慶和

 一、口試的準備

　　口試前的準備事項如下：⑴在簡報之前，應先將電腦架設好，將簡報資料轉入電腦中，並測試看看是否可以操作，事先裝置好並演練，減少不必要的錯誤產生；⑵最好將要讓口試委員及指導教授簽名的表格或出席費及其單據再檢查一次，避免疏漏；⑶論文計畫或內容簡報過程，態度宜從容自若，報告的聲音不可太小，要對自己的報告有信心，並宜掌握時間。其實，在正式論文口試前幾天，就必須先演練幾次口頭報告，如此才能順利完成。

　　為讓讀者掌握口試情境，以下有二張照片供讀者參考：圖 1-2 為論文審查的口試會場，圖中三位教授，坐中間者為口試委員會的主席，左邊為另一位口試委員（通常為校內教授），坐在右方的是指導教授；圖 1-3 是論文審查的過程，研究生在論文口試時宜坐在口試委員正面較適當，但因要以電腦做簡報，故研究生可坐在右前方。

圖 1-2
論文口試會場

圖 1-3
論文口試過程

二、口試程序

　　論文口試有一定程序，一開始需要從口試委員（碩士至少為三位，博士至少為五位）中選出主席，指導教授不能當主席，由校外教授擔任。如果口試委員都是校外教授，則互推產生，或依輩分較資深者擔任。在口試審查會議的主席確定之後，主席會先請研究生及相關人員離席，由口試委員召開一個簡單的程序會議，討論該本論文是否可以報告及評分標準，倘若會議中有委員認定該論文尚未達到標準，可以請研究生進入會場，直接宣布結果；如果口試委員都同意其提口試報告，則請研究生進入會場進行論文口試報告。接著主席宣布開始，會請研究生報告計畫或是論文最終的結果。如果是計畫階段，研究生在 15 至 20 分鐘內，詳細說明該研究之目的、價值、探討的問題、主要文獻、研究架構、研究方法、研究對象、資料處理方法及可能的限

制，或未來預期的研究結果等。在報告完之後，先審查提問的不是主席，而是校內或校外教授，接著才是主席，最後再由指導教授做最後的說明。在口試過程中，研究生最好掌握幾個重點：(1)最好有問必答，可能是一問一答，或是一位口試委員問完之後再來回答，不要有不答情形；(2)如果不會回答或是對於問題不甚瞭解，可據實以告，並應說明日後再找相關資料補充；(3)對口試委員的意見都應記錄，甚至錄影，以做為後續修改的參考。

若是正式的最後論文口試，其過程與計畫階段相近，不同的是在簡報中宜將計畫口試階段時，口試委員要求修改的意見，做一簡單說明，接著將研究論文第四章與第五章的內容做清楚說明，再請口試委員進行詢問。最後論文的口試著重於研究發現、討論及結論與建議，所以研究生需將資料所做的分析，運用圖表及文字予以呈現，透過口語將主要的重點表達出來。

 ## 三、口試發生的狀況無奇不有

在口試的前、中、後也有許多狀況會發生，以下提供參考：

1. 口試委員臨時無預警無法參與口試：這種臨時無預警的狀況不是發生在前一週、前一天、前二小時，而是前半個小時。據聞某次論文口試時，口試委員就是在口試前半小時無法前來，又沒有說明原因，後來遲到了，卻又做出不良示範。情形是這樣的：有位指導教授很認真，學生要論文口試時，都請學生與口試老師密切聯繫，甚至到當天口試的前幾個小時，還會叮嚀學生用手機簡訊聯絡口試老師。該次論文計畫，有位口試老師二週前說確定可以參與，但是口試當天前半個小時才說無法前來，又不說明原因。後來這位老師打電話給學生說：「請口試委員們先請學生報告，後續會到。」結果口試時間已經過了二個半小時，另一位校外口試委員及指導教授就依據大家決議進行口試，並完成提問與討論後，就等該位老師。該位老師來了口試會場後，校外擔任主席的委員就請他提問與討論，但該位老師卻說：「沒什麼好說的，如果要我說，整本論文就要重寫。」主席及指導教授都愣住，並問這位口試委員：「這位學生的論文有沒有改善之處，可否提供建議修正，若要整本論文重寫，也要有理由，就請您說說原因。」這位老師說：「沒什麼好說，就是沒什麼好說。就這樣，讓我在簽名單簽名就好。」像這樣的狀況，

主席及指導教授都不知如何是好，更何況是學生。事後瞭解，該位老師的風格即是不按牌理出牌，不想做好口試委員角色，實在是給學生不良的示範，而這就好像黃毅志、曾世傑（2008）在文章中所指的惡質評審之情形。

2. **口試委員口試過程爆發嚴重衝突**：據聞某位研究生的口試過程爆發了兩位口試委員因意見不同，而相互怒罵、敲桌並撕毀口試資料，甚至差一點引起肢體衝突。某位指導教授很認真的依研究議題之專業性，透過口試委員聘任程序邀請了兩位國內知名教授對學生口試。當天學生報告完之後，主席（校外）請另一位口試委員（也是校外）提出意見討論，在口試委員提出意見之後，主席也針對相同問題，提出不同看法。結果先提問題的口試委員竟然憤怒不悅的破口大罵主席的不是。雙方因為口試提問的問題、學生的回答，以及兩位口試委員的觀念不一，爆發嚴重衝突。該位火爆的口試委員大聲怒罵叫囂擔任主席的口試委員，並重擇論文本，還把審查計畫的意見表撕破。指導教授見狀趕緊勸架，但也無法制止雙方的行為，場面相當火爆。在口試教室內，不僅有報告的學生，還有幾位旁聽的學生，場面實在尷尬。火爆的口試委員說：「不要口考了，請指導教授另請高明。」便怒氣沖沖揚長而去，造成口試無法完成。事後才瞭解，兩位口試委員因先前的某些恩怨，私下已有相當深的過節。在不察他們的狀況聘請擔任口試，卻產生這種狀況是始料未及。口試委員當場的火爆衝突，實在是很不好的示範。

3. **口試委員已簽名但主任卻不簽名**：據聞某位研究所主任要求系內研究生畢業的碩士論文要寫 100 頁、博士論文要寫 200 頁，如果沒有符合這個頁數標準，在學位論文的簽名頁上（有口試委員的簽名及主任或所長的簽名），就不簽名。情形是這樣的：某位研究生不瞭解系主任的潛規則，就提出論文口試，也通過了校內外委員及指導教授的論文簽名。研究生修改好論文，想送給主任做最後的簽名，但該主任看到學位論文僅有 72 頁，就不肯簽名，並要求這位研究生要再補 28 頁後才願意簽名。研究生很納悶的說：口試委員在口試過程中都已針對論文的所有問題詢問過了，而我也都答辯及修改了，為何系主任不是口試委員會的成員，竟然還有這種權限，而不簽名？這位研究生不願意接受主任的要求，於是沒有補足到 100 頁，因主任不願意在論文上簽名，於是無法完成手續畢業。像這種情形，學生可以透過申訴管道提起申訴。**學位授予法**（2018）並沒有規定學位論文一定要幾頁才完備，系

主任或所長不可以因個人意見或不成文規定而違反該法的規定，而影響到學生權益。更何況，論文的價值不在於它的頁數，而是在於它的內涵。

柒、審查結果

「恭喜您，通過論文口試，但是仍需要依據口試委員的意見修改，後續的修改，請指導教授審查後無誤就可以畢業。」

聽到的這一刻應該是喜悅的！

「○○同學，經過所有口試委員的意見，認為您的論文仍有大幅修改的空間，這次口試就暫時不打分數，當您修改好論文，與指導教授討論後，再寄給口試委員審查，再打分數……」

聽到的這一刻應該是沮喪不已，心中一定有很多的疑問，為什麼？

上述的情形是在正式論文口試後的場景，若結果是後者，研究者應當好好的警惕與努力。第二次的論文審查，也需要經過論文報告、口試委員的審查及研究生的問答，接著就要再經過口試委員及指導教授的討論，才能知道論文是否已通過審查。通常，論文審查的結果分為幾個等級：一是不用修改就通過；二是通過，但應修改，需經指導教授確認；三是通過，但修改需經口試委員確認；四是不通過，重新研提口試，其評分標準如表 1-1 所示。第一個等級的機會很少，初學研究論文寫作者，很少有在論文審查時即順利通過且不用修改。常見到的學位論文在口試完之後，都是要經過修改，只是大幅度的修改或小幅度的微調的區別而已。

一、通過，但應修改

此時就需要注意如下幾個重點：

1.綜合口試委員的意見來修改：研究者宜將口試委員及教授的意見綜合彙整，並試著依據審查意見來修改。如果審查意見很多，代表該篇論文還有成長空間。相信在論文口試修改後，該篇研究論文的品質會提高不少，而研

表 1-1
○○大學○○研究所學位論文評分單

	研究生姓名	○○○		
	論文題目	○○○○○○○○○○		
	審查項目	計分標準	得分	合計
評分標準	一、文字組織（20%）	1. 文字方面（10%）： (1)修辭洗練；(2)敘述明確		
		2. 組織方面（10%）： (1)體系完整；(2)組織嚴密		
	二、研究方法及步驟（30%）	1. 研究方法妥善（10%）		
		2. 研究步驟適當（10%）		
		3. 參考資料豐富適當（10%）		
	三、內容及觀點（30%）	1. 內容充實（15%）		
		2. 觀點正確（15%）		
	四、創見及貢獻（20%）	1. 見解獨到（10%）		
		2. 有益於○○理論之建立及○○問題之解決（10%）		
總分				
審查建議	□ 不用修改，通過（90 分以上） □ 通過，但要修改，需經指導教授確認（80～89 分） □ 通過，但修改後需經口試委員再次確認（70～79 分） □ 不通過（未滿 70 分）			
評語				
簽名				

究者的寫作能力、寫作觀念、資料分析技巧、對研究主題的掌握、對各章節論述等，會在口試委員的叮嚀下進步神速。因此，將口試委員們的意見或將口試本（口試委員常會將意見直接修改於論文口試本之中）保留下來，做為論文的修正參考，是改善寫作技巧及提高論文品質的方式之一。

　　2. 宜補充新的文獻資料：要修改的內容如果是對前三章的章節架構之調整及文字的修飾，還算是小幅度修改；有時口試委員會建議該篇文章的文獻引用太過老舊，且沒有新的外文文獻，此時最好再到圖書館或電子期刊，找尋與本研究有關的外文文獻補充在有關的章節之中，這對於論文的新穎性及

價值性也會提高。畢竟論文完成之後，要保存長久，如果沒有新的文獻資料，會降低論文的品質，論文寫作的意義就不高了。

3. **注意大幅修改內容**：若要修改的內容是資料處理錯誤，此時要檢討是否統計方法與資料類型的搭配出了問題，這部分請見第四章，例如：迴歸分析確實將類別變項視為比率變項，若沒有將類別變項虛擬編碼（重新編碼轉換）再分析，此時就需對資料重新檢視。因資料類型的不同，會使得運用的統計方法也不同，在研究結果發現也就不同，這會影響到結論及建議的敘寫。

4. **修改前與教授討論**：論文修改之前，最好能與教授確認口試委員的意見有哪些需要修改。口試委員的意見有些是供參考，所提意見是他們對於論文內容的一些疑問，如果在口試當下將問題加以陳述，也獲得口試委員的認同，此時該意見就不一定要修改。在需要修改的部分，有些是無法再回溯進行，例如：改變研究方法，但是研究者宜將口試委員的意見做整理，最後再與指導教授討論後續的修改事宜。

5. **做最後的論文確認**：論文修改完，一定要再與教授確認，告知修改過程中又遇到哪些問題，如果無法處理，就需要教授的協助。如果研究生在修改論文過程中沒有問題，此時就可以將修改後的結果，與教授確認，確認無誤之後，再請系、所主管簽名，完成手續之後，才算是完成論文。

6. **不可以都不修改**：有很多研究者的心態認為，口試委員的成績都已經給予通過，論文修改已不重要，因此沒有就口試委員所提的意見對論文進行修改，即送交給學校，完成畢業手續。這樣的心態很要不得，因為研究者不修改的駝鳥心態，只求畢業、不問論文品質，導致錯誤的結果為後人引述，讓知識形成更為混亂。

二、不通過——重提口試

論文審查有可能無法獲得口試委員的認可，而無法通過，這種情形比較少。一篇論文的寫作耗時數個月或一、兩年，這過程中有指導教授叮嚀，才通過論文計畫口試，也才可以進行後續部分，最後才有研究結果。照理來說，不應該在最後的論文審查被當才是。

常見到學位論文考試沒有通過的情形是：第一，論文品質太差，沒有評

定分數或評分分數未達平均 70 分：學位考試必須評定成績，但是論文品質太差，而不予評定成績，則以考試不及格論。第二，發現抄襲或舞弊之情事：論文如抄襲或違反學術倫理，經碩士或博士學位考試委員會審查確定者，以不及格論。第三，論文寫作內容有問題：如問卷調查樣本不切實際、研究方法不對、資料處理方法誤用、通篇論文的 APA 格式不對等，都可能讓論文口試無法通過。有許多學校規定學位考試成績不及格且尚未屆滿修業年限者，得於次學期或次學年（如為暑期班學生，則於次暑期）重考，但以一次為限，重考成績以 70 分登錄，重考成績仍不及格者，勒令退學。

依筆者認為，論文無法通過口試委員的審查，主因如下：

1. 研究結果不符合預期目的：如在文獻評閱及研究架構之中，強調教師信念會對學業成就有影響，但是整個結果與預期結果相反。雖然這不一定是無法通過口試的主因，但搭配其他原因，就可能無法獲得口試委員的認可。

2. 文獻引述不符 APA 格式：寫作格式除非另有其他版本規範，若整本論文的引述沒有依據 APA 格式，通篇論文的 APA 寫作格式不對，也無法通過。APA 格式是寫作論文的基本工夫，如果這些基礎都無法達成，就成了論文寫作的嚴重問題。研究者很容易將未引述的文獻列在參考文獻中，或在內文中有引述的人名，沒有列在參考文獻之中。因此，研究者宜掌握 APA 格式規範學位論文結構：論文前置資料、緒論、文獻探討、方法論（研究設計與實施）、結果與討論、結論與建議、參考文獻、附錄等。

3. 資料結構不良與相關原因：若是研究生無法掌握的，如資料結構不良，也就是在問卷調查蒐集的資料就是如此，也不可以任意篡改資料。研究生若將資料以適當的方法分析，雖然獲得的研究結果不佳，這還可以接受；但是如果誤用統計方法，會產生不當的研究結果，此時就會讓口試委員認為研究生的資料處理方式不當，影響研究結果及推論與建議的論述。

4. 討論、結論與建議的嚴重疏失：在研究結果之後，沒有進行深入的討論，同時在討論之後，研究結論與建議沒有完整呈現，結論與建議空泛，並無法讓審查者掌握研究發現及研究的建議。

5. 違反研究倫理：當然，口試委員在論文口試過程中發現研究生違反研究倫理，例如：論文抄襲、篡改資料，變項原本沒有達到統計顯著水準，卻改為有顯著，或沒有顯著相關，卻偷改為顯著相關；又如在問卷調查過程

中，沒有將問卷發放到受測學校，但在研究論文卻呈現出樣本，在口試委員詢問時無法回答，甚至口試委員與該校主管或老師很熟，致電詢問，瞭解沒有發放問卷到學校，這也違反研究倫理了。

　　通常無法通過學位論文審查，要論文口試委員會的口試委員全體都同意，才會有此現象產生。當有一位口試委員提出不要通過該篇論文時，口試委員會的主席會請指導教授表示意見，如果指導教授表示可以接受不通過，此時，論文不通過審查的機會就很高。如果指導教授表示口委的意見在論文寫作過程有加以考量，如樣本大小、研究方法或其他因素等，將意見表達之後，也許提出意見的口試委員態度鬆動。此時，主席會徵詢該位口試委員的意見之後，再行決定是否通過論文審查。如果口試委員態度沒有改變，此時氣氛會有些僵，這時委員會的主席就有裁量權，端看主席的意見而定。

捌、論文抄襲：論文寫作之恥

論文抄襲違反了嚴重的研究倫理，學位會被取消，顏面盡失。

 一、警惕的例子

　　論文寫作最大的問題是研究者的抄襲（plagiarism）。抄襲有剽竊、偷取與以不正當行徑獲得他人文字內容的情節。若研究論文構成抄襲，不管是何時畢業或研究者的職位為何，都會被取消所獲得的學位。雖然抄襲有這樣的懲罰，但是為何還有很多研究者願意冒這風險呢？以下用幾個例子來說明。

（一）例一：論文口試前

　　筆者曾參與某次論文口試，當收到論文計畫本之後，發現內容似乎並非該研究生所寫。筆者上網一查發現，這本口試本論文計畫與一篇已畢業論文的前三章相同，僅有研究對象不同而已。他人的題目是「桃園市的……」，而該題目則是「新北市的……」，對照兩本論文之後發現，在緒論、文獻探

討、研究設計、研究工具，乃致於參考文獻等有九成五一樣，這構成了論文抄襲要件。筆者深覺問題重大，致電指導教授通知該名研究生，撤消該次論文計畫口試。試想，如果研究生口試，筆者提出佐證論文，當場一定是一翻兩瞪眼，場面一定很難看。這事件值得省思的是：指導教授怎會不瞭解該篇文章是完全抄襲的呢？如果口試委員也沒有發現抄襲，研究生當會繼續完成論文，存有僥倖心態，最後完成論文，經過口試，論文再上傳國家圖書館網站。若是後來被讀者發現抄襲，這問題就嚴重了。

（二）例二：論文口試後

有位研究生已經通過正式論文口試，並已修改完論文，要呈給研究所主管簽名，在此過程中，研究生就把論文本交給助教，助教沒有收好而直接放在研究所辦公室桌上。不久，有一位學生到所辦看到該名研究生的論文，發現其研究結果居然與前幾屆畢業的學長一樣。發現的學生好意向研究生的指導教授報告，指導教授認為，應該不會如此才是。經過求證，確有其事，指導教授問該名研究生為何如此，該名研究生淚流滿面的說出原因：因為同學都畢業了，加上是在職生無暇寫論文，貪一時之快，把別人的發現當作自己的研究結果，僅求快點畢業。這案例的問題在於研究生已通過正式口試，學位論文已有三名教授簽名，僅剩下研究所主管簽名就完成手續。該所主管瞭解此事，開會商討處理事宜，會中有要求撤銷學籍的聲音……。

（三）例三：論文已上傳

據聞，多年前有一位認真的研究者在政治大學社會科學資料中心尋找論文文獻，做為文獻探討之參考。在不經意過程中，找了兩本題目頗為接近的內容，其中一本為博士論文，一本為碩士論文。兩本論文的畢業學校不同，碩士論文畢業在先，博士論文畢業在後。該位研究者好奇的翻閱發現，博士論文抄襲碩士論文好幾頁文獻，沒有引註出處。當下，該名研究者非常傻眼，怎麼會這樣呢？四位口試委員、指導教授與研究所主管已簽上大名，並已畢業多年。如果這被舉發，撰寫博士論文者若經查證抄襲屬實，一定會被取消學籍，幾年來的晉級加薪就會被追回，並有刑責問題，同時指導教授、

該校研究所主管及口試委員一定臉上無光。該如何是好？

 ## 二、抄襲者的心態

對於上述案例，研究者應當警惕與小心。雖然論文抄襲不對，但還是很多人甘願冒風險抄襲，為什麼會這樣呢？這些抄襲者的心態大致如下：

1. 急著畢業升等晉級加薪：就心態來說，時下很多在職研究生，因為念書時間很少，撰寫論文需要時間，看到很多同學畢業晉級加薪了。為了急著畢業，而自己的論文卻連寫作方向都沒有，無法向指導教授及家人交待，於是就在「臺灣博碩士論文知識加值系統」抓取論文的電子檔或 PDF 檔（下載再轉檔改寫）。這些人心想，博碩士論文幾萬篇，只要抓一篇論文稍加改寫，一定不會有人發現。研究者抱著天下文章一大抄，又不是只有我抄而已，何況他人沒有被抓到，我也不會被抓的僥倖心態，反正口試委員、指導教授、升等教授的論文審查委員，也不會發覺，所以不會有事，就走上險路了。上述情形，是很多研究者淪為抄襲論文的根源。

2. 晚畢業升等面子掛不住：很多在職生是中小學校長、主任或行政主管，忙於公務，無暇進修，看到同校或同單位的老師或同事都畢業了，覺得很沒面子，想早一點畢業，因此鋌而走險。也有很多大學老師從進入學校時為助理教授或副教授，在任教一、二十年之後，甚至到退休，也很少發表學術論文，就沒有升等。相對的，有些新進老師很積極的發表論文，因而在幾年間就升等為教授。這些沒有升等為教授的老師不僅研究壓力持續增加，且在大學任教沒有學術發表，總有面子掛不住之感，因而就想要投機取巧，以抄襲的方式發表論文，最後若被抓到，則會得不償失。

3. 很多人抄襲沒有被發現：很多研究者的心態是，現在博碩士論文數萬篇，從中找一篇來抄或改寫，應該不會有人發現。上述例三的學生心態，在網路不發達的年代，這些畢業論文僅館藏於政治大學社會科學資料中心，該名博士畢業者可能認為，除非有人來圖書館找，否則不會被找到，同時在博士論文中沒有引述抄襲的碩士論文出處，一定不會有人發現這篇論文是從他人的碩士論文抄襲而來的。而這樣的例子，並不在少數。

三、怎樣會構成抄襲？

研究者一定想要瞭解，究竟何種情形是抄襲？大致有以下的情形：

1. 引用他人的文獻沒有引述出處：研究者從網路抓取的相關文獻或書籍及期刊的文獻整理，並沒有引註出處（含文字、表格、圖片、照片），就構成了抄襲要件，因此文獻的引用宜有根據，同時在內文引用之後，宜在參考文獻中列出參考書目。

2. 未經同意使用他人的研究工具：研究者未經他人的同意，即使用他人的研究問卷或實驗器材等，也算是抄襲。因此，若使用他人編製的問卷，宜經由他人同意，同意使用的函件，宜附在研究論文的附錄中。

3. 過量的引用未經過他人的同意：研究者如有一個段落超過 400 字的一字不漏之引用，卻未經過原作者的同意，即是抄襲。而更誇張的是，研究者常抄襲整段、整節、整章，甚至連研究發現也都直接剽竊，都算是抄襲。

4. 大量引用翻譯文獻未引註出處：研究者在閱讀國外期刊及教科書時，很容易將有關的外文翻譯資料納入文獻，如果大量引用卻沒有引註出處，也沒有獲得原作者同意，就構成論文抄襲。

四、抄襲的後果

（一）良心不安與取消學位

論文抄襲會有幾種後果產生：一是，雖然畢業拿到學位或升等，但心情總是會不安，一定會擔心何時會被人舉發，這種情形可能長達一輩子；二是，有些研究者認為，我已經要退休了，退休之後就無關抄襲的問題，但這是不正確的，如果研究者真的涉及抄襲，不僅會被追回學位，若已晉級加薪者，則加給部分會全數追回，何況年老才被抓到抄襲，一生清白都毀於一旦；三是，論文抄襲的認定由該授與學位的學校成立委員會調查，查經屬實，即取消該等級學位，並從國家圖書館的學位論文網站中撤除這本論文，這是何等嚴重的事。這不僅個人的名譽掃地，清白受到影響，甚至指導教授、所就讀的學校及研究所、論文本簽名的主管及口試委員都會受到波及，

更重要的是，還有刑責及賠償問題，所以無論如何，論文抄襲不能發生。

（二）有形與無形的負面代價

　　論文抄襲的代價難以想像，以下的例子值得警惕。有一名在學校服務了二十年的老師，很認真的運用在職進修機會，花了六年時間，取得了博士學位。在完成博士論文，經過口試委員簽名，辦妥離校手續，將論文上傳至國家圖書館網站後，不到一年就被人檢舉論文抄襲。起初，「這位博士」否認，然而被抄襲者指證歷歷，將自己被抄的內容一一舉證，並寄出存證信函要求學校及「這位博士」說明。學校收到具名及存證信函，提出了說明，且「這位博士」也對檢舉內容做出回應，但是被抄襲者並不接受。後來這位被抄襲者更將先前的檢舉信寄到教育部，要求教育部處理；沒多久，「這位博士」就「自動放棄博士學位」。從這個案例來看，並不是抄襲者自動放棄博士學位已足，試想，這位研究者付出的代價有多大：第一，這名研究生、系、所、學校、指導教授、口試委員已蒙羞，名譽受損，難以平復。第二，這位在職生，花了六年的時間及學雜費，都要付諸流水，得不償失。第三，這名研究生為在職教師，服務了二十年，如依據**教師法**（2019）第 14 條第 11 款規定「行為違反相關法規，經學校或有關機關查證屬實」者，可能有停聘或不續聘的可能。雖然論文抄襲是否為「行為違反相關法令」，仍有討論空間，但如果在法規認定的範圍，這位老師服務一輩子的退休金會被取消，這種代價是當初始料未及。第四，論文抄襲還可能有賠償問題，如果被抄襲者提出合理範圍（如賠十萬元等）仍然可以成立，過去臺灣也有案例是這樣的。最後，抄襲者還有刑責，倘若抄襲者及被抄襲者雙方無法達成和解，可能在法院審理上，就會依其抄襲的程度定其刑責，如**著作權法**（2019）第 91 條規定：「擅自以重製之方法侵害他人之著作財產權者，處三年以下有期徒刑、拘役，或科或併科新臺幣七十五萬元以下罰金。……」

　　總之，本章開宗明義就讓讀者掌握論文寫作，找尋指導教授的重要，並提出研究生與指導教授及口試委員互動的重要。尤其更將論文寫作過程的論文計畫及正式論文口試可能會面臨的情形進行說明，旨在讓研究者能夠掌握論文寫作的管理，不會迷失論文寫作的方向。

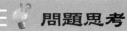 問題思考

弟子相的特性

　　論文寫作需要指導教授的指導，然而您可曾想過，在學習論文寫作的過程中，如何在指導教授的引導下，做好弟子的角色呢？為人弟子如何做好向師長學習治學的態度呢？學生又應以何種態度聽從指導教授的話來撰寫論文呢？在論文寫作的過程中，猶如走在黑暗道路，需要明燈指引。師長的治學觀念如明燈引領弟子，學生要向他們學習，從師長的行誼、專業知識、治學精神習得治學的精要。然而，要如何扮演好弟子相呢？《華嚴經》提到，弟子親近善知識有九心，也就是弟子要以九種心來依止師長。這是很好的觀念，以下提供思考：

　　1. **孝子心**：棄自自在，捨於尊重令自在者。為人弟子要如孝子一樣，不要顧及自己的想法，而是要如觀父容顏，隨父自在，依教而行；也就是說，要依著老師的容顏、想法與態度來遵行。老師要學生如何執行論文、修改論文與研究取向，就依著老師的想法，不要自作主張。

　　2. **金剛心**：誰亦不能離其親愛能堅固者。弟子要有不退轉的心與善知識學習，而不受到他人影響自己對師長的學習歷程；就如同看到其他研究生很容易就畢業了，而受到影響，便在背後批評師長。

　　3. **大地心**：荷負尊重一切事擔者。老師要學生承擔什麼樣的任務，學生就勇於承擔。

　　4. **輪圍山心**：任起如何一切苦惱，悉不能動。老師要學生負一切重擔，學生會努力做，縱然有他人在外批評，也不會受到影響與懈怠。

　　5. **世間僕使心**：雖受行一切穢業，意無慚疑，而正行辦。內心的態度沒有遲疑，會努力的把事情做好。為人弟子要像僕人一樣，師長要學生除去穢，學生也不會遲疑。師長要學生好好把統計或研究方法學好，就認真學習，不要嘀咕。

　　6. **除穢人心**：盡斷一切慢及過慢，較於尊重應自低劣。弟子對於師長或善知識不會高慢或態度惡劣，而是會虛心受教，不會態度傲慢。

　　7. **乘心**：尊重事，雖諸重擔極難行者，亦勇受持。勇敢承擔老師或

善知識所交給的任務或重擔，不會有所遲疑。

8. **犬心**：尊重毀罵，於師無忿。當老師指責學生時，學生不會不高興，甚至忿怒；學生反而應該檢討為何老師要指責自己，有哪些做不好或做不足的地方。

9. **船心**：尊重事任載幾許，若往若來，悉無厭患。老師要求弟子做的事，雖然來來回回、反反覆覆的做，但是弟子也不會有厭煩之處。

張芳全（2017）在《高等教育：理論與實證》第十二章對上述九心有深入說明，讀者可以參閱。就為人弟子（研究生）來說，這九心可以好行持一項就不錯了，更何況有九項。如果是您，能行持哪些呢？

論文寫作經驗分享

　　為了讓讀者更貼近論文的寫作觀念與提升寫作技巧，筆者特別邀請幾位已完成學位論文者，與讀者分享論文寫作的經驗，希望能提升讀者寫作論文的信心。從他人的經驗中學習，可以增加論文寫作的視野與減少不必要的時間浪費。

壹、詹秀雯博士：論文寫作譬如為山

　　子曰：「譬如為山，未成一簣；止，吾止也！
　　　　　譬如平地，雖覆一簣；進，吾往也！」

一、論文寫作應面對的問題

　　每個人都有自己的學習風格，有許多女性可能和筆者一樣。求學時代的筆者，國文不錯，是班上的「國強」，數學成績很恐怖，所以只能選社會組。還記得在當年大學聯考時，數學讓筆者很頭痛，只好放棄一個獨立的單元，挑來挑去挑中了機率與統計；沒想到，後來一直和自己進修、工作與生活息息相關的，竟然就是機率與統計。大學和研究所念特殊教育，教育心理與統計是測驗的基礎，念得很辛苦，碩士論文又讓筆者逃了一次，決定做教學實驗，可以和統計保持距離。

畢業後覺得汗顏，有時候讀相關研究報告，量化的部分不能理解，只能跳過，覺得自己辜負了這個學位。準備博士班入學考試時，就立志雪恥，不能再和統計保持距離，博士班的入學研究計畫就硬著頭皮寫了量化的結構方程模式（Structural Equation Modeling, SEM）。在入學口試時，遇到初次見面的張芳全教授，他問了筆者好多很深入的統計問題，一時之間真不知道如何回答；教授給了很多研究建議，當時都聽不太懂。在入學後，上了量化方法論的課程，在硬著頭皮讀博士論文評析時，感覺很有距離；修習多變量分析時只能囫圇吞棗的學，不瞭解各種統計方法的用途。然而，筆者沒忘記當時的初衷，自己的反省性思考，覺得在博士的養成過程中，不能只熟悉質性研究，在量化研究上也需要鍛鍊，不想完成最高學位後，卻連量化報告都看不懂，連什麼是因素分析、什麼是迴歸分析都弄不清楚，一知半解，算什麼博士。

二、統計在論文寫作的重要

筆者在博士班修完學分與考完博士資格考試之後，乃毅然決然的決定下修碩士班高等統計學，另闢蹊徑。在修習課程之後，終於讓筆者找到研究的好方向。在與碩士班學生一同學習時，感受到他們開心學習的氣氛；學弟妹真的非常幸福，可以這麼早就接觸到好教授的引導。張教授在教導高等統計時，總是先清楚的講解該單元的重要概念，教我們用聯想的方式記住公式，然後以高關懷、高倡導提醒我們練習操作，並搭配鼓勵同學參加國家考試，練好基本功，提早為自己的生涯預作準備，提醒我們國家考試會怎麼樣在統計上出題，毫不保留的分享自己學習突圍求解的歷程，讓大家功力大增。

筆者覺得自己很難再遇見像張教授這麼真誠的教授，和教授相處時，可以很單純與簡單。筆者有一位統計功力高強的同學，有一次和筆者分享他收到的電子郵件，內容是別人請他幫忙跑統計，然後還大言不慚地，請同學簡短將重要的統計結果之意涵告訴他。學問竟然可以這樣輕易的取得，讓筆者實在驚訝，然而做學問要一步一腳印，就像品嚐柳丁的滋味，必須親自洗、切、嚐，不管別人轉述得再怎麼淋漓盡致，就如同隔靴搔癢，無法真實體會。

三、論文寫作遇到不少的難題

筆者在寫論文時，跑統計的過程備感辛苦，例如：在跑結構方程模式時，要寫一則參數估計的語法，總要邊上網、邊翻書、邊畫圖、邊請教同學，但是就像張教授所說的，要不斷嘗試錯誤與練習，最後學到的就是自己的。所以在跑統計、進行模式的參數估計時，一開始常至少需要兩、三個小時，而現在則只要半個多小時就可以完成，其中自己的點滴收穫與體會，絕對不是坊間所謂代寫論文或找親朋好友代跑統計，再請其轉述意涵的投機者可以體會。

筆者的論文寫作過程是跌跌撞撞，主要是運用次級資料（secondary data）分析法來分析博士論文的議題，然而研究所內開的課程很多都有所不足，所以很多碩博士生都沒有這方面的訓練，筆者也是一樣，因此在研究所的課堂中學習與發表的內容有限，需要更多時間及努力自求多福。為了要讓論文寫得更好，個人認為，要增加這方面的視野與能力，把握機會學習是最好的方式，尤其要找各種機會參加大型的研討會、到各圖書館找資料、參加統計的工作坊，以及與同學每週討論統計、彼此學習。張教授常說，學習到的就是自己的，能學多少就學多少。張教授的《統計就是要這樣跑》都快被我翻爛了，他所撰寫的書，不像坊間很多大部頭的書，讓人望而生畏，或是寫了很多空洞的理論而不易入門；張教授所寫的工具書，方便攜帶，深入淺出，《統計就是要這樣跑》一書應用簡單而清楚的觀念及圖示，讓讀者容易瞭解，也方便按照步驟一一操作。筆者就這麼學會了在一筆資料中如何選擇觀察值（所要分析的資料）、標準化 Z 分數轉換、迴歸分析、因素分析，更學會了相關矩陣、共變數矩陣、結構方程模式，以及潛在成長曲線模型。

四、良師益友對論文寫作幫助很大

筆者在學習的半年中，學會過去好多年一直學不會的內容及觀念。個人的統計信心慢慢的回來了，曾幾何時，筆者也可以簡短的告訴他人統計的相關意涵，更能讀懂量化研究的內容。張教授還鼓勵我們要多向學術期刊投

稿，從多投稿件中來獲得經驗，因為一篇好論文的產生，並不是那樣容易。張教授也提醒，研究主題的選擇要具體可行、要有原創性，要學好可以自行操作的方法與技術，再搭配理論觀念及相關文獻與研究，就可以讓一篇論文慢慢完成。張教授也安慰我們，學術期刊的投稿會被退很正常，不要氣餒，要多投，一定會有心得，筆者也朝著這個目標，慢慢努力，也慢慢發現，有時雖然是修正後再審，但審查委員給的意見都相當珍貴，也讓自己有許多的成長與學習。

張教授說，學問是一點一滴的學習，一點一滴的學習可以滴水穿石，也會串成一片美好的善知識。研究論文的寫作也是一樣，筆者在進行次級資料庫分析時，就遇到很大的問題，在茫茫資料庫中，一直跑不出合適的模型，主要是筆者在使用次級資料庫時很容易自以為是，在運用時常常只大略看各個題目的前幾項內容（如選項順序），就依照個人的經驗法則和一般邏輯排列出應該有的順序，但沒想到資料庫的其他題目就不是以此來排列，因而跑出來的結果大異其趣。在自以為是，沒有周延瞭解資料庫的內容時，就拿起資料來進行分析，所以資料一直跑不出結果，一直在整理與重新轉換變數，把不合理值和遺漏值都刪除後，跑出的數值及模式還是很不適配，最後把幾個選項合併，但模式還是不理想。張教授提醒，真的要非常仔細研讀資料庫的施測手冊，來瞭解每個題目的問題及選項，這影響無比大。當初若不詳察，產生的結果如預期，也寫好報告或刊登出來時，其麻煩就更大，不僅誤導學界，也誤導自己，認為這就是結果，但哪知這是錯的結果。筆者以上述的經驗分享這跌跌撞撞的過程，反而讓一切學習都更有意義，並增加了寬廣的視野，有助於筆者在使用新的資料庫時，很快就可以進入狀況。筆者常自嘲，在使用資料庫於論文中的寫作歷程，會嘗試很多錯誤，就好像美國總統坐白宮（作白工），但其實人生沒有用不到的資歷。上述的經驗，讓筆者在未來的研究生涯中能更加警覺，在自己跌跌撞撞之後，論文寫作與統計分析的印象超級深刻，在各種經驗的累積下，更瞭解研究上應注意什麼問題，研究的路上才不會白走。一篇文章及研究的形成，各個階段都有其難處，也都需要去面對與解決，這種體會其實在腦海中有更多的震撼與意義，也能讓知識更加提升。

筆者能進入統計及論文寫作的另一層次，要十分感謝張教授，他讓我重

拾對論文寫作與統計的信心，就像筆者重新翻閱《心理與教育統計》（林清山，2014）一書時，書上的眉批與筆記已經超過十五年，很感謝張教授讓筆者可以真正學好統計與完成論文。匆忙趕路，會讓自己錯失許多路上可以好好體會的風景，這些人生體悟如果太急了，最後會讓自己完全沒有喘息的空間。論文寫作有一部分是創作，操之過急，也許會讓自己少了一些體悟，而無法水到自然渠成。張教授提醒，博士論文的寫作要紮實，不能強求，方法及文獻的理路要清楚，也是引導筆者後來做研究的重要基礎，更對筆者影響很大。

（詹秀雯為國立臺灣師範大學附屬高級中學教師、
國立臺北教育大學教育經營與管理學系博士）

貳、張樹閔校長：論文寫作重點在態度

張樹閔校長在彰化縣擔任教職，碩士班學習階段卻常來臺北與本書筆者討論論文寫作的問題，後來很快就完成論文，這證明距離不是問題，重點在態度。以下是他的分享。

一、尋找指導教授

有時選擇一位「好好先生」的指導教授不見得是明智之舉，嚴格的教授反而更好，因為他更有效率，而且看重你的研究，因此選擇教授不一定要看容不容易通過論文審查，而是要看指導學生論文產出的品質及學習寫作速度。以下是筆者的看法：

1.**組織學習團隊**：透過三至五個人組織一個論文撰寫的團隊，一起去請教指導教授，會省時又省事，如果研究生的心中有題目最好，有具體架構更好，但是題目應以教授的指導為主。

2.**找有效率的教授**：透過學長姐的經驗傳承或個人見解，瞭解研究所各教授的個人風格及指導學生情形，來選擇指導教授。最好選擇有效率及嚴格的教授，因為論文品質及產出速度很重要，不要因為教授嚴格就心生畏懼，

要抱著感恩的心態全力以赴，才能盡快的完成論文。

3. **何時找指導教授**：筆者在職進修研究所碩士學位，暑假才上課，它的修業年限為三年，超過一半的學生都會在三年順利畢業。筆者不認為學生進入研究所之後，就要開始找指導教授，旨在希望有更廣闊的學習視野。因而進研究所之後，第一年即對各科目廣泛學習，心中會比較有定見要以何者為主修。第二年學習的科目大部分以選修為主，所以在第二年課程快結束時，就開始找教授。這過程使學生在接受較廣的專業知識之後，才來瞭解未來要撰寫哪一個研究主題。

4. **何時開始寫作論文**：每個人進入研究所之後，日間部與在職班開始寫論文的時間起始點不一樣，日間部的學生在一年級下學期就應開始，而在職班可能要在第二年課程快結束時，才開始找指導教授，待指導教授定案後，接著開始寫論文。寫作論文必定要按照進度，不能荒廢，否則一怠惰，整個論文速度就會停下來，教授對您的觀感也會有所改觀，甚至不想指導了。

二、寫作論文的整體思維

在題目的選擇方面，剛開始著手要寫論文時，要從哪個方向選擇題目便面臨困難，一方面要符合指導教授的研究方向；另一方面要跟自己的研究興趣主題相結合，但是決定權還是在教授，當論文題目定案時，眼前的困難便一一排除。

在論文寫作順序方面，論文章節要從哪裡開始，這是大部分研究生起初寫論文時的猶豫之處。個人認為，寫論文應從第二章的文獻探討開始，先瞭解相關主題的涵義及理論，再慢慢摸索回到第一章探討動機目的，接下來研究目的要與第三章的研究工具相對照，當您定下待答問題，就決定要使用哪一種統計方法。

在論文格式方面，寫作論文的風格要參考誰，這很重要，因為每位指導教授的寫作風格不一，最好參考教授指導過的學生論文做為範本，然後再慢慢修正。

在版面格式方面，寫論文時可依照研究所規定的博碩士學位論文格式規定或 APA 格式即可，如果相關版面能夠符合規定，這樣既美觀又符合規定

（例如：四邊留白；頁碼除外，每頁的上、下方至少留白 2.54 公分，左、右至少留白 3.17 公分），可以節省很多時間和精力。如果在這方面有錯誤，會浪費很多時間。

三、撰寫緒論的困難

在研究目的方面，其命題會主導研究結果，也主導第三章的統計方法，筆者最初在定研究目的時，不曉得彼此關聯，所以只是找相關論文來探討，如果再重新寫作時，就會注意彼此的關聯性，讓研究目的與結果更具一致性。

在名詞釋義方面，探討名詞釋義要與第二章的文獻探討相結合，透過文獻整理，找出變項的概念性定義及操作性定義，但是初學者只會找出其中的部分定義來拼湊，無法整理變項關鍵向度的定義。

在研究方法與步驟方面，於探討時所遇到的難題較少，只要依樣畫葫蘆，按照論文範本做修正即可。

四、撰寫文獻探討的困難

1. **文獻取得**：不管是從博碩士論文網站、政治大學社會科學資料中心、國家圖書館等，其資料取得都相當費力及費時，可是這都是必經過程，其實除了這些地方的參考資料外，其他各大學圖書館也可就近參考，例如：筆者去了彰化師範大學六次、中正大學四次、南華大學二次、嘉義大學二次、臺中教育大學二次、東海大學二次、交通大學一次，以及政治大學社會科學資料中心二次，都讓筆者學習到資料的搜尋技巧。

2. **文獻影印**：寫論文需要參考他人的論文，因此需要影印資料，這部分的資料取得，最好能將要參考的論文第二章、第三章、第五章、參考文獻及問卷或量表都影印裝訂，並且留到論文完成之時。筆者先前只影印第二章及參考文獻，發現需要參考問卷或研究架構時，需要再印第三章及問卷量表，即要再跑一次圖書館，非常費時。

3. **文獻整理**：文獻探討的重要課題之一是整理研究中所要分析的變項向度，其實可從文獻中找出向度，根據整理後的表格找出與研究及理論有關的

向度。

4. **理論與研究工具之整理**：理論與研究工具務必跟自己討論的主題有相關，才能印證自己的假設是否與事實相符合。一開始寫論文時，只要文獻有理論就拿來用，不管與自己的主題是否有相關，研究工具也是，這造成了主題內容跟理論與研究工具無法搭配，這是常見的問題，筆者曾面臨過。

五、撰寫研究設計與實施的困難

1. **研究架構**：研究架構要配合問卷，以及從文獻整理出來的變項所構成的向度，才能畫出研究架構，當然也可從研究架構導出問卷。有些研究生的文獻尚未整理，就畫出架構，這是本末倒置，其實筆者在寫作論文的過程中也犯了相同的毛病。正確的是，有了研究目的與文獻探討之後，再建立研究架構。

2. **研究工具**：問卷調查研究中的問卷或量表形成是第三章中重要的節次，也最麻煩，因為第四章與第五章都須以問卷為依據，因此在選擇題目時需要瞭解當初研究者做出問卷的信度達到內部一致性的方式。在參考題目時，對象沒弄清楚就一字不漏照抄下來，結果信度可能會很低，這樣就會很麻煩。

六、撰寫研究結果與討論的困難

1. **統計分析**：根據研究目的及待答問題做統計分析。有些人在跑統計時就面臨瓶頸，不曉得該如何操作，如果三位同學一組以合作學習方式，彼此討論或用圖檔分析，這樣面對統計就不會覺得困難了。筆者就是依步驟製作圖檔及說明，讓不熟悉 SPSS 統計軟體分析方法的人都能駕輕就熟。

2. **綜合分析與討論**：綜合分析的圖表製作蠻費時間的，但這都不是問題所在，討論分析才需要花費更多心力，它必須綜合他人相同見解及不同見解來分析，因此在文獻方面要能夠針對異同來分析，這樣遇到第四章的討論解釋部分，才會沒有問題。

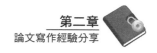

七、撰寫結論與建議的困難

　　研究生常會依照普遍現象或主觀認知來敘寫建議，其實要根據統計出來的結論來做建議分析才對，例如：新移民子女從「媽媽的職業」及「爸爸的職業」基本資料分析，可以看出新移民子女家庭的社經地位大部分都是工廠工人、學徒、小販、農漁夫、清潔工、雜工工友、臨時工人、傭工、無業及家庭主婦，但如何從這些基本變項來建議呢？是值得思考的問題。太過空泛的或原則性的建議可以不要，宜針對遇到的問題來做結論與建議比較好。

（張樹閔為彰化縣田頭國小校長）

參、蕭玉盞校長：工作繁忙也能快速完成論文

　　不少在職研究生擔任行政工作很忙，有藉口慢一點完成論文，但是蕭玉盞擔任初任校長更忙，她如何很快速的完成論文呢？以下是她的分享。

　　筆者每天都會運用一些時間思考論文的寫作，尤其在碩二每天有一小段時間會思考與動手寫一些文獻，積少成多，無形之中就完成了，而不會臨時抱佛腳趕進度，過程中就會很容易發現寫作的問題及掌握寫作技巧。

一、撰寫緒論的心得

　　萬事起頭難，抓不到方向，很多想法不知如何聚焦，感覺東飄西飄。後來經指導教授的加持後，再讓自己靜下心澈底瞭解研究的出發點及影響因子，才慢慢釋懷，走出盲點。筆者本來希望透過問卷調查再輔以實地訪談，讓整個研究更盡善盡美，後來口試委員指正訪談綱要卻未能結合研究架構，建議做為附錄，筆者感激接受，這次失敗經驗會是下次努力的一面鏡子。

 ## 二、撰寫文獻探討的心得

筆者用盡各種方法，蒐集來自四面八方的文獻資料，起初掌握不到訣竅，常常事倍功半，後來指導教授在政治大學社會科學資料中心說明以後，才一路順利。另外，在探討文獻資料、彙整相關主題、歸納問題核心、轉化研究架構時，跨出這一大步，需要不斷修整與篩選。如何整理參考文獻，格式非常重要，中英文都要明確。除了自己該認真學習請教指導教授之外，專書參考十分重要，寫作論文相關工具的專書絕對不可缺。

 ## 三、撰寫研究設計與實施的心得

從文獻探究、分析到歸納出明確架構，其中研究變項的確定，比較需要費工費時，深怕設計出來的研究變項無法編製出理想的問卷，除了多參考相關論文之外，教授的引導也是關鍵。另外，也請專家幫忙修正問卷的過程，遇到有些教授用詞嚴厲不客氣，也遇到被退件，讓剛起步的筆者有點挫折。當然，在結構方程模式圖形的設計與意義的掌握也有些困難，第一次看到這麼有創意的圖形很好奇、想學習，但是對於圖形中許多符號的意義因為不懂而害怕。經過教授一次又一次的解釋，隨時與同學的討論、閱讀統計專書，才悟出意涵。

 ## 四、撰寫結果與討論的心得

研究者的統計基礎要加強，薄弱的統計基礎，會影響到進行研究過程的統計處理，所以要花加倍的時間去學習、去閱讀、去請教，才能順利完成。當然，資料的詮釋更為重要；透過統計呈現的資料，需要詮釋結果的意義，同時因為進行許多統計，對於許多數據不明白，不會解釋而感到焦慮。尤其是 SEM 的適配度指標檢定結果的意涵，讓筆者迷失很久，反覆參考統計專書、求教指導教授、請教同學，最後才克服難關。

當然結果討論要掌握寫法，研究結果的討論需要針對研究問題加以說

明、分析，可惜第一次寫論文不知如何掌握重點，也不瞭解要討論到何種程度，才算切題又完整。直到經過口試之後，透過口試委員的指點迷津，才知道原來討論是需要具體「論」出自己的研究結果與觀點。

五、撰寫結論與建議的心得

在結論部分，不知如何掌握結論措詞，造成表達有落差。有關研究建議，筆者站在教學現場的角度來反思本研究所提出的建議事項，卻與口試委員的觀點有落差。以上可透過口試歷程中與口試委員的互動以及聆聽指導教授的解釋來瞭解。

六、與指導教授良好互動

在論文寫作過程中，一開始運用紙本與教授進行寫作的溝通，有多少就寄給指導教授批閱，可是卻出現了紙本往返的等待與迷思之問題：剛開始寫作時認為，以紙本寄給教授很方便，但是從寄出到收到紙本的等待壓力卻不小，擔心寄丟、也擔心往返時間影響期限；最大的問題還是收到教授的修改內容後，看不懂修正的符號，問同學也不懂，影響學習進度。其實，面對面談話比較真實與明確，有幾次教授的當面指導後，發現原來當面的互動可以當下解決許多疑問，更能加速寫作進度。

七、有意義的研究題目

研究題目非常重要，不但可以從研究者教學現場去探索，也可以針對當下的教育政策來思考，更可以抓住當前教育議題來深究，當然最重要的是必須與教授互相溝通討論，聆聽教授的意見，最後選定的研究題目也必須要有意義才好。

八、指導教授很重要

　　第一次寫論文的研究生找一位理論實務兼備、學問誠意俱全，可以提供研究生一套葵花寶典的指導教授是必要的。唯有透過教授的引導與指正，研究生才能在剛起步的研究之路，跨出勇敢的第一步！然而，研究生的學習態度是不可或缺的先決條件，自己的相關先備知識應先充實外，隨時發現問題、請教問題、解決問題，才是成功的關鍵。筆者之所以能順利畢業，因為找對了指導教授！

（蕭玉盞為基隆市安樂國小校長）

肆、陳冠蓉博士：論文寫作的重要事

　　論文寫作除了增加個人的知識、晉級加薪及取得學位之外，有遠見的研究生更應掌握論文寫作的價值。究竟完成了論文，對自己有哪些幫助？除了上述目的之外，是否有繼續追求知識的理想、是否要提升自己對社會現象有不同的思考、是否能在完成論文之後，對生活態度更為積極呢？以下是陳老師的經驗分享。

一、選擇適當及有價值的研究題目

　　論文寫作困難之一就是如何選擇題目，「適當」的題目為研究者有能力撰寫的題目。許多研究生在決定研究題目時，常犯了題目太大，縱然題目的研究價值高，卻也使得研究生在撰寫論文時，因能力不足而無法落實。值得研究的題目眾多，如何萬中選一，關鍵在於「價值」。所謂主流也是多數人研究所共同累積的成果，研究者必須思考研究的價值，有價值的研究才值得努力到最後。

 ## 二、論文寫作要考量的重要事

　　每個研究生選擇指導教授的考量不一，諸如指導教授的專長、職位、人格特質等都是考量關鍵。建議研究生應思索對自己而言，什麼是最重要，最忌諱一窩蜂跟著他人選擇教授。每次 meeting 前，應事先將本次 meeting 的紙本及大綱 email 給教授，如此教授才能針對論文問題提出指導。如果連自己都不知道如何撰寫自己的論文，那麼恐怕再高明的教授也無法指導。強迫自己閱讀、書寫，逼自己每天至少寫出 200 至 500 個字，研究論文有進度，和指導教授的 meeting 才會有進度。這個工作雖然困難，但只要研究生開始進行後，論文的雛形便會愈來愈清楚，相信自己必能發揮研究的潛力。總之，日積月累、持續不斷才是論文完成的最好策略。

 ## 三、緒論

　　研究者若能清楚掌握研究目的，接下來的研究就有明確方向，相對應的研究問題也會清楚可見。研究者常陷入研究問題和研究目的分道揚鑣，或研究問題無法包括研究目的之窘境。研究目的需經由研究問題的解決而達成，一個好的研究必須善用研究問題來表達研究未來的價值，因此研究目的和研究問題是一體兩面。當目的與問題清楚，研究步驟擬定，就能清楚整個研究架構，瞭解每個階段應有的走向。適當的題目是能讓研究者能力發揮的題目，而研究範圍與限制是研究者在說明研究的範圍及研究方法的限制。事實上，沒有一個研究能逃出研究範圍與限制，正因為是有範圍及有限制，才有未來研究的可能性。

 ## 四、文獻探討

　　研究問題在達成研究目的，而文獻探討的重要性就在於經由現有研究來釐清本研究的問題。研究者在文獻蒐集過程之中，首要決定研究需要的文獻，並非所有的相關文獻都符合研究者需求，應先決定本研究的架構，再依

據架構去選擇適合的文獻。文獻蒐集儘量尋求年代較近且較完整的研究，許多研究者為了研究資料取得方便，多以他人的論文為主要讀本，建議研究者多閱讀一些專家的權威性著作，可以讓研究者的研究更具專業性。

五、研究設計與實施

研究的設計與實施是 proposal 的一大瓶頸，建議研究者在撰寫研究設計與實施時，要清楚研究的目的及問題，經由問題的省思再撰寫研究設計，切勿一味抄襲他人的論文，應就自己對研究的瞭解來撰寫研究設計與實施，這樣的思考方式有助於研究生在 proposal 時回答口試委員的問題，將自己思考的脈絡交待清楚，才能經由口試委員的回饋得到更多進步。

六、研究結果與討論

研究結果與討論主要是針對研究的待答問題一一做討論來加以撰寫，許多研究者在統計完成後，只是呈現一堆數字資料，未對統計資料做詮釋與討論，十分可惜。所謂詮釋是經由統計數字說明研究問題的結果，而討論則是經由比較他人與自己研究結果的異同處做說明。

七、結論與建議

結論的撰寫應分項分段呈現，將研究中的每項結論用一句簡要的話指出，再以一段文字說明，讀者透過簡要的結論在短時間內就能瞭解研究結果；若對研究結果有疑惑，也可經由一個段落的文字加以說明。研究建議應在實務上提供具體建議，以供教育工作者對現場問題的解決；研究建議能提供教育研究者省思的機會。總之，撰寫建議時要具體化，針對研究過程及結果提供未來研究者努力的方向。

（陳冠蓉為基隆市七堵國小英語教師、
國立臺北教育大學課程與教學研究所博士）

伍、林維彬校長：第一章卡住，後續無法進行

　　林維彬校長在撰寫第一章就面臨不少困難，無法後續的寫作，直到他釐清第一章問題之後，後續寫作問題減少很多，他的經驗分享如下。

　　在第一章緒論開始撰寫時，需要引文，也就是在緒論底下要有一段引文，簡介本章將要探討的主題。為什麼要寫研究動機呢？這就是「要做什麼研究」必須要先釐清的問題。一個好的研究題目必須要包括研究對象、變項、變項間的關聯、研究的方向、方法等，題目不宜太冗長。也可加入研究的重要性——藉此強調當前處理問題的缺失及困境，以提示讀者研究的功用與價值，而研究的價值則反應在學術及實務上。撰寫問題背景及研究動機時必須掌握以下幾個要點：

　　1. 問題的緣起：為何提出此研究問題？它的重要性及可研究性為何？

　　2. 問題的發展：問題的前因後果，簡述其發展經過。

　　3. 問題的現況：目前針對此問題的現況為何？

　　4. 問題的未來發展：本研究欲瞭解的部分及其變項間的關係。

　　上述幾點可經由蒐集相關文獻資料或相關論文，陳述其重要性及形成之動機，且最後可用以下句型來總結之：「由於……，所以從事本研究」，以闡述問題的重要性及當前資訊之不足。

　　在研究目的及待答問題的敘寫上，應先寫一段引言，例如：「依據研究動機，以研究對象藉以瞭解現況、變項之間的相關，並提出策略」，陳述研究目的時，應以簡潔、明確且具體為基本原則，故在撰寫時宜從研究的一般功用及該研究的變項來著手，例如：(1)描述說明變項的情形及差異；(2)分析變項間的關係；(3)結果建議。最後再以本研究的所有變項套用到以上三點功用上，所以在敘述研究目的常用以下的動詞來開頭：「探討……」、「調查……」、「分析……」、「瞭解……」、「說明……」、「驗證……」等，且大多以三至五條為原則來撰寫。簡單來說，就是要為下一節的待答問題鋪陳。待答問題或研究假設是上述研究目的之具體指標，也是行動方向，更是研究目的與研究變項之間的橋梁。換言之，待答問題就是要確立研究之後所

要採取的研究方法或統計方式，敘寫時要包括研究對象、研究變項，接著是欲探討的內容（如現況、差異、顯著水準、相關……等）。就名詞釋義來說，研究中的專有或特殊名詞一定得提出解釋，最好能「說明變項的性質」、「不可遺漏任一變項」、「兼顧概念性定義及操作性定義」；簡單的說，就是依據文獻探討之後，先陳述變項的概念性定義，再將操作性定義敘述於後。

　　總之，在研究方法、步驟、範圍與限制方面，為了提供讀者對研究問題有更清楚的輪廓，所以首先要說明研究的方法，例如：問卷調查法、實驗研究或是訪談法，最好能說明為何使用這種研究方法；其次，研究的步驟為何（可參考如：確立主題、閱讀文獻、界定問題、擬定計畫、蒐集文獻、確定對象、進行施測或訪談、回收統計或整理、撰寫論文），並以圖示的方法加以說明；第三，研究範圍與限制，說明時間範圍及研究地區、對象、內容的空間限制，如研究有不完善、不適當之處應說明其困難之所在，一方面也能提供他人日後從事類似研究時可以繼續解決之。

（林維彬為基隆市長樂國小校長）

陸、楊志欽校長、柯淑慧老師：研究設計的分享

　　楊志欽與柯淑慧老師為夫妻檔，他們在第三章的研究設計與實施的撰寫特別有體會與經驗，分享如下。

　　埋首於書堆中，蒐集文獻經由系統整理，這將會在第三章發揮研究的功用，它會運用於研究架構、研究工具，在整個研究中展現穿針引線的妙用。第三章首重研究架構之建立，它將引導整個論文的研究方向與結果呈現。因此，架構內容是研究者較為舉棋不定，而無法打定主意的一環，研究者在文獻探討過程中應深加思索、仔細探究後，方能針對論文的中心大意立定方向，以為後續之遵循。

　　研究對象往往受限於人數、研究倫理及信效度等因素，研究者應有所考量。研究者可運用的工具，除了現成之測量工具外，常因考量工具借用或購買之經費限制，而採取自編問卷居多，此時，亦須參考其他研究使用的工

具，但研究者常陷於無法抉擇之困境。要讓問卷聚焦須與指導教授針對研究架構深入討論，方能克竟其功，以做為來日預試及正式問卷之使用。在建立專家內容效度時，研究生常面臨許多困難，多數須考慮到回收率。建議先採取篩選步驟，可預設名單後先與相關寄發對象聯絡，一方面表達研究者對協助之專家的尊重，再者確保問卷能有效回收。如果時間不允許，也應參考其他研究經驗，尋覓回收配合度較高之教授專家們協助，亦是良方。

研究生接觸「統計」，難免產生所學知能不足之窘境，一方面會有統計操作上之障礙；另一方面則於相關分析時會無所適從及經驗不足，因此借助指導教授之專業，研究生更能觸類旁通，使正式問卷之編製於焉產生，於後續之資料處理能有所展現。在問卷發放與回收方面，研究生又須面對「回收率」的問題，一方面擔心樣本數量不足；另一方面也憂心影響研究進程，此刻如有共同進程之研究夥伴彼此配合，當可在人力方面減輕許多負擔，這方面包括與發放問卷的學校協助人員之聯繫、說明、回收等繁複過程，皆可透過分工，節省時間花費。

在計畫口試過程中，經由口試委員與指導教授所提供之專業意見修正後，整個研究架構、方向有了明確的指導方針，即可進入資料處理階段。在此階段中，研究生再度面臨「統計」的考驗，因為整個研究的完成，端賴研究統計資料的呈現，方能進行分析、討論與建議，其重要程度不容小覷。

研究生於此階段皆會重拾統計專書進行鑽研，為達到研究目的，而採用相關資料分析工具。根據經驗，諸多版本統計專書的介紹內容深淺不一，常無法針對研究內容專章介紹，以致於研究生無所適從，即使工具之操作已熟能生巧，資料擷取卻仍霧裡看花，常須指導教授逐一面授技藝，或尋覓相關研究資料按圖索驥，所以資料處理之知能，往往讓研究過程產生瓶頸。

總之，第三章的研究過程須藉由工具統計資料之呈現，這方面是研究生較弱的一環，除了多增加這方面的知能之外，與研究夥伴及指導教授互動，是這過程所需多方留意，方能使研究進行順暢，有效掌握時程，且有利於第四及第五章的研究進行。

（楊志欽為基隆市中興國小校長，柯淑慧為基隆市七堵國小教師）

柒、古如君小姐：以資料庫進行研究

　　撰寫量化的論文不一定要運用個人的問卷調查資料來分析，也可以使用資料庫的資料。國際組織所提供的次級資料庫，可以做為分析素材是另一項選擇，讀者可以參考第四章的說明。古如君小姐就是運用資料庫進行研究，很快就完成一份有意義的論文。然而，以資料庫來研究及撰寫論文，應注意哪些問題呢？以下是她的分享。

　　首先，在**研究題目**方面，應藉由大量閱讀國外期刊，瞭解不同次級資料庫的問卷內容及限制，並依據個人對研究內容的興趣，選擇符合論文研究主題的資料庫。

　　其次，在**研究架構**方面，可從網路下載該資料庫的問卷、技術報告、國際報告等書面資料，以及各國學生測驗之資料庫（database）（如http://timss.bc.edu/，已釋出參與 TIMSS 及 PIRLS 近年來測驗的結果），這些資料都是免費提供，研究者可以依據次級資料庫所提供的問卷題目，選出所欲探討的研究變項，建立研究架構。

　　第三，在**文獻探討**方面，雖然次級資料庫所設計的問卷有良好的信效度，但研究者在建立研究架構時，也需要有相關的理論或文獻支持，才能具備可信度，因此研究者在建立研究架構時，最好能蒐集國內外相同資料庫的研究結果，並比較其結果的異同點。

　　第四，在**問卷設計**方面，問卷類型可分為學校問卷、家長問卷、學生問卷及測驗結果，研究者必須先將研究變項從各個問卷中整理出來，合併成為一個 SPSS 檔案，並注意研究工具有反向的問卷題目，適時調整數據內容，以減少研究過程的錯誤。

　　第五，在**統計分析**方面，研究變項可先進行描述統計，瞭解問卷作答的集中趨勢，亦可運用結構方程模式（SEM），檢定影響學業成就相關因素之關係，但研究結果僅能推論於研究的國家，而不能推論於其他國家，這也是使用次級資料庫時的研究限制。

　　最後，在**研究結果與解釋**方面，解釋次級資料庫的研究結果時，應考量

當時的國家教育背景，例如：PIRLS 2006 與 PIRLS 2011，學生在經過不同年代的文化刺激與教育政策的轉變後，所呈現的能力亦有所不同，因此需要研究者納入教育背景的考量來解釋之，才能提供給教育當局教育政策的實施成效。

（古如君為國立臺北教育大學教育經營與管理學系碩士、
2012 年地方特考教育行政及格）

捌、陳俊男老師：一直找不到題目與指導教授

　　陳俊男老師在寫作論文遇到的困難不少，尤其看到很多同學在提論文計畫口試時，卻還有多數同學找不到題目及指導教授，感受特別多。陳俊男老師在撰寫論文過程中，特別有此感受，以下說明此困難。

　　論文一路寫來，血淚辛酸感觸良多，每一階段都有其不同困難，很難評定論文的哪一章最困難。不過，可以肯定的是，找不到題目及指導教授，讓筆者感到特別的困難，還好後來找到指導教授。

　　然而，如何尋找指導教授？這是起頭，也是最困難。因為每位教授要求不一，論文架構或進度，與教授研究專長、興趣相符，就要看學生程度而定。當然，找教授的先備功課，應先有初步的論文題目及綱要，往往這部分還是欠缺，這才是找教授的困難之處。與指導教授互動應虛心求教，教授所說的能切合學生需求，如擔心討論之後忘記內容，最好討論時予以記錄、錄音或錄影。

　　至於如何尋找題目？筆者覺得「論文的起頭」最花時間之處是在訂定題目。考慮到這個題目自己是否感興趣？教授是否願意指導？研究做出來是否具有意義？為什麼想到的題目別人都已研究過？考慮時間愈久，壓力愈大，愈是到最後，尤其碩士班念到三年級，同學們已提出口試計畫，此時更感到論文寫作的急迫性，壓力就會增加，真希望趕快找到教授收留。這時候題目有無興趣已不重要，有題目寫就好了，其他的問題以後再說，當然此時很期待教授可以幫忙訂題目。找指導教授，如果旁邊沒有同學鼓勵或及時拉一

把，要跨越需花很多時間。找題目的方法有：一者，多方閱讀有興趣的文獻，從閱讀文獻中漸漸縮小範圍；二來，從論文題目中篩選，從歸納文獻中找出相關論文，探討的議題是別人尚未研究或值得後續研究的；最後，與同儕討論，把自己的想法與同學分享，請同學提出建議。

撰寫緒論的困難處，包括撰寫研究動機不易，研究動機在整篇論文具前導作用，要與研究目的、研究問題相搭配；但是初寫論文，先備知識不足，加上大多參考他人文獻，撰寫出的研究動機說不出所以然，沒有將自己的意見加以表達，以及與研究目的、研究問題無法前後呼應。接下來是研究目的之敘寫，它主導論文架構，研究架構未定出來，寫不出符合的研究目的，等到第二章文獻探討結束之後，可以再回頭修正緒論。

撰寫文獻探討有幾項困難之處：一是文獻太多無法取捨，如中文參考資料很多，部分抄襲誤用，缺乏找第一手資料的精神，以致於延用錯誤資料；二是國外文獻閱讀太少，因為閱讀能力不夠、資料不會搜尋。而撰寫研究設計與實施的困難在於問卷專家效度難以處理，因為專家分析問卷時間不一，無法掌握回收時間。至於撰寫研究結果與討論的困難，在於統計數據的解釋，因詮釋能力不足，無法表達意涵甚至解釋錯誤，歸結原因是高等統計的學習不確實。而撰寫結論與建議的困難就看個人能力及差異而定。

（陳俊男為新竹縣退休國小教師）

玖、高玉玲老師：機會是留給有準備的人

澎湖距離臺北很遠，但是為何很多研究生一樣可以在二年內完成論文，取得學位，這主要是態度問題，尤其研究生的學習階段應不斷 research，掌握 performance 成功關鍵及強烈企圖心 motivation。以下是高老師的經驗分享。

澎湖地質多沙，氣候乾燥少雨。花生，是少數幾種可以在澎湖栽種的農作物，由於可以耕作的植物是這樣的稀少，花生就顯得相當重要。

對於每一個澎湖人來說，花生代表著一種深厚的情誼，它只把果實埋藏地下，等到成熟，才讓人把它挖出來。偶然看見一棵花生瑟縮的長在地上，不能

立刻分辨出它有沒有果實，一定要等到你接觸它之後，才能知道。

人要做有用的人，不要只做表面。收成時，我們會努力將遺落在土中的落花生全部翻找出來。希望大家也能發掘心中的落花生……

一、論文寫作是態度問題

在職進修生必須在工作、家庭、學業、健康中取得平衡，生活步調必須調整，生活模式必須改變，所以每個人都要 research，不斷一遍又一遍的尋找，進而使你的學習和生活融成一體。我們必須跟著指導教授與同學們共同成長，當中你所聽到的每一句話，都可能帶給你無限的啟發，產生自我覺醒，發展一種自我覺知的能力。不斷學習的人生是彩色的，透過不同的學習經驗與模式，豐富了學習的內涵，也在學習道路上更踏實。

工作、學習與研究最重要的是企圖心 motivation。學習和研究是有層次的，在學士階段，我們接受基礎知識，培養學習的興趣與能力；在碩士階段，我們學習認識問題，發展研究的興趣與能力，問題已（未）知，答案未知。尤其在師長與同學們營造出關懷、開放的學習氛圍中，能在這樣的環境下學習，是福氣、是愉悅，也是一種享受，更是一輩子難得的經驗。回想我們成功的經驗，會成功都是因為我們自己主動投注心力，花了很多時間、精力堅持下去。因此，論文寫作的態度很重要。

尋找論文題目固然重要，但選擇一位支持你的指導教授也同等重要，有時選擇一位好脾氣的教授不見得是明智之舉，嚴格的教授反而更好，因為他們更有效率，而且看重你的研究。所以，不要因為指導教授嚴格就心生畏懼，要抱持著感恩的心態全力以赴，才能順利的完成論文。

筆者在論文寫作的這段日子裡，要特別感謝指導教授的諄諄教誨，在論文寫作上的啟迪與期許，更提供了觀點上的激盪；豐富的學識涵養和嚴謹的治學態度，鉅細靡遺的提供許多建議與啟發，使論文內容更臻完善，讓筆者在這段學習、研究的歷程中獲益匪淺。

 ## 二、積沙成塔、循序漸進、掌握進度

　　論文寫作過程最可怕的敵人是自己，我們很容易困在自己的障礙裡面，因為行政工作繁忙、家庭負擔重，所以東拖西拖，寫作二天後，就擱置一個月。事實上，循序漸進、掌握自己的進度是很重要的，有時候真的很累，就先閱讀參考文獻；有時因為工作或家庭關係，進度延宕，等事情解決後，就應該儘快趕上寫作進度。論文寫作最怕虎頭蛇尾或急就章，而應該是要積沙成塔、循序漸進的練習論文寫作，如此才能有條不紊、條理分明、論述清楚。

　　筆者由於兼任行政工作，加上經常承辦全縣性活動，每天手邊都有好幾個工作必須依照輕重緩急之狀況，確實掌握進程。筆者經常自詡每天都得同時放好幾個風箏，不但不能打結，更要讓它們飛得又高又遠。因此，在論文寫作的那段日子裡，我手上又多了一個風箏。

　　下班後，忙完雜事，DEAR Time 晚上 9 點～11 點是屬於筆者的寫作時間，原則上，除了甘梯圖，筆者還會擬定每週的進度。有時有點累，就閱讀英文文獻；如果真的很累，就先閱讀中文文獻；有時因為工作或家庭關係，論文進度落後，等事情解決，就儘快趕上。每個人論文寫作的習慣不同，筆者喜歡一鼓作氣、不熬夜，每天積沙成塔、循序漸進的練習論文寫作。

　　撰寫論文本是辛苦事，論文完成某個進度後，應獎勵自己，例如：外出看場電影、去戶外走走等，讓自己的頭腦暫時放空。撰寫論文的過程中免不了覺得疲憊，不過只要能堅持努力，相信成功就在黑暗孤寂隧道的盡頭等著你。

 ## 三、學習有所取捨，形成知識樹

　　論文是思維的工具，也是思維的延伸，因此論文寫作是邏輯思考和思維的訓練。有品質的論文，會呈現出論文風格，有清楚的結構，善用視覺化的圖表，具批判反思的邏輯結構，有計畫性的提出證據。寫論文要能取也要能捨，因為目前是資訊爆炸的時代，可以看的書籍或文獻太多，所以一定要建構一棵屬於自己的知識樹。首先，要有一棵自己的知識樹，才能在那棵樹上掛相關的東西，但千萬不要掛不相關的東西，而且要慢慢的捨掉一些掛不上

去的東西，一定要掛有用、有價值的東西，再隨著你的問題，讓這棵知識樹有主幹和枝葉。

第二章的文獻探討是知識的基礎與核心，與第一、三、四章有明確的連結，能站在別人的肩膀上，修正其缺點，延伸其優點來實際應用，能兼顧意見性評論、實徵研究與研究者的深層經驗之文獻。此外，有想像力的研究者能從各角度（正向及逆向）來看、來思考。

怎樣才是有品質的文獻探討呢？如果文獻內容得以辯護主題與研究方法，並能凸顯研究的價值與創新貢獻，就是好的文獻探討。真正瞭解研究主題，並能辨析研究主題的重要性，瞭解研究主題在研究歷史脈絡中的地位，選擇適當的研究方法並能針對研究結果進行深度的討論，例如：從名詞釋義看出研究者的定義（包含概念性定義、操作性定義等）。此外，各研究論文應先瀏覽再精讀，如論文中重要的研究者、摘要統計表格等。文獻探討要有啟示，才有意義，例如：論文中提到上述的分析顯示時，必須從上述的歸納、分析、綜合、統合來看，研究者要努力歸納出脈絡；把關心聚焦的資料放進來，才能延伸形成脈絡。舉例來說，要歸納教師在新移民子女的教學信念時，就必須擴大搜尋範圍，包含實徵量化研究、質性研究及英文文獻等資料，對新移民子女的教學信念要兼顧意見性評論、實徵研究與研究者的深層經驗之文獻，如此，才能令論文更生動。因此，兼具深度與廣度、精確與一致性、清楚與簡潔、有效分析與綜合，才是有品質的文獻探討。

　　　　　總以為論文寫作是孤獨的，

　　　　　然而看看四周，

　　　　　其實有好多雙手，

　　　　　好多份的關懷與祝福在支撐著這個小小的夢想。

　　　　　回首來時路，一路上給自己幫助的人有好多，

　　　　　道不完許許多多的感謝，

　　　　　只有滿懷著感恩的心情，謹以此文分享論文寫作心得。

　　　　　～感激彼此所帶來的美好～

　　　　　　　　　　　　　　　　　（高玉玲為澎湖縣中興國小退休老師）

拾、許淑娟老師：難忘的論文寫作經驗

　　學習、再學習，思考、再思考，與做好時間管理是論文寫作的重要課題。許淑娟老師不僅家住澎湖，而且也是在職生；她能不斷的用心學習、吸收經驗，並能運用時間在圖書館蒐集文獻資料，一遍又一遍的修改調整。在有效的時間管理下，有效率的完成了一篇有價值的碩士論文，她的經驗分享如下。

一、感恩──時間管理與感謝

（一）心存感恩，邁向求學之路

　　身處於偏遠離島的澎湖，有知名壯觀的玄武岩、藍天白雲、碧綠海水、夕陽餘暉、夜釣小管、漫步於彩虹橋的閒情逸致，這似乎象徵此地是人間仙境。然而，要在這邊進修碩士學位仍有不利條件，無法與臺灣本島競爭。幾年前有大學陸續到澎湖縣開設研究所，終可免於舟車勞頓之苦，滿足求學念頭。授課教師們老遠從臺北來，用心傾囊相授的認真態度，令人感動。雖然筆者已經畢業了，但是仍一直心存感恩，希望師生情誼能長久。

（二）時間管理，寫作工作兼顧

　　在職進修很辛苦，必須兼顧論文寫作、工作及家庭，猶如蠟燭兩頭燒，如何平衡是很重要的課題。一方面要做好時間管理，另一方面要家人體諒，否則精疲力盡，什麼都做不好，心情自然會跌入谷底。筆者是國中老師，在進修之後的一天時間運用之經驗如下所述。

　　白天學校有課即專注授課，課餘則上網瀏覽與研究有關的文獻，中午休息 20 至 30 分鐘，下午比較有長的時間找一些文獻，但是思緒很難集中，寫不出與論文有關的內容。下午 5 點下班之後，即迅速跑到大學圖書館，專注二個小時，靜靜的可以寫出一點論文進度。晚上則全力忙家務及有氧運動，11 點過後至凌晨 2、3 點才是真正寫作時間，有時會熬夜至天亮。所以論文

幾乎都是在圖書館與半夜完成，雖然有些辛苦，但是當論文完成之後，口試委員很難置信的說，在澎湖進修碩士，也能寫出這樣好的論文品質；從其口中的肯定，不難想像其價值與意義。

（三）辛苦耕耘，感謝教授指導

論文寫作過程有很多盲點，起初都是獨自默默摸索，理不出頭緒，心生畏懼又難以啟齒請教別人，有好長一段日子都是在原地踏步，猶如坐針氈般的痛苦。直到與指導教授 email 往返多次，感受到指導教授的用心、熱心與關心，才得以祛除恐懼，踏出寫作的第一步。指導教授的論文指導方式值得分享，方式是這樣的：學生有問題都可以用 email 請教，教授都會立即答覆；如果比較難以解說的問題，教授會以電話詳加說明解釋；至於各章節進度之指導，筆者會以快遞寄出文本，教授會體諒遠在澎湖的學生，只要當天收到，就能很快的在文本修改給意見，通常往返不到三天時間，使筆者的論文進度進行的很順利。因此，找到一位積極、用心及願意與同學互動的指導教授相當重要。

 ## 二、論文寫作分享

（一）緒論──研究動機與目的環環相扣

第一章緒論的研究動機要說明研究此主題的緣由，宜詳細說明撰寫本研究的理由，敘述時段落間要有銜接與環環相扣，不可以將無關的內容納入，同時適時引出權威的文獻來支持。記得，它是本研究的簡要重點描述，與第二章文獻探討之詳細描述不同，宜掌握它與文獻探討重疊的問題。研究目的決定了待答問題，待答問題決定了統計方法，它們彼此是有關聯的。

（二）文獻探討──紮實的踩在巨人的肩膀上論述

文獻探討要對過去相關的理論與研究深入的分析與整理，而非研究者個人的主觀論述，如此才能讓此研究立論中肯。研究者要多花時間大量搜尋相

關文獻閱讀，資料愈多愈齊全，就更能掌握要列入分析的變項，詳實的整理與歸納文獻才有意義。因為有足夠的文獻，才能與第四章的研究結果進行文獻及發現的比對與分析。如果文獻探討不夠深入，到了第四章就很難討論，此時只好再花時間回頭補充文獻，否則論文會難以完成。筆者過去就是輕忽了文獻探討的重要性，雖然在第四章的統計結果已有初步結論，但是沒有文獻的比對，困擾很久；更重要的是，文獻探討也是發展第三章研究架構的背景變項、自變項、中介變項與依變項之依據。

論文寫作是頗具考驗且艱辛的一個學習歷程，打從研究主題構思與對問題的探索開始，一直到確立題目的過程，都令人費盡心思。若能事先從幾個問題來思考，或許就不會那麼惶恐，例如：研究對象之設定與如何抽取、使用的研究方法難易度、統計方法之可行性，以及未來的建議等。如有周詳計畫與事前考量執行過程的各種評估，就可以避免後續研究會帶來的困境以及遇到難以解決的問題時裹足不前。因此，一定要跟指導教授詳加討論，例如：問卷的作答是否有困難、資料如何呈現、統計 SPSS 軟體的操作等，指導教授會從專業角度給予回應。

回顧整個論文寫作的歷程，點點滴滴在心頭。凡用心與努力走過一回，必會留下深刻痕跡，而且是最美好、永遠的記憶，寫作的探索境界值得全力以赴。筆者認為，論文的第四章最難下筆，因為它呼應了第二章的文獻探討。猶記得向指導教授懇切求助的心情，思緒雜亂、沮喪，陷入無法進行比對與分析的情境。教授從中鼓勵，並針對筆者的問題提出建議，因而瞭解指導教授指出的文獻不足，需要再用心增補參考文獻。所以，再以三週的時間，搜尋及補足欠缺的文獻，才順利完成第四章。筆者寫論文的最大缺失在於第二章沒有真正下工夫，導致在第四章的討論產生困擾，所以還得回過頭來，補足相關的文獻，才解除了心裡恐慌，這更可以看出第二章的重要性。簡言之，第二章文獻探討要紮實，它是論文寫作下筆的重要章節，一定要多花些時間搜尋閱讀，才能有系統的整理歸納，自然而然就能掌握其中的邏輯關係。

筆者畢業了，但不表示在學習路劃上句點，筆者仍嘗試著改善以往寫作之缺失，在寫作過程中對於第二章有特別的感受與作法，在此，願將寫作經驗與心得提供給讀者分享。首先，依研究主題搜尋 20～30 篇博碩士論文電子檔，分別將第二章下載、建檔、影印、分類，例如：研究者論述的概念、

意涵、理論、概念分類、相關研究、現況分析與參考文獻、施測量表等，試著將它們裝訂成冊，隨時方便翻閱。它更有比對該項研究脈絡的功用，並可以看清楚每一筆文獻之間的差異，若能用 APA 格式之表格整理及呈現會更好；最後研究者會以一小段說明來論述論文的重點，這就是所謂的「整理歸納」。第二，以第三章研究架構圖與第二章來比對。第三，第四章的結果與討論，與第二章相互連結，此時就可以瞭解第二章的重要，若仍無法體會，就以圖 2-1 的研究架構，即可看出自變項與依變項（A 和 D）、自變項與中介依變項（B 和 C）的關係，中介變項對依變項（E）以及自變項，透過中介變項對依變項的影響（BE 和 CE）。

圖 2-1 的 A、B、C、D、E 各有其代表的意義：A 在瞭解個人與父母不同背景變項在父母管教方式的差異、B 在瞭解個人與父母不同背景變項在家庭資本的差異、C 在瞭解不同家庭背景變項在家庭資本的差異、D 在瞭解不同家庭背景變項在父母管教方式的差異、E 在瞭解家庭資本對於父母管教方

圖 2-1
研究架構

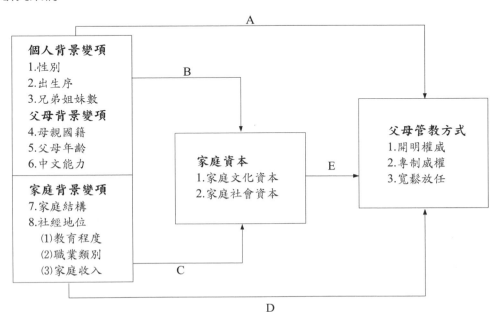

式的影響關係。此時在文獻探討上應討論：A線的關係之相關研究、B線的關係之相關研究、C線的關係之相關研究、D線的關係之相關研究、E線的關係之相關研究、個人與父母背景變項（B）透過家庭資本（中介變項）影響到管教方式（E）的研究，以及家庭背景變項（C）透過家庭資本（中介變項）影響到管教方式（E）的研究。上述內容，有涉及意涵、理論與相關研究、影響關係等，均需要透過文獻探討，才能有完整的論述。上述研究是探討「新移民子女的家庭文化資本與父母管教的關係」，建議第二章各節的標題如下：第一節為「父母管教方式的理論與相關研究」、第二節為「家庭資本的理論與相關研究」、第三節為「家庭資本影響父母管教方式的相關研究」、第四節為「影響父母管教方式的中介變項之相關研究」。

　　文獻探討需要投入時間，通常要三至四個月，在搜尋文獻過程會遇到一些困擾，例如：沒有電子檔的博碩士論文或中英文期刊。此時，先搜尋該論文在哪些圖書館有館藏，或找時間親自到國家圖書館或政治大學社會科學資料中心、各大學圖書館找文本下載，配合之前的電子檔文獻，分別加以補充裝訂；若有發現新的文獻可以隨時補充。此時，不要害怕這樣蒐集文獻會沒完沒了，其實研究架構圖若已定案，文獻的修改是很正常的，不必過度驚慌。若仍有疑慮，務必要找指導教授討論，好的指導教授應該大小問題都可以討論，而獲得滿意的解決，這也就是與指導教授隨時保持聯絡的重要原因之一。

　　所以，搜尋文獻愈完整，看到的研究構念面向愈多，如此會增加論述內容，以及提高論文的可讀性與價值，自然就會達到論文寫作的目的。論文寫作需要長時間的磨練煎熬，它是一個訓練邏輯思考之過程，只要一路走來，就會有深刻體會。當努力與下的工夫愈多，感受就會愈深刻，這是筆者在寫作過程中的一個重要體驗，相信這樣的過程會改變對人、事、物之觀感，要好好加油！

（三）研究架構──要有脈絡

　　研究架構是根據第二章的文獻探討整理歸納而來，例如：自變項的個人或家庭背景變項，依變項的構念所涵蓋之向度為何？都要依據理論與相關研

究來建立，研究架構也是未來發展問卷題目之依據，它是整個研究的命脈，非常重要，研究者需要花很多工夫及時間，做好文獻探討之後，才會有研究架構。

（四）結果與討論──前後呼應

依據文獻整理歸納出可能的變項與向度進行施測，其結果必須與文獻中的相關研究加以比對與分析，其中研究者的發現與過去哪些研究發現相吻合？又有哪些不吻合？研究者必須加以說明討論，並試著提出不吻合的理由，研究者應逐項把每個變項交待清楚，這就是「邏輯脈絡」與前後呼應的意思。

（五）結論與建議──具體可行

結論根據研究結果而來，它必須回應第一章之待答問題，通常以一句簡短有力的話說明即可。結論回應了待答問題，整個研究即幾近尾聲，最後針對結論提出可行的建議。建議以條列式大標題呈現，再以一小段做說明，其內容要具體可行才有意義。若是天馬行空，無法付諸行動，其建議的價值會降低。

 # 三、人生不同體驗與期許

（一）點滴在心頭，令人難忘

筆者一路走來，打從想念研究所，就已想好相關的準備工作，例如：調整心情與作息、家人的支持等，回首來時路，真不可思議。筆者之碩士論文厚厚一本 250 頁，從題目的構思、文獻整理、研究架構設計、問卷編擬、統計方法操作及結論與建議之撰寫，無不感到欣慰。原來學習的體驗與喜悅是無法以言語完整表達，卻可以點滴在心頭。筆者感謝默默幫忙填答的嘉義縣與澎湖縣的新移民姐妹們，在接觸閒聊的過程中，看到她們生活真實的一面，老是惦記著她們婚姻的情形，不知道筆者的研究與建議對她們是否有幫

助？或許有，或許沒有，總令人無法用短筆寸言來感謝，唯一能做的是多提供資訊，希望她們生活自在。

（二）完成論文，持續揮灑舞臺

筆者完成論文寫作，二年順利畢業，面對沒有上碩士班課程的日子，突然覺得學習空虛許多，似乎在生活中失落了什麼？在筆者心裡還存有一股強烈進修的思維，或許可以再與學弟妹們學習一次，讓自己能有增加知識的體會，也是一種快樂的學習。筆者認為，畢業不代表學習結束，還有很多可以揮灑的舞臺，例如：繼續進修博士班、考校長、擔任義工、來回臺灣與馬公的退休生活等，任何一種選擇都有成長的機會，其決定在個人所持之態度。在二年的進修中，真正體會到：活到老、學到老，才有快樂生活；在自我充實之餘，還能保持一顆年輕的心靈相當重要。

（許淑娟為澎湖縣將澳國中退休校長）

問題思考

算命卜卦找指導教授

　　學位論文之寫作需要指導教授的指導，因此找指導教授是一門很重要的學問。很多研究生喜歡輕鬆撰寫論文，不希望指導教授指導太嚴，只想早一點畢業取得學位。如果指導教授對於論文內容批改太多，學生就無法接受，甚至會感到不悦，有時還會在指導教授背後批評。這是因為研究生沒有思考到個人需求及未來發展，所以在找指導教授方面沒有確切方向及目標。筆者在大學任教十多年，到 2016 年底已指導了碩士畢業生 139 位，竟然有學生還為此去問算命先生，卜卦來找他的指導教授。

　　情形是這樣的：有一位學生（以下稱 A 生）向筆者說想要兩年畢業，但系上有五位老師可以指導論文，不知道哪一位比較適合當他的指導教授；於是心血來潮，花費千元去算命卜卦，看看哪一位老師可以成為他的指導教授。算命先生看到顧客上門，瞭解詢問的事情之後，還真的針對這五位老師與 A 生做了一個命理安排的解說。透過塔羅牌及卜卦，最後 A 生聽從了算命先生的指示而選定了某位指導教授。

　　A生好不容易在兩年學習後，碩士畢業了。然而，在寫作論文的過程中，A 生在運用統計方法上並無法掌握，但指導教授卻無法提供協助，而時常寫信來問筆者，後來終於順利完成統計分析。A生在與筆者討論的同時，筆者很納悶的問他說：「您應該問指導教授才對，為何要一直問我呢？」A生說：「我的指導教授放牛吃草，統計並不是他的專業，我要自己搞懂，為了要畢業，所以就來找您討論。」

　　A生在畢業之後，與筆者分享撰寫論文的辛苦歷程，把這一段問算命先生卜卦找指導教授的小插曲跟筆者分享。當 A 生分享完這奇特的經歷之後，筆者反問他：「您當時相信算命先生所說的選定指導教授一事，回想其卜卦的準確度如何？」A生說：「算命先生卜卦出來的這位指導教授，在接受其指導之後，才知道算命卜卦一點都不準確。」他還說：「卜卦是無稽之談，不用浪費金錢及時間在這上面，最好的方法就

是自己好好找一位認真的老師，按部就班接受指導才是正途。」

　　親愛的讀者，您若是研究生，在找指導教授的過程中，還會想要去找算命先生卜卦嗎？還是會去算算指導教授與您的星座、血型是否相合，或透過塔羅牌、擲骰子來預卜您需要的指導教授嗎？

第三章

如何找尋論文題目

壹、找尋研究題目的態度

　　牛頓一開始不曉得為什麼蘋果會從樹上掉下來，後來他才發明牛頓定理。研究題目的構思常令人困擾，但是沒有研究題目，怎會有研究成果呢？

一、基本的態度

　　找尋研究問題是寫作論文的重要前提，如果沒有確定論文題目，後續的研究資料蒐集、統計方法選用或要運用哪些研究方法都無法確定，因此訂下研究題目很重要。而找尋研究題目宜掌握以下幾項態度：

　　1.**要具有豐富想像力**：將所有可能要分析或研究的問題都列出來，接著再來想一想哪些研究問題比較具體可行。切記！不要一下子就覺得某些問題不可行，應先寫下來，日後與同學或教授討論，或許討論之後，逐漸聚焦，就可以形成研究論文的題目。

　　2.**對問題的敏感度高**：研究者要培養對於研究問題的敏感度，並對於社會現象宜存有打破砂鍋問到底的精神。對於社會、教育現象、教學方法、教育政策、學生學習心理等現象都要有敏感度；假如政府發布一項政策，研究者可以從正反方面來思考，政府的這項方案是否可行、正反方面會遭遇到哪些問題，如果常培養對問題的敏感度，論文題目的形成將會更為快速。

3. **興趣、能力與執著**：對於研究問題應該有興趣並投入研究，如果對於主題沒有興趣，寫起來會感到相當的苦惱，最後會讓研究論文沒有進度，因而無法完成。研究者不妨從生活周遭找找與工作有關的議題，或先前已進行過的行動研究，可以試著與先前的研究結合，也許先前的研究並沒有很完整，研究過程或研究方法不成熟，此時就可以透過嚴謹的分析及思考過程，讓先前的主題更為明確。

4. **不要任意放棄議題**：研究者將找出來的議題逐一思考，對於不成熟的議題，也不要一下子就放棄，可以再請教專家學者或教授；而對於個人認為是好的問題，也不要太高興或樂觀，因為可能只是個人的想法而已，也許此議題在未來的資料蒐集或是研究方法的使用上都會面臨到許多問題。

總之，研究者要能多方面思考，找出研究問題，進行合理的問題分析，在研究題目的思考態度應多元、富想像力與具有創造力。

二、一個重要觀念的釐清

找尋研究題目宜先掌握研究的意義與價值。研究（research）是指對理論（theory）產生影響的一項學術活動之探究。要成為一份研究，要有理論的成分在其中，以理論作為研究的基礎，甚至在資料回收與資料分析之後，搭配理論對分析結果做詮釋，或是以研究發現來修改或調整理論觀點，才算是一份有意義及有價值的研究，否則充其量僅是一項資料的陳述活動而已。舉例來說，一位媒體記者對於一項交通擁塞情形的報導，報導中引述很多數據指出，哪些情形會造成交通擁塞，可是並沒有進行交通擁塞背後原因的分析，也沒有以相關學理來探討，此時該位記者所進行的論述，充其量僅是一種報導活動而已，不能算是一份研究。相對的，如果一位研究者在進行交通擁塞的研究，除了對過去有關交通擁塞的研究報告深入評閱，找出相關的理論作為研究的基礎論述之外，還運用問卷調查或訪談相關人員，歸納出很多有關交通擁塞的資料與原因，研究者更運用相關的理論來詮釋造成交通擁塞的現象。此時研究者將交通擁塞的報導內容納入了相關理論來詮釋論述，並對後續的交通擁塞提出相關的具體建議，就可以稱為是一項研究。在學位論文的撰寫過程中，就是要掌握一項「研究」的意義，否則就很容易淪為一種

數據或資料的報導活動。統計數字報告、行動研究、政策評估報告、技術報告、政策計畫、一份調查都不算是一份研究，它僅是一種進行的活動而已。簡單的說，科學研究必須透過理論及相關研究來詮釋研究結果，與研究發現產生某種程度的關聯、影響或改變，才算是有意義與有價值的研究。

 ## 三、論文題目的可行性、原創性、價值性與教育性

　　論文題目應具有可行性、原創性、價值性與教育性。論文題目的可行性在於這份研究是在一定時間內，可以進行且完成的，例如：碩士班研究生在求學的二至三年內完成。論文題目的可行性也包括：要納入研究的變項可以操作、可以有樣本接受調查或訪談。試想，一位研究者如果要透過問卷調查，來瞭解上帝對於現階段臺灣教育發展的看法，研究者不可能將問卷發給上帝填答，再來進行問卷的統計分析。像這種上帝究竟是否存在？研究者無法發放問卷給上帝來填寫的情況，就已代表其研究不可行。研究題目的原創性包括：研究題目是過去所無、研究方法具有創新性、引進新的學術理論、運用較新的統計技術，以及有新的觀點產生或新的研究發現等。當然，一份研究無法在各方面都具有原創性，如果能在某個面向（如研究方法、研究設計、資料蒐集及處理方法、運用新的學理）具有創新就不錯了。論文題目的價值性在於預期未來的研究發現有新的觀點、新的研究發現、新的研究方法突破，以及在研究發現上可以提供新的實務見解，或是預期研究發現可以修正原有的理論，或是研究發現可以打破過去的舊經驗或錯誤的經驗等。最後，論文題目應考量其教育價值。研究題目除了應適合研究者興趣之外，題目的可行性與原創性也很重要，已如上述；然而，研究者應思考若研究此題目之後，可以將研究結果與結論應用於家庭、學校、社會或個人教育上，就更有實務上的意義及價值，因此思考研究題目宜將教育價值納入思維。

 ## 四、論文題目——找到可以搭配的文獻

　　一份可行的論文很重要的是要有文獻支持，由文獻中獲得的相關資料及理論，才可以讓研究題目論述的意義有價值、內涵與深度。前述提及，在尋

找論文題目的過程中，一定要大量閱讀文獻，確定題目之後更應大量蒐集與閱讀文獻。然而，有很多在職班學生不先閱讀文獻，僅憑其在實務上的個人經驗，或機關學校正推動某一項方案、計畫或活動，就說要進行該項活動的研究。研究者也許參與該活動計畫或方案已有一段時間，但是卻沒有瞭解到這些實務活動計畫，若沒有文獻或理論的依據，就有可能僅在解決一項實務問題，卻沒有考量過去是否有這樣的研究。

　　從論文寫作的過程來說，研究者可能沒有大量閱讀與該論文有關的文獻；再者，研究者不瞭解論文寫作需要有文獻探討，尤其是在職碩一生或日間部學生，對研究論文寫作沒有深入瞭解，就一頭熱的想要研究該議題，但是這方面的研究，卻沒有文獻及理論支持。如果研究者還是執著於一定要撰寫該題目，首先面對的第二章要如何善後呢？沒有文獻依據，在第四章的結果與討論，又要如何撰寫呢？這種情形很多，筆者曾遇到一位在職生，實際對話如下：

生：教授，我想要研究學校的資訊建置對校園美化的關係。

師：為什麼要進行這項研究呢？

生：因為我們學校已經接受教育部及教育局每年五百萬元的經費補助，投入該項方案。

師：您的研究目的有哪些呢？

生：就是在瞭解資訊建置與校園美化的關係為何。

師：過去有沒有這樣的文獻及研究來支持相關的論述呢？

生：好像，好像，好像是沒有！

師：您確定！要不要先對您要研究的這個「議題」大量蒐集與閱讀相關文獻？

生：我試試看！

師：好，加油！

二週以後……

師：對於上一次所提的「研究議題」，文獻蒐集的狀況如何呢？

生：我找了中英文期刊及相關的論文，都沒有這樣的文獻。有些僅是一

點點的相關，但是又沒有太多的關聯，簡單的說，應該沒有文獻！

師：如果沒有文獻、相關研究或理論的依據，這樣的議題是較不可行
　　的，因為第二章要有文獻探討，如果沒有文獻，哪來的「探討」
　　呢？您要不要再思考看看？

生：我覺得教授講的有道理，研究論文沒有文獻、理論及相關研究素材
　　可以參照，所做的研究會相當困難。

師：也不是說不能研究，但是要看看您要如何面對第二章，第二章要如
　　何搭配您的題目是重點。要不要再思考看看？

生：我覺得還是換一下題目或修正一下題目會比較好。

師：好，加油！

貳、研究題目的初步建構

研究題目的建構需要縝密的思考，但過程中又要有些創意在其中。

一、真實與構念性的研究問題

　　設定研究題目宜先掌握其性質。研究題目可能是社會實質存在的問題，
或是教育、心理與社會科學家所構思出來的研究構念；如果是前者，研究者
可以針對過去、現在或未來社會所存在的實質問題，建構出題目進行探討，
例如：「十二年國民基本教育政策實施之後的政策評估」（十二年國民基本
教育是真實存在的問題）、「各縣市國民教育經費分配公平性探討」（它也
是實際存在的問題）、「臺灣與美國的大學學費負擔之比較分析」（臺灣與
美國、大學學費負擔都是實質的問題）等，類似這樣的研究題目可以從過去
與現在的發展情形進行探討，蒐集資料或數據分析，常可以獲得實質建議。

　　就後者來說，研究者所建構的題目可能是一種研究構念的形式。研究構
念是現有研究所建構出來的，它不一定是「真實」存在於社會現象之中，而
是經由研究者或研究社群所建構出來的概念，例如：人格特質、認知風格、
行政領導、知識管理、學習態度、學習動機等，這些構念是研究社群經由相

關的研究、經驗或實驗所建構出來的，通常它們的形成都有相關的理論基礎，或者嚴謹研究、調查分析或實驗處理。以認知風格為例，它是研究社群將個體可能的學習思考、生活方式或學習模式等進行具體的界定，接著再運用研究工具，透過調查、訪談或實驗方法所獲得更客觀的認定。這種構念，研究者不一定可以看得到，但可以運用測量工具來測量出個人的感受、體會、知覺、認知，也就是說，它需要透過研究工具，需要測量或評量後才可以瞭解這種構念的程度。也可能是運用觀察方法，由長期的觀察之後，才可以獲得這項構念。

 ## 二、找尋研究題目

研究論文題目的找尋可以用下列幾種方式來進行。

（一）評閱現有的學術論文

研究者可以從現有研究大量閱讀文獻，接著找出幾個研究者認為比較有興趣的研究構念，例如：知識管理、學校組織文化、教師專業、教學信念、自我效能、家庭環境、學業成就、人格特質、認知風格等，依據這些不同面向來探討二個構面之關聯性。初學撰寫論文者，可以模仿先前的研究，把二個或二個以上有關教育領域的概念、構面結合成為一個研究主題。這種方式就是把假設性的甲構念與假設性的乙構念做結合，進而成為一個研究主題。研究者可以參考圖 3-1 中的甲構念與乙構念所列舉的項目，圖中僅是參考性質而已，再搭配研究者所期待的研究對象，就可以依研究者的興趣、能力及時間等因素設定來找出題目，例如：研究者可以將研究題目建構為：「彰化縣國民小學教師知識管理（甲構念）與組織文化（乙構念）之關係研究」、「基隆市國民中學學生的自我概念與學習風格的關係探討」、「宜蘭縣國民中學學生生活壓力與學生學業成就的關係探討」、「花蓮縣國民小學校長課程領導與教師效能之關係探討」、「臺南市國民小學學生家長的管教方式與學業成就的關係調查」等。不過，運用這種方式找尋研究題目，其先決條件需要二個構念看起來都有關聯、合理、合於邏輯、有理論依據，以及研究者

圖 3-1
研究題目的假設性組合

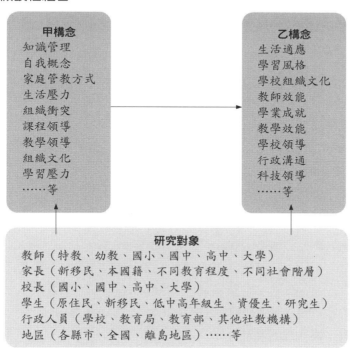

已大量的閱讀相關文獻後，才可以找出自己要進行的研究方向與題目。就如，研究題目不可能是學生自我概念（甲構念）與學校領導（乙構念）之關係探討，因為這二個構念看起來不合理，也沒有邏輯，更沒有關聯。

這種以二個構念結合的方式，可能礙於過去已經有很多人研究，看起來研究題目並不創新，研究者也不一定很滿意。然而，與它有關的參考文獻及相關的資料比較好找尋，同時，現有也有很多研究結果可以參照，對於研究者來說，可以依樣畫葫蘆試試看。畢竟學位論文的寫作重點在於，讓研究者學習治學態度、寫作技巧、資料分析、論文的 APA 格式，以及構思整個研究架構等，能夠將這些基本工夫學好，就不錯了。當然，如果是博士論文或學術期刊，其文章的要求會更高。

此外，如果想要讓研究更為複雜，探討變項增加，可以再加入丙構念、

丁構念等。這種多個構念組合的研究題目，也需要合於邏輯以及要有意義和價值才可以。以學位論文來說，兩個構念就足夠了，如果想接受挑戰，以三個構念、甚至四個構念組合起來的題目，也是很好的選擇。當然，研究者僅用甲構念或乙構念的其中一項，也就是單一的構念，搭配研究對象，深入探討研究對象在該項構念的差異、關係或相關問題，最後提出若干的建議也是可行，例如：研究者提出了：「澎湖縣國民小學教師知識管理及其問題的探討」、「屏東縣國民小學校長課程領導及其問題的探討」、「桃園市國民中學學校組織文化及其影響組織文化建立的探討」、「教育部的行政人員行政溝通模式、困難及其解決策略的分析」、「雲林縣教育處的行政人員組織衝突分析及其解決策略」等。類似這樣的研究問題，研究者可以好好的思考這些變項應該如何搭配，但是切記，一定要思考這樣構思出來的研究題目，是否有文獻可以敘寫、有理論可以支持、有充足的樣本可以訪談或調查等，如缺乏上述，論文會很難完成。

　　為了讓這類型的研究議題不會落於俗套，研究者應將目前所要寫的內容與先前的研究有所區隔。在撰寫時就需要以較新的統計方法、較新的研究理論，或是較新的觀念來詮釋這份研究，才能區隔出本研究與他人研究的不同，並凸顯出本研究的特色。

（二）掌握新的議題與構念

　　目前有一些新的社會、教育議題或公共政策問題，也可以試著進行分析。所謂新的實務議題就是政府部門提出了一些新的政策、新的教育計畫、新法案或社會發生了一些新的問題，在眾多的研究之中，仍沒有看到對這些新議題進行分析，此時研究者就可以試著掌握這類的議題加以撰寫。這種新議題的撰寫較具有開創性，例如：臺灣目前試著要進行的教師評鑑制度、少子化現象之因應與教育資源的配置，再加上很多值得進行的研究，如新移民女性子女的教育問題、青少年犯罪年齡下降的問題及其因應、國民中小學教師對教科書去中國化等。像這樣的主題，在寫作上也有一些問題會產生：(1)相關文獻很少，在撰寫第二章文獻探討會沒有文獻的支持；(2)沒有學理的支持，這可能會讓研究論文的學理基礎受到影響；(3)要分析的內容受到時間與

議題的變動，必須隨時調整研究論文的架構，也就是說，很可能議題在不成熟的前提下，論文的撰寫會隨著議題變動而變動。

（三）對舊的議題重新檢視

　　雖然有些研究題目是舊議題，但是運用新的研究方法、不同的研究方法或統計方法處理，也是一種方式。如上述指出，分析知識管理與組織文化的關係，儘管此議題較舊，但是研究者可以運用實驗研究法，設計模擬各種組織文化，接著嘗試運用知識管理來瞭解哪一種組織文化較適合哪一類型的知識管理類型。研究者從過去的文獻掌握這類議題常以個案訪談與問卷調查法，為了與現有研究方法有所區隔，研究者嘗試進行不同的研究設計。就運用新的研究方法來說，如同先前的研究主題，研究者可以運用焦點團體法來分析該議題。就新的資料處理方法來說，研究者發現現有研究常以問卷調查法進行資料蒐集，接著僅運用了簡單的統計分析，此時研究者如果要深入分析，就可以運用更進階的統計，例如：多變項統計分析、結構方程模式、HLM、LGM。但是，這方面的目的並不是為了統計而統計，而是要將研究者所蒐集的資料做更有意義及有價值的分析，讓資料更具有說服力。

（四）研發一份嚴謹的量表

　　研究者可以設計一份有意義、有價值及具信效度的量表（其設計過程如同研究一般，也需要進行考驗），也可以成為學位論文。如果研究者對於議題感到興趣缺缺，也沒有問題的敏感度，此時研究者可以嘗試編製一份嚴謹的量表作為碩士論文，這在許多研究上是允許的。編製嚴謹的量表，如同撰寫一本嚴謹的學位論文，它需要掌握編製的量表議題，接著蒐集相關的文獻、整理有關的理論，選用研究方法進行資料蒐集，再進行統計分析；為了讓量表有更好的信度及效度，統計處理就需要更嚴謹。設計一份研究量表，必須要估計常模，於所編的量表構面及整體量表的信度都要估計。當然，對於該量表的指導語及相關資訊也要完備，才可以成為一份好的量表。

（五）後設分析相近的研究

　　除了上述之外，還可以針對相近研究進行後設分析（meta-analysis）。社會科學研究具有累積效果，不同國家及地區的研究者對某一項議題之探究，在時間不斷推移之下，勢必有不少研究成果，例如：男女學生的智力差異、男女學生在各領域的學習成就表現差異、不同教育階段男女教師的教學自我效能、教學信念，以及不同研究者的學校行政效能之研究發現等。為了避免不再重複現有研究，研究者可蒐集現有相近研究進行後設分析，若能獲得結論也是一個很好的研究。它的研究流程包括（Hedges & Olkin, 1985; Rosenthal, 1991）：⑴系統性蒐集文獻；⑵換算分析的變項單位；⑶同質性（homogeneity）檢定；⑷變項數值運算及整併；⑸結果呈現；⑹形成結論與運用。其中，蒐集的研究應有分析變項之平均數、標準差、樣本數等統計數據；因各研究測量的變項尺度不同，所以要先換算變項的單位，轉換變項尺度，才能整併分析，轉換後的共同尺度（common metric）稱為效應量（effect size），它可以顯示要比較的兩組或多組變項之間的差異，數值大代表差異大，例如：男生組與女生組的差異；而同質性檢定在瞭解不同研究之間的一致性，若一致性高，合併數據的信度高，反之則否。同質性檢定方法可用卡方檢定透過考克蘭 Q 值檢定（Cochrane Q test）以及 I^2 檢定來判斷；簡言之，它在計算各研究效應與平均效應的差異，再賦予權重。數值整併可分為固定效應模式（fixed effect model）和隨機效應模式（random effect model），若同質性高，可採用固定效應模式，若異質性高，則採隨機效應模式。後設分析常以圖表做總結，它常以森林圖（forest plot）來呈現。簡言之，後設分析是一個很好的研究議題分析方法，研究者可以找這方面的專書，嘗試探究相關的研究議題。

　　總之，研究題目可以運用多種方式建構，初學者在題目設定上應該多運用想像力，同時多閱讀他人的研究或多聽他人的寫作經驗，並多向專業人士請益，就可以找到不錯的研究題目。

三、研究題目的來源

研究者在尋找題目的態度及向度都應該積極及富有創造力。研究題目的來源，可以從以下幾個方向進行。

（一）詢問教授與專家學者

研究者對於研究題目不知該如何找尋，可以詢問教授，也許教授會提供一些研究題目供您參考。研究生要能敏銳感受到研究問題以及問題的重要性，才會想把所感受到的研究問題轉化為研究題目，這種方式比較合理。但是由教授提供研究題目，研究生不一定對該研究題目有興趣及能力。試想，由讀者自行找尋的書籍，會比較喜歡閱讀，如果由他人介紹的一本作品，不一定喜歡閱讀。因為個人的感受、能力及喜好程度不一，所以找尋適合自己要撰寫的研究題目就如同找尋自己喜歡看的書籍一樣，如人飲水冷暖自知。

（二）瞭解現有研究的缺失

研究者可以從所要撰寫的研究主題或是研究領域，找出一些有關的研究，掌握究竟過去的類似研究有哪些缺失或是有哪些問題尚待解決，這時研究者就可以參照相關的問題，將它轉化為研究題目。為了掌握現有研究有哪些缺失，研究者可以從他人論文之中的研究限制或是從論文最後章節的未來研究建議來著手。從這些章節來歸納，就可以找到一些研究主題的方向，畢竟現有研究的限制，也是前人的一些想法與研究上的困難。

（三）依樣畫葫蘆的研究題目

研究者如果無法找到題目，容易以其他研究題目轉化為自己的題目，例如：研究題目是「臺北市國民小學教師的知識管理與教學效能之研究」，研究者可以轉變為：「新北市國民中學老師的知識管理與教學效能之研究」。這兩個題目看來相似，僅是研究的區域及研究對象不同，這樣的研究並非不可行，只是研究者要好好掌握運用的理論、研究方法以及資料分析方法有無

不同。如果先前研究是個案研究法，而研究者的是問卷調查法，所運用的研究方法不同是可以接受。如果先前是運用問卷調查法，而以單變項的統計來處理資料，而研究者的也是運用問卷調查法，但是運用多變項統計來處理資料，分析方式更為精緻，這也可以接受。因此，初學者可以試試看依樣畫葫蘆，但是研究的文獻及研究方法與調查對象，甚至研究統計與資料處理宜不一樣。

（四）從個人的經驗出發

研究者可以從個人的生活經驗、教學經驗、行政經驗或其他學習經驗來找尋研究題目。個人經驗不一定正確，就因為不一定正確，所以需要有嚴謹的研究過程來檢視，才能掌握問題的真相，例如：教師若對於一些常提及的社會議題有興趣，如師資培育多元化影響教師素質，研究者可以投入時間，選用研究方法及蒐集資料來對此命題做深入探討。透過個人的經驗，也許較能貼近研究者的生活及視野，寫作論文的掌握比較容易。

（五）從理論來演繹題目

研究者也許對於某些學理或理論充滿了好奇，例如：心理學中有Kohlberg道德發展的三期六階段說理論，研究者如果對於此三期六階段的說法存有疑慮，就可以以臺灣的學生做實驗，來看看是否與歐美國家的學生一樣在道德發展上也具有三期六階段的現象，或者各個階段的現象是否一樣。像這樣以質疑理論為出發點，也許就可以讓研究者找到研究題目。

（六）參加研討會蒐集議題

研究者可以多參加學術研討會，瞭解最近相關的研究人員究竟在研究哪些議題。多數學術研討會在大會上發表的文章仍是採匿名審查的方式，其論文有一定水準。研究者在參與研討會的過程中，做好聽者角色，從發表者、評論者及主持人中，瞭解某一項研究議題的重要發展與重要的研究成果，甚至從評論者對該論文的評論中獲得許多寶貴的建議，這些都可以作為所要進行的研究議題之參考。研討會甚至會發給參與者會議手冊、會議論文或光

碟，研究者可以參考與閱讀相關的會議文章，以獲得所要研究的題目。

（七）教授直接給論文題目

很多研究生都有指導教授直接給研究論文題目的念頭。許多研究者不會找尋及建構研究論文的題目，平時不會多觀察社會現象，也不想投入更多的時間大量閱讀有關的知識，僅思考要從教授口中得到一個題目，讓他們研究，以順利畢業，但這種方式並不適當。研究生之所以稱為研究生，就是要找尋研究問題來探究。因此在日常生活、工作或修習相關專業課程中，要有敏感度，試著建構所要研究的題目，接著才與指導教授討論。試想，指導教授提供的題目不一定是研究生喜歡的，縱使喜歡，也不一定能瞭解指導教授所要的預期結果。這就如同很多人喜歡他人推薦好書，但是他人推薦的好書，不一定適合自己閱讀。因此，研究者應培養問題的敏感度，可以建構研究題目才是上策。

總之，研究題目的找尋可以從個人經驗，或是向學長姐、專家學者、指導教授請益，當然還可以從理論或現有研究的缺失來掌握。重要的是研究者一定要花時間思考與建構，研究才會更具有意義。

參、追尋好的研究題目

興趣、能力、創意、挑戰、原創、時間等因素都應考量。

 ## 一、好的研究題目之特性

1. **可以進行的研究題目**：其意義包括：這個題目可以操作變項、時間好掌握，以及合理的經濟負擔。如果研究者無法對變項進行具體的界定，也沒有學理的依據，該議題就無法進行研究。研究進度掌握也是考量重點，雖然研究需要時間，但是不要浪費時間，如果研究議題選擇不好，會影響後續的文獻整理及相關的資料蒐集。很多研究者撰寫學位論文常雄心壯志，想要調

查全國樣本，好像如此才可以顯現樣本的代表性，但是這會影響研究經費，尤其研究生不一定有充足的資源支應，因此在選擇研究問題時，宜注意樣本的範圍。

2. **可以操作且富有挑戰性**：研究題目如果太過簡易，很容易就完成並沒有挑戰性，或者說不用進行這樣的研究，就可以瞭解這些變項之間的關係，此時進行該研究似乎就沒有其必要性、價值性及意義性。

3. **符合研究者的學習興趣**：研究論文寫作最好以研究者的興趣為出發。如果研究者有興趣，會投入更多的時間、體力或金錢來完成，一方面滿足個人的研究興趣；另一方面在研究議題完成之後，有自我實現的機會。

4. **符合研究者的能力範圍**：研究題目範圍太大、研究目的太雜亂，又有時間壓力，加上研究者的能力有限，無法在短時間內習得較深入的研究方法或統計資料處理，此時，研究題目就應好好的考量，否則研究題目無法符合研究者的能力，就無法順利完成論文寫作。

5. **研究題目最好具有原創性**：原創性是指研究題目為現有研究沒有進行者，而本研究探究是一種開端。這樣的研究題目值得鼓勵，但是初學者要能找出原創性的題目相當困難。因為研究者的經驗、專業知識以及閱歷不多，所以提出來的題目是否具有原創性，會受到存疑。原創性的題目會依研究目的再搭配新穎的研究方法，此時研究的價值就會提高。原創性的題目可能是時下流行的學說，或在社會變遷下，政府發布一些新的政策，促使研究者對於這些新議題感到興趣，因而將它轉換為研究題目。

6. **不用研究就知道結果不是好題目？**在此需要指出的是，有很多研究題目在命題上，一看就知道不用進行也可以瞭解它的結果，例如：「學生的智商與學業成就之關係探討」。這題目一看就知道學生的智商愈高，學業成就愈高，兩者呈現正向關聯。當研究者撰寫這題目時，口試委員或師長會認為，這種題目不用進行也知道研究結果，又何必要研究呢？其實，這題目不是不能進行。研究者可以回應，雖然智商與學業成就本來就是正向關係居多，但是科學研究講究研究發現，究竟本研究在兩者的正相關程度為何，需要實證數據來佐證。也就是說，現有研究有可能是低度或中度的顯著相關，但是本研究也許在完成之後，所得到的結果是高度顯著相關。它不僅是一種發現，而且也驗證學理或駁斥先前的研究發現。

此外，雖然兩者呈現的是正向關聯，但是現有研究在研究方法或資料處理上，僅以單變項統計分析，並沒有採更深入的資料處理方法；研究者如果在研究設計與實施之中，提出本研究設計與現有研究的差異性，例如：在研究方法、研究對象（如新移民女性子女）、資料處理方法（如以多變項統計分析、SEM 或 HLM 等），就能與現有研究明顯區隔，也能凸顯出本研究的特色，而不會與現有研究一樣。這就不會落入不用進行此研究，就可以知道結果的疑慮了。

 ## 二、建構研究題目的舉例

建構一個可以執行的論文題目不容易，會花費不少時間反覆針對一些議題進行思考。照理來說，研究者會探究某一個論文題目，有可能是困擾研究者很久，或者對該社會現象很好奇且有興趣，因此想深入瞭解究竟該現象會有何種發展與結果。所以，研究者會投入時間、尋找大量資料、運用適切的研究方法來獲得研究發現。這就是圖 3-2 中，研究者在敏感問題之後，要大量閱讀文獻來初步瞭解問題的真相，但是研究者仍有題目範圍太大的困擾。然而在經過深入瞭解或進一步蒐集到更多的文獻評閱之後（即文獻探討），很快的就會修正原先的研究問題，將研究題目的焦點縮小。這就是為何建構研究題目宜先大量閱讀文獻，不可以個人主觀臆測，接著透過文獻探討慢慢聚焦的主因了。

以下舉幾個例子來說明如何釐定與建構研究題目。

圖 3-2
建構研究題目的思維

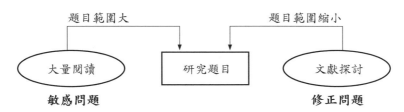

題目 1 … 自我概念之研究

　　分析：此題目只能指出部分的研究變項而已，並無法掌握研究者究竟是要研究哪一個階段學生的自我概念；研究對象將是國民小學學生，還是國民中學學生，抑或是高級中學的學生呢？所以這樣的研究問題過於籠統，不易操作，也不具體，不適合作為研究題目。

題目 2 … 自我概念與學業成就之關係

　　分析：此題目只符合探討二個變項之間的關係，然而，它並沒有指出要分析哪些研究對象，所以無法被視為具體的研究問題。就讀者來說，可能會誤解要研究國民小學學生，但是實際的研究對象卻是國民中學學生。因此，如果要符合題目的標準，應改為：「高雄市國民中學生的自我概念及其數學學業成就之關係探討」，因為這個題目的兩個構念（自我概念與數學成就）較為具體之外，同時限定了研究範圍，並且也強調是進行相關的研究，雖然這樣的研究題目較為制式化，但卻是較為可行的題目。

題目 3 … 新移民子女就讀國民小學之生活適應調查──以越南籍女性為例

　　分析：此題目看起來是可以研究，也有其價值，尤其它探討了新移民子女的生活適應情形，有助於對這些學生的生活適應加以瞭解，在實務上有其價值；同時它以越南籍的女性為例，代表僅將樣本縮為一個國籍而已，可以比較好掌握樣本的人數。可是在進行此研究題目時，仍會面臨幾項問題，例如：本研究要以哪一個縣市（如嘉義縣、金門縣或是雲林縣，為何要選擇這個縣市或這幾個縣市，研究者也應思考）的越南籍女性為主？還是要以全國為母群呢？除非研究者很有把握能取得越南籍女性的子女名單。因為如果採問卷調查法時，也才能將問卷發放給這些越南籍女性的子女來填答，回收問

卷之後，也才有資料可以分析。更重要的是，如果僅調查單一個縣市越南籍女性的子女，是否有充足的樣本數可供分析，仍有疑問存在。

題目 4 ‧‧國民小學道德觀念調查研究——以臺北市小學高年級為例

　　分析：此題目看起來好像是可以研究，研究範圍與對象限定於臺北市國民小學，尤其要瞭解小學生的道德觀念有其價值，但是研究者以問卷調查研究法來掌握道德觀念，可能會面臨幾項困難：一是，受試者對於道德觀念往往知道很多，但是會執行的很少，也就是調查結果會有社會道德期望的限制，例如：問卷詢問國小學生可不可以亂丟垃圾，學生回答不可以，可是有不少學生還是會亂丟垃圾；二是，研究者在設計道德觀念的研究工具會很耗時，究竟道德觀念意涵為何？很難有具體性或整合的見解，所以在文獻探討上很難歸納出研究的架構（第十一章〈如何撰寫研究設計與實施〉會說明「研究架構」）。

題目 5 ‧‧亞洲四小龍的國民中學學生數學成就的比較分析

　　分析：此題目看起來很廣泛，主因是以亞洲四小龍的國民中學學生為樣本，它具有跨文化的困難。跨文化且又要以數學成就進行比較，這就更為困難，主因在於各國學生的數學成就測驗不一，所以要進行此研究有很大的困難，尤其各國樣本要施測相同的測驗，其資料如何取得呢？慶幸的是，這些問題在近年來已獲得改善。國際教育成就調查委員會（The International Association for the Education Achievement, IEA）在 1990 年進行「國際數學與科學教育成就趨勢研究」（Trend International Mathematics and Science Study, TIMSS），已對全球數十個國家進行國小四年級與國中二年級學生的科學及數學成就測驗，亞洲四小龍的國二生都有參加數學測驗，因為其測驗工具一樣，科學與數學成就的測量領域也是一樣。因此如果掌握 TIMSS 的資料（見第四章），上述的研究題目可以分析，唯需要將國民中學學生調整為國中二年級學生，並把題目修改為：「亞洲四小龍的國中二年級學生數學成就的比

較分析：以 TIMSS 2019 為例」。

題目6…**師資培育法執行之後的政策評估──以臺東縣國小教師為例**

分析：此題目看起來是可以研究的，也有其實務的價值，主因是它探討了**師資培育法**（2019）公布之後，師資培育多元化的評估，有助於對未來在多元化師資培育的瞭解；同時以臺東縣國民小學教師做為問卷調查的對象，範圍已有明確的界定。但是在執行此研究題目時有一些將面臨的問題，例如：題目所指的政策評估是指哪些項目，是國民小學的配合程度、師資培育政策的配套、國民小學的素質高低、師資培育法執行後的國民小學教師教學能力是否下降、師資培育法執行後的問題，或是師資培育法執行的成效等，這些問題都有待釐清，否則這個研究題目在後續的執行時，會面臨不少的問題。

總之，上述列舉了六個研究題目，旨在讓研究者去思考，如何建構一個有意義，且可以具體執行的研究題目。這部分，研究者要儘量的用心及花時間思考，畢竟研究生之所以稱為「研究生」，或者研究發表的「研究」，就在於要會思考社會現象的問題是什麼？這些問題是否可以轉化為具體的研究題目來「研究」，並具體解決這些問題？如果研究題目確定之後，後續的研究進度才容易執行。

問題思考

一個活生生的問題建構歷程

　　有一位期待筆者指導的研究生，寫了封電子郵件給筆者。近一個月的電子郵件往來，筆者提出不同角度讓該研究生建構研究問題。此歷程很寶貴，以下為我們的對話，供讀者省思。

生：學生為國立臺北教育大學○○系碩二研究生○○○，上學期有修習老師的高等教育統計，深感教授治學之嚴謹、學識之專業，期能成為教授之研究生，指導學生入學術殿堂。

師：您在統計學習的過程很認真，老師印象深刻，可以指導您，沒問題！但是您要研究哪一個議題呢？有沒有具體的題目或想法呢？

生：感謝教授願意收我為徒，學生目前思考的研究方向有兩個構想：

　　構想一：研究新北市教師對土地徵收問題之看法。以問卷調查法為工具，用卡方、迴歸分析及 SEM 的統計方法，希望瞭解教師們對土地徵收問題之看法。

　　緣　由：土地徵收問題近來困擾著臺灣社會，而國小課程中的社會科，就是在探討學童於社會生活中的各種問題。國小教師對社會問題的觀念與看法，自然會藉由其課堂教學中，將其意念傳達給學齡兒童，而激發我想要深入探究此問題。

　　構想二：藉由國內資料庫的運用，進行次級資料之比較，以迴歸分析、SEM甚或更高階之統計方法，探究次級資料所顯現之構念關係。

　　緣　由：目前國小學童每年皆需接受教育局的學科能力檢測，如能利用教育局所作之能力檢測為資料系統，而進行相關研究，再探究我所在學校之學童學習成就。

師：第一個構想與教育議題關係不大，且這議題要怎樣用到SEM呢？可否說說理由及目的。第二個議題要看您所研究的題目為何？但您必須要對資料庫及進階統計有所認識。您要不要再想想看研究

題目，可否將研究題目更具體說明呢？

生：我對第一個構想是想引用環境心理學的理論，題目暫定為：「教師之活動涉入、地方感與土地徵收認同之研究：以新北市教師為例」。我認為活動涉入與地方感愈強的教師，愈不贊成土地徵收，反之則否。如果老師覺得可行，我就往這方面探究。

師：何謂政策認同、地方感、地方涉入呢？可否具體說明？這議題並不是教育類，會不會與研究所的屬性不同呢？

生：這個題目的研究目的為：一個國家的政策須得到人民的支持與認同，國家在推動政策時，才能獲得人民的配合……。因此，將題目修正為：「教師之社區意識、地方感與土地徵收問題之政策認同探究：以新北市教師為例」。

師：如果要進行此研究，您的研究背景為何？

生：研究背景是有感於苗栗大埔事件、二林相思寮事件，政府以經濟發展之名，徵收人民土地，造成被土地徵收之人民，以死明志，但公共政策應該帶給人民的是幸福美滿。一項國民不認同的政策，一個足以造成人民以死亡來抗議的行政作為，政府部門應該考量強烈社區意識與人民感受，以免再次發生憾事。土地徵收係指政府利用公權力徵收人民土地之作為。

師：看起來這還是與教育或教育議題沒有太多的關聯，要不要再想想看其他題目呢？

生：不好意思又打擾教授。因為學生這一年來評閱的文獻大概都跟土地徵收有關，可能沒有思考到教育意義的問題，可否請問教授，我可以朝哪個方向去評閱資料，期能早日確定題目。

師：好的，加油！您要多去圖書館找期刊論文或電子期刊，或是可以看《論文就是要這樣寫》第四章。當您找出文章之後就要大量閱讀，並試著與您有興趣的議題結合。

（過了二週之後）

生：學生修正論文題目為：「國民小學教師會組織運作對學校效能影響之研究：以新北市國小為例」。研究背景是目前各個國中小多

有教師會組織，到底教師會組織對學校效能影響為何？值得深入探討。

師：教師會組織運作，如何界定呢？如何在研究中把此視為變項操作呢？老師週一會在學校研究室，可以來討論。

生：我參考老師的建議，修正題目為：「新北市公立國小教師挫折容忍力與教學效能之探究」，變項為挫折容忍力與教學效能。

師：為何要研究此議題呢？有何研究動機？何謂教師挫折容忍力呢？

生：研究動機是：在後現代的校園中，學校教師必須面對學生、家長、組織給予的各種突發狀況，會遭遇許多挫折，而挫折容忍力就成為其中的關鍵因素。

師：您要不要再想一想，具體的問題為何呢？

（過了一週之後）

生：在評閱相關文獻後，思考題目為：「學校內人員的工作特性與工作滿意度之相關研究：以新北市八里區為例」。工作特性與工作滿意度有相關文獻與理論，學校內人員包括校長、教師、公務人員、警衛工友等，請老師指導修正。

師：校內人員的工作特性太過於籠統，且校內人員多種，要進行調查研究不易，不好抽樣。您要不要再思考這題目呢？

（又過了一週之後）

生：題目修正為：「國民小學校長科技領導與教師工作滿意度之相關研究：以新北市八里區為例」。

師：我建議可以改為：「國民小學校長科技領導與學校效能之研究」。

生：就依老師的題目，謝謝老師！

師：好的，就這樣！但您要認真寫作，每兩週給老師一些寫出來的內容，email 給老師批改，老師會很快給建議。多閱讀期刊論文，找時間統整組織。有問題可以隨時來電或來信討論。切記！千萬不可以抄襲其他論文。

這位學生確定了題目之後，掌握進度撰寫，也很快的在四個月內就可以提出研究計畫口試，並進行後續的研究進度。如果沒有研究題目，

就不知道如何著手，可見確定題目是相當重要的事。筆者又回想起有一次到大學演講論文寫作，過程中有一位老師提問，其歷程如下：

對方：張教授，可否請教您，我想要做結構方程模式（SEM）在媽祖遶境的檢定研究。

筆者：這位老師好，媽祖遶境為何要用 SEM 檢定呢？要檢定什麼內容呢？

對方：我是專攻鄉土民俗文化研究的，因為看到現在國內外的學術研究期刊如果沒有運用 SEM，發表期刊很難被接受，也聽到許多同行們討論都說 SEM 很重要，如果沒有運用 SEM 寫的文章，聽說升等較不易通過。

筆者：真的有這樣嚴重嗎？就主題來說，要用 SEM 檢定什麼呢？

後來，筆者看這位老師摸著頭不語，不知道要再說什麼才好。這個例子也是有研究議題設定不明確的情形，如果沒有聚焦研究問題，或提出具體的研究問題，實在很難有後續研究。

第四章

研究資料的取得

壹、自編研究工具的問卷調查

巧婦難為無米之炊。論文寫作若沒有素材，將如何進行？

 一、自編工具的流程

論文寫作的重要關鍵需要可靠資料做為分析基礎，分析資料來源可以透過研究者設計的研究工具（也就是問卷、量表）、標準化測驗（具有信度、效度與常模）進行調查而獲得，常見的方式是研究者自行編製研究工具。自編工具需要時間與專業，沒有想像容易。研究工具的編製有幾個步驟（郭生玉，2004）：(1)確定所要蒐集的資料，也就是研究工具究竟目的何在，是要瞭解哪些研究問題；(2)決定問卷的形式，它需要考量如何進行問卷調查（郵寄或面談方式）、資料要如何分析（運用多變項統計還是單變項統計），以及研究樣本之屬性（不易蒐集或易蒐集）；(3)擬定問卷題目，在正式題目之中，可以試著擬定幾個安插題，以做為瞭解受訪者是否亂勾選的評判依據；(4)修正問卷，可以透過專家及學者的意見來修正問卷的內容；(5)預試，也就是將修正後的問卷進行預試，以瞭解問卷的信效度；(6)編製問卷及實施說明；(7)考驗問卷的性能，運用因素分析、信度分析或統計方法來檢定問卷的性能。這部分詳細內容見本章「肆、掌握問卷設計重點」的說明。

二、自編工具的優劣

研究者自編工具有其優劣。就優點來說，它可以依研究者的論文題目、研究目的之需要來設計問卷題目，它包括所要瞭解的人口變項及研究構念的題目。簡言之，它可以量身訂作研究者所要的研究工具，並預期解決要回答的研究問題，以達到研究目的。當然，研究者有創新的研究題目，需要特定的研究工具，坊間或其他研究亦沒有這樣的問卷，此時自編工具就有其特殊的研究價值。就其限制來說，自編研究工具需要花費更多時間，研究者可能沒有統計素養或編製問卷的能力，因此研究者縱然自編問卷，也可能沒有信度及效度可言。當然，研究者自編問卷需要有預試樣本來考驗問卷之可行性，樣本來源亦是問題。最重要的是，如果要在二年完成碩士學位，四年完成博士論文，除了修學分、顧及工作，又要寫論文，若再加上編製問卷，可能就無法如期完成。

貳、運用次級資料分析

蒐集官方或研究機構建置的次級資料庫是不錯的分析素材。

一、使用的原因

在寫作論文時，研究者不一定要設計研究工具，也就是不一定要自編研究工具來蒐集資料；研究者也不一定要引用專家學者所研發的問卷或量表做為資料蒐集的工具。研究者設計一份問卷做為資料蒐集的基礎，往往事倍功半，主因包括：

1.研究者的能力有限：研究者可能是一位研究生，在問卷編製上的專業知識仍不足，或是以實驗設計蒐集資料而有其功能限制，尤其要在短時間內畢業，要建立一份有信效度的研究工具並不容易。

2.研究者的時間有限：縱然研究者的專業能力足夠，但編擬一份問卷頗

為耗時，例如：從研究問題擬定、文獻閱讀及整理與歸納，接著提出適當的研究架構，後續編製問卷，倘若要讓該研究工具信度提高，還要進行專家評定，接續才可進行問卷的預試，在預試之後，才可以掌握問卷的信效度，以及是否要調整問卷等，這些流程相當耗時。

3. **可以用現成的資料**：在論文寫作之中，研究者不一定要以問卷蒐集的資料做為分析的基礎，而是在於研究者是否有良好的資料可以進行分析，如果有一份現成的資料或者已經是官方或為各界所認定的次級資料即可分析。因此，好的論文資料分析在於能否運用適當的統計方法來分析這筆資料，而不是在於是否有進行問卷編製的工作。

4. **大型資料庫信度高**：研究在於發現知識，不在於有無設計問卷，研究者如能找到一份可以分析的次級資料，並且有效的依研究目的來進行分析，且能有很好的知識發現就是一種收穫，而不在於是否會設計問卷。試想，研究的發現，只要有適當的資料來源且研究資料可靠與有效度，運用正確的統計方法做好分析，研究者有無設計研究工具就不是影響發現知識的關鍵了。簡單的說，研究者透過官方、私人機構或專業團體所發布的統計資料進行分析，也是知識建構的重要方式之一。運用現有資料搭配統計方法，稱之為次級資料分析。

二、次級資料的來源

國際性官方組織的統計資料很多，例如：聯合國教科文組織（UNES-CO）、世界銀行（World Bank）的《世界發展報告》（*World Development Report*）、經濟合作暨發展組織（Organisation for Economic Co-operation and Development, OECD）、國際勞動組織、世界經濟論壇（World Economic Forum）每年出版的《競爭力報告》（*Global Competitiveness Report*）、聯合國發展方案（United Nation Development Program, UNDP）在每年都有《人力發展報告》（*Human Development Report*），該報告中就有不少的統計資料，上述這些統計資料是各國在政治、經濟、社會、人口、教育、交通、科技、文化、國防、政府會計、國民所得分配等統計資料。這些次級資料，研究者不需要設計問卷進行調查，就可以依據研究問題進行研究，以獲得知識，這

方面可見張芳全（2006a，2006b，2010）的介紹。其實資料來源，除了設計工具調查樣本以蒐集資料，以及官方的次級資料之外，研究者更可以透過實驗研究、歷史研究、田野調查研究、訪談法、觀察法等來蒐集資料。研究者獲得資料之後，才有完成論文寫作的基礎。

參、有效使用資料庫

資料庫資料的使用可以省去問卷編製與施測的時間，更重要的是資料信效度的公信力不在話下。

一、國際性的資料庫

近年來，幾個國際性組織從事各國的學生學習情形調查，這些調查就形成了一個資料庫，這些資料庫可以視為次級資料，它們也可以做為論文寫作的資料素材。IEA在1990年進行TIMSS調查，它從1995年每隔四年調查一次，也就是1995、1999、2003、2007、2011、2015、2019年對近五十至七十個國家及地區進行調查，其資料可以讓研究者進行有效分析。

在數學方面，TIMSS 1995的數學架構為全數（whole number）；分數與比例（fraction and proportionality）；測量、估算與數學判斷力（measurement, estimation, and number sense）；資料呈現、分析與機率（data representation, analysis, and probability）；幾何（geometry）；數型、關係與方程式（patterns, relations, and function）。TIMSS 1999的架構有五個項目，分別為：分數與數學判斷力（fraction and number sense）；測量（measurement）；資料呈現、分析與機率（data representation, analysis, and probability）；幾何（geometry）；代數（algebra）。

而 TIMSS 2003 的數學架構分成內容與認知領域，內容領域為：算數（number）、代數（algebra）、測量（measurement）、幾何（geometry）、資料（data）；認知領域為：知道事實與過程（knowing facts and proce-dures）、運用觀念（using concept）、解決日常問題（solving routine pro-

blem）、理解（reasoning），當然它還區分了教師問卷、學生問卷及學校問卷等（Mullis et al., 2003）。此外，OECD 之國際學生評量方案（Programme for International Student Assessment, PISA）、PIRLS（Progress in International Reading Literacy Study）、TALIS（Teaching and Learning International Survey）等都是大型的資料庫，可以供研究者加以運用。讀者若要找 TIMSS 與 PIRLS 的相關資料，可以到 http://timss.bc.edu/ 網站查詢。

二、臺灣的資料庫

在教育方面，目前臺灣有兩個重要資料庫建置：

1. 臺灣教育長期追蹤資料庫（Taiwan Education Panel Survey, TEPS）：它是由中央研究院、教育部和科技部共同規劃的全國性長期的調查計畫，規劃自 2001 年起七年內，建立起臺灣地區教育研究領域具代表性的長期資料庫，為教育基礎研究提供良好可靠的資料。這個計畫以問卷自填方式進行調查，調查範圍涵蓋臺灣地區的國中、高中、高職及五專生。再以這些學生為研究核心，將研究範圍擴及到會影響學生學習經驗的幾個因素：學生家長、老師及學校，其他有關本計畫的詳細資料，TEPS 已釋出第一波至第五波資料（包括學生問卷、家長問卷、老師問卷，項目包括題項對照表、次數分配結果、SPSS 資料檔、SAS 資料檔、STATA 資料檔等），並提供有興趣人士（不限身分）下載（中央研究院調查專題研究中心，2021）。

2. 臺灣學生學習成就評量資料庫（Taiwan Assessment of Student Achievement, TASA）：它是由國家教育研究院建置的資料庫，其評量實施的目的在瞭解國小四年級、六年級、國中二年級，以及高中、高職二年級學生的國語文、英語文、數學科、自然科及社會科學習表現和其關聯因素，希望能提供教師、家長、教育行政和研究人員全觀而具體的參考資訊。測驗編製初期以數學能力指標為依據。TASA 的數學科評量測驗內容，在十二年國教之前的國民中小學部分，以《國民中小學九年一貫課程綱要》能力指標為依據，目前亦配合十二年國民基本教育的課程總綱之素養取向進行調查；在高中及高職部分，則是依據教育部所公布的《高級中學課程標準》、《高職數學領域課程綱要》，同時參酌各年段各版本的教材，後續也加入英語文、自

然科及社會科領域，其測驗內容皆側重學生生活數學經驗的連結，題目的設計以數學概念理解、程序應用，和問題解決能力為主要的評量目標。測驗架構是以數學內容及作業複雜度向度建構而成，數學內容又可區分為數與量、代數、幾何、統計與機率，以及連結等五個內容領域。資料庫擬蒐集上述各年段學生數學學習成就的資訊，以進行臺灣學生數學學習的趨勢探討，2005年先以小六學生為對象，依據第一年的結果和相關群體回饋，2006、2007年再針對小四、小六、國二以及高中、高職二年級學生進行數學成就現況調查。接續在 2008 至 2021 年也做了不同層級的調查；此資料庫未來將可做為學生學習效益之探討、教師教學改革省思，以及國家課程規劃修訂之參考（國家教育研究院，2021）。

目前，國家教育研究院依據《十二年國民基本教育課程綱要》於 2020至 2022 年，每年各進行一次調查「臺灣學生成就長期追蹤評量計畫」（Taiwan Assessment of Student Achievement: Longitudinal Study, TASAL）做為課程綱要改革成效的長期性研究，並針對舊課綱和新課綱第四學習階段學生（七至九年級）進行學習能力發展的長期追蹤調查，內容分為學習能力及學習態度：能力變項包括國文、英文、數學、自然及社會之領域素養；態度部分包括影響學習之學生、班級及學校層次相關變項，其調查結果可評估新課綱實施的成效，能探討影響學生學習進步的因素。

如何取得臺灣相關資料庫的資料呢？中央研究院人文社會科學研究中心之「學術調查研究資料庫」（http://srda.sinica.edu.tw/）於 1994 年成立，調查之資料包括學術調查研究資料和政府統計調查資料兩大類，合計超過 1,800筆調查問卷、過錄編碼簿、數據資料檔、研究報告書等調查資料。每一筆調查資料釋出前，皆依照標準作業程序進行檢定，檢查資料之正確性及完整性、統一資料格式，增加使用的便利。而 TIMSS、PISA 的資料在 http://www.oecd.org/pisa/pisaproducts/ 之網站可以取得。

總之，研究資料取得方式很多，就研究方法觀點來說，可以經由實驗研究，以測量或觀察資料做為分析，也可以是訪談法對個案訪談得到的資料，也可以是問卷調查法，包括：電話、網路、郵寄、面對面的問卷調查資料等。此外，研究者還可以向官方或向民間調查機構索取資料庫的資料，不少次級資料是免費的。

三、資料庫的使用

資料庫的資料既然如此適合進行研究，但如何運用資料庫來進行研究呢？其使用的步驟如下。

（一）先確立研究主題與研究目的

研究者依自己的興趣、指導教授引導或研究經驗，先確立研究主題與研究目的，接著再從可以蒐集到的資料庫中，找到可以使用的變項來進行研究者所要進行的論文題目。每一個資料庫都有其建立的用途及目的，研究者應先掌握該資料庫的內容及目的。

（二）閱讀與研究主題有關的文獻

研究者在形成研究主題之後，務必要大量閱讀與研究者所要分析的議題有關之文獻，包括相關理論及相關研究。研究者做好文獻探討的工夫，從文獻評閱中，瞭解哪些研究是值得分析，哪些是過去他人已經做過的研究，不要再重複進行。

（三）建立可以操作的架構與假設

從文獻評閱中建立研究架構，其中包含背景變項、投入變項與結果變項，並說明研究架構所列變項之間的前因與後果之假設性關聯，尤其是研究架構若有中介變項，宜指出中介變項的重要性，為何它是中介變項呢？有了具體可操作的研究架構之後，應列出變項之間的研究假設，以做為統計檢定的依據。但是務必要記得，研究者在研究架構所列的變項，一定是在所要分析的資料庫中可以取得，否則建立再好的架構也是無法執行。

（四）找尋適合研究主題的資料庫

當研究者設定研究議題之後，接下來研究者應從幾個方面進行：一是再

次確認資料庫建置的目的，因為每個資料庫都有其建置的目的，研究者宜瞭解其設置的目的及用途；二是瞭解資料庫所調查的研究對象，瞭解研究對象與研究者的研究議題是否有關；三是瞭解資料庫的研究工具中調查之項目，在瞭解資料庫設置的目的之後，此時應瞭解資料庫的研究工具實施手冊，手冊中會說明問卷內容、調查項目、計分方式、施測對象，或者是資料庫建置的年度，尤其是有追蹤性的資料庫，如果對樣本有追蹤調查會更好。

（五）找尋與議題有關的研究變項

要使用的資料庫確定之後，接下來宜找尋與議題有關的研究變項，在此要注意兩個重點：一是初步篩選與本研究有關的研究變項，也就是從研究工具中瞭解哪些變項與研究者所設立的研究架構有關，即哪些變項可以運用，研究者可以試著將資料庫所附帶的研究工具所列的問卷題目進行變項的篩選，選出所要研究的變項；二是運用因素分析及信度分析瞭解所納入的研究變項之信、效度，當篩選出與研究有關的研究變項之後，再確立研究變項的信、效度。在此可能會有幾種情形：一是研究者所設立的研究架構所列的變項，與從資料庫中所篩選出來的變項，在進行信效度分析之後，完全相符；二是與研究架構的向度相同，但需要將某些向度的題目進行刪除；三是與研究架構的向度完全不同，且無法經由因素分析的刪題過程加以改善，也就是在刪題之後與原先設定的向度完全不同。如果是第三種情形，研究者需要重新設立研究議題，重新建立研究架構，找尋其他的研究變項。

（六）運用適切統計方法檢定假設

當研究架構確定，以及從資料庫中將變項篩選確立之後，研究者應選用適切的統計方法，依據研究架構及假設，對於資料庫所篩選出來的變項進行統計分析，其重點在於檢定研究者所提出的研究假設。研究假設一定要有理論與相關研究的依據，如此才可以做為檢定標準。

（七）撰寫研究結果、討論及建議

研究者宜依據統計所獲得的結果進行撰寫，同時對於研究結果的發現深

入討論，最後再依據討論的內容，歸納結論，並提出研究建議。在撰寫相關討論時，不要忘了討論在資料庫建置年代或其相關的社會文化中之意義，也就是研究者不能僅對於資料庫中的數據進行分析，而沒有討論或呼應此資料庫在建置時，其時空背景，如社會環境、教育文化、經濟發展或政治變化等，若能與資料庫建置所處的背景相結合，對此一資料庫的數據分析會更為貼切與有意義。

肆、掌握問卷設計重點

工欲善其事，必先利其器。

具信效度的研究工具，可以精確測量到受訪者的特質。不具信效度的研究工具，蒐集到的資料，好比是一堆沒有意義的數據。

以筆者指導學生寫作論文的經驗，要編製一份有信度與效度，又易於施測的研究工具，宜掌握以下幾個重點。更細部論述請見張芳全（2014）《問卷就是要這樣編》（第二版）。

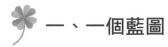
一、一個藍圖

研究的藍圖就是研究架構，研究架構經由文獻探討，整理、分析及深思縝密討論所歸納出來。而文獻探討的內容又是由研究問題及研究動機而來，所以問卷設計的藍圖也就是由研究題目而來。問卷設計的藍圖就是研究工具所持研究架構的一部分，這個藍圖應指出要蒐集哪些背景變項？哪些投入變項？哪些結果變項？這些結果變項又分為哪些向度或構面？這些構面所組成的題目就是研究者所要設計的。

二、二種估計

問卷設計之後，須要透過兩種統計方法估計，以瞭解問卷信度及問卷題

目的構念之信、效度。研究者宜針對所設計的問卷，蒐集樣本的資料，再透過因素分析、信度分析，才能掌握問卷的解釋能力及可靠程度。因素分析是讓研究的問卷題目數可以化繁為簡，做為研究工具的題目數進行修改與調整問卷之參考；而信度分析在掌握問卷的可靠程度，常以庫李信度來估算。

　　因素分析的基本步驟是：(1)研究者將資料蒐集好並登錄在電子檔之中，接著計算出所要分析變項的相關係數矩陣；(2)運用相關係數矩陣來計算因素負荷量；(3)在計算因素負荷量之前，宜對所要抽取的因素，以特徵值大於 1 以上者為篩選標準，進行正交轉軸；(4)將因素抽取之後再進行因素的命名。以下以黃叔建（2009）的研究為例進行說明。

　　　研究者在預試問卷回收後，以因素分析來估計問卷的效度。因素分析目的在於求得量表的建構效度（construct validity）。本研究之因素分析採主成分分析法（Principal Component Analysis），再以最大變異法（Varimax Method）進行正交轉軸，以特徵值大於 1.0 者為選入因素的參考標準。在組織公民行為調查預試問卷特徵值大於 1 的因素有四個：第一個因素有 6 題，特徵值 4.70，解釋變異量 23.48%；第二個因素有 5 題，特徵值 3.99，解釋變異量 19.97%；第三個因素有 5 題，特徵值 3.75，解釋變異量 18.75%；第四個因素有 4 題，特徵值 2.35，解釋變異量 11.76%；四個因素的總解釋變異量為 73.96%。「桃園市國民小學組織公民行為調查問卷」因素分析摘要如表 4-1 所示。在此需要說明的是，第 19 及 20 題雖然在因素二的因素負荷量較高，但是考量這兩題屬於因素四的研究構念，同時將這兩題併入因素二，會讓此面向題數太少，與其他面向有不對稱之虞，因此仍將它列在本向度。從題目內容來看，第一個因素屬於教師樂於工作，所以命名為「敬業樂群」；第二個因素看起來與守法有關，所以命名為「守法盡責」；第三個因素與教師關心組織有關，所以命名為「關懷組織」；第四個因素與公私領域有關，所以命名為「公私分明」。

　　　為進一步瞭解問卷的可靠性與有效性，進行信度考驗。內在信度常使用的方法是 Cronbach's α 係數，其係數值應大於 .70 以上為

表 4-1
桃園市國民小學組織公民行為調查問卷之因素分析摘要

題號	向度／題目	共同性	特徵值	解釋變異量%	因素一	因素二	因素三	因素四
關懷組織			3.75	18.75				
1.	我會主動澄清外界誤解，努力維護本校形象	.74			.14	.23	**.78**	.25
2.	我會主動提出有益建言，提供本校相關單位參考	.72			.24	-.07	**.81**	.08
3.	我會以積極的態度參與本校的相關活動	.75			.50	.12	**.69**	.11
4.	我會主動對外宣傳本校的優點	.77			.26	.20	**.81**	.11
5.	我會主動幫助新進教師適應學校環境	.65			.13	.30	**.73**	.09
敬業樂群			4.70	23.48				
6.	我樂於協助同仁解決工作上的困難	.75			**.72**	.36	.33	-.01
7.	我樂於傾聽與分擔同事的煩憂	.76			**.77**	.27	.29	.07
8.	我會自我要求遵守學校規範	.70			**.71**	.24	.20	.32
9.	我會盡力完成學校指派的任務	.81			**.70**	.30	.27	.40
10.	我會準時到校，並切實執行職務	.73			**.62**	.41	.15	.38
11.	我會準時完成本校所要求的各項事務	.72			**.68**	.29	.23	.36
守法盡責			3.99	19.97				
12.	我會為提升工作效率，而多方吸收新知	.64			.64	**.43**	.19	.04
13.	我會不斷學習以完成學校交付的工作	.71			.61	**.32**	.46	.16
14.	我不會爭權奪利，破壞學校組織和諧	.63			.24	**.73**	.14	.12
15.	我不會爭功諉過以獲得利益	.82			.31	**.82**	.22	.11
16.	我不會假公濟私，利用職權謀取利益	.81			.38	**.76**	.18	.24
公私分明			2.35	11.76				
17.	我不會利用上班時間處理私人事務	.82			.21	.21	.20	**.83**
18.	我不會利用學校資源處理私人事務	.85			.18	.31	.15	**.84**
19.	我不會藉口請假，並將之視為福利	.73			.28	.73	.10	**.33**
20.	我不會為求準時下班而草率結束工作	.70			.34	.68	.17	**.31**

佳，如此才具有較高的穩定性與精確性。在組織公民行為調查問卷藉由 *Cronbach's* α 的總係數為 .95、「關懷組織」α 係數為 .89、「敬業樂群」α 係數為 .93、「守法盡責」α 係數為 .88、「公私分明」α 係數為 .85，顯示本問卷內部一致性高、信度佳。

近年來，對於問卷信度之檢驗，除了由因素分析搭配信度分析之外，也納入了結構方程模式（SEM）的驗證性分析之考驗。研究者可以將所蒐集到的資料，運用結構方程模式的軟體進行驗證問卷的可靠程度，這部分可以參考張芳全（2014）《問卷就是要這樣編》（第二版）第八章。

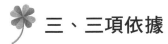

三、三項依據

問卷設計應有其依據，也就是問卷並非研究者任意寫出幾個題目就可以進行施測。在問卷題目設計上應該掌握每一個題目之依據及其來源。每一個問卷題目最好有三項依據：第一，依據理論與研究架構來設計問卷：一份好的研究工具應該有理論依據，例如：究竟研究者是依據人本學派、認知學派或是行為學派的理論？若僅以個人的經驗設計出的問卷是沒有學理依據，難以與學術對話；第二，依據過去的研究結果來設計問卷：在設計問卷題目時可能沒有專業的經驗，需要透過其他人的研究工具做為基礎，此時需要參考他人的研究問卷來編寫，在此過程中，研究者應敘明哪些題目是依據他人的研究，哪些是由研究者的個人經驗所擬定出來的；第三，應加入個人的實務經驗或專家學者的經驗，或是教授所提供的相關觀念；指導教授在研究論文領域相當專精，他們就是很好的專家，具有豐富的專業背景，可以提供研究者編製問卷題目的參考。

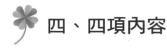

四、四項內容

一份完整的問卷應包括四個基本的內容：一是通知信函，也就是放置在研究問卷最前頭的一個問候語；二是要讓受試者填答的基本資料欄，通常是依據研究者的研究目的來設計其基本資料蒐集項目；三是指導語，它在填答

正式題目及問卷之前，告知受試者應注意的重點；四是問卷的正式題目，也就是研究者最想關切的研究題目。茲舉林詩琴（2007）的例子如下。

1. 通知函

親愛的小朋友，你好：

　　本問卷在瞭解你家庭環境情形與資訊素養，不是考試，請安心依實際情形填答。請小朋友在收到問卷之後，認真的趕快填寫完畢，交給學校。你所填寫的資料絕對不會告訴別人，請你安心填答。謝謝你的合作。

　　祝　平安快樂　學業進步

國立臺北教育大學國民教育學系碩士班

指導教授：張芳全博士　研究生：林詩琴　謹上

2. 基本資料

第一部分　調查受試者的家庭環境狀況（背景變項）

請問你的性別是？□男生□女生

請問你在家常使用的語言是（可複選）？□國語□臺語□客家語□媽媽的家鄉話

請問你父親的教育程度？□國中（含以下）□高中職□大學或專科□碩士或博士

3. 指導語

【填答說明】這是一份有關國小學生日常生活經驗的問卷，不是考試，答案沒有對或錯，請你仔細閱讀下列句子後，依照你實際經驗或感覺回答問題。問卷題目以沒有、很少、有時、時常、總是有這種感覺等五種選項，題目所陳述的事情沒有發生過，則請在右邊 1.2.3.4.5.的□或（　）內打∨，數字中勾選 1 是沒有發生；很少發生，則勾選 2，依此類推。謝謝你。

4.正式問卷題目

第二部分　資訊素養

【填答說明】請依照你的現況自我評估後，在「非常同意」到「非常不同意」不同程度的 □ 內打 ∨（單選），謝謝你。

	非常同意	同意	沒意見	不同意	非常不同意
1. 我能根據需要解決的問題，知道我要找哪些資訊。	□	□	□	□	□
2. 我能使用圖書館提供的線上查詢系統，搜尋圖書館的資訊。	□	□	□	□	□
3. 我能使用網路上的搜尋引擎（如小蕃薯），檢索所需要的資料。	□	□	□	□	□
4. 我知道除了網路、圖書館之外，還可從其他地方（如光碟片）搜尋。	□	□	□	□	□
5. 我知道如何使用電腦來存取我所檢索的資訊。	□	□	□	□	□

……

五、五個等第

　　問卷設計應考量受試者要勾選出的選項等級。李克特量表（Likert Scale）以五等第最為典型，也就是「非常同意」、「同意」、「沒意見」、「不同意」、「非常不同意」等五等第做為選項。然而，問卷題目的選項等第多寡宜考量受試者的年齡、教育程度、語彙能力，例如：對小學生來說，一個題目不應有太多等第，不然會影響他們的判斷。受試者對於問卷的勾選容易趨中，所以有些研究不以奇數等第，應以偶數等第為宜，但是這樣的說法，也有不同的觀點，如果以偶數等第，就如「非常同意」、「同意」、「不同意」、「非常不同意」等四個等第讓受試者勾選，而社會真實的現象，也應該有填答者是「沒意見」，此時如依上述的四個等第就會有強迫受試者一定要表態「同意」或「不同意」的現象，這就不符合社會的真實現象了。因此，選項要為偶數或奇數等第，研究者應深思後決定。

六、六位專家

　　問卷設計除了要掌握它的信度之外，更應該有專家學者對研究者所設計的問卷題目進行審題。研究者設計問卷的經驗常不足，所設計的題目在用語、題數、選項、向度，甚至與研究題目的關聯度等，都有待檢視，所以請專家學者對問卷進行專業審題是必要的。一般說來，六位有效的專家學者對於研究問卷進行評定已足，太多專家容易導致意見過於紛雜，研究者最後無法歸納每一個題目的審題意見，終究會讓研究者困擾；如果專家學者的人數太少，在審查問卷題目又不具代表性，問卷的品質就會降低許多。

　　專家審題要掌握幾個重點：(1)專家的人數宜在六至十名，太少也不好；(2)專家不僅限於學術界的教授及學者，也可能是實務界人士，例如：學校校長、主任、資訊組長、業界的總經理、執行長、科長、主任等，只要他們在這方面有獨到見解，就可以請他們提供意見；(3)向專家徵詢意見不是一次就可以完成，也許第一次的徵詢效果不佳，就可能要進行第二次的專家徵詢意見；(4)當專家意見回覆之後，研究者宜將每一位專家對於問卷所提供的意見進行整理，接著應自己思考或與指導教授討論哪些題目應保留，哪些題目可以刪除或哪些題目應調整文字；(5)專家學者也可能建議研究者對研究的內容或文獻探討重新釐清，最後將問卷初稿重新編製；(6)統整所有意見之後，再與指導教授確認，最後形成預試問卷。

　　研究者將問卷初稿寄給專家審查，宜將以下幾份資料一併寄給專家：(1)邀請及感謝信函：通常是以指導教授的名義發出，如以下的例子；(2)一份大約3頁的研究計畫綱要，簡要說明研究目的、納入的名詞、研究架構以及預期的效果，切記，篇幅不要多；(3)一份研究問卷的評定內容，也就是研究者編製的問卷；(4)一份同意書的簽名：許多研究者會將專家學者的名字呈現於論文中，但是有些專家學者不願意，此時研究者宜請專家學者表達其意願。

　　專家學者評定主要任務在於：問卷題目是否與研究目的相符；問卷題數、基本資料的題目是否適當；問卷題目的文字敘述是否合宜；問卷所要調查的各研究構念是否合理等。通常為感謝專家學者評定，研究者最好附帶一份精美的小禮物為宜，並在論文完成之後，也贈送論文光碟給專家學者，感

謝他們對於論文的貢獻。

在上述針對專家學者的意見彙整之後,進一步計算內容效度指數(content validity index, CVI)做為專家效度依據。CVI 的計算非常簡單,若有 6 位專家學者審題,其規則是認為該題要刪除就將其編碼為 0,要保留題項就編碼為 1,因此每題的 CVI =(Σ專家認為題目適合度/專家人數),因建議保留題目有 6 位,所以 CVI = 6/6 = 1,分子項的 6 是 6 位專家都認為題目適合編碼為 1,所以 1×6 = 6,分母項是專家人數 6,因此 CVI = 1。每個向度或整體問卷題目再加總,再除以向度或總題數會得到一個整體的 CVI。通常 CVI 愈接近 1,專家效度愈高。計算出數值之後,在研究中說明,根據專家審查內容結果,附上每題的 CVI;因各題 CVI = 1 代表專家認為所編題項的內容符合調查主題,所以問卷具有很好的內容效度、適合用於施測等。讀者對此有興趣,可以參考史靜琤等人(2012)的著作。

□□教授道鑒:敬維

公私迪吉,諸事順遂,為祝為頌。

茲為◎◎◎學校□□研究所研究生○○○同學,刻正在本人指導下進行「×××××××××之研究」,特編製「××××××××××問卷」,並即實施調查。素仰　台端學有專精,尤富教育熱忱,故懇請就該問卷之內容,撥冗指導,惠賜　卓見,俾提供建立專家效度之參考。煩請逐於各題目之後修改或敘明,不勝感激,並請盡可能於○月○日之前,以該生所附之回郵信封擲回,以便能以您斧正之意見進行問卷之修正。勞煩之處,至深感紉。耑此奉懇。

敬頌

教祺

後學

張○○　　敬啟

○○年○○月○○日

 七、七項原則

在問卷設計過程中,研究者撰寫問卷題目宜掌握下列幾項原則:

1. **問卷題目與研究目的息息相關**：問卷的題目如果與研究目的無關，此時很容易造成研究問題答非所問的情形。通常它需要依據研究架構，也就是以本章所提出來的研究藍圖做呼應。

2. **問卷題目以一個概念一個題目**：如果一個問卷題目有多個概念，會混淆受試者的填答，造成該題無法精確測量心理狀態，在資料回收之後，仍無法做有效的分析。

例　　如：你是否喜歡網球和排球？□是 □否

修改為：你是否喜歡網球？　　　□是 □否

你是否喜歡排球？　　　□是 □否

3. **問卷題目與受試者認知能力相當**：尤其是小學一年級學生的用語，或新移民女性（外籍配偶）的國語能力、特殊兒童的語彙能力等。如果問卷題目的敘述對於受試者太難，受試者會感到困擾，所以就不填答或是亂勾選問卷，資料的信度因此會受到質疑。

4. **問卷題目宜周延涵蓋研究問題**：在研究架構中所列出的研究向度及基本資料，都應納入研究工具之中。基本資料究竟要調查哪些，並沒有一定的規準，但是如果有列入的項目，就需要在第二章的文獻探討進行評閱。而研究變項的構面或向度，要依據第二章的歸納來設計，切記不要有太多構面（三至五個為宜），若超過六個構面時，後續的因素分析就會面臨困難。

5. **問卷題目不要讓受試者困擾**：問卷題目不要讓受試者感到困擾，這樣會讓受試者拒絕填答，因而形成無效的問卷。

例如：你家中是否有人酗酒？□是 □否

你是否曾經在考試中作弊？□是 □否

6. **問卷題目不要用學術語言陳述**：問卷如果有學術用語，會讓受試者不瞭解該用語的意義，這會影響回收問卷的可靠性。

例如：您的小孩在學測的百分等級是多少？

分析：百分等級可能較為學術性，不易為人掌握。

7. **問卷題目不宜誘導宜中立客觀**：如果問卷設計的題目有誘導性，也會影響研究結果的可信度。

例如：醫生認為吸菸對身體有害，你的意見如何？

分析：因為醫生所言已經有誘導性了，所以會影響填答者的意見。

上述的七項問卷設計原則，是研究者易忽略的問題，在設計問卷時宜注意。

伍、問卷設計的流程

掌握問卷設計的流程，很容易就會編出問卷來。

1. **決定研究目的**：問卷設計的第一個步驟要依論文的目的來設計題目，也就是這論文要解決哪些問題；研究者應先釐清究竟研究的目的何在？研究者要解決哪些問題為前提？以及要針對哪些研究對象來設計題目較為適當？符合研究目的來設計題目，較能掌握研究的重點，否則就會亂槍打鳥，無法回答研究問題。

2. **選用問卷類型**：研究者選用問卷的類型要依據撰寫的論文性質，即質性或量化分析，如果是前者，研究工具設計以開放型的問卷為主；如為後者，則是讓受試者針對題目及其選項勾選為主。前者的分析易受到主觀因素影響，後者是受試者的勾選較能進行客觀分析。

3. **編擬問卷大綱**：研究者經由文獻探討，歸納研究架構，以此架構擬定問卷大綱。研究者需要對探討的研究構面明確的界定，並指出究竟有幾個面向。同時思考問卷要多少題目才完整、各個構面要分配幾題、是否要有反向題，以及如何計分等。

4. **草擬問卷題目**：研究者宜依據文獻探討的理論、過去的研究發現、過去研究尚未進行者、指導教授的建議、個人的經驗等，盡可能的將所有的題目，試擬出問卷的初稿。研究者宜注意，擬完題目之後，再進行各題目的邏輯性分析，也就是這個題目應該置於哪一個構面或向度，各個構面之間的題目是否題數接近，是否有些構面的題目太多，有些太少，造成各構面的題數不平衡。另外，問卷題目的文字是否太過於深奧，以致於受試者無法閱讀，尤其是國小低年級學生、特殊兒童或老年人等。

5. **修改問卷題目**：在問卷草稿完成之後，可以先將其暫置幾天，在這幾天之中，研究者可以好好思考一下，究竟這些題目與研究目的是否相符、問

卷題數是否足夠、題目的文字意義能否為受試者掌握，接著再思考如果正式施測可能會有哪些問題發生。這部分修改的題目，應掌握研究工具的邏輯性、與研究題目的關係、與研究目的的關係等。

6. **專家審查問卷**：研究者依據問卷大綱及參酌相關研究的問卷編製外，還需要與指導教授就問卷題目設計進行討論、交換意見與修正，以便完成問卷初稿。為了使問卷具內容效度及切合實務，可敦請專家學者對問卷題目提供修正意見，再將專家學者的意見加以統整，並計算CVI，以做為預試問卷參考。

7. **問卷題目預試**：在進行修改問卷之後，接著就要進行預試問卷編製，當它完成後，依研究對象抽取同一母群體中的樣本進行預試；預試樣本數最好與正式樣本數有一比四或一比五的比例為宜。在發出預試問卷之後，亦需掌握回收問卷數，並整理問卷填答有效情形，計算有效樣本數。

8. **修改問卷題目**：預試問卷回收後，應進行問卷資料登錄，並對問卷進行因素分析與信度分析，如果是成就測驗則需要進行難度與鑑別度的分析。透過因素分析的刪題做為修改問卷的參考。

9. **正式問卷施測**：根據預試問卷的分析結果，將問卷中題意不清、文句不順或題型呈現不當者予以修正或調整。研究者與教授討論之後，編製正式問卷，正式施測時，研究工具應說明問卷共有幾個部分，每一部分有幾題，或每個構面有幾個向度等，如此才可以成為正式問卷。

總之，上述為基本步驟，研究者在每一個步驟中，如果面臨問題，也可以回歸到前一個步驟進行修正。

陸、成就測驗的編製流程

成就測驗的編製需要雙向細目表，它與一般的問卷編製不同。

一、編製流程

研究者使用的工具若是成就測驗（achievement test），其編製過程大致

如上述流程，但是成就測驗與態度測驗仍有不一樣之處，它需要以學生的學習內容及學習目標來設計。因此它的流程包括：研究目的確立後，接著擬定研究問卷大綱（通常需要建立雙向細目表，也就是一部分為教材內容，一部分是教學目標，來進行題目的選擇），再來就是要選定究竟要用何種的測驗型態（包括了單一正確答案的選擇題、複選題、填充題、問答題等），接續草擬測驗題目、編製預試測驗、預試、編製正式測驗等步驟。

在成就測驗回收之後，要進行難度分析與鑑別度分析，此時要以測驗總分區分出高分組與低分組，以高、低分組答對某題目的百分比平均數來表示。研究者可以將資料登錄在 SPSS 套裝軟體之中，將所要分析的成就測驗加總求其總分，接著將該項成就測驗分為高、低分組。通常以所有樣本在成就測驗的得分高低，取總樣本數成就測驗分數排列於最前及最後的 33% 的樣本分析。進行難度分析的步驟是：計算全體答對題的百分比，以及運用公式計算。其公式如下：

$$P = \frac{R}{N} \times 100\%$$
$$P = \frac{(R_h + R_l)}{(N_h + N_l)}$$

R 代表答對的人數，N 代表總人數，運用百分比表示難度，數值愈高表示難度愈低，數值愈低表示難度愈高。難度指數以 .50 為最佳標準，一般的試題應以 .20 至 .80 為標準。而鑑別度指數根據測驗總分區分成高分組（R_h）、低分組（R_l）後，以高分組答對的百分比減去低分組答對的百分比，所得到的值即為鑑別度指數。其計算公式如下：

$$D = \frac{(R_h - R_l)}{N}$$

D 代表鑑別度指數，R_h 代表高分組人數，R_l 代表低分組人數，D 的數值愈大愈具有鑑別度。在試題選擇標準上，宜考量選擇鑑別度較高的試題，接著再從中選取較適中的題目，鑑別度標準最低為 .25，低於此則為鑑別度不佳的試題。

林詩琴（2007）研究新移民子女資訊素養認知部分調查問卷的難度分析與鑑別度指數如表 4-2 所示。結果可知，就難度而言，除「處理一」題目偏

表 4-2
資訊素養認知部分各題目之難度與鑑別度指數

題目	R_h	R_l	P 難度	D 鑑別度
處理一	1.00	.69	.84	.31
處理二	1.00	.20	.60	.80
處理三	.73	.18	.45	.56
處理四	.67	.28	.46	.38
處理五	.87	.53	.70	.35

簡單外,其他的題目都在 .50 上下,表示難度適中;就鑑別度而言,這五個題目都具有不錯的鑑別度。

 ## 二、成就測驗的編製方法

　　成就測驗的編製方法與態度及認知型的問卷不同,成就測驗在測量學生在某一個學習領域的學習獲得能力,而研究構念(態度或認知)的問卷則在瞭解受試者的想法、感受、知覺或反應,它不在測量受試者的能力及知識獲得之多寡。就前者來說,受試者有一定的年齡及學習的範圍,所以在瞭解受試者某一學習範圍或領域的知識,需限定在該領域的某些範圍來進行,才能測量受試者在這方面的程度。因此,編製成就測驗需要針對所要測量的素材進行限定,並依據鎖定的範圍建立雙向細目表,再依據學習內容或評量的層次(如記憶、理解、應用、分析、綜合及評鑑)進行題目的設計。在設定好題目之後,即進行預試,接著將所得到的資料進行各題的項目分析、難度分析、鑑別度分析與誘答力分析等,以做為篩選題目的依據。當該份成就測驗之題目經過嚴謹的篩選過程後,才可以進行正式施測。這是與態度問卷的編製過程不一樣的原因。

　　要說明的是,很多教育與心理學門的研究論文,喜歡以學習成就進行探究。而研究者對於學生學習成就的蒐集是附加在問卷中,請受試者(學生或教師)寫出各學習領域的成就;研究者在蒐集到這項資料之後,就進行分析,此時即犯了很嚴重的錯誤。因為各校學生的學習成就無法比較,重點在

於各校的評量題目及方式不一，題目的難度也不一，例如：在數學領域方面，甲校考的很簡單，乙校則很複雜，丙校則是難易適中，因為各校題目難度及題目不一，所以各校學生的學習成就無法比較。為避免這種情形產生，建議可以用下列幾種方式來進行：一是運用資料庫所建置的資料來分析，因為它是運用相同的考試題目所獲得的學習成就；二是研究者可以編製學習成就問卷，讓所要研究的對象進行測驗，在評量題目一樣、評量標準一致下，即可以進行比較；三是如果運用三所學校的學習成就之資料，如各取六年級的數學領域成績，此時可以將三所學校的六年級學生，各自以標準化 Z 分數進行轉換，再整合為一個檔案來進行分析。

問題思考

大數據分析的能力

　　近年來，大數據分析已成為社會科學研究的發展趨勢。顧名思義，大數據就是由一組相當龐大的資料體所組成，它不是可以用人類的頭腦來構思與計算，其所包含的數據類型多樣，需要高速率處理，才容易獲得結果。它不僅可以用數據分析，也可以透過圖像讓數據視覺化。在資料處理過程中，不僅有資料蒐集、建置、儲存、管理，還包括資料分析，乃至於對未來進行預測。社會科學所採用的資料庫分析，僅是大數據分析的一部分而已。

　　資料庫分析需要具備相當高階的統計分析能力，此方面需要多變項統計分析，例如：多元迴歸分析、logistic 迴歸分析、曲線迴歸分析、因素分析、集群分析、主成分分析、多變項變異數分析、區別分析、階層線性分析等，依據研究議題與目的進行分析。若是在潛在變項的分析上，可以透過結構方程模式來分析潛在變項結構之關係、多群組分析、測量恆等性，甚至運用潛在成長曲線分析來掌握縱貫性的追蹤資料等。

　　研究者若要進行資料庫分析，必須要習得且不斷的熟練這些進階的統計方法，讓自己具有科學化的統計素養，才能做大數據分析。除了熟練統計方法之外，更要不斷找尋可以分析的資料庫，透過不斷的練習與發表，才可以掌握到資料庫的特性及屬性。如果僅是曇花一現、蜻蜓點水的接觸高階資料分析方法，並無法瞭解資料庫的奧妙。

　　為何社會科學需要透過資料庫分析來掌握社會現象呢？一來，個案研究並無法將研究結果類推；二來，研究者個人所設計的研究工具，透過問卷調查法所蒐集到的問題在樣本數上仍然有限，何況研究工具的信效度之穩定性，以及抽樣方法之適切性與樣本代表性都有討論空間；三來，資料庫的資料動輒萬筆，甚至數十萬筆，透過這些資料可以獲得更正確與完整的結果。當然，若有現成的資料庫可以做為研究素材，不但省時、省力又經濟；重點是在研究結果發現的類推性更高，不同時空在不同的人透過相同的變項界定之操作下，仍可以獲得相同的結果，這就是資料庫提供社會科學研究的發現知識、建立理論之重要依據。

第五章

統計的正誤用

壹、一個值得省思的例子

> 統計的使用就如同水能載舟，亦能覆舟，研究者當深思。
> 統計方法的使用就如同刀之兩刃，端看研究者如何選用。

 一、例子是怎麼回事？

　　有一個很值得省思的個案情形是這樣的：一位研究者為了要撰寫國軍弟兄休假滿意度的調查研究，設計了一份研究工具，擬發放給正在服役的國軍弟兄，希望透過他們的回答，來瞭解他們的休假滿意度。研究者在編製完問卷之後，找國防部的人接洽發放問卷，但是國防部認為，軍中的人事活動是一種機密，於是謝絕了這位研究者的請求。研究者想了想，再請各軍團來協助，軍團也表示，受限於國防機密，期望外界的研究不要進入國軍之中，更不宜進行問卷調查。但是研究者仍不死心，於是就找了幾個師級單位，以一樣的問題向師級單位請求協助，並表明僅是碩士學位論文，請師級長官給予協助，過程中，研究者也請指導教授透過學校發公文到師級單位，但是仍沒有受到正面回應，許久師級單位來函表示為保護國防機密，不宜在國軍從事任何的問卷調查研究。

　　然而，這位研究者還是不死心，因為已經投入了好幾個月的時間，將論

文的前三章完成，並與指導教授已有默契，教授也認為這個研究題目很有價值。雖然與國防部、軍團及師級單位的溝通已浪費三、四個月之久的時間，但是仍抱持著一線希望要把這份研究完成。就在失望至極時，這位研究者的一位大學同班同學寄來一封問候信，研究者就靈機一動，想請這位正在服役的同學發放問卷。研究者更大老遠的從居住地，來到服役營區尋求協助。由於該位研究者的同學人不錯，且是一位基層連隊的主管，因此在聽過其苦境之後，心軟了就協助這位研究者。

這位好心的基層連隊主管仔細的聽該位研究者的需求，他說需要有 500 份國軍弟兄的有效樣本，才足以分析這份研究。該同學表示，他們連隊最多僅有 120 名的官士兵，要有 500 份樣本有些困難，畢竟軍中要進行問卷調查很難，尤其不同連隊有他們的規定，不可以逾越。在研究者苦苦要求下，連隊主管勉強同意，研究者相當興奮，於是回家等待問卷的回收。

連隊主管在研究者離開營區之後，就開始傷腦筋，不曉得如何取得 500 份有效樣本，一方面不要違反連隊規範；另一方面也不想要麻煩他人來發放。他運用了一項有效的策略，也就是在後來幾天的連隊早點名發一次問卷，晚點名再發一次問卷。研究者要有效樣本 500 份，一天早晚點名僅有 160 份，這是因為扣掉了休假與其他因素不在營的士兵。連隊主管在後來幾天的早點名及晚點名都再發「同樣的」問卷給連隊弟兄填答。有幾位連隊弟兄頗感困擾，就問連隊主管說，為什麼要這麼多天填寫同樣的問卷呢？連隊主管說，這是「命令」。

連隊主管接連幾天「發放問卷」、「回收問卷」之後，僅有 450 份，還少 50 份，怎麼辦呢？多數連隊弟兄已經反彈，考量不再麻煩這些對問卷有微詞的弟兄，他想到了安全士官，也就是在軍械室旁的哨兵，請他們填寫。因為他們在連隊主管寢室旁，主管可以隨時請他們填答，在每位安全士官都要填寫 5 份的情況下，才完成這次「問卷調查」。

在完成問卷調查之後，算算「有效樣本」確實是 500 份，連隊主管將它們寄給該位研究者，他將收到的有效樣本登錄在電腦中，接著就開始進行統計分析。研究結果出來之後，也深入的討論研究發現，例如：國軍弟兄的休假滿意度是一兵顯著高於二兵、士官又顯著高於士兵，營區休假次數與長官對休假的寬鬆程度對於國軍弟兄的休假滿意度具有顯著的預測力。不久，研

究者將論文寫作完成之後，交給指導教授，教授覺得這是很好的研究結果，在文字修改之後，就正式論文口試。口試的二位口試委員也覺得有其學術及實用價值，最後三位教授簽上大名，研究者小幅修改論文後，就畢業了。

上述例子是很好的警惕。研究者一定不瞭解蒐集資料過程沒有研究倫理，簡直就是「隨便取樣」，沒有代表性，但是在研究者不知情下，就進行資料分析，也撰寫研究結論與建議，後來還把這篇論文放在國家圖書館網站，供後續研究者參閱。以這樣的問卷調查資料所進行的統計處理，不就是研究的迷思嗎？這情形發生在撰寫論文者的周遭環境只是冰山一角。如果把國軍弟兄的樣本轉換為國小教師、教育行政人員或學校校長等，樣本不是由當事人親自填寫，而是由他人代填，最後所蒐集到的資料，不也是犯了類似的問題嗎？研究者宜深思。

二、「垃圾進」與「垃圾出」的迷思

有一個不可思議的情形：研究者寫作論文相當荒謬。有位研究者沒有實務經驗，加上社會上沒有人脈，但其研究論文仍要以問卷調查法進行；在人脈不足，但指導教授強調要有 600 份有效樣本分析，才足以代表研究發現的重要性之情況下，研究者很苦惱，一方面要花錢印問卷，另一方面又要拜託他人發問卷。於是異想天開，就把自己當作是 600 個樣本來使用。他打開電腦，自己在電腦中模擬填寫 600 份「有效樣本」的資料，接著就把這些「資料」視為有效樣本，接續進行統計分析，將研究結果做描述，對研究結果也深入討論，並撰寫結論與建議，完成了論文口試，最後也畢業了。上述例子不僅將「垃圾式研究資料」登錄在電腦中，而且也將「垃圾式研究結果」產出，嚴重違反了研究倫理。

還有一位研究者的論文寫作很「奇特」，其傳聞是這樣的：該位研究者在工作職務有一定的地位，白天工作繁忙，加上職務的關係，晚上也沒有太多時間寫作論文。雖然他有豐富的人脈可以協助發放問卷，但就是沒有時間來進行論文寫作。他想要趕快畢業，心想要做學問以後再說，所以他運用職務之便，請屬下代寫論文，代寫者受長官的脅迫，不得不完成。可是受脅迫

的代寫者不瞭解問卷編製的原理及研究論文的撰寫重點，就自行在電腦中，模擬一份看似真實的研究資料進行分析，而且為了讓研究更有看頭，自編自導撰寫五名訪談者來補充量化分析的不足。代寫者以不同的五個身分，編寫出五份訪談的逐字稿，「論文完成」之後，就將這份「研究報告」交給該位研究者，也就是他的上司，在沒有詳查問卷調查的資料與訪談資料如何得來之下，就這樣該位研究者也畢業了。

　　筆者還遇到一個真實的案例：在幾年前某個週三的下午，帶著大四教育實習的學生到一所學校參觀，教務主任很熱心的帶筆者到教務處休息。進入教務處之後，筆者發現教務主任桌子旁有十多種問卷，不免好奇的詢問教務主任，這些問卷要做什麼用。他說，這是很多學校的研究生來函要求協助發放給老師填寫的問卷，看到教務主任用心協助，真的很感動。沒過多久，有一位女老師帶著二名念國小的孩童到辦公室，他們是該位女老師的小孩。後來，教務主任說：「王老師！可否過來拿幾份問卷填寫一下，幫幫研究生填問卷。」教務主任說完就先離開辦公室了。不久，該位老師就叫一位小孩過來拿了 10 份問卷回去填。這位老師看了一下就說：「小明、小英，你們各拿 5 份填寫。」小孩覺得很好奇，就這樣拿起筆填寫了。過程中，小孩們自言自語的說：「媽媽！什麼是學校本位管理？什麼又是課程領導和組織文化？」另一位又說：「媽媽！教學信念是什麼？成就動機、教學效能又是什麼？」筆者看到該位老師忙著在批改學生作業，也順口就說：「小朋友，就依你們想填的寫一寫，不要問那麼多，媽媽要趕快改作業。記得填完問卷之後，再拿回去放在教務主任的桌上。」筆者看到這一幕並不意外，原本研究者要調查教師的某些研究構念之知覺或感受情形，這下子變成是由老師的孩子代為填答。研究者收到填答完的問卷，也不疑有它，就把它當作有效的問卷處理，也就這樣，他們的論文研究結果就放在國家圖書館了。

　　上述現象，凸顯出一個很重要的問題，如果研究者自行模擬一份研究資料，指導教授沒有發現，口試委員在論文考試過程也不一定會詢問，就順理成章畢業了。這種情形，就好比是一堆垃圾資料進入電腦之中，研究者不瞭解該筆資料的來源就進行統計分析，因而得到的結果就如同是垃圾一樣。誇張的是，代寫論文者更自行模擬五位受訪者，接著進行逐字稿訪談，這樣自編、自導、自演與自撰，更嚴重違反研究倫理。當然最後的一個例子，更凸

顯出調查問卷是否真的由受訪者親自填答的問題。這些問題都很值得研究者
思考。

貳、統計在論文的重要與迷思

一、統計的重要性

在處理龐雜的資料時,如果是沒有意義的統計分析,論文就沒有價值
了。撰寫論文常因資訊龐雜,以及為了建立更好的知識體系,需要以統計方
法分析來獲得結果。統計分析不僅讓混雜的數字變得有系統、有組織及有意
義,而且也使得資料更具有價值與科學化。論文寫作的最好方式之一是會運
用統計來處理龐大資料。研究者應瞭解如何運用統計,透過統計方法的使
用,歸納出重要的訊息。論文寫作者常對於統計感到害怕,但是如果會運用
統計整理資料,使資料有意義與價值,此時就更能展現出統計的價值。

簡言之,能運用統計處理資料者,在撰寫論文時有幾個優勢:(1)運用數
量的資料進行分析,可以將資料以有系統、有組織及有體系的科學方式分
析,不會僅以個人臆測、直觀方式分析知識,因而形成沒有共識的資訊;(2)
讓研究更客觀與具體,因為以統計分析歸納知識,較具有邏輯性及可操作
性;原因不外是統計要求精確測量、從龐雜的資訊中獲得更有意義的資料,
以及對估算的變項進行操作性定義(operational definition)之後,在科學邏
輯下進行資料分析,這會讓所得到的知識更具說服力;(3)可以對知識進行事
後的驗證與追蹤,它讓研究的變項在操作性定義之下,運用相同資料獲得一
致性的知識結果,這會讓研究的信度提高。坊間的統計學書籍很多可供參
考,例如:林清山(2014)、余民寧(2012)、邱皓政(2020)、張芳全
(2019)、Afifi(2003)、Kirk(2012)等。

以統計資料來協助撰寫論文是很好的方式之一,以統計方法來處理資料
是邏輯實證研究(empirical research)之一。進行有信度的實證研究,馬信
行(2000,頁 4-11)認為,要有四項要素:(1)對變項要有明確的操作性定

義；⑵明確對變項進行測量；⑶邏輯推理要嚴謹；⑷對研究中的定義要封閉及完整。他也指出，進行資料分析勢必要蒐集資料，資料蒐集方法有人種誌研究法、內容分析法、歷史研究法、個案研究法等質性方法；量化研究方面的資料蒐集方法包括觀察法、調查法（含問卷調查法、實地調查法、觀察法、訪談法及電話訪問法）、實驗研究法等。

　　進行資料分析宜先掌握變項的尺度，分為類別變項、等級變項、等距變項、等比變項。母數統計考驗具備的條件，包括：資料需常態分配或接近常態分配、資料的變異數具有同質性、資料是等距量尺和等比量尺的資料，在實際選擇適當的統計方法時，須確定自變項及依變項屬於何種資料類別，然後再確定自變項和依變項的數目，根據這兩項資料選擇統計分析方法。

 ## 二、運用統計的迷思

（一）迷思一：一定要使用 SEM 才可以

　　有很多研究者在撰寫論文時，常問筆者的一個問題是：要不要用 SEM 進行資料處理？因為現在投稿期刊論文及學位論文，只要運用統計方法，大多數會使用 SEM。研究者使用的統計方法宜依據研究目的及研究資料的屬性，來選擇所要使用的統計方法，並非一定要使用哪一種統計方法才可以。研究者會認為，若沒有使用 SEM，論文會趕不上時代。其實，SEM 也有其限制，就如 SEM 在處理潛在變項的組成，即構成的觀測變項時，是不可以運用類別及等級變項，而社會科學研究很多需要人口變項，而這些變項是類別尺度，無法使用 SEM 進行檢定。所以，在研究論文資料之處理時，應瞭解研究之目的及資料屬性，否則一味趕流行，沒有達到研究目的的論文，也就不是好論文。雖然 Mplus 統計軟體可以分析類別變項與潛在變項之關聯性，但是在分析模式設定上，仍然有不能運用太多類別變項的限制。

（二）迷思二：一定要使用相當大的樣本

　　有很多研究者認為，量化研究一定要使用大樣本（此所指的是超過數百筆以上），若沒有大樣本就不敢進行量化研究。但實務上，有些研究樣本有

侷限性，例如：特殊兒童、特定族群學生或特定的樣本等。若鎖定在某一區域或縣市，其母群體僅有 100 筆或 200 筆而已，因而不敢使用統計方法來分析。其實，受到現實限制，沒有過多的樣本，若僅有 100 筆樣本，一樣可以從事調查研究，蒐集資料分析，不一定要超過 500 筆以上的樣本。若只有 100 筆資料，研究者在分析之前，宜先瞭解該筆資料的分配狀態，例如：偏態、峰度情形，若無法符合資料的常態分配，可以進行資料轉換，若無法處理，在研究限制上，應說明母群體的限制。

（三）迷思三：僅用描述統計是沒有內涵

研究者在研究題目及研究問題上，若無法以深入的統計方法來分析，僅需要以描述統計分析即可，此時就不要運用深奧的統計方法。研究者不用擔心研究論文沒有深度的問題，因為以描述統計可以回答研究問題，達到研究目的，此時運用描述統計並無不可。論文僅運用卡方檢定、積差相關或是簡單迴歸分析即可達到研究目的，也是好的資料處理。換言之，簡單的問題用簡單的資料處理方法即可，以資料屬性選擇最適當的統計方法就可以了，不需要殺雞用到牛刀。

參、統計的正用

對數據資料化繁為簡，有意義的解釋分析的資料，就是統計的最大功能。

統計可以幫助研究者瞭解社會及教育現象，研究者適切的運用統計，可掌握該現象，但誤用統計於論文寫作，亦可能造成對統計濫用，形成為分析而分析；更重要的是提供錯誤資訊，造成研究結果的錯誤，以及對研究結果的不當推論。統計是科學分析的工具之一，善用統計分析可以解決龐大資料混雜的問題。如果依資料性質及資料多寡來選用適當的統計方法，往往就可以形成正確的知識與研究成果。以下說明為何要運用統計來輔助撰寫論文，以及它在撰寫論文上的價值。

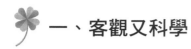

一、客觀又科學

實證研究的重要意義在讓所蒐集到的資料客觀且可以分析，讓數字會說話，使論文的結論更為客觀與具體，不易產生人云亦云。運用統計方法正可以得到這種效果。透過對母群體的抽樣，再由假設檢定樣本的屬性來推論母群體的特性，此時可以讓研究結果更具體及客觀化。當然，統計可以讓研究者運用科學化觀點撰寫論文，更可以讓人掌握知識的形成及知識的科學化，而不會落入主觀臆測，造成論文寫作的困擾。

二、易重複操作

在知識形成之後，可以運用統計方法重複對已建立的知識進行分析，尤其在知識形成過程中曾對變項進行操作性定義，後來研究可以依據先前研究進行驗證。在明確的操作性定義下，運用相同變項或分析工具，以及選用相同的統計方法，所得到的結果應一致，這也就是運用統計獲得知識，而此知識能放諸四海皆準的條件之一。

三、易成知識體

透過有系統、有組織及有結構的方式進行知識的探究，可以讓知識不斷的被驗證、被修改，最後可以形成理論，也可以讓理論不斷在統計資料的檢定中持續被修正。從統計方法所獲得的發現，可以經過重複的驗證、客觀的步驟及邏輯的推理來獲得知識。因此，運用統計方法分析問題可以不斷的累積知識，建立理論與知識體系。

總之，統計方法運用得當，將讓教育及社會現象更為客觀、具體，同時也較能形成教育理論與法則，這也就是學術研究所要追求的。

肆、統計的誤用

未能依據數據資料的類型，選用適當的統計方法是最大的誤用。

誤用統計會使得論文撰寫產生問題。它可以從幾個方面分析：一是，母群範圍界定不明，以及抽樣方法錯誤，產生樣本誤取，而造成統計偏差；二是，未依資料蒐集屬性選用適當的統計方法；三是，應為小樣本統計，卻以大樣本統計方法；四是，對於結論不當的因果推論。相關問題可見張芳全（2003）〈量化研究的迷思：從問卷調查法談起〉一文。

 ## 一、誤用一：資料取得未符合統計的原理

研究者為了瞭解某些現象的支持度，設計問卷來蒐集資料，當問卷設計完成之後，就要進行取樣及施測。研究人員未能掌握樣本抽樣方式就任意取樣，此時就無法從母群體中取得樣本進行估算，例如：原本應符合從界定的母群體之中隨機取樣，後來因取樣困難或無法依據「隨機取樣」的原理取樣，而變成「隨便取樣」，造成樣本代表性不足，因而所估算的研究結果當然就沒有意義。二是樣本取樣不足，在統計分析之後，過度對研究結果推論，因而混淆研究結論與知識體系的建立。抽樣數計算請見第十一章。

 ## 二、誤用二：未依資料屬性選用統計方法

撰寫論文，如果以統計方法進行資料處理，但並未能掌握資料屬性，就如所蒐集到的資料是屬於類別尺度、等級尺度（rank scale）、等比尺度、比率尺度等，未能正確的判斷，因而誤用統計方法。就如類別尺度中的性別、班級、宗教、政黨等是一種類別變項，如果把它視為一種連續變項，而以迴歸分析、皮爾遜積差相關的方式進行分析，此種未考量變項屬性就進行統計分析，即違反統計的基本假設及原理。

研究者為研究一項議題，例如：學童的文化資本與學童成就之間的關

係，因而設計測量工具，在問卷題目之後，讓填答者勾出「經常如此」、「很少如此」、「從來沒有」等，但其測量工具題目未能以「一個問題詢問填答者一個概念」，而是「一個題目有多個概念」，造成填答者在某項概念上的混淆，例如：對某一項題目可能「從來沒有」，但同題另一概念卻是「經常如此」。

就如有一個問題：「您和兄弟姐妹平均每週到學校圖書館看書、看報、借書，『或』查閱資料」。填答者可能「從來沒有」在圖書館「查閱資料」，但卻是「經常如此」的「借書」，或「很少如此」的「看書或看報」；同時，此題包括您的「兄弟姐妹」，也許「哥哥」總是如此，但「妹妹」從來沒有如此，而「姐姐」偶爾如此。如果已有多重概念在此問題之中，對填答者造成困擾，因而亂填，此時研究者所獲得的資料就會有錯誤，再進行統計分析更可能有誤。

就如一位研究者在蒐集資料時，也有類似上述研究工具設計的問題，將蒐集到的 2,000 筆資料進行分析，因而得到了許多的研究結果，並進行推論。研究者一開始就有錯誤的前提，所以後續在運用統計技術時都會出現錯誤的研究結果。在形成知識的過程中，研究者在研究工具的題目是一個問題有「多種概念」、「多種屬性」、「多樣選項」設計，就會造成研究信度與效度的降低。

三、誤用三：小樣本用大樣本統計方法估計

很多研究者寫論文常以小樣本為分析對象，但卻運用大樣本的統計方法。大樣本的統計方法需要符合資料常態分配特性，例如：要呈現常態分配的屬性（樣本的平均數為 0，標準差為 1）、各組別的變異數同質性（homogeneity of variance）等。但研究者往往無法達到此基本要求，而以小樣本（一般說來，三十個樣本以下就算是小樣本）分配的狀態進行分析，就無法達成上述的資料假定。有時，大樣本不一定具有資料常態性，它可能形成 t 分配、正或負偏態。如果要運用大樣本的統計方法，在蒐集完資料之後，就必須進行資料屬性之檢定，包括：資料峰度及態勢、資料的平均集中及分散情形，以及變異數同質性。倘若資料具有偏態（正或負偏）或資料呈現高（低）

狹峰情形，就需要進行資料調整，再進行假設檢定，否則會造成資料估計後的推論問題。

四、誤用四：將相關係數解釋為因果關係

　　論文寫作常要運用統計處理資料，若將資料處理之後的結果，以因果關係解讀，很容易產生問題，例如：在估算二個變項之間的相關程度時，常見的是皮爾遜積差相關係數，其相關程度從係數大小來說明，然而很多人常把相關係數高低視為變項之因果關係。因果推論需某些原因導致結果，在變項之間有時間先後的因果順序。而相關係數在說明變項之間的相關程度，並無法說明哪一個變項是原因，哪一個變項是結果，例如：地上潮濕，就說是下過雨，這不對，因為也有可能是有人潑水後，才讓地上潮濕，不一定是下過雨；又如常聽到國中生數學成就好是因為國語成就表現好，就將國語成就表現解釋為原因，數學成就表現解釋為結果，這種關係之推論是錯誤的。

伍、誤用的結果

　　誤用統計會混淆正確知識體系的建立，就如同曾參殺人般的效果一樣。

一、無法取得學位

　　許多研究者在資料處理沒有考量使用的統計方法之基本假設，就進行資料分析，而獲得不準確的研究結果，在整體推論上會有嚴重瑕疵，影響論文準確性，例如：有位研究者要檢定不同經濟狀況（如富裕、小康、普通、清寒、低收入戶）之新移民子女的家庭功能差異，而運用變異數分析檢定；然而，在經濟狀況分類組別上，富裕組僅有二名，其他組別的人數都在八十名以上，若從其數值來看，富裕組學生之家庭功能都很高，然而這一組僅有二位，其標準差為 0，與其他組的標準差在 .40 以上，已有很大差異。也就是說，這位研究者的資料中，各組變異情形高於富裕組，此代表違反了變異數

分析的變異數同質性假設，研究者在全篇論文也都沒有檢定此現象，因而其研究結果之正確性便會受到質疑。此外，該研究者也運用斯皮爾曼等級相關係數（Spearman rank order correlation coefficient）來估計各背景變項與其他變項之相關程度，該係數的基本假設要用在等級尺度，不是用於類別尺度，但是研究者納入的變項為學生性別、年資（連續變項）、社經地位（連續變項）、家庭子女數（連續變項）等，由於性別（男、女）為類別變項，不適合用於所列方法進行分析，所以此估計結果有誤。

總之，上述情形在許多的研究中頗為常見，因為統計方法的誤用，致使研究結果錯誤，而有不準確的結論。這樣的論文實難通過論文口試，也可能無法取得學位，值得借鏡。

 ## 二、無法順利升等

統計誤用的結果也會讓研究者升等副教授或教授的條件受到影響，這種例子很多。在多元迴歸分析常見的錯誤是，在模式確立之後，不管變項的屬性，就將要納入的自變項（如學生性別、年齡、做功課時間、社經地位、經濟狀況、家庭子女數、原生國籍等）投入，依變項為學業成就（連續變項）。由於性別（男、女，分別以 1 與 2 計分）、經濟狀況（富裕、小康、普通、清寒、低收入戶，分別以 1 至 5 分計分）及原生國籍（大陸、越南、印尼、緬甸、菲律賓、泰國、馬來西亞、柬埔寨、其他，分別以 1 至 9 為代號）為類別變項，若沒有將這些變項虛擬編碼（dummy coding），研究者不可以直接將這些變項進行迴歸分析。筆者就審查過一份申請升等著作，該作者將性別、經濟狀況及原生國籍（都是類別變項）與其他連續變項都視為自變項而投入分析，其獲得的結果解釋實令人難以理解：代表作指出「……原生國籍的測量分數愈低，整體的學習成就愈高。同時整體的解釋力為 45%」。然而從其論著來看，原生國籍為類別變項，這些變項之分數僅是一種代號，沒有涉及愈高就愈好或愈差，怎麼可以說分數愈低，學業成就就愈高？換句話說，這是沒有意義的研究發現，更是沒有價值的內容。該著作的作者應將國籍別、性別、經濟狀況等變項進行虛擬編碼再分析才合理。

總之，上述研究者沒有注意到統計方法的基本假設，而任意將變項投入

分析，所獲得的是沒有意義的結論，而其升等代表著作都以錯誤的方法分析，該著作之結論實無法說服讀者，難以通過升等是可以預期的。

三、積非成是

研究者運用不當的統計方法，所得到的研究結果，不但對於知識體系的形成沒有助益，反而更混淆了知識體系的建立。很簡單的道理，目前的網路相當發達，在臺灣的學位論文電子檔都要上傳到國家圖書館網站，任何人只要有網路就可以上網到國家圖書館網站查詢論文。因此如果研究者在研究資料與統計分析有誤，因而獲得許多的研究結果，此時撰寫論文的研究者若沒有詳查該筆資料的可靠性及研究流程，就引用在論文之中，久而久之，就會形成一種謬論；也就是說，先前的統計資料有誤，但後來的研究者若未能查證，也不求甚解，而一再引用，因而形成研究的迷思。

就如同本章一開始就指出的例子，因為抽樣的不適當，或樣本的代表性有問題，而研究者沒有詳加檢視就將它視為有效樣本進行分析，就很可能讓研究發現混淆後來的研究發現。其實，研究者最瞭解資料的蒐集過程，而所使用的統計方法是搭配所蒐集的資料屬性，如果資料蒐集產生問題，後續的統計及分析結果就會有問題，這是應該深思的。

四、混淆事實

當然還有一種情形會影響研究資料與統計之後的研究發現，也就是研究者在回收樣本之後，常考量研究樣本數多寡。因此會有許多的填答者，可能在 50 個問卷題目中，填答了 48 個題目，甚至 49 個題目，研究者為了讓有效樣本增加，因此將有類似上述僅一、二題沒有填答的問卷，在登錄資料時「自行」代受訪者填答。研究者以為這僅是幾份問卷而已，不填入資料視為無效問卷，非常的可惜，如果能將這幾份樣本納入分析，也許研究發現就會更好。尤其是在一些不易取得的樣本，例如：新移民子女、特殊兒童、家庭經濟較為不佳，俗稱貧窮家庭的學生等，研究者自行回答未填答的題目。像這種情形，在研究過程隨處可見。研究者宜思考，如果這樣填答可以讓沒有

顯著的現象，改變成為顯著的現象，讓論文的研究發現撰寫更有內容，但是也許沒有顯著的結果才是正確，有顯著的結果可能是有誤，就在幾份樣本納入之後，雖然改變了統計的顯著水準，但也可能就將研究者辛苦整理的研究內容，如文獻探討、研究設計、研究架構等轉變為沒有價值的報告了，其得失之間就很容易釐清了。

 ## 五、難以建立理論

當統計方法誤用來分析資料，所歸納出的知識及研究成果，容易造成似是而非的知識混亂現象，此時就無法形成強而有力的知識體系及研究理論。這會造成後續的研究者引用該似是而非的研究結論，讓整體的研究價值降低，形成知識的反淘汰現象。更重要的是，錯誤的資訊所形成的知識將會造成知識混淆，或者形成爭議性的知識，此時就需要更多的時間來釐清先前所造成的問題。它不僅是一種研究倫理而已，更危險的是對於研究知識體系建立的傷害。就以多元迴歸來說，自變項與依變項一般都是以連續變項為主，因此如果依變項為類別變項或是等級變項，但沒有對變項進行虛擬編碼就納入分析，且將獲得的結果依此推論，此時就會造成變項屬性與統計方法搭配的誤用，更造成錯誤的結果。除非研究者將自變項中屬於類別變項的部分，運用虛擬變項的方式進行資料轉換，變項轉換之後再進行檢定，否則推論就會有錯誤。

問題思考

「我很怕統計……」

　　「我很怕統計……」是很多研究生在進修時所遇到及面臨的問題。怕統計的原因很多，不外乎有以下幾項：從小對數字就很不敏銳、看到數字或一提起數學就感到恐懼，所以對統計很無感，甚至害怕。也有一種情形是，雖然不是很害怕統計，但也不喜歡接觸數字，覺得數字太過於無趣，心情的逃避因而很害怕統計。還有一種情形是，在大學時曾修習過統計，可能是沒有興趣，也可能是抓不到要領，更可能是學習心態消極，而學的一塌糊塗，不但不及格，甚至還被統計學老師責備，因而不僅不喜歡統計老師，甚至對所有的統計課都感到害怕。這種從過往一路怕到現在的骨牌效應，進入研究所進修仍然害怕著統計，不敢也不願意突破，一直都想避開統計。這就是多數學生害怕統計的原因及歷程。

　　與其要這樣害怕統計，不如用一種重新學習、從零開始學習的心情來面對它、接受它、認識它、學習它、投入它、操作它、熟悉它，慢慢的就會喜歡它、愛上它，與它成為很要好的知心朋友。雖然這需要時間及勇氣，但是如果一再的逃避學習統計，這樣就會更害怕。如果可以如上述的歷程接受它、學習它，最後不怕統計，就會發現到它有很多的用途。未來運用在研究上，它可以避免在寫作論文時誤用統計，相對的，就可以正確運用統計分析。

　　筆者一路走來的學習經驗是不要害怕統計，它是遲早都要面對及學習的專業知識，愈早接觸學習愈好。當自己跨出不害怕統計的心情，有心要學習，並投入學習，遇到統計問題時多與人請益之後，統計就會在心裡發芽、成長與茁壯。後續的論文寫作，透過統計分析，可以獲得更正確的結果，也可能更早完成學業、取得學位，甚至有可能讓自己的研究論文被很好的期刊接受刊載。筆者在大學求學時的統計不好，後來多旁聽及多選修不同科系的統計課程，進入研究所後更自己學習統計軟體的操作，慢慢的嘗試錯誤之後，對各種統計方法的熟悉度愈來愈熟練，不僅完成了碩博士論文，更發表了一些實證研究論文，同時更以統計方

法的分析出版了多本專業書籍。這一路走來，也是從怕統計，最後喜歡統計、愛上統計。

　　因此，如果您就讀的領域是心理、教育、社會、資訊、商學、企管、財管、公共政策、公衛、醫學、生物、護理等人文、社會、醫學與科技類的碩士班與博士班，只要是社會科學學門，最好在進入研究所一年級時就修習高等統計，慢慢摸索，後續再修習多變項統計與高階統計方法等。在求學階段若可以習得統計方法及統計軟體之操作，對於論文寫作及後續的生活與工作應用，將可以獲得更多的幫助。

第六章

單變項統計在論文的應用

壹、描述統計

數學是科學之母，統計是論文寫作的必備工具。統計的運用在於正確觀念，而不在於死背公式。如果沒有統計與電腦的發明，龐大資料如何有系統的分析？又如何獲得有意義及價值的成果呢？

一、集中量數的基本原理

要掌握一個標的團體或一個社會現象的集中趨勢，此時需以集中量數進行分析較為適當。集中量數包括算術平均數（又稱為平均數，運用最廣）、幾何平均數、中位數、眾數等。吾人要瞭解社會現象，此時透過研究工具之設計進行抽樣與施測而得到一筆受試者資料，再對所蒐集到的資料加以估算，以瞭解數據的集中情形。可計算資料的平均數做為比較基準，以瞭解某個案與平均數的差距，就可瞭解該個案與所有樣本的差異，例如：研究者已經將 80 個國家的研究資料登錄於 SPSS 軟體中，要瞭解這 80 個國家的國民所得平均數，此時可以在視窗中（如圖 6-1 所示）點選 分析 (A)，接著點選 敘述統計 (E)，再點選 敘述統計 (D)，再將所要投入的變項選入變項欄之中，最後點選 確定，即可獲得這些受訪者的國民所得平均數。有關統計方法的使用可以參考張芳全（2019）《統計就是要這樣跑》一書。

圖 6-1
SPSS 視窗舉例

二、集中量數的實例

　　研究者要瞭解 2004 年各國人力發展指數的高低，於是從 UNDP（2005）所發布的《2004 年人力發展報告》（*Human Development Report, 2004*），找到各國人力發展指數的預期壽命、識字率、三級教育在學率與國民所得，經過平均數統計之後，如表 6-1 所示。表中可以看出全球 178 個國家之中，各國整體平均、高度、中度及低度人力發展國家的預期壽命平均值各為 65.87 歲、76.66 歲、65.79 歲、46.54 歲，可見高度與低度發展國家的國民平均壽命大約相差 30 歲。

表 6-1
描述統計的結果

變項	等級	樣本數	平均數	標準差	最小值	最大值
預期壽命	高度	58	76.66	3.12	69.70	82.00
	中度	88	65.79	8.33	36.30	75.60
	低度	32	46.54	6.57	32.50	60.60
	總數	178	65.87	12.27	32.50	82.00
成人識字	高度	58	96.44	4.51	77.30	99.80
	中度	88	82.66	15.05	41.10	100.00
	低度	32	51.48	18.64	12.80	81.40
	總數	178	81.54	20.38	12.80	100.00
三級教育	高度	58	88.88	11.87	66.00	123.00
	中度	88	69.94	12.62	35.00	99.00
	低度	32	43.56	12.69	21.00	72.00
	總數	178	71.37	19.83	21.00	123.00
國民所得	高度	58	20,785.45	10,180.99	6,854.00	62,298.00
	中度	88	4,957.57	3,172.04	965.00	19,780.00
	低度	32	1,352.41	832.64	548.00	4,726.00
	總數	178	9,466.85	10,121.26	548.00	62,298.00

註：整理自 *Human development report, 2004*, by UNDP, 2005, Author.

三、變異量數的基本原理

　　研究者若要掌握某些標的團體或社會在某一現象的分散情形，此時需要以變異量數進行分析。變異量數包括全距、平均差、標準差、四分差，其中以標準差運用最廣；標準差在於瞭解社會現象中，某一個變項數值的分散情形。研究者要瞭解某一個標的團體在某項政策支持度的集中情形，更要瞭解該標的團體對某項數據的分散情形，也就是有哪些團體反對政策？反對團體有多少？有哪些標的團體是無意見？而又有哪些標的團體是支持團體？支持團體有多少？這些支持與反對意見的團體的分散性？瞭解團體分散性就要運用標準差。

　　又如：研究者在掌握國家教育發展情形時，如高等教育在學率、中等教

育在學率、教育經費投資比率高低，並瞭解每個國家高等教育在學率、中等教育在學率與教育經費投資比率平均情形。研究者更需要瞭解，究竟這些國家高等教育在學率的分散情形為何，哪些國家的教育在學率偏高？哪些國家偏低？簡言之，標準差在瞭解一組數列的分散情形。因此，如果研究者擬瞭解一個群體對某項意見、變項或指標的分散情形，即可運用標準差。

 ## 四、變異數的實例

在 UNDP 所發布的《2004 年人力發展報告》中，找出 2003 年各國預期壽命、識字率、三級教育在學率與國民所得，經過平均數統計之後，透過變異數及標準差統計的發現，如表 6-1 所示。表中的高度、中度與低度的人力發展國家，成人識字率的標準差各為 4.51、15.05、18.64；這些數字表示高度人力發展國家內部的成人識字率差異較小，而低度人力發展國家內部的差異較大，也就是成人識字高者非常高，低者非常低，因而國家與國家之間有較大的差異。在國民所得方面，則是高度人力發展國家的內部差異最大，低度人力發展國家的內部差異最小。

貳、標準分數

 ## 一、基本原理

研究者常要瞭解二個以上的團體所擁有的某一現象在群體的相對地位，此時就需要先將各組的原始資料轉化為標準分數，接著才可以進行比較，例如：研究者要比較甲、乙兩校國一學生在第一次期中考的數學成績高低，因為兩所學校的數學題目難易不一，學生人數也不一樣，此時如果冒然的拿來比較，就很容易產生比較基準不一樣的問題。此時，宜先分別對二所學校的數學成績進行轉換，才可以比較。在分數轉換中，最常用的標準分數為 Z 分數，其公式為：

$$Z = \frac{(X-M)}{S}$$

它表示一系列的分數中，每一個分數與該系列的平均數之差，除以該系列資料的標準差，最後所得到的數值；式中，X代表某個分數值，M代表該團體的平均數，S代表該團體的標準差。其意義是假設Z分數是一個單位，某一個分數在平均數以上或在平均數以下，究竟有多少個標準差單位。有時研究者在掌握不同教育現象表現的高低時，因為不同的教育現象無法直接比較，此時就需要轉化為標準分數，讓單位一致才可以進行分析。當變項數值轉化為標準化Z分數之後，它具有二個重要特性：一是Z分數的平均數為0，而它們的標準差為1。

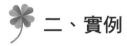 二、實例

張芳全（2001）在進行國家發展指標探索時，針對全球101個國家（臺灣也在研究之列），進行經濟指標、教育指標、文化指標與社會指標等分析，欲瞭解臺灣在各國不同指標的相對地位，分析的方式是將各指標轉化為Z分數。結果經濟指標、教育指標、文化指標與社會指標在101個國家中分別排名為第29、13、36、33名。讀者可以試試看，如何在SPSS套裝軟體中，將一筆資料轉換為標準化Z分數。

參、平均數 t 檢定

一、相依樣本平均數 t 檢定

（一）基本原理

研究者為了瞭解一項教學方法的實驗是否有效，他所運用的實驗樣本頗為類似（如同卵雙生），或一群實驗樣本接受二次實驗，或是一個教育政策

在不同年代背景產生的差異情形。因為該組或該二組的樣本特性極為接近，因此為瞭解受試者或教育現象的先後情形，此時應運用相依樣本平均數 t 檢定，它又稱為關聯樣本或成對樣本平均數 t 檢定。兩群平均數顯著差異值以機率大小表示，有些研究是採取 $\alpha = .01$ 的顯著水準，也有些研究則是採取 $\alpha = .05$ 的顯著水準，以做為檢定這個項目犯錯之標準，前者意義是如果有 100 次的差異情形，可能會有 1 次沒有差異，即可能此種差異是錯誤的；後者則是 100 次中有 5 次可能是錯誤的。

（二）實例

研究者要瞭解 1996 年各國學前教育生師比差異，以做為規劃學前教育政策之參考，於是以聯合國教科文組織發布的《2000 年世界教育報告》（*World Education Report, 2000*）為統計指標，找出 1990 年與 1996 年各國學前教育生師比，經過相依樣本平均數 t 檢定結果，如表 6-2 所示。表中顯示，1990 年 89 個國家的學前教育生師比為 20.24，1996 年已降為 19.35，顯示二個年度已降 .89 人，達到 $p < .05$ 顯著水準。這表示各國已降低學前教育生師比。

表 6-2
1990 年與 1996 年學前教育生師比差異檢定

年度	平均數	標準差	平均數差異	t 值
1990 年	20.24	8.00	0.89*	2.10
1996 年	19.35	8.40		

$n = 89$
$*p < .05.$

二、獨立樣本平均數 t 檢定

研究者為瞭解不同的類別之間，在某一現象的差異性，例如：先進國家與落後國家在教育的在學率是否有顯著差異；或是研究者進行一項教學實驗，隨機取樣實驗設計運用的二群樣本極為不同，因為該二組樣本特性不相

同，為了瞭解實驗組受試者與控制組樣本表現情形的差異，此時應運用獨立樣本平均數 t 檢定。二個母群體的樣本相互獨立，研究者可預知該二個母群體在某項數據的標準差，或是不瞭解二個母群體在數據上的標準差，而選用不同的統計公式。因為母群體的標準差已知與否，與所運用的統計公式有所不同。

肆、卡方考驗

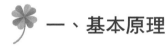

一、基本原理

研究者想要瞭解某項調查之中，受試者在題目上的反應，而這些題目是以類別變項做為測量。研究者想要瞭解調查到的資料之觀察值，是否與期望的數值有顯著差異，此時運用卡方考驗（Chi square test）。卡方考驗為統計學家 Pearson 所導出，它在解答從樣本觀察到的資料次數和理論的資料次數是否顯著不同。卡方考驗以不同的類別變項進行交叉表分析，在表中每個細格都有次數或百分比，因此卡方考驗又稱為百分比考驗。其公式如下：

$$\chi^2 = \Sigma \frac{(f_0 - f_e)^2}{f_e}$$

式中，f_0 = 觀察次數（observed frequency），f_e = 期望次數（expected frequency）。因為卡方用途不一，所以其自由度（df）也不一，例如：適合度考驗的 $df = k - 1$；獨立性考驗 $df = (r - 1) \times (c - 1)$；同質性考驗 $df = (r - 1) \times (c - 1)$；$k$ 代表單因子分類（level）數；r 代表因子分類，列數；c 代表因子分類，行數。

運用卡方考驗時，母群體的分配形態並沒有任何假設。在母群體分配不做任何假定之外，卻有以下的規範：(1)分類相互排斥，互不包容；(2)觀察值要相互獨立；(3)每一個細格的期望次數大小應不低於 5，如果低於 5，就需要運用葉氏校正（Yate's Correction for Continuity）公式；或若有一格或數格

的期望次數小於 5 時，在配合研究目的下，可將此數格予以合併。葉氏校正公式如下：

$$\chi^2 = \sum \frac{(|f_0 - f_e| - 0.5)^2}{f_e}$$

 二、卡方考驗的用途

（一）適合度考驗

研究者常要考驗同一個變項，在實際的觀察次數與期望的次數是否有差異，此時就要運用此考驗。也就是說，研究者蒐集到一筆統計資料的變項或反應須為類別變項。研究者要掌握所蒐集到的資料是否與理論中的常態分配一致，此種卡方考驗稱為適合度考驗（goodness of fit test）。研究假設的敘寫如下：H_0（虛無假設）：實際觀察的次數與理論次數並無顯著差異；H_1（對立假設）：實際觀察的次數與理論次數有顯著差異存在。

（二）獨立性考驗

研究者擬瞭解類別變項與類別變項之間，是否具有相關或是互為獨立時，宜用卡方的獨立性考驗（test of independence）。如果研究者分析的變項屬性均為連續，此時計算的相關係數是皮爾遜積差相關，然而社會科學之中，有很多的變項屬性為不連續，為瞭解這些變項之間的關係或這些變項是否獨立，此時就需要卡方考驗的獨立性考驗，例如：研究者欲調查濫用藥物與體力狀況是否關聯，在藥物濫用方面分為學生濫用藥物與沒有濫用藥物，體力狀況方面則分為體力不佳與體力甚佳，諸如此類變項或反應是依研究者所設計（design）出的變項，而研究者又要考驗二者之間是否獨立，此時即運用獨立性考驗。其研究假設敘寫如下：H_0：A、B 二變項之間獨立，沒有關聯；H_1：A、B 二變項之間有關聯。當二個變項獨立，代表二者之間為零相關；如果二者相關，就需要瞭解它們的相關程度高低，此時需要運用 ϕ 相關或是列聯相關來計算。

（三）改變顯著性考驗

研究者為瞭解受訪者對某項事件的前後反應是否具有顯著差異，而這種前後反應為類別變項，也就是在事件發生時，蒐集到一筆不連續變項的統計資料；接著在事件過後幾個月之中，又對同一筆樣本蒐集到資料，研究者比較受試者前後的反應情形，即為一種改變顯著性考驗，例如：吾人向一群社會大眾調查對某項政策支持情形，研究者可能年初調查一次，年底又調查一次，如此要瞭解該群（要同一群）樣本，對該政策前、後測（研究工具相同）的支持程度，此時需要運用改變顯著性考驗。

（四）百分比同質性考驗

研究者想瞭解不同的社會大眾，如高、中、低社會階層對某一項政策的支持程度，此時要分析的問題為不同社會階層的人員對於政策的支持度是否有所不同，這就需要運用百分比同質性考驗（test for homogeneity）。

伍、相關係數

 # 一、皮爾遜積差相關

（一）基本原理

研究者可能要瞭解社會現象中，某些變項之間是否有顯著相關，此時可運用皮爾遜積差相關係數（Pearson correlation coefficient），它是指二個或二個以上的變項進行的相關係數，變項是等比或等距尺度所進行的關聯程度。它以 r 為代號，其值介於-1 至 1 之間。1.00 稱為「完全正相關」，-1.00 則稱為「完全負相關」，例如：$r_{xy} = .60$ 表示 X 變項和 Y 變項是正相關，而 $r_{xy} = -.30$ 表示 X 變項和 Y 變項為負相關；當 X 變項和 Y 變項是零相關，其積

差相關係數為 0。二個變項所計算出的相關係數是否達到統計顯著性，必須經由統計考驗，考量樣本大小、拒絕虛無假設風險高低進行考驗，才能瞭解不同變項之間是否達到顯著水準。

　　積差相關可以運用原始資料，依據定義公式進行計算，其定義公式就是將兩個變項的原始分數轉化為 Z 分數，然後將兩兩相對應的 Z 分數相乘。其定義公式如下：

$$r_{xy} = \frac{\Sigma Z_x Z_y}{N}$$

　　相關係數之解釋應掌握幾個重點（余民寧，2006）：一是，相關係數的意義與樣本大小有關；二是，相關係數的大小與樣本變異程度有關；三是，相關的意義不一定隱含有因果關係存在。相關係數分析變項與變項間的關係，適合探索性研究；研究者可初步瞭解一些變項的關係，以便做為更進一步研究的根據。如果變項之間具有高相關未必就是有意義，低相關也未必不重要。r 相關係數高低的意義，須視樣本大小而定，它需要依據樣本數進行查表，來瞭解是否達到統計的顯著水準。相關係數大小判定標準如下：

$|r|$ = .80 至　1.00　　很高相關

$|r|$ = .60 至　　.79　　高相關

$|r|$ = .40 至　　.59　　中等相關

$|r|$ = .20 至　　.39　　低相關

$|r|$ = .01 至　　.19　　很低相關

　　相關係數可應用於簡單迴歸的預測力，以及測驗量表的重測信度檢定。就前者來說，如以智商來預測大學聯考表現，假若兩者積差相關係數是 .80，將積差相關係數平方後得到 r^2 = .64，r^2 稱為決定係數，其意義是智商可解釋大學聯考表現總變異量的 64%。研究者可以運用積差相關係數來瞭解不同時間所測量的工具是否具有高度相關，如果有，代表重測信度高，反之則否。易言之，重測信度是指同一個測驗在不同時間，重複測量相同的一群受試者，根據兩次分數求得的相關，稱為重測信度係數（郭生玉，2012）。

（二）實例

研究者為瞭解 2003 年各國的人力發展指數、教育在學率、國民所得、預期壽命之間的關係，於是從 UNDP（2004）找到 2003 年的各國資料，經過積差相關分析，結果如表 6-3 所示。表中看出人力發展指數與預期壽命的相關係數為 .92 最高，人力發展指數與國民所得之關係為 .75，它們都達到 p <.01。其意涵是人力發展指數愈高，教育在學率與預期壽命也愈高；人力發展指數愈高，國民所得傾向愈高。

表 6-3
人力發展指數、預期壽命、識字率、教育在學率、國民所得之積差相關

變項	人力發展指數	預期壽命	識字率	教育在學率	國民所得
人力發展指數	-				
預期壽命	.92**	-			
識字率	.86**	.68**	-		
教育在學率	.87**	.73**	.79**	-	
國民所得	.75**	.61**	.51**	.66**	-

$n = 178$
**$p < .01$.

二、其他的相關係數

相關係數類型有很多，依變項屬性不同，而有不同的計算公式，就如運用皮爾遜積差相關的變項都是等距或等比以上的屬性。如果二個變數之中，都是等級尺度，則需運用斯皮爾曼等級相關係數（Spearman rank order correlation coefficient）；如果一個為連續，另一個為二分類別，則要運用點二系列相關。此外必須說明的是，相關係數僅是一種關係，並不可以推論為二者之間是否具有因果關係。其他相關係數的用法如表 6-4 所示。

表 6-4
其他相關係數及用法

分析方法	符號	變項 1	變項 2	目的
積差相關	r	連續變項	連續變項	分析兩變項間的直線關係
等級相關	ρ	等級變項	等級變項	分析 10～30 人以下的線性相關
肯氏 τ 係數	τ	等級變項	等級變項	分析 10 人以下的線性相關
肯氏和諧係數	ω	等級變項	等級變項	分析評分者的一致性
二系列相關	$rbis$	人為二分類別變項	連續變項	分析試題的鑑別度
四分相關	rt	人為二分類別變項	人為二分類別變項	兩變項人為二分時使用（如 2×2）
φ 相關	φ	真正二分（三分、四分）類別變項	真正二分（三分、四分）類別變項	分析真正分類（如 3×3，4×4，……）間的相關
列聯相關	C	兩個或以上的類別	兩個或以上的類別	兩變項均分成若干類別（如 3×4，4×5，……）時計算的相關
相關比	η	連續變項	連續變項	分析非直線相關

陸、變異數分析

一、基本原理

　　研究者欲針對二組（或二個水準）以上的樣本平均數差異進行考驗，其檢定方法為變異數分析。如果僅在瞭解一個自變項（如甲班、乙班、丙班）對於依變項（如小朋友零用錢）的平均數差異，此時稱為單因子變異數分析；如果研究者分析的教育現象是多類別的變數，也就是有多個自變項，欲檢定其樣本平均數的差異，此時即為多因子變異數分析。變異數分析與平均數 t 考驗一樣有重複量數（相依樣本）、獨立樣本不同的樣本特性之統計公式及計算方法。變異數分析的基本假設為資料的常態性、獨立性、變異數同質性及隨機抽樣等（Kirk, 2012）。當變異數分析 F 考驗達到 $p < .05$，即表

示至少有二組或二組以上的平均數有差異存在，究竟是哪些組別有差異，就需要進行事後比較。

它的計算步驟如下：

1. 求 SS_t，t 代表全部變異量。

2. 求 SS_w，w 代表組內的變異量。

3. 求 SS_b，b 代表組間的變異量。

$$SS_t = SS_b + SS_w$$

4. 求自由度

$$df_t = df_b + df_w$$
$$(N-1) = (k-1) + k(n-1)$$

5. 求 MS_b 和 MS_w

$$MS_b = \frac{SS_b}{df_b} = \frac{n\Sigma(\overline{X}_j - \overline{X}_{..})^2}{k-1}$$

$$MS_w = \frac{SS_w}{df_w} = \frac{\Sigma\Sigma(X_{ij} - \overline{X}_j)^2}{k(n-1)}$$

6. 求 F 值

$$F = \frac{MS_b}{MS_w} = \frac{\dfrac{ss_b}{df_b}}{\dfrac{ss_w}{df_w}}$$

$F=0$，代表各組平均數完全相等，此時總變異數全為實驗誤差所造成；$F=1$，組間的變異數等於組內的變異數，必須接受虛無假設，即 $H_0 : \mu_1 = \mu_2 = \mu_3 = \mu_4$，代表這四組平均數之間，沒有達到統計的顯著差異。

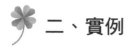 二、實例

　　研究者要瞭解 2003 年不同人力發展指數的國家，在三級教育在學率（預期壽命、成人識字率及國民所得）是否有顯著差異。從 UNDP（2004）取得 2003 年 178 個國家的統計資料，因人力發展指數分為高度、中度及低度等三類群國家，所以必須以單因子變異數分析進行檢定（如表 6-5 所示）。2003 年各國三級教育在學率、國民所得、成人識字率與預期壽命在不同人力發展指數類型均達到 $p < .01$，接著再經由 *Scheffé* 法事後比較發現，三類型國家在這些變項都有顯著差異，例如：2003 年高度人力發展指數國家識字率為 96.40%，低度人力發展指數國家為 51.50%，低度人力發展指數國家低於世界平均水準（81.50%）有 30.00%。而國民所得也如成人識字率一樣，各組間達顯著水準，表示各組之間有顯著差異。就如高度人力發展指數國家國民所得為 20,785 美元，低度人力發展指數國家僅有 1,352 美元，低度人力發展指數國家也低於世界平均水準的 9,647 美元，意涵是低度人力發展指數國家在預期壽命、成人識字率、國民所得及教育在學率應更為提高，否則與中度及高度人力發展指數國家相距甚大。

表 6-5
2003 年不同人力發展指數國家在發展變項上的差異檢定

指標／區域	全球	高度（1）	中度（2）	低度（3）	*F* 值	*Scheffé* 法事後比較
教育在學率	71.40（19.80）	88.80（11.90）	69.90（12.60）	43.60（12.70）	$F(2,175)=206^{**}$	$1>2^{**}$；$1>3^{**}$；$2>3^{**}$
成人識字率	81.50（20.40）	96.40（4.50）	82.70（15.10）	51.50（18.60）	$F(2,175)=116^{**}$	$1>2^{**}$；$1>3^{**}$；$2>3^{**}$
國民所得	9,647（10121）	20,785（10181）	4,958（3172）	1,352（833）	$F(2,175)=139^{**}$	$1>2^{**}$；$1>3^{**}$；$2>3^{**}$
預期壽命	65.80（12.30）	76.60（3.10）	65.80（8.30）	46.50（6.60）	$F(2,175)=146^{**}$	$1>2^{**}$；$1>3^{**}$；$2>3^{**}$
國家數	178	58	88	32		

註：括弧數字為標準差。
$n = 178$
$**p < .01.$

柒、共變數分析

　　研究者想要進行一項實驗研究來瞭解電腦輔助教學（自變項，也是操弄變項），對於學生的數學科成就（依變項）是否有影響。實驗組的實驗處理採電腦輔助教學，而未接受電腦輔助教學者為對照組，又稱為控制組。實驗設計的基本假設是二組樣本起點行為一樣，因為受試者都用隨機化過程取樣，也隨機分配為實驗組與控制組。但是進行實驗之後，才發現實驗組受試者對電腦敏感度較高，大多數樣本具有電腦學習興趣偏好。在實驗一段時間之後，真的明顯高於控制組。由於實驗組之樣本特性在實驗後才發現，為顧及受試者已完成實驗，加以研究者迫於時間的限制，無法再進行一次實驗，此時，研究者可以運用共變數分析，將研究者所要掌握的數學科成就與電腦興趣或偏好有關的部分予以排除。也就是說，已進行過的實驗無法再恢復，但卻發現某項因素對方案有影響，此時就宜進行此種分析。

捌、徑路分析

一、基本原理

　　社會現象常有因果關係，為了掌握因果關係的研究，統計學家依據社會現象及邏輯設計前因、後果的統計模式，接著將所蒐集的資料進行分析，來估計前因對後果的影響程度，這就是一種徑路分析（path analysis）。1920年代，Sewall Wrightg 首先提出這樣的方法。如以最簡單模式來說，就是一個原因變項（exogenous variables）或稱為自變項，有一個內因變項（endogenous variables）或稱為依變項，如圖 6-2 所示。

　　圖中的 X 變項稱為自變項，而 Y 變項稱為依變項。箭號代表影響力方向，而 β 則是代表自變項對依變項的影響力，又稱為徑路係數（path coefficient）。ε 是 Y 變項的殘差值。徑路分析也可以掌握直接效果（direct effect）

圖 6-2
徑路分析示意

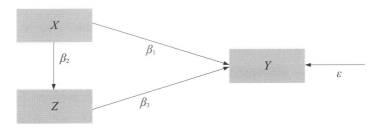

與間接效果（indirect effect），如果一個變項對另一個變項是以直接的箭號
呈現關係，則稱為前一個是後一個所造成的直接效果；如果二個變項之間又
有另外一個中介變項，此時第一個變項透過中介變項，接著再由中介變項影
響第三個變項，第一個變項對第三個變項的影響效果就稱為間接效果。如圖
6-2，X 先對 Z 有影響，接著 Z 再對 Y 有影響，此時 Z 就稱為 X 與 Y 的中介
變項，而就 Y 來說的間接效果等於 $\beta_2 \times \beta_3$ 計算出來的數值大小。直接效果加
上間接效果等於總效果（total effect）。

　　最簡單的徑路分析是：一個自變項，一個依變項；而較為複雜的模式是
有多個原因（自變項），也有多個結果（依變項）；或是有一個原因，卻有
多個結果；或是多個原因，有一個結果，如圖 6-2 就是二個原因，有一個結
果，在多個原因變項或結果變項都有可能相關。徑路分析的步驟是：(1)依據
研究理論建構模式；(2)提出研究假設；(3)蒐集資料；(4)運用統計方法，通常
是以迴歸分析法來估計變項與變項之間的影響力；(5)驗證結果，並給予合理
解釋；(6)修正模式。因果關係的前提需要在時間上有先後順序，也需要有理
論依據，也就是在研究的理論基礎上，掌握變項的時間先後，列出所要的徑
路模式。Hayes（2021）於 2013 年分析了社會科學研究可能的中介變項情形
而建構出 76 個模式，並設計 PROCESS 軟體做為檢定中介效果之應用。它
以拔靴法（Bootstrap Method），搭配所要分析模式的迴歸方程式來檢定。相
關論點可參考 Everitt 與 Dunn（2001）以及 Hayes（2021）的著作。

🍀 二、實例

　　研究者想要瞭解教育（edu）對於成人識字率（lit）、預期壽命（lif）與國民所得（gnp）的影響，以及成人識字率對於預期壽命及國民所得的影響。研究者從 UNDP（2004）取得了各國的教育在學率、成人識字率、國民所得及預期壽命的資料。研究者認為，一個國家的教育投資愈多，成人識字率愈高，教育投資愈多，也可能造成國民所得愈高，預期壽命也會提高。也就是說，教育除了有非經濟效益（即預期壽命提高），也有經濟效益（也就是國民所得提高）。研究者設計了一個模式，如圖 6-3 所示。圖中顯示教育是自變項，而預期壽命及國民所得為依變項，而以成人識字率為中介變項，透過徑路分析之後，結果如下。

　　在影響預期壽命路徑看出，教育在學率與成人識字率都達到 $p < .01$（見每一條迴歸方程式底下的第二個數值，它是 t 值），解釋力為 56%；對於國民所得的影響力而言，教育在學率達到 $p < .01$，成人識字率則否，解釋力為 33%；而教育對成人識字率的影響亦達到 $p < .01$，解釋力為 62%。從上述看出教育投資對國民所得提高確實有顯著正向影響，同時教育投資對預期壽命

圖 6-3
教育對成人識字率、預期壽命及國民所得之路徑

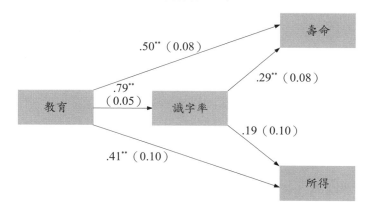

** $p < .01$.

增加有重要影響。這說明了人力資本對國民所得增加有實質效果，並對預期壽命有非經濟效益。

lif = 0.29*lit ＋ 0.50*edu, Errorvar.= 0.44, R^2 = .56

(0.08)　　　　　　(0.08)　　　　　　(0.05)

3.54　　　　　　　6.13　　　　　　　9.38

gnp = 0.19*lit ＋ 0.41*edu, Errorvar.= 0.67, R^2 = .33

(0.10)　　　　　　(0.10)　　　　　　(0.07)

1.94　　　　　　　4.05　　　　　　　9.38

lit = 0.79*edu, Errorvar.= 0.38, R^2 = .62

(0.05)　　　　　　(0.04)

16.92　　　　　　9.38

如果中介變項檢定採用 Sobel（1982）提出的公式，其公式如下：

$$t = \frac{a \times b}{\sqrt{(a \times SE_b)^2 + (b \times SE_a)^2}}$$

式中，a、b 分別代表自變項對中介變項影響關係的徑路係數，以及中介變項對依變項影響關係的徑路係數，SE_a 與 SE_b 各代表 a 與 b 徑路係數的估計標準誤。如果計算值高於 1.96，代表達到 $p < .05$，具有中介效果；若計算值沒有達到 $p < .05$，就代表沒有中介效果。Sobel（1982）檢定公式需在變項資料分配為常態分配才準確，若偏態會有誤差。假定資料符合常態分配，本例有兩個中介效果需要計算，也就是「教育→識字率→壽命」，以及「教育→識字率→所得」，帶入上述公式計算，前者 t 值為 3.533，達到 $p < .01$，後者為 1.886，$p > .05$。由於教育對預期壽命的直接效果達到 $p < .01$，教育對國民所得的直接效果也達到 $p < .01$。因此整體來看，教育透過識字率間接影響預期壽命具有部分中介效果，效果值為 .0632（$p < .01$），而教育透過識字率沒有間接影響國民所得，也就是中介效果不存在。

教育→識字率→壽命：$t = \dfrac{.79 \times .29}{\sqrt{(.79 \times .08)^2 + (.29 \times .05)^2}} = 3.533$

教育→識字率→所得：$t = \dfrac{.79 \times .19}{\sqrt{(.79 \times .10)^2 + (.19 \times .05)^2}} = 1.886$

　　經由上述可以理解，統計可以讓研究更具有效率，同時在知識形成的過程中，也應適當的運用統計方法，有效的整理與分析龐雜的數據，讓資訊可以有效的呈現並成為可靠的知識。

學會看懂統計報表

　　您有沒有想過，期刊論文上的表格資料，是不是統計軟體跑出來之後，就是那樣的表格呢？答案是否定的。期刊論文或學位論文的統計表格是研究者經過分析、篩選出所要的內容之後所做的呈現；換句話說，統計軟體跑出來的結果仍相當粗糙，需要經過篩選以及解讀這些結果，才能進行後續的整理。所以，學會看懂統計報表就相當重要。

　　研究者在運用統計軟體分析資料之後，對於所跑出來的結果要能正確篩選出所需要的資訊，再將這些所要的結果，整理在論文之中，讓論文具有可讀性及意義性，如此才不會讓論文呈現的表格太零亂、沒有組織，或沒有系統性。

　　坊間的統計軟體有很多，就以 SPSS for Windows 25 版的軟體來說，它在各種統計方法跑出來的報表檔都不一樣。縱使是一個方法分析出來的報表結果檔，也不是照單全收的都整理在論文之中。因此，研究者要能正確篩選、整理與組織，以及正確解釋結果的意義就相當重要。讀者若要以實證取向撰寫論文，最好要修習高等統計、多變項統計或多變項專題研究等課程，並附有統計軟體操作者，從中瞭解如何整理報表及解讀統計結果的意義。

　　舉例來說，某位研究生要瞭解新移民與本國籍子女在國語成績的差異性，而進行獨立樣本平均數 t 檢定，經過 SPSS 統計分析結果，其中一個原始報表如表 6-6 所示。研究生要會解讀報表，例如：雷文氏同質性檢定（Levene's Test for Equality of Variances）在檢定兩群學生的國語成績同質性，F 值未達顯著，代表兩組是同質，才可以進行比較。從表 6-6 的報表中可看出，Sig 為 .44，代表沒有達到統計顯著水準，所以兩組成績同質（equal variances assumed）。此時，要以假設同質做為資料整理內容。依此來看，兩組的 t 值為 -.11，Sig 為 .91，代表兩組學生的國語成績沒有明顯差異，也就是平均差異（Mean Difference）為 -0.16 分是沒有意義的。上述僅是原始報表，還要精簡化論文所需之數值及格式。

表 6-6
Independent Samples Test

	Levene's Test for Equality of Variances		t-test for Equality of Means						
	F	Sig.	t	df	Sig. （2-ta-iled）	Mean Difference	Std. Error Difference	95% Confidence Interval of the Difference	
								Lower	Upper
Equal variances assumed	0.59	.44	-.11	1577	.91	-0.16	1.47	-3.04	2.72
Equal variances not assumed			-.10	98.63	.92	-0.16	1.56	-3.26	2.94

第七章

多變項統計在論文的應用

壹、多元迴歸分析

　　一雙眼睛，或許僅能看出事物的一個面向；如果多一雙眼睛，可以多看出事物的另一個面向；如果再多一雙眼睛，更可以從不同面向來看一件事物，掌握真相。多變項統計的目的就如同上述的道理，要掌握社會現象的多面性與準確性。

一、基本原理

　　有一些研究常要瞭解究竟哪些因素會影響學生的學業成就、哪些因素會影響國家的教育經費投資、哪些因素可以預測學生能否進入大學的機會，或是有哪些因素對依變數具有預測力；研究者要預測未來的社會現象，多元迴歸分析可以提供這項功能。迴歸分析在進行多種變項的線性關係之探討，找出自變項及依變項之關係。迴歸分析有簡單迴歸分析與多元迴歸分析之區分，前者是一個自變項與一個依變項所構成的線性模式；後者是一個依變項，而有多個自變項所構成的線性模式。多元迴歸分析模式如下：

$$y = b_0 + b_1 X_1 + b_2 X_2 + b_3 X_3 + b_4 X_4 + b_5 X_5 + ... + b_n X_n + e$$

　　模式中的 e 為誤差項，必須符合三個條件：(1)呈現常態分配；(2) e 具有

變異數同質性；⑶各個 e 的數值之間應相互獨立。進行迴歸分析的步驟如下：首先，應先提出假設性的迴歸方程式，它需要透過文獻評閱，找出合理的自變項與依變項；其次，針對整體的迴歸方程式及個別的迴歸係數檢定，前者從 F 值進行檢定，後者對各個 b、e，甚至每一個自變項對依變項的預測力進行檢定；第三，進行整體的迴歸模式校正，尤其是對資料分析之極端值及影響值應予以處理，資料常有一些特別大的數值或特別小的數值，此時透過資料的散布圖來瞭解資料是否具有極端值，如果有極端值即刪除，再進行迴歸分析；最後，對各個變項間的意義進行解釋，自變項對依變項的解釋，可透過迴歸模式中的模式平方和對總平方和之比值（此稱為決定係數），以其高低做為解釋依變項的程度。決定係數介於 0 與 1.0 之間，如果它的值愈高，代表自變項對依變項的解釋量愈多，可以預測依變項的程度愈高。

迴歸分析的基本假定包括：第一，自變項的變異數必須具同質性；第二，自變項之間需要具有獨立性；第三，所納入分析的資料具有線性關係；第四，資料具有常態分配的特性。迴歸分析的過程還要掌握：對資料常態性的檢定、對樣本間自我相關的檢定，以及自變項之間的多元共線性檢定。多元共線性檢定有幾個指標可供判讀，如 $VIF = \dfrac{1}{(1 - R_j^2)}$，若 VIF 在 10 以下，R_j^2 則表示變項間的重疊性不高；如果它大於 10 以上，自變項就可能有重疊的問題（Afifi, 2003）。關於迴歸分析之前的資料評估實務操作可以參考張芳全（2020a）。

迴歸模式的自變項因素設定有其理論依據，不可以依研究者個人的喜好就將變項納入模式。如果要將自變項納入，需要幾個條件：⑴依據理論基礎：自變項與依變項的關係應該有合理的邏輯順序，同時在所建構的研究架構中，找出合於該議題的理論基礎，此時才可以納入模式，成為分析的變項；就如人力資本理論認為，國家經濟成長除了受到國家擁有的土地大小、勞動力多寡、技術創新及資本存量影響之外，更有教育投資的因素，因此在迴歸模式的設立上，就需要將土地、資本、勞動力、技術創新與教育投資納入；⑵實證經驗：過去的實證經驗也是提供選用自變項的重要依據，研究者可以將現有研究已有達顯著的因素納入模式，這可以減少研究者嘗試錯誤或是不知道要如何選用自變項的困擾；⑶邏輯推理：研究者在閱讀相關的文獻之後，選

擇出可能影響依變項的因素,納入模式;(4)專家的意見:可以請專家提供建議,透過他們的專業背景與過去對該議題的掌握,選擇出重要的變數。

迴歸分析應進行變項的殘差值檢定,從殘差值可以瞭解幾項重要訊息:(1)迴歸模型線性假設是否屬於直線性,如果不是,則需要對原始資料進行調整轉換為直線式(如取對數),若資料為二次式、三次式、則需要以這些資料的屬性來跑不同基本假定的迴歸分析;(2)變異數應為齊一性,如果沒有齊一性,表示資料並不具常態性,不同組別之變異數不同,此時就無法以自變項對依變項進行預測;(3)掌握資料獨立性假設;(4)檢定常態性假設;(5)對於極端值的測量。進行殘差分析常用的圖形,包括:對應時間的數列圖、對應預測的計值圖、對應自變項的圖與常態機率圖(Agresti & Finlay, 2013; Hair et al., 2018; Hardle & Simar, 2019)。

 ## 二、實例分析

研究者想要瞭解 2003 年各國的預期壽命、國民所得、教育在學率與成人識字率對於人力發展指數的預測力,於是從UNDP(2004)找到上述變項的資料,經過多元迴歸分析結果如表 7-1 所示。表中指出,預期壽命、成人識字率、教育在學率與國民所得對人力發展指數都達到$p < .01$,且這些變項都與依變項有正向關係。在政策意涵上,各國預期壽命、成人識字率、教育在學率與國民所得,都對國家的人力發展指數有正向影響;代表國家的現代

表 7-1
自變項對人力發展指數的迴歸分析摘要

變項	b	標準誤	β	VIF
常數	-0.09**	0.01		
壽命	0.01**	0.00	.47**	2.43
識字	0.00**	0.00	.31**	2.83
教育	0.00**	0.00	.16**	3.70
所得	0.00**	0.00	.20**	1.91
F值	$F(4,173) = 2290**$			
Adj-R^2	$= .98$			

**$p < .01$.

化愈高，人力發展指數也愈高，其中以預期壽命影響力（$\beta=.47$）最高，而以教育在學率影響力（$\beta=.16$）最低。整體的決定係數為 .98。

貳、因素分析

一、基本原理

　　研究者在掌握社會複雜現象，常將複雜的研究變項進行簡化，例如：利用一份研究問卷來瞭解研究構念或所形成的問卷效度，因為問卷題數比較多，難以了解其效度，此時研究者可運用因素分析來進行掌握。因素分析可以估計問卷的建構效度。如果設計一份研究問卷一定會思考，所設計出來的問卷是否具有效度？問卷的效度如何評估？問卷的效度包括內容效度、建構效度、效標關聯效度。內容效度是指所編製的問卷是否反應了研究者所要掌握的特質；建構效度是指，研究者依據相關理論所建構出來的研究構念，通常需要透過研究工具來蒐集樣本在構念（變項）的反應，再用因素分析來估計構念的存在性或其可以測量特質的大小；效標關聯效度是指，採取一份具有效度的研究工具做為參照，接著將設計的問卷，運用統計方法進行分析，如皮爾遜積差相關係數計算出，參照工具與設計工具之相關係數愈高，則效度愈佳。問卷的建構效度常透過因素分析來掌握，尤其研究者對於研究工具的設計較沒有把握，在依據理論與設計研究問卷之後，常運用因素分析將問卷題目簡化。

　　因素分析是變項的精簡方法，它能夠將為數眾多的變數，濃縮成為較少的幾個精簡變數，即抽出共同因素。它從 M 個觀察變數萃取出 N 個重要因素，這些因素就是共同因素。因素分析假定個體在變數之得分，由兩個部分組成，即共同因素（common factor）和特殊因素（unique factor）。簡言之，因素分析的基本假定是任何一組變項所形成的觀察值，一部分由「共同因素」所組成，另一部分由「特殊因素」所組成。也就是：

所有數值＝特殊因素＋共同因素＋誤差因素

　　進行因素分析應先計算所要分析資料之相關係數矩陣或共變數矩陣（在SPSS 軟體中直接用原始資料即可），接著進行共同性（community）估計；其次，再抽取共同因素。當共同因素抽取之後，所得到的資料結構，不一定直交（即因素與因素之間並非呈現有意義的現象）。在因素沒有直交之下，第三個步驟就應進行因素「轉軸」（factor rotation）。接續進行因素分析過程需要決定共同因素的數目，其決定的標準可運用特徵值（eigenvalue）做為依據。特徵值是指每一個共同因素（或稱為潛在因素）對於總共同性的貢獻程度，如果它的值愈大，代表共同因素的貢獻愈大。在因素個數的決定上，較常採用 Kaiser 法，也就是將特徵值大於 1 者保留，其餘因素均刪除，或者可以運用陡坡（scree）圖，來篩選重要的特徵因素。為了讓共同因素具有意義，宜先將具有較大的因素負荷量（factor loading）找出來，並瞭解這些因素負荷量的共同特性；最後再為因素命名，研究者決定要賦予該因素的意義。有關這方面的計算可參考林清山（1995）或周文賢（2002）的著作。

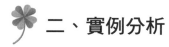 二、實例分析

　　研究者為了要瞭解各國的生育率、人口依賴率（6～14 歲人口占總人口比率）、國民所得、經濟成長率以及教育經費占國民生產毛額比率等變項是否可以將它們精簡，以便於更容易掌握各國發展程度，於是從聯合國教科文組織蒐集到《2000 年世界教育報告》的統計資料，找出 1996 年資料，再運用因素分析將這些變項進行精簡整併。經過因素分析，結果如表 7-2 所示。

　　因素分析之後，投入的六個變項之 Kaiser-Meyer-Olkin（為取樣適當數量，KMO 值）為 .65，自由度為 15，達到 $p < .01$，表示這些變項之間的共同因素多，適合進行因素分析。六個變項所估計的共通性以及因素負荷量，如表 7-3 所示。在六個變項僅抽出兩個因素，其特徵值各為 3.15 與 1.19，可以解釋六個變項的解釋量有 72.30%。另外，六個因素的因素負荷量顯示，「人口成長率」、「6～14 歲人口依賴率」與「生育率」為一個因素，上述三個

表 7-2

各國人口成長率、生育率與 6～14 歲人口依賴率因素分析

變項	共同性	因素負荷量一	因素負荷量二
人口成長率	.82	.82	.39
6～14 歲人口依賴率	.96	.98	.08
生育率	.89	.94	.12
國民所得	.61	-.72	.32
經濟成長率	.87	-.07	.93
教育經費占國民生產毛額比率	.19	-.30	-.32

變項都與人口有關,所以被命名為「人口因素」;而「國民所得」、「經濟成長率」與「教育經費占國民生產毛額比率」為另外一個因素,因為都與經濟相關,所以稱為「經濟因素」,如表 7-3 所示。

表 7-3

各國人口成長率、生育率與 6～14 歲人口依賴率因素分析特徵值

因素	特徵值	解釋量(%)	累積解釋量(%)
因素一(人口因素)	3.15	52.50	52.50
因素二(經濟因素)	1.19	19.80	72.30
因素三	0.95	15.80	88.10
因素四	0.51	8.50	96.70
因素五	0.17	2.90	99.60
因素六	0.03	0.44	100.00

參、集群分析

 一、基本原理

研究者可能想要對社會現象進行分類,例如:究竟何種學生喜歡蹺課?或是在全球近 200 個國家之中,有哪些國家的教育投資屬於高度投資者?哪

些屬於低度投資者？於是研究者對分析議題所需的研究樣本與研究變項加以蒐集，接著將蒐集到的樣本與變項投入電腦套裝軟體之中，如 SPSS 或 HLM，在適切操作步驟後，就可以獲得期望的結果。以教育投資的國家分群為例，它可以從教育經費占國民生產毛額比率、高等教育獲得率、中等教育獲得率、初等教育每生的教育經費支出、中等教育每生的教育經費支出、高等教育每生的教育經費支出等變項，來分析各國教育投資情形。研究者將各國區分為不同教育投資類型的國家，由於對所納入分析的國家究竟屬於哪一類型並不瞭解，此時研究者就可以進行集群分析。

集群分析依據研究者所納入分析的資料，去計算個案（樣本）間的變項距離或是相似性的矩陣。如果個案之間的距離近，代表個案之相似度高，或是他們具有同質性。計算個案之間的距離方法，常見的有歐氏距離（Euclidean Distance）、默氏距離（Mahalanobis Distance）、城市街道距離（City Block Distance）等。進行集群分析有二種方法：一為階層式分析法（Hierarchical Method），它將研究者所投入的資料個案，如為 m 個，就視為 m 群，接著將個案與個案之間的距離愈近者，集成一群，直到讓所有的個案整合成為相同的一群為止，該分類的方法在形成群組的過程中，個案一旦分至某一組之後，即不再脫離該群組。二為非階層式分析法（Non-Hierarchical Method），在此方法常見的是 K-Means 集群分析，它將研究者所納入的所有個案，假定分為 n 個群組，再根據每個群組的中心點，來求出每個個案所可能歸屬的群組，上述的 n 個群組由研究者所設定。進行分析時最好將每個變項進行標準化，讓每個變項在相同標準之下分析。為了讓某一集群與另一集群的差異性最高，而在同一集群之內的差異性最低，統計學家設計了幾種距離量尺計算方式，如上所述的歐氏距離法進行估算。最後再將所投入的分析資料，透過集群聯結法進行組別合併，而階層式分析法的合併組別方法亦有華德法、形心集群法、單一連鎖法、完全連鎖法等幾種。

究竟納入分析的資料要分為幾個集群才適當呢？它的判斷門檻以立方區分標準（cubic clustering criterion, CCC）為指標。如果在一個系列數值或國家中，經過集群分析之後，發現該值為先升後降的情形，則數值最高處值即為較佳分群數（馬信行，2000）。判定集群個案分類適當性可運用擬似 F 值（pseudo F, PSF），它的判斷方式也是在集群分析過程中，觀察值經過分析

之後，發現該值有「突然上升」情形，此時即可判斷該數列為最佳分群數。

　　最後，集群分析不是僅用在將研究者納入的個案分為幾群而已，更重要的是，研究者應針對已分好的群組，依據這些群組的特性，進行群組的命名，例如：被分類群組中的個案，在初等教育在學率、中等教育在學率、高等教育在學率、教育經費占國民生產毛額比率、成人識字率、義務教育年數較高者，可以命名為高度教育投資量的類群，反之則為低度教育投資量的類群。

 ## 二、實例分析

　　研究者運用人力發展指數的教育在學率、預期壽命、國民所得與成人識字率，來區分 178 個國家究竟是哪一類型的國家（分析者假定不是 UNDP 的三類型分法），並以各變項的屬性進行分析。分類標準是以立方區分標準（CCC）判斷該數值會有陡增與下降情形，如果「先增後減」或「先減後增」，此時就可以判斷在該增減期數即為分類群數。如果是以這個標準，分類結果如表 7-4 所示。表中的 NCL 為集群的數目（number of cluster）、Clusters Joined 為集群合併，如第一列的 CL21 與 CL23 代表這兩群要合併，依此

表 7-4
國家分類決定標準

NCL	--Clusters	Joined-	FREQ	SPRSQ	RSQ	ERSQ	CCC
10	CL21	CL23	16	0.0019	.99	.99	0.34
9	CL14	CL19	22	0.0023	.99	.99	0.23
8	CL17	CL11	58	0.0042	.99	.99	-0.55
7	CL18	CL12	20	0.0048	.98	.98	-0.51
6	CL79	CL10	19	0.0110	.97	.97	-1.70
5	CL8	CL13	116	0.0256	.94	.96	-3.90
4	CL7	CL9	42	0.0401	.90	.94	-4.80
3	CL6	OB5	20	0.0540	.85	.89	-3.60
2	CL4	CL3	62	0.2061	.64	.75	-4.80
1	CL2	CL5	178	0.6437	.00	.00	0.00

註：SPRSQ 因為小數點取 2 位不易辨識出其意義，故以取 4 位呈現。

類推。FREQ 為合併後的集群數（frequency）、SPRSQ 為半淨 R 平方（semi-partial R-square），結合兩群之後所產生的遞增之變異數與總變異的比例（張健邦，1993）。RSQ 為 R 平方（R-square），為集群間的變異與總變異數的比例（張健邦，1993）。ERSQ 是在均勻虛無假設下的 R 近似期望值（expected R-square）。四個變項的 CCC 值是在第四組（-4.80）之後，第三組（-3.60）略有下降，第二組再下降為-4.80。因此在這項的分組，本研究決定以三組做為各國分類標準。

接下來就以這四個變項將 178 個國家區分為三類型國家（這剛好與 UNDP 的分三類國家一致，但是各國分為高度、中度及低度國家的類型不一樣。以臺灣來說，如以 HDI 標準來看屬於高度人力發展國家，而在四個變項重新分類之後，臺灣僅成為中度人力發展國家）。從區分的數目來說，被分為代碼 1 的有 42 個國家、分為代碼 2 的有 20 個國家、分為代碼 3 的有 116 個國家。

代碼 1、2、3 類型的國家屬性為何？分析者可以從報表資料看出，經整理如表 7-5 所示。表中可以看出，代碼 1 的國家在預期壽命、成人識字率、教育在學率與國民所得都低於代碼 2 的國家，而代碼 1 的國家又高於代碼 3 的國家。所以結論就將代碼 1 的國家稱為中度發展國家、代碼 2 的國家稱為高度發展國家、代碼 3 的國家稱為低度發展國家。

肆、區別分析法

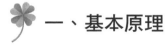 一、基本原理

研究者已經瞭解某項教育現象分為多種類型，就如上一節所述，研究者運用教育在學率、預期壽命、國民所得與成人識字率，來區分各國究竟是哪一類型的國家；如果某一個國家尚未納入分析，卻又要瞭解該國屬於哪一種類型的國家，此時即可運用區別分析法，將所要區別的國家，從區別函數中計算出該國屬於哪一類型。

表 7-5
各類群的國家在變項的描述統計

類型	變項	平均數	標準差	國家數
代碼 1 的國家	預期壽命	**72.52**	9.04	42
	成人識字率	**92.70**	7.27	
	教育在學率	**81.78**	11.08	
	國民所得	**15,186.21**	4,689.30	
代碼 2 的國家	預期壽命	79.35	1.32	20
	成人識字率	98.70	1.23	
	教育在學率	97.30	12.36	
	國民所得	31,792.55	8,005.74	
代碼 3 的國家	預期壽命	**61.14**	11.48	116
	成人識字率	**74.55**	21.78	
	教育在學率	**63.13**	17.64	
	國民所得	**3,546.78**	2,292.64	

　　區別分析之後，會得到區別函數，區別函數特徵值愈大，表示它有很高的區別力，同時區別分析亦顯示出典型相關係數（canonical correlation），它代表區別函數與群組間的關聯性，係數愈高，相關性愈強。此外，區別分析可求得所投入指標之典型區別函數標準化係數（standardized canonical discriminant function coefficients），也稱為標準化典型區別函數。如果所投入的有四個群組，分析中會有三個標準化的區別函數（比原先的組別少一個）。經過區別分析也會得到分類函數係數（classification function coefficients），其分類是採取費氏直線區別函數（Fisher's linear discriminant functions），也就是所要分類的類型都有一組係數。假如有一個樣本，未能瞭解它屬於哪一組，則可由已知變項分數運用分類函數係數，來預測其分類。最後，區別分析還可以瞭解所區別的樣本數之準確度，也就是在集群分析所得到的結果類群以及各樣本歸屬類群之後，可以驗證各樣本被區分在各類群的正確性。

二、實例分析

（一）區別函數的檢定

上述以四個變項進行國家分類之後，即進行國家的分類準確度檢定；檢定方法以區別分析來進行，以瞭解上述分類結果是否適當及國家分群的正確性。經過分析發現，分為三群有二個區別函數，如表 7-6 所示。各變項區別特徵值愈大，代表它的變異數所占比率愈大，即代表可以區辨的能力愈大。第一個方程式的區別力高達 99.30%，表示有很高的區別力；第二個區別方程式僅有 .70%。典型相關係數表示區別函數與群組間的關聯程度，相關係數愈高，顯示區別函數與群組間有高度關聯，就如第一條區別方程式有 .92相關，第二條區別方程式僅有 .20 相關。表中可以看出四個變項進行區別分析之後，第一條區別方程式具有最高的區辨能力。

表 7-6
區別分析之特徵值

方程式	特徵值	變異數所占比率（%）	變異數累積比率（%）	典型相關係數
1	5.75	99.30	99.30	.92
2	0.04	0.70	100.00	.20

（二）各組區別函數估計

經過區別分析後可求得四個變項的典型區別函數標準化係數，又稱為標準化典型區別函數。此區別分析有二條標準化典型區別函數，如表 7-7 所示。

表 7-7
區別分析之標準化典型區別函數

區別方程式	區別方程式 1	區別方程式 2
預期壽命	-.11	.49
成人識字率	-.11	.87
教育在學率	.11	-.24
國民所得	1.02	-.24

經過區別分析後，本研究將四個變項進行估算，可以計算出結構矩陣（structure matrix），它是區別變數與標準化典型區別函數合併的組內相關矩陣，在表中有「*」者，表示納入的區別變項與標準化典型區別函數為最大相關程度，如果相關愈大，表示此變數對區別函數有較大的區辨能力，如表 7-8 所示。在四個變項之中，第一個函數最有區辨力的變項為預期壽命，第二個函數是以成人識字率、教育在學率及國民所得最有區別力。

表 7-8
區別分析之結構矩陣

區別方程式	函數一	函數二
預期壽命	.99*	.11
成人識字率	.21	.91*
教育在學率	.27	.76*
國民所得	.32	.60*

臺灣的第一及第二個區別函數係數經計算各為 3.73 與 -.04，如表 7-9 所示，落在中度發展國家組之中；據此區別函數係數可在區別領域圖繪出臺灣在國家發展的相對位置。根據區別方程式 1 及區別方程式 2 的平均值，可以標出三組國家最中心位置，稱為形心，也就是二個方程式平均值的交點。

表 7-9
三組國家在二個方程式求出的區別函數係數平均值

國家（組別）	方程式 1	方程式 2
中度發展國家(1)	1.42	.35
高度發展國家(2)	5.74	-.30
低度發展國家(3)	-1.51	-7.50E-02
臺灣	3.73	-.04

註：E-02 代表小數點取二位。

（三）國家分類準確度

為檢定先前國家的分類準確度，依據先前分類結果重新分類，以檢定它們的分類準確度，如表 7-10 所示。其中，中度發展國家的準確率為 90.2%；

高度及低度發展國家的分類準確率達 100%。中度發展國家被分為低度及高度發展國家各有 2 個。

表 7-10
區別分析後重新分類國家準確情形　　　　　　　　　　　（單位：國家數、%）

國家類別	中度發展國家	高度發展國家	低度發展國家	總數
中度發展國家	38（90.2%）	2（4.8%）	2（4.8%）	42
高度發展國家	0	20（100%）	0	20
低度發展國家	0	0	116（100%）	116

伍、結構方程模式

一、基本原理

結構方程模式（SEM）是結合迴歸分析及因素分析的原理所構成的一種統計技術，也是徑路分析和因素分析的一種整合技術。SEM 依據共變數的概念，所以又稱為共變數結構分析（Covariance Structure Analysis），它在社會科學的應用受到重視。SEM 是一種變項之間相互關係所建構的模式，它可以用來進行驗證性及探測性的研究。探測性因素分析（Exploratory Factor Analysis, EFA）強調，共同因素與測量變數之間最簡單結構，以釐清測量得分之間的關係，它是初探式的，沒有嚴謹的學理依據；驗證性因素分析（Confirmation Factor Analysis, CFA）則是進一步檢驗不同數目的因素及不同方法的因素結構組成下的因素模型之檢驗。它已有很多研究結果，且具有學理依據。由於 SEM 為大樣本統計技術，樣本數最好在 200 至 500 份較好，且是愈多愈好。

SEM 主要目的有幾項：(1)在瞭解變項之間的因果關係：也就是依據研究理論或現有研究發現，建立研究假設，接著蒐集資料來掌握變項之間的因果關係；(2)驗證理論的可信度：社會現象中有很多是經過探索性的研究掌握變項之間的關係，研究者要瞭解探索性的研究成果準確性，可以運用 SEM，

依據先前所設定的模式進行驗證，這種方式是在驗證理論的穩定性；(3)驗證問卷及測驗工具的信度：SEM 可以檢定問卷的信度。研究工具設計之後，為了掌握研究工具的穩定性，運用 SEM 來檢定也是很好的方式。SEM 估計模式參數方法包括：一般化最小平方法（Generalized Least Square, GLS）、最大概似法（Maximum Likelihood, ML）。常用的參數估計法是 ML，它反覆求解至得到參數的收斂為止。ML 的基本假設為：觀察數據都是從母群體中抽到資料，以及參數必須符合多變量常態分配的假設。

SEM 與徑路分析均可以探討變項之間的因果關係，但是二者最大不同在於，前者是運用多個觀測變項結合成為潛在變項，接著檢定潛在變項之間的因果關係。SEM 有二個重要的組成：一是測量模式（measurement model）；二是結構模式（structural model）。測量模式是指，多個觀測變項所構成的一個潛在變項，以這個潛在變項來說，它有多個觀測變項的因素負荷量。判斷各測量變項對於該潛在變項的重要性，可以依據這些因素負荷量的大小，如果因素負荷量愈大，代表它對該潛在變項的重要性愈強。而結構模式是對二個測量模式之關係的探討，它可能有因果關係，也就是有可能一部分的測量變項是潛在的自變項（或稱為原因變項），而另外一部分是潛在依變項（也稱為結果變項）。但也有可能各個測量變項間是不具有因果關係，而是僅有單純的關係，即並沒有原因與結果，或是因為時間先後所產生的因果關係。

黃芳銘（2006）指出，SEM 檢定的步驟包括：(1)找出要檢定的理論；(2)模式界定；(3)模式辨識；(4)選擇測量變項及資料蒐集；(5)模式估計；(6)適配度評鑑及模式修正；(7)結果解釋。筆者認為其步驟如下：(1)依據理論設定理論模式；(2)建立研究假設，提出潛在變項與潛在變項之間的假設關係；(3)蒐集資料，並依資料的屬性進行檢定；資料檢定必須依資料的常態性檢定，接著選定統計方法；SEM 的統計估計方法有工具性的估計方法、未加權最小平方法、一般化最小平方法、最大概似估計法、一般加權最小平方法、直角加權平方法；如果是大樣本且資料是常態分配，則運用最大概似估計法；(4)經過估計之後，會得到設定的參數估計值，以及模式有關的適配指標，這些指標如下一節說明；研究者再依據理論來選定哪些適配指標適配，哪些是沒有適配；當實證資料並沒有如預期時，研究者需要進行模式的修正；(5)模

式修正：模式修正過程可以依據檢定所顯現的最大修正指標以及最大標準化殘差做為判斷方向之一，最大修正指標如果大於 3.84，就要進行該變項的修正，當然這修正模式要依據學理；(6)針對所估計出來的數字結果進行模式的解說。SEM 常用的符號，如表 7-11 所示。

表 7-11
結構方程模式常用的符號

名稱	圖形	希臘字母
潛在變項	橢圓形	η [eta]、ξ [xi]
顯現變數	矩形	X 變項、Y 變項
誤差項	（橢）圓形	δ [delta]、ε [epsilon]、ζ [Zeta]
因素負荷量（外顯變數與潛在變數間之係數）	直線箭頭	λ [lambda]
結構係數（潛在變數間之係數）	直線箭頭	γ [gamma]、β [beta]
潛在的外生變數（ξ[xi]）	曲線	ξ [xi]
誤差項（δ[delta]、ε[epsilon]、ζ[Zeta]）的變異數及共變數	曲線	φ [phi]、ψ[psi]、θ [theta]

二、檢定標準

SEM 運用以下各項檢定指標做為檢定依據（余民寧，2006；邱皓政，2012；馬信行，2000；黃芳銘，2006；Bagozzi & Yi, 1988; Jöreskog & Sörbom, 1993）。

（一）絕對適配度檢定指標

1. 卡方值（χ^2）：卡方值在檢定理論模式與觀察資料模式之適配程度，以估計後不達顯著水準（即 $p > .05$）為判斷標準。

2. 適配度指標（Goodness-of-Fit Index, GFI）：它的值會在 0～1 之間，但模式的適配理想數值在 .90 以上最好（Bentler, 1982）。

3. 調整的適配度指標（Adjusted Goodness-of-Fit Index, AGFI）：它的值

會在 0～1 之間，但是適配模式的理想數值在 .90 以上最好（Bentler, 1982）。

4. 殘差均方根（Root Mean Squared Residual, RMR）：理想數值必須低於 .05，最好低於 .025。

5. 近似誤差均方根（Root Mean Square Error of Approximation, RMSEA）：主要在找尋母群體與模式的適配程度，其指標值若高於或等於 .05，表示「良好適配」；.05～.08 可視為「不錯的適配」；.08～.10 之間可視為「中度適配」；大於 .10 以上代表「不良的適配」（黃芳銘，2004）。

（二）相對適配度檢定指標

1. 非常態化適配度指標（Non-Normed Fit Index, NNFI）：它的值在 0～1 之間，愈接近 1 愈好（Bentler & Bonett, 1980）。

2. 常態化適配度指標（Normed Fit Index, NFI）：它的值在 0～1 之間，愈接近 1 愈好（Bentler & Bonett, 1980）。

3. 比較適配度指標（Comparative Fit Index, CFI）：它的值在 0～1 之間，愈接近 1 愈好（McDonald & Marsh, 1990）。

4. 增值適配度指標（Incremental Fit Index, IFI）：它的值在 0～1 之間，愈接近 1 愈好（Bollen, 1989）。

5. 相對適配度指標（Relative Fit Index, RFI）：它的值在 0～1 之間，愈接近 1 愈好。

（三）簡效適配度檢定指標

1. 簡效常態適配度指標（Parsimony Normed Fit Index, PNFI）：指標值應大於或等於 .50。

2. 模式精簡適配度指標（Parsimony Goodness of Fit Index, PGFI）：它的值在 0～1 之間，應大於 .5 以上會較好（Mulaik et al., 1989）。

3. 賀德關鍵值（Hoelter's Critical N, CN）：在反應樣本規模的適切性，如果值大於 200 以上為佳。

4. 卡方值除以自由度（$\frac{\chi^2}{df}$）：它的適配值在 2 以下，就表示模式適配

度頗高（Marsh & Hocevar, 1985）。

（四）誤差分析的檢定指標

殘差分析有幾項檢定標準，包括模式 Q 圖的殘差分布線，應在 45 度或高於 45 度；模式內部適配度標準（例如：標準誤是否很大）；模型內品質（例如：標準化殘差值是否都小於 1.96）或修正指標（例如：是否小於 3.84）等。

三、實例分析

（一）例子說明與模型的建構

有一項研究探討新移民子女的自我概念與學習適應之關係，對 334 位新北市新移民子女進行調查，接著以 SEM 檢定自我概念與學習適應之關係。以新移民子女的自我概念，包括個人、家庭及學校自我概念做為潛在自變項，而以學習適應做為潛在依變項。研究者認為，新移民子女的自我概念愈好，其學習適應愈佳，路徑如圖 7-1 所示。圖 7-1 符號說明如下：〇中的符號 ξ_1、ξ_2、ξ_3、η_1 分別代表無法觀察到的新移民子女的個人、家庭與學校自我概念，以及學習適應的潛在變項。□中的變項代表可觀察到的變項，例如：在□中的 X_1 至 X_6 分別代表個人自我概念的各題項；在□中的 X_7 至 X_{11} 分別代表家庭自我概念的各題項；在□中的 X_{12} 至 X_{16} 分別代表學校自我概念的各題項；在□中的 Y_1 至 Y_3 分別代表學生學習適應的各題項。λ_1 至 λ_6 分別代表 X_1 至 X_6 對 ξ_1 的估計值；而 λ_7 至 λ_{11} 為 X_7 至 X_{11} 對 ξ_2 的估計值；而 λ_{12} 至 λ_{16} 為 X_{12} 至 X_{16} 對 ξ_3 的估計值；λ_{17} 至 λ_{19} 為 Y_1 至 Y_3 對 η_1 的估計值。δ_1 至 δ_6 分別代表對 X_1 至 X_6 在 ξ_1 的殘差；δ_7 至 δ_{11} 分別代表對 X_7 至 X_{11} 在 ξ_2 的殘差；δ_{12} 至 δ_{16} 分別代表對 X_{12} 至 X_{16} 在 ξ_3 的殘差；ε_1 至 ε_3 代表對 Y_1 至 Y_3 在 η_1 的殘差。ζ_1 為 η_1 的殘差。γ_1 代表 ξ_1 對 η_1 的關係；γ_2 代表 ξ_2 對 η_1 的關係；γ_3 代表 ξ_3 對 η_1 的關係。

圖 7-1

新移民子女自我概念與學習適應之路徑

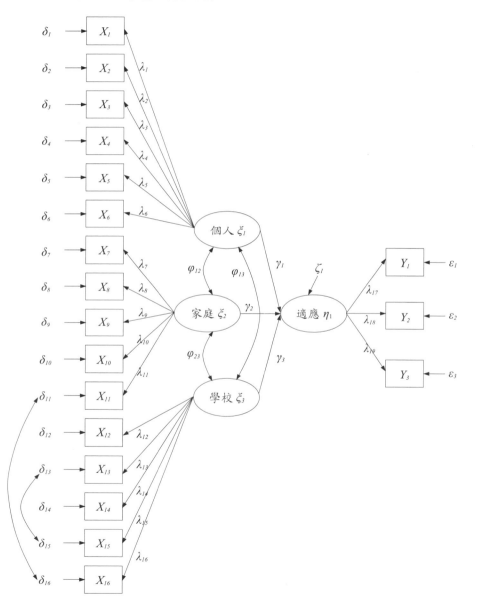

（二）基本資料的常態性檢定

研究的共變數變異數矩陣如表 7-12 所示。各變項的平均數、標準差、態勢與峰度如表 7-13 所示，新移民子女自我概念峰度在 3.0 以下居多，表示他們的自我概念不差，學習適應也一樣。此外，態勢絕對值大於 3.0 視為極端偏態，峰度絕對值大於 10.0 表示峰度有問題（Kline, 1998），各變項峰度均符合標準，而峰度也在 10.0 以下。就資料來看，沒有態勢及峰度問題，資料具常態分配。

表 7-12
新移民子女的自我概念與學習適應的共變數變異數矩陣

變項	X_1	X_2	X_3	X_4	X_5	X_6	X_7	X_8	X_9	X_{10}	X_{11}	X_{12}	X_{13}	X_{14}	X_{15}	X_{16}	Y_1	Y_2	Y_3
X_1	.45																		
X_2	.17	.55																	
X_3	.10	.17	.56																
X_4	.16	.22	.27	.64															
X_5	.15	.24	.18	.32	.70														
X_6	.13	.18	.22	.18	.23	.75													
X_7	.09	.12	.22	.27	.29	.25	1.02												
X_8	.06	.18	.20	.15	.18	.20	.27	1.07											
X_9	.07	.20	.24	.21	.24	.28	.33	.34	.77										
X_{10}	.09	.11	.16	.13	.18	.17	.27	.20	.27	.51									
X_{11}	.07	.09	.08	.11	.07	.09	.16	.07	.15	.13	.25								
X_{12}	.10	.11	.14	.19	.14	.18	.16	.11	.12	.09	.13	.50							
X_{13}	.04	.17	.27	.26	.24	.19	.23	.20	.24	.15	.08	.14	.68						
X_{14}	.07	.09	.19	.23	.20	.24	.29	.20	.25	.18	.10	.20	.21	.76					
X_{15}	.05	.10	.25	.21	.22	.19	.21	.16	.23	.13	.06	.13	.35	.23	.60				
X_{16}	.10	.13	.13	.14	.13	.10	.18	.09	.16	.12	.15	.12	.13	.14	.17	.52			
Y_1	.16	.20	.35	.37	.34	.34	.45	.29	.38	.27	.12	.22	.38	.37	.35	.21	1.00		
Y_2	.16	.21	.36	.40	.39	.33	.43	.22	.38	.22	.13	.26	.44	.30	.34	.22	.66	1.00	
Y_3	.16	.22	.33	.41	.44	.35	.42	.18	.30	.21	.17	.25	.34	.31	.31	.24	.65	.67	1.00

$n = 334$

表 7-13

各變項的平均數、標準差、態勢與峰度

變項	平均數	標準差	態勢	峰度
X_1	3.31	0.67	-0.76	0.65
X_2	3.21	0.74	-0.71	0.22
X_3	3.12	0.75	-0.50	-0.15
X_4	3.22	0.80	-0.87	0.31
X_5	3.04	0.84	-0.58	-0.25
X_6	2.75	0.87	-0.32	-0.51
X_7	3.07	1.01	-0.80	-0.49
X_8	2.73	1.04	-0.28	-1.09
X_9	3.02	0.88	-0.63	-0.30
X_{10}	3.42	0.72	-1.17	1.16
X_{11}	3.75	0.50	-2.18	5.60
X_{12}	3.47	0.70	-1.32	1.63
X_{13}	2.71	0.83	-0.32	-0.36
X_{14}	3.16	0.87	-0.80	-0.13
X_{15}	2.87	0.77	-0.27	-0.31
X_{16}	3.39	0.72	-1.13	1.18
Y_1	18.14	3.90	-0.78	0.49
Y_2	15.42	2.82	-0.60	0.38
Y_3	20.40	3.26	-1.05	1.23

$n = 334$

（三）整體適配度檢定指標

本研究一開始檢定模式之後，發現模式卡方值（χ^2）為 250，$df = 142$，達到顯著水準，而 GFI =.88 與 AGFI =.85 均在理想數值 .90 以下，RMSEA 為 .086，顯然模式不適配；從模式最大修正指標（Maximum Modification Index, MI）發現自變項之間殘差項（THETA-Delta for Element）（13,15）關係為 25.4，超過 3.84 太多，因此本模式考量將此開放估計（因為「我的成績很好」與「老師覺得我很棒」的題項有關，故將它鬆開估計），結果發現修正模式卡方值（χ^2）為 255，自由度達 143，仍達到顯著水準，而 GFI =.90 與 AGFI=.86，一個在理想數值 .90 以下，一個則否，RMSEA 為 .075，顯然模

式還是很不適配。於是進行第二次模式修正，從模式最大修正指標（MI）發現自變項之間殘差項（THETA-Delta for Element）（11,16）關係為 16.4，超過 3.84 太多，考量二者有關聯（「我喜歡我的家人」與「數學不會，老師與家人會教我」），故將它鬆開估計。

　　第二次修正模式後重新估計，模式適配情形較好，以整體模式檢定指標而言，修正模式 χ^2 值為 261.32，自由度為 144，達到 .01 顯著水準，顯示模式不適合，但是卡方值受到樣本數過多的影響，所以本模式需再檢視其他適配指標。本模式的 RMR =.03 小於標準值 .05，表示整體模式誤差小；而 GFI =.92 與 AGFI =.90，均在理想數值 .90 以上；RMSEA 為 .046，低於標準值 .05，表示模式適配度可以接受。在相對適配度檢定指標中，NFI =.88，低於 .9，CFI =.94、IFI =.94、RFI =.86、NNFI =.93。在簡效適配度檢定指標中，PNFI =.74、PGFI =.70 其值均大於 .05，CN = 239.47，其值大於 200，表示模式適合，$\dfrac{\chi^2}{df}$ = 1.81，其值小於 2，符合標準，如表 7-14 所示。

表 7-14
模式適配指標

整體適配度檢定	指標	數值	是否符合標準
絕對適配度檢定	$\chi^2_{(144)}$	261.32（$p = 0.0$）	否
	GFI	.92	是
	AGFI	.90	是
	RMR	.03	是
	RMSEA	.046	是
相對適配度檢定	NNFI	.93	是
	NFI	.88	否
	CFI	.94	是
	IFI	.94	是
	RFI	.86	否
簡效適配度檢定	PNFI	.74	是
	PGFI	.70	是
	CN	239.47	是
	$\dfrac{\chi^2}{df}$	1.81	是

　　從模式最大修正指標（MI）發現，自變項之間殘差項（THETA-Delta for Element）（2,1）關係為 6.1，較 Jöreskog 與 Sörbom（1984）認定的標準 3.84 還大，且模式最大標準化殘差為 7.55，比標準值 1.96 大，可能影響本模式穩定。最後，模式 Q 圖之標準化殘差（Standardized Residual）分布線斜度高於 45 度，表示模式適合度在中等以上。綜上，將結果繪製如圖 7-2 所示。

　　從上述可知，新北市新移民子女的自我概念與學習適應之間的結構方程模式獲得支持，其中新移民子女的自我概念與學習適應之間的關係之潛在變項影響力達到 .01 顯著水準。在學校自我概念對於學習適應影響力為 $\gamma_3 =$ .72、個人及家庭自我概念對學習適應沒有顯著影響（$\gamma_1 = .28$、$\gamma_2 = -.07$），而各個觀測變項的殘差值均達到 .01 的顯著水準。同時，個人自我概念與家庭自我概念之相關（φ_{12}）為 .76、家庭自我概念與學校自我概念之相關（φ_{23}）為 .80、個人自我概念與學校自我概念之相關（φ_{13}）為 .90。最後，新移民子女的個人自我概念、家庭自我概念、學校自我概念對學習適應的解釋力為 84%。

　　總之，透過多變項分析方法能掌握社會現象，對知識體系的建立更具說服力。對於龐雜的資訊與論文寫作，更需要透過多變項統計，方能有效的掌握社會現象的奧秘。

圖 7-2
新移民子女的自我概念與學習適應之結構方程模式結果

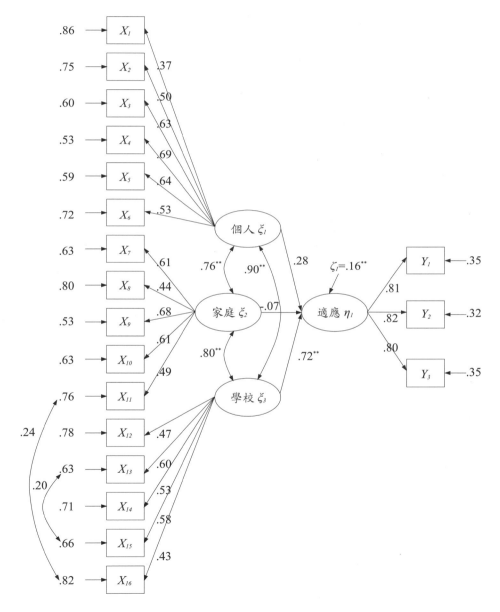

問題思考

多層次模式分析的重要

　　社會科學研究在資料處理上需要瞭解資料結構及其屬性後再進行分析，這樣才會更具有意義及價值，這在現在的社會科學研究裡相當普遍。多層次模式（multilevel models）分析或階層線性模式分析，分析具有階層性或鑲嵌特性的資料時，會獲得更準確的結果。也就是說，如果所獲得的資料結構具巢套性（nest），則運用 HLM 可以減少誤差（Raudenbush & Bryk, 2002）。

　　舉例來說，研究者要分析 25 所國立高中學生的學習成就因素，包括：馬公高中、金門高中、屏東高中、臺南一中、臺中一中、建國中學、中正高中、成功高中、新竹高中、花蓮高中、鹿港高中、平溪高中、中和高中、板橋高中、高雄中學、高雄女中、臺中女中、臺南女中、宜蘭女中、北一女中、彰化女中、嘉義女中、新竹女中、南投高中、中興高中等學校，各校都取 2 個班，每班取 40 位學生的成績（共80 位）及相關影響因素。但來自於 25 所的 2,000 名學生，如果僅用一個多元迴歸方程式分析，來代表這 25 所學校學生的學習成就因素會有問題。因為每一所學校運用多元迴歸分析，跑出 25 條迴歸方程式的學習成就因素，如此在各校的影響因素上一定會不同。試想：學校所在位置不同、學生來源不同，其家庭的社經地位就不同；性別不同，學生對學習成就的觀念就不一樣，例如：金門高中與建國中學或是臺南女中的學生特性就不同。若以 25 所高中整體樣本估計的一條迴歸方程式，來替代 25 所學校各自估計出的一條迴歸方程式，在解釋影響因素上會有很大的問題。為解決兩層樣本的分析，透過 HLM 分析最為適當。

　　HLM 可以分析具有巢套在不同層次資料的問題，它可以分析脈絡變項（contextual variable）對於其他變項的影響，也可以瞭解不同群組織間的差異性，更可以分析跨層次的變項之交互作用的效果。國際上的許多資料庫，例如：PISA、TIMSS、PIRLS等，在資料建置的屬性上都包含了學校階層和學生階層，此時就可以透過 HLM 來分析研究者所設

定的議題。相對的，若在分析不同階層的變項關係時，而沒有考慮到層與層之結構關係，則將會造成型 I 誤差（type I error）過於膨脹，易發生解釋偏誤的情況（Kreft, & DeLeeuw, 1998; Raudenbush & Bryk, 2002）。溫福星（2006）的著作，以及張芳全（2010，2021）以學校及學生的兩層次分析臺灣國中二年級學生的數學成就就是很好的例子，讀者有興趣可以參閱。

實務篇

第八章

如何撰寫研究計畫

壹、研究計畫的撰寫

凡事豫則立，不豫則廢。

計畫是藍圖，也是後續檢討與改進的參考依據。研究計畫僅是論文寫作的開端而已，研究者宜好好掌握。

學位論文寫作會有研究計畫。這份計畫包括研究的題目、動機與目的、研究工具、研究範圍與對象、資料處理方法，以及論文各章節的寫作安排。本章說明研究計畫的撰寫、研究計畫格式，以及寫作計畫的擬定，其他的內容請見本書各章。

論文的研究計畫撰寫很重要，初學者若不瞭解如何研究與寫作論文，在找到指導教授與確定研究題目之後，就應該積極撰寫研究計畫，才不會影響後續的研究進度。從撰寫研究計畫，可以了解論文寫作的特性及困難。研究計畫是一個研究或寫作的藍圖，它是論文的初步構想。因此與指導教授討論之後，宜盡可能運用最大的想像力、創意及組織能力，排除困難來敘寫。撰寫研究計畫能協助研究者在論文寫作有初步構想，研究計畫具有下列幾項功能：

1. 幫助研究者思考方向：讓研究者瞭解應掌握哪些文獻、運用哪一種方法、將運用哪一種抽樣、研究範圍與研究限制何在、使用何種資料處理技

術、預試問卷及正式問卷要對多少樣本施測或是訪談哪些樣本，以及研究執行之後有哪些預期效果等。

2. **提供溝通的管道**：研究計畫可以讓研究者與口試委員以及指導教授有溝通的平臺。研究計畫是執行研究的藍圖，它可以讓口試委員、指導教授瞭解後續的研究論文要進行的方向與進度，甚至有些研究計畫是向行政機關申請經費的依據，它可以做為與申請機關溝通的媒介。

3. **做為研究的合約**：研究計畫是研究者自我要求畢業的合約，也是與指導教授或口試委員的一種正式合約。研究計畫有時間限制、人力的配置、經費的投入及預期的研究效益等。如果自我約定、與指導教授約定，或是與研究者申請研究計畫的單位約定，就可以依據研究的合約來進行，這比較容易讓研究者有壓力來完成工作；如果沒有進度規範，就不易完成該項研究。

4. **做為研究的藍圖**：研究計畫包含了研究動機、目的、問題、研究對象、研究方法、研究架構以及文獻探討等之撰寫，它可以做為未來正式論文的重要參考。研究計畫也列出了各項寫作及研究的進度，可以做為管控時間的重要依據，更可以做為執行計畫所需研究資源的管控。

5. **評價結果的依據**：研究計畫整理的好，不僅讓後續的研究執行更為順利，同時也可以提高研究價值，它的好壞影響整體研究的價值。

學位論文完成的過程，需要有二次口試委員審查：一次是論文計畫階段；另一是論文完成階段。就前者來說，研究者初步計畫的撰寫非常重要，它讓研究者計畫未來要如何執行研究的功用；一篇好的研究需要事前完善的計畫，計畫愈周詳，研究者愈能瞭解這項研究所要探討的問題、需要蒐集資料的方式、研究步驟等。就後者來說，它是論文內容的最後確認階段，這部分在後續章節將會討論，本章先討論研究計畫的撰寫。

貳、研究計畫的格式

格式是基本規範與體例，務必要掌握。

一、基本格式

　　研究計畫主要內容包括以下幾個部分：(1)研究題目：要寫出研究者所要研究的題目；(2)研究問題與目的：在研究計畫中指出研究目的及研究問題，讓研究題目更具體可行；(3)理論與文獻探討：研究者應整理過去的相關理論及文獻，以釐清過去的研究有哪些缺失，透過文獻探討來釐清研究架構；(4)方法與步驟：說明未來將運用哪些研究方法、資料處理方法以及整個研究將有哪些流程；(5)預期的研究結果：在研究計畫中，預先掌握可能有哪些研究結果，以做為後續執行計畫的參考；(6)參考文獻：研究者宜將文獻或研究計畫的其他章節之參考文獻，依據 APA 格式列在參考文獻之中。研究計畫格式如表 8-1 所示，而這部分的撰寫重點詳見第九章至十四章。

二、格式的要點

　　研究計畫階段送給口試委員應注意幾項重點：(1)宜檢核研究論文目次的頁數與內文的頁數、目次中的章節標題宜與內文的章節標題一致；(2)目次、表次及圖次等非正式的論文內文部分，宜以小寫的羅馬字做為論文順序，例如：i、ii、iii 等，而內文則以數字作為順序，例如：1、2、3 等；(3)章的頁次宜以奇數頁開始，即使偶數頁都沒有文字敘述，也是要以奇數頁開始，而節次與節次之間則不用空太多，依續排列，不用另起一頁；(4)表序、圖序與論文內容應一致，且順序是以阿拉伯數字做為排列（如第一章的表序是以表1-1、表 1-2，第二章的表序是以表 2-1、表 2-2；第三章的圖序就用圖 3-1、圖 3-2，第四章的圖序就以圖 4-1、圖 4-2 來標示，依此類推）；(5)參考文獻所列的每一筆文獻，必須均在本文中引用過；(6)每章第一頁從奇數頁開始，可不出現頁碼，但頁碼照算，或改變頁碼的位置；(7)參考文獻的列舉上以中文者在先，英文在後；中文以姓氏筆劃多寡排列，而英文則按英文字母的順序排列；(8)中文摘要、英文摘要不需要編頁碼（即不編 i、ii、iii 等，宜從目次頁才開始編頁碼）。

表 8-1
研究計畫的格式示例

論文的前置資料
目次
第一章　緒論
　　　第一節　研究動機與目的
　　　第二節　研究問題與名詞釋義
　　　第三節　研究方法與步驟
　　　第四節　研究範圍與限制
第二章　文獻探討
　　　第一節　新移民子女之情形與問題
　　　第二節　家庭環境的理論與研究
　　　第三節　資訊素養之相關研究
第三章　研究設計與實施
　　　第一節　研究架構
　　　第二節　研究對象
　　　第三節　研究工具
　　　第四節　實施程序
　　　第五節　資料處理與統計分析
第四章　預期研究結果
參考文獻
　　　壹、中文部分
　　　貳、英文部分
附錄
　　　附錄一　專家效度評定問卷
表次
　　　表 2-1　92～106 學年度新移民子女人數的發展
　　　表 2-2　106 學年度基隆市新移民子女就讀國小學生人數統計
圖次
　　　圖 1-1　研究流程
　　　圖 2-1　社會階層化理論

參、研究計畫敘寫的注意事項

　　胸有成竹，就快動手撰寫。

　　初學者在撰寫研究計畫時，也就是俗稱的論文前三章（緒論、文獻探討、研究設計與實施），常不曉得要從哪一章開始進行，以及應該如何敘寫較能早一點進入狀況。對於研究計畫敘寫的建議如下。

一、要多久完成研究計畫

　　這沒有定論，端看研究者在研究題目選定之後，所投入撰寫的時間及文獻蒐集的情形而定。若探討的題目過於冷僻，中外文的文獻不易找尋，很容易感到挫折，使得進度一再的落後，此時最好請教指導教授或有經驗者督促。如果研究者有興趣的題目，中外文的文獻蒐集又容易，研究者更有急著畢業的意志，此時研究計畫敘寫一定會很快。筆者曾指導一位研究生，她很想快點畢業，但是從碩一至碩三都找不到適合的指導教授，後來筆者從旁指導，在一個月時間就將研究計畫完成，並完成論文計畫口試。不過，也有一些研究生，不是對研究題目沒有興趣，也不是沒有寫作能力，而是外務太多，例如：日間部的研究生為了賺錢打工、家教，成為職業學生，對於撰寫研究計畫卻不當一回事。又有些在職生平時工作繁忙、外務太多，更有家庭的負擔，能夠撰寫論文的時間更少，常常一篇研究計畫要寫半年或一年，甚至二年亦無法完成。這種總找不同理由為藉口，終究無法完成。筆者的經驗是，研究者一定要與指導教授有約定固定時間，來約束自我的進度，如二週或一個月，研究者一定要將近日完成的內容與教授討論，這樣才能掌握研究的進度，也比較容易在短時間內完成研究計畫，並進行口試。

二、合作學習彌補個人視野

　　研究者可以找同班同學或在撰寫論文的志同道合朋友，一同撰寫研究計畫。如果指導教授在學期間指導多位學生，也許這些同門的師兄弟，可以相互的督促撰寫進度，以及相互分享研究過程的經驗。以合作學習撰寫研究計畫或論文的優點在於，可以讓彼此瞭解研究的進度、困難及經驗，也可以有更多的分享時間與機會和教授討論論文，也許當下該位同學的寫作問題，就是您已遭遇到的問題，在旁聽的過程中，也會讓您的問題豁然解答；另一方

面，同門弟子一起與教授共同討論論文，也能節省教授的時間。有時在撰寫論文期間找到相關的文獻，也可以相互分享，節省個人在文獻搜尋的時間；再者，若有同學完成論文要畢業了，更可以激勵個人要完成的鬥志。這種合作學習式的論文寫作，不僅在研究計畫階段，而且在論文完成過程階段，都是一種很好的學習方式。

三、勤跑圖書館蒐集資料

雖然從網路中可以獲得電子期刊論文相當方便，但是勤跑圖書館蒐集資料有其必要。研究計畫的撰寫需要大量的文獻及資料，否則不易撰寫計畫內容。研究者常苦惱沒有資料內容可以論述與撰寫，因此研究者需要勤跑大型的圖書館、大型資料中心，或者上網搜尋 ERIC 的文獻資料庫、電子期刊，這都有助於研究計畫撰寫。到大型圖書館複印資料，最好在事前就先做好功課，將所要蒐集的文獻一一列出來之後，再去圖書館，較能節省時間。

到了圖書館之後，除了依據先前整理列出的書目及文章來找尋之外，研究者還可以搜尋研究文獻中的期刊，進一步找尋該期刊前後期的文章，例如：研究者僅找尋某一期刊內近一期的文獻，但是找到這篇文章之後，也可以在這份期刊中，往較前的年代搜尋，也許可以找到需要的文獻，或是發現讓研究者驚奇的文獻內容。據筆者的經驗，許多文獻在期刊發表的題目看起來與研究者撰寫的題目不太一樣，或是與研究者設定要搜尋者不同，但是在閱讀全文之後，居然發現與研究者要撰寫的方向很接近，此時就可以複印下來，做為文獻探討的素材。

四、大量蒐集與閱讀文獻

研究者在研究題目確定之後，宜大量蒐集與閱讀有關的中外文獻，此時跑大學圖書館、國家圖書館，或在網路搜尋電子期刊之相關文獻的時間就要增加。當文獻取得之後，宜試著列出為何要進行該項研究的原因或動機，條列式敘寫，後續再依這些條列標題，撰述相關內容，同時也將所蒐集到的文獻，一一整理在文獻探討中，並試著將這些文獻整理的結果，與第三章的研

究架構做連結。當完成上述之後，應試著撰寫一部分的文字，請指導教授審閱，以瞭解這樣的初步構想是否可行。如果教授認為可行，就繼續撰寫；如果教授認為要大幅調整，此時就要接受教授的意見修改，通常教授會提供建設性的見解來釐清研究者的疑慮。

 ## 五、釐清與確定研究架構

當上述的疑慮消除之後，研究者就依相關的意見修改，再運用一些時間敘寫第一及第二章，反覆的修改第一、二章。記得在撰寫第一、二章的同時，也要思考到第三章的研究設計與實施，尤其在第二章的撰寫時。如果是以問卷調查法做為蒐集資料的論文取向，研究者一定要在第二章歸納出第三章所要的研究架構。因為第二章的文獻探討就是要釐清研究將朝著哪些重點方向進行，它需要對第三章的研究架構進行鋪路。重要的是，研究架構確定之後，後續研究文獻的找尋、理論的剪裁、研究範圍或是統計方法的選用就會比較明確，研究者會比較有信心來執行後續的研究工作。在研究架構建置起來之後，尤其是研究架構中的研究構念之向度，有哪些向度及要投入哪些背景變項，都要在第二章的文獻探討中釐清與論述。

 ## 六、反覆思考調整前三章

研究計畫的撰寫看起來似乎沒有一定的順序，研究者不一定一開始就要從第一章敘寫。研究者可以依個人興趣及能力與指導教授討論之後，從最有興趣的章節來開始進行，這比較務實。筆者的經驗是，當研究者敘寫第二章文獻探討時，常會覺得有些部分可以在第一章緒論中論述，或是把相關的重要文獻在第一章做重點式呈現。也有可能是，在第二章的文獻歸納之後，也有新的文獻探討發現，認為第三章研究架構的研究構念太多或太少，此時宜重新評估，或重新調整研究架構等。也有可能研究者在撰擬過程中，反覆思考將研究題目的範圍縮小、調整研究方法或改變研究對象等。

七、研究計畫頁數的多寡

　　研究計畫究竟要幾頁才足夠呢？這是很多研究者的困擾。其實，並沒有硬性規定；相對的，為了讓研究更容易執行，研究計畫只要把研究動機、目的、問題、文獻探討、研究設計與實施、預期的研究結果，以及相關的參考文獻完整呈現即可。其重點在於要敘明為何要進行此項研究，此項研究經過文獻評閱之後，研究內容有哪些與先前的研究不同？本研究特色何在？研究有哪些貢獻？又如運用的研究方法，為何要運用該種研究方法，不選用另外一種研究方法？研究範圍與選用樣本的適切性為何？在文獻探討中，將要探討的研究變項釐清意義、內涵，找出適當的研究理論做為研究的論述基礎，歸納出研究設計與實施一章的研究架構。研究設計與實施宜將研究工具的設計、實施流程、資料處理方法等都交代清楚；參考文獻應與內文的引述一致，所有引述的文獻都應列在參考文獻之中。同時，這三章的體例及文字表達應具有邏輯性，三個章節應相互的串聯起來，各章之間是否都能夠呼應等。因此，與其說一份研究計畫要多少頁數才夠，不如說，是否將研究題目所要掌握的內容，在各章做清楚交代。研究者如果能在 20 頁清楚說明上述內容，論文計畫 20 頁也可以；如果要以 50 頁才能將相關的重點交代完整，就以 50 頁為基準。

八、研究計畫的檢核項目

　　當研究者將研究計畫完成之後，要送出去給口試委員時，一定要再三檢查，研究計畫是否還遺漏了哪些項目？為了讓研究者具體的檢查，筆者設計了一份研究計畫檢核表，如表 8-2 所示。研究者可依據表格的檢核項目，先檢視是否已完成，如果已完成，再來檢視研究計畫的優、良、劣。如果研究者大多數的項目都未完成，當好好留意研究計畫的進度。如果都已完成，卻仍集中在劣級，此時研究者就應好好檢查論文計畫內容，或請教指導教授，或自我反省，問題究竟在哪？

表 8-2
研究計畫的項目檢核

項目	優	良	劣	完成	未完成
緒論部分					
研究題目具體	☐	☐	☐	☐	☐
研究動機明確	☐	☐	☐	☐	☐
已能指出研究的價值	☐	☐	☐	☐	☐
研究目的周延	☐	☐	☐	☐	☐
研究對象確定	☐	☐	☐	☐	☐
研究問題可操作性	☐	☐	☐	☐	☐
研究假設合理（實驗研究才需要）	☐	☐	☐	☐	☐
名詞解釋詳盡（有概念性及操作性定義）	☐	☐	☐	☐	☐
研究流程具體	☐	☐	☐	☐	☐
研究限制已列入	☐	☐	☐	☐	☐
文獻探討部分					
已有研究理論依據，且敘述完整	☐	☐	☐	☐	☐
中文文獻閱讀整理清楚	☐	☐	☐	☐	☐
外文文獻閱讀整理明確	☐	☐	☐	☐	☐
有納入最新的外文文獻	☐	☐	☐	☐	☐
少引用二手資料	☐	☐	☐	☐	☐
直接引用他人文獻居多	☐	☐	☐	☐	☐
少引用他人的研究圖表	☐	☐	☐	☐	☐
已有歸納統整不同研究觀點	☐	☐	☐	☐	☐
論文寫作符合 APA 格式	☐	☐	☐	☐	☐
表格不切割於二頁	☐	☐	☐	☐	☐
如果表格會有二頁，下頁延續表不用寫「表（續）」	☐	☐	☐	☐	☐
研究設計與實施部分					
研究架構明確	☐	☐	☐	☐	☐
研究架構中的構念、變項具體	☐	☐	☐	☐	☐
已界定研究所需的樣本	☐	☐	☐	☐	☐
論文的數據資料蒐集流程明確	☐	☐	☐	☐	☐
研究工具的草稿已擬定	☐	☐	☐	☐	☐
研究工具的信度估算方法已敘寫	☐	☐	☐	☐	☐
資料處理方法已選用	☐	☐	☐	☐	☐
要運用的統計方法觀念已釐清	☐	☐	☐	☐	☐
參考文獻已符合 APA 格式	☐	☐	☐	☐	☐
已將相關附錄列入	☐	☐	☐	☐	☐
掌握研究倫理（沒有抄襲或不當引用他人的論文）	☐	☐	☐	☐	☐
前三個章節的內容具有邏輯性	☐	☐	☐	☐	☐
其他細節					
已敘明預期的研究結果與價值	☐	☐	☐	☐	☐
已敘明預期的研究執行進度	☐	☐	☐	☐	☐
圖次與表次的排序與內文一致	☐	☐	☐	☐	☐
目次頁的章節標題與內文一致	☐	☐	☐	☐	☐
章的起始頁排在奇數頁	☐	☐	☐	☐	☐

項目	優	良	劣	完成	未完成
節與節之間要連續，不另起一頁	☐	☐	☐	☐	☐
目次頁以小寫羅馬字排序	☐	☐	☐	☐	☐
排版的次序：壹、……一、……（一）……1.……	☐	☐	☐	☐	☐
附上口試老師的聘書、口試地點與時間	☐	☐	☐	☐	☐
研究計畫的簡報已完成	☐	☐	☐	☐	☐

　　總之，研究計畫對於研究者來說相當重要，好的計畫完成之後，已經將論文寫作完成一半，同時撰寫研究計畫如果能與同學合作學習，必能事半功倍。假如研究計畫無法完成，也代表研究題目的可執行程度較低，此時研究者就應思考，論文寫作問題何在？好好檢討與思考，當能盡快完成研究計畫，並進行計畫階段的口試。

肆、一份可行的寫作計畫

　　自己最瞭解自己，就訂一份自己的寫作計畫。

　　上述已指出了研究計畫的敘寫，以下說明要快速又有效率的畢業，研究者宜對自己提出一份可行的寫作計畫。這份寫作計畫很重要，它可以讓研究者掌握時間，瞭解寫作進度。寫作計畫的重點如下。

一、找出每天與每週可運用的時間

　　研究者可以先找出在寫作期間，扣除了上班、工作、修課、家庭生活、應酬或相關休閒活動之後，每天、每週或每個月還有多少時間可以來寫作論文。研究者宜估算出每天、每週可以寫作的時間，接著就要將這些可運用的時間作一簡單分配在計畫內容之中，例如：有多少時間要到圖書館蒐集文獻，有多少時間要進行文獻的整理、組織及寫作，有多少時間要與教授討論問題，有多少時間要用來進行問卷的專家評定、問卷預試、統計分析、撰寫論文和整理研究結果。如果是質性研究也一樣。筆者的經驗是，論文寫作每

個階段，也就是論文每個章節都有不同的難題，要投入時間解決的問題也不一樣，研究者宜自己多加反省，畢竟自己最瞭解自己；或者多與教授討論，再訂定寫作計畫比較具體。

二、確實執行計畫並評估成效

當寫作計畫釐定之後，研究者宜掌握每天及每週有多少時間可以運用，這樣比較能掌握論文寫作進度。此時，研究者可以較具體反省哪些進度已經完成？哪些進度還沒有進行？論文寫作的進度是否與預期有落差等。研究者在每天或每週檢討論文寫作進度，適時反省或找出論文寫作進度落後的原因，進而試著進行調整，對於論文寫作進度的提升有很大助益。筆者經驗發現，很多研究者未能掌握論文寫作的進度及時間，在後續的學習及論文寫作上，常會草率行事、匆忙趕進度，最後不僅論文品質下降，而且還有論文寫作方向錯誤的情形產生。反之，如果能掌握自己寫作的進度、寫作方向，以及下一步應如何進行的研究者，就會很快的完成論文、順利畢業。

三、掌握寫作計畫擬定的要點

在訂定這份寫作計畫時應掌握幾個重點：第一，寫作計畫可行性：論文寫作進度及時間管控在於研究者，所以研究者每天或每週有多少時間可以撰寫論文及進行相關的研究活動，個人最能掌握。切記，研究者不要列出不可行的寫作計畫，如果寫作計畫不確實，寫作計畫擬定的意義就降低了；第二，對寫作計畫應適時的自我管控：研究者可以每週自我評估寫作的情形及進度，從檢討中找出研究者在論文寫作時的問題與盲點，有執行就要有評估，才能符合計畫的價值；第三，一定要具體列出每天可運用的時間：時間的列舉要有彈性，不是死板板，宜將睡眠、用餐、應酬、家教、上課、工作及休閒時間扣除，再計算可運用的論文寫作時間，宜採較寬鬆的標準，畢竟在論文寫作之餘，還有更多不可預期的任務要完成；第四，每週或每個月來調整寫作計畫進度：如果在原先的寫作計畫訂定時過於嚴苛，無法如預期，或是過於寬鬆，這時研究者就可以依據論文寫作進度的需求，進行必要的調

整，讓實際的寫作時間與計畫結合；最後，再怎麼忙碌，這份寫作時間計畫一定要訂出來，並且隨時提醒自己，一定要依計畫持續進行，不要一天捕魚，十天曬網；一曝十寒的論文寫作，反而會投入更多的時間，對進度也會有不良的影響，更會影響後續的整個論文品質。

總之，凡事胸有成竹的依計畫行事，重點是要去做、去寫，就會很容易掌握寫作的進度，也會很容易發現自己寫作過程的問題；反之，沒有一份寫作計畫做為參考依據，研究者很容易會有下一步不知道如何進行，以及要往哪些面向進行的困擾，研究者應當深思。

伍、口試委員常問的問題與標準

研究生常犯的錯誤正是口試委員常問的問題，宜多加注意。

 ## 一、口試委員常問的問題

在撰寫研究計畫或完成論文的階段過程中，也要思考，究竟口試委員會詢問哪些問題？這些問題可以提供研究者在撰寫計畫或完成論文時的參考。常見的問題列舉如下。

（一）第一章的問題

1. 研究動機寫得不夠明確：研究動機沒有說明研究的特色與價值及其重要性，研究者的研究與現有研究有何不同及其差異性，並沒有說明。

2. 研究目的與研究問題不一致：研究結論與研究目的不一致。

3. 名詞釋義未能包括概念性及操作性定義：操作性定義不夠明確，不瞭解研究者所要界定的內容。

4. 沒有引述重要文獻支持：沒有引出文獻支持做此研究的價值。

（二）第二章的問題

1. 文獻探討章節安排過於零散：文獻沒有統整，章節之間沒有聯繫、錯字連篇。所引的文獻在參考文獻中未列。

2. 文獻探討引用的二手資料太多：文獻少有一手資料及外文文獻。

3. 文獻探討缺乏理論：缺乏與本研究有關的理論支持，縱使有理論說明，但卻淪為教科書形式的論述，理論介紹以教科書形式說明，未能與本研究題目相連結。

4. 引用的文獻嚴謹度不足：所引用的是博碩士論文未經雙盲審查者，嚴謹期刊之文章太少。

5. 文獻段落整理之後，沒有統整歸納：或者有歸納，但論述內容太少，或歸納內容與整節內容無關，即該節之論述是一回事，而歸納的內容又是另一回事。

6. 文獻的內容與研究目的差異太大：文獻無法歸納第三章的研究架構，即第二章的文獻是一回事，第三章的架構又是另一回事。

（三）第三章的問題

1. 研究架構不明確：背景變項沒有在第二章探討，也未指出這些變項為何要選入研究架構中。分析的變項，即研究構念不清、構念的面向之間有重疊。

2. 正式與預試的抽樣方法說明不清：尤其未指明究竟是用哪些抽樣方式。

3. 研究工具之形成沒有交代清楚，其各題目來源及為何要編製這些題目，並沒有在第二章深入的歸納及分析研究構念；研究工具的信度及效度交代不清。

4. 統計方法運用不當：資料處理方式沒有將資料屬性與統計方法的基本假設納入考量，沒有交代統計的考驗水準，若是以單因子變異數分析為分析方法，則沒有交代事後比較法。

（四）第四章及第五章的問題

1. 有研究結果，沒有討論：第四章的研究結果有太多表格及研究結果，但卻沒有討論；有些論文是有討論，但是沒有與第二章之文獻探討納入對話討論。

2. 第五章的結論與第四章的發現不一致：討論與結論相混淆，結論也沒有統整性的敘寫。

3. 研究建議太過於籠統：有些建議是不用進行這項研究也可以提出來的。

4. 欠缺附錄：或者有附錄，但沒有排序、附錄缺標題等。

 ## 二、研究計畫的審查標準

國內學位論文的研究計畫審查，並沒有讓口試委員評分，大多是以論文計畫審查後的等級做為審查標準。常見的審查標準，如表 8-3 所示。若在「不通過」的等級下，一定是要再提一次口試。通過的標準在於：(1)研究題目具體可行，且有其學理及實務價值；(2)研究目的及研究假設合宜；(3)文獻探討符合 APA 格式；(4)研究架構清晰；(5)所選用的研究方法適切，如果是問卷調查法，則抽樣方法必須說明清楚可行等。而在「通過，但應全體口試委員同意」的等級下，代表其計畫仍需大幅度修改，讓全體口試委員同意才可通過。

表 8-3
研究計畫的審查標準

等級	評分標準
□通過，小幅修改	無須修改架構與內容，或略加修改文字，或小幅修改內容及文字即可後續執行。
□通過，但應修改	無須修改架構，但須增刪內容，經指導教授同意後通過。
□通過，但應全體口試委員同意	應大幅修改架構與內容，並經全體口試委員同意後通過。
□不通過	不通過（研究生需申請第二次口試）。
口試委員簽名	

中華民國　年　月　日

 問題思考

論文計畫口試完成後務必修改

　　論文計畫口試完成之後，研究生應針對口試委員所提的意見進行修改。但為何要修改呢？一來是研究生的研究經驗不一定足夠，口試委員花費時間提供的專業意見可以補足研究生的寫作缺點；二來是研究計畫僅是一個藍圖，一定會有缺點，多一些專業人士閱讀而提供意見，可以讓後續的研究進行的更順利；三是可以節省研究生的時間，因為研究生往往沒有經驗，提出不可行的計畫，透過口試委員的意見，讓計畫修正之後，就會更可行；四是可以修改論文寫作基本格式及規範的問題。

　　修改計畫一定要確實針對口試委員所提的意見一一修改，這是研究生做事及做研究的基本態度，不可以把論文計畫口試的意見當做耳邊風。研究生應將每位口試委員或審查者的意見整理出來，並一一回應與確實修改。表 8-4 為一個例子，口試委員針對「國家幸福感的建構」之論文計畫所提的意見。研究生在計畫修改完之後，可以將這些修改內容整理在簡報檔中，在第二關的論文完成考試時，向口試委員說明修改情形。

表 8-4
論文計畫修改對照表

頁次	口試（審查委員）意見	修正或無法修正說明
10	1. 研究目的之呈現：「首先，建構各國幸福感指數，其次對於各國幸福感排名，最後則瞭解影響各國幸福感的因素」，這樣的敘寫似未能充分表達！	1. 已修改為：建構各國幸福感指數，提出各國幸福感排名，瞭解影響各國幸福感的因素。這是另一位審查者的建議。
25	2. 文獻廣度有再充實的必要，例如：近年來的國內外相關研究宜再強化。	2. 研究者評閱國內外文獻後，文獻探討大致都符應研究架構。
	3. 研究架構所列的主要變項在文獻探討中宜交代清楚，例如：架構中納入「每萬人口殺人犯數」，在文獻中並未提及相關研究。相關研究在支持此一研究架構上，這個部分連結較弱。 （依此類推）	3. 研究者已增加 Gerdtham 與 Johannesson（2001）、Selim（2008）。對於每萬人口殺人犯數，以 UNDP（2013）說明，它從 2010 年以來在統計上就運用每萬人口殺人犯數做為社會穩定及幸福感的指標。這些都納入文獻之中，見紅字劃底線者。 （依此類推）

第九章

如何撰寫緒論

如何撰寫第一章緒論呢？

　　緒論在告訴讀者為何要進行這項研究，其背景與動機何在？有何研究價值？緒論包括研究動機、目的、問題、名詞釋義、方法、步驟、範圍與限制。

 ## 一、撰寫方向

　　研究者若對於某一個問題頗有興趣，需以簡明清楚的文句，說明研究問題產生的背景、問題的性質及範圍，讓讀者瞭解為何要進行該項問題的研究，這就是研究動機敘寫的重要。研究動機在讓讀者瞭解為何要進行此項研究，也是研究者要凸顯出本研究與現有研究的不同，以及研究者進行這項研究的旨意。一項好的研究動機，可以讓讀者有想要繼續閱讀該篇研究的念頭，以及想要瞭解究竟該研究有哪些新發現、有哪些新的重點及學理的突破。因此，一篇研究的研究動機敘寫很重要，尤其研究動機是一篇研究的篇首，研究者更應好好掌握這方面的重點。研究動機的寫法朝下列幾個方面進行：

　　1. 凸顯與現有研究的差異與價值：研究動機要強烈的指出，本研究與現有研究的不同，這些內容包括：研究方法（如現有研究為橫斷面，本研究為

縱貫性的研究）、資料來源（如現有研究為自行編製問卷調查，本研究是以資料庫進行，資料具有代表性）、資料處理（如現有研究為變異數分析或迴歸分析，本研究則以 SEM 進行資料處理）、分析層面（如現有研究為單一層面的變項，本研究以多層次模式分析不同層面的因素）、樣本差異（如現有研究為城市地區學生，本研究為偏鄉與離島地區學生）、變項內涵（如現有研究在研究學習成就上僅考量文化資本，未考量人力資本、財務資本或社會資本，或者現有研究在變項的界定上有哪一些缺失）、變項之關係（如現有研究未考量中介變項，而本研究從眾多文獻及理論發現，需要有中介變項才能瞭解現象的全貌）。記得，研究者務必在研究動機中說明為何要探討此議題的重要性與價值性，例如：在研究中納入的相關因素，有無其他可能的干擾因素？因素之間有無交互作用（調節作用）的可能？以及為何有些因素不納入？重要的是，在研究動機中宜對於過去的研究進行批判，提出現有研究的缺失，或現有研究尚待改進卻很值得本研究繼續進行者，都應在研究動機中說明。

2. **強調研究方法的創新**：強調本研究運用了新的、特殊的研究方法或是運用新的統計方法，也就是說，研究者閱讀過去的研究常運用某一方面的方法，而研究者在學習新的研究方法有所體悟，因此以新的研究方法來嘗試研究議題的探討。或者現有研究所運用的統計方法未能解決研究問題的需求，因而研究者擬運用較新的統計方法來分析議題。所以在敘寫研究動機時，可以強調運用新的研究方法或是新的統計方法，進行該項研究。

3. **強調本研究的原創性**：研究者可以強調，所進行的研究是現有研究所無。現有研究未能進行的原因很多，例如：新的議題產生，還沒有研究者從事這方面的研究；新的理論或技術興起，目前仍沒有研究來詮釋及說明這項理論及技術。研究者在研究動機強調現有研究所無，其基本條件是已用盡其時間及努力來檢索國內外過去的所有相關研究，證實過去確實沒有這樣的研究，才可以宣稱本研究分析的主題是過去所沒有的。

4. **強調理論的嚴謹驗證**：研究者可以指出本研究在驗證理論或模式。量化研究常運用調查法蒐集資料，對於相關議題當有不少的研究，而研究者對於現有研究仍有不少疑問，例如：有些研究認為，學生的學習壓力與學業成就呈現正向的顯著關係；有些研究則認為，學生的學習壓力與學業成就並沒

有關係；有些研究更發現，學生的學習壓力與學業成就有負向的顯著關係。研究者對於這些研究結果充滿疑問，究竟學業成就與學習壓力有何關係，因此可以引述相關文獻，接著可以指出因為現有研究可能還有疑問，所以本研究有必要更深入的探究，以瞭解這些變項的關係。當然，如果現有研究都顯示，學習壓力與學業成就呈現負向關係，此時如果再進行類似的研究，研究者可以宣稱是要對該項關係進行驗證。若要驗證此現象，需要引述有力的理論來說明這些變項之關係；研究者可以運用有關的研究方法，蒐集資料來驗證過去的分析結果及理論。

5. **強調地區性與研究對象的價值**：研究者可以宣稱本研究有其地域特性的研究價值，例如：這方面可以說，本研究以新北市、臺北市或離島地區為主，因為這些地區可能正執行某一項政策，為了研究該縣市執行的政策，因此特別以該地區做為研究範圍。當然還可以強調某一研究對象的重要，研究者可以針對某一族群的樣本做為研究範圍，因為現有研究沒有探討這方面的樣本，研究者因為對該母群的樣本深感興趣，所以進行研究。這方面樣本，例如：新移民女性、新移民女性子女、原住民、原住民子女、特教老師、殘障人士、離島及偏遠地區的學童或家長等。此外，也可以強調個人的研究需要、研究興趣，或者本研究在實務的應用價值及學術的貢獻等。

6. **運用權威觀點來強化論述**：研究者一方面可以運用權威性的觀點或研究發現來說明研究問題的重要性；另一方面也可以說明過去在此領域，具有權威性的專家學者之論點來支持研究的重要性，例如：認知發展學者 J. Piaget 研究指出……；知名的社會學家 T. Parsons 指出……；有名的政治學研究者 D. Easton 提出的系統模式指出……；獲得諾貝爾經濟學獎的學者 T. W. Schultz 分析指出……；文化資本的代表學者 P. P. Bourdieu 分析指出……。也就是對於所要研究的題目，研究者可以強調過去或目前有哪些權威性的觀點可以說明本研究的重要性，透過這些權威性的論點，支持研究者的議題是相當重要的，因此本研究依據這些觀點進行後續的分析。

7. **不同背景的研究對象之價值**：研究者在論文當中也許要瞭解許多人口變項（例如：性別、年齡、年資、居住地區、學校所在地、城鄉、公私立學校、接受補助與否、學校規模、在學校或工作單位有無兼任行政職、有無特殊的行政經驗，如擔任中等以下學校的校長、園長）在某些研究構念的差異

性及重要性，此時就需要在研究動機中說明，為何要將這些不同的人口變項納入研究的理由。研究者會將這些人口變項納入分析一定是這些變項有其價值及特性，而想從這些人口變項的研究獲得特殊的實務目的與價值。此外，在研究動機說明將不同背景納入分析時，也要呼應研究目的及研究問題的敘寫。換言之，研究目的及研究問題若提及為瞭解不同背景的研究對象在構念的意義，在撰寫研究動機時就要說明其重要性，否則就很難連貫起來。

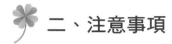 **二、注意事項**

研究動機的寫法宜注意幾項重點：

第一，研究動機不可太過冗長：研究者常會將第二章的文獻探討要引述的有關資料在研究動機中全部陳述，會有這現象的主因是研究者深怕讀者無法瞭解這研究的重點及背景，因此將文獻探討的資料呈現在研究動機裡。此時就會產生研究動機過於冗長的現象，當研究動機的論述過於冗長，將會使讀者在閱讀研究動機時，上氣不接下氣，還沒看完研究動機，就不想再閱讀該篇論文了。很顯然，這會使該篇研究的可讀性降低，所以敘寫研究動機宜簡短而有力、精簡而明確（3 至 5 頁即可）、重點釐清且有條理，畢竟它不是第二章的文獻探討。易言之，經驗豐富的研究者會將要表達的研究動機重點，很有系統及有效率的呈現出來。

第二，研究動機不要太過簡要：過於簡要的研究動機，無法看出研究問題的價值與必須進行該研究的理由。也會讓讀者無法瞭解該研究的重要性及研究的背景，因而讀者在閱讀該研究時，就會存有許多疑問。很重要的在於研究動機可以看出研究者對於該研究問題的意識。

第三，研究動機的敘寫要能展現非做本研究不可的態度：要讓讀者瞭解本研究是有潛力，具有學術創新或實用價值，而不是複製前人研究，或一項簡要的問卷調查而已。

第四，研究動機宜寫出本研究的背景、重要性、價值性，以及本研究的特色，以凸顯本研究與其他研究有何不同，並說明為何要進行這項研究。

第五，有一些研究很喜歡在研究動機一節中，將每一段落用：「……這是本研究動機之一；……本研究動機之二」等寫法。因為它在內文中，需要

仔細閱讀才看得出來，否則無法看出其重要性。撰寫研究動機應標題化，也就是將先前的動機之一、之二的說法，改寫為標題，再說明這標題下的內容。

第六，研究者撰寫研究動機時，很喜歡以個人在職場所見所聞為論述內容，但是將個人主觀的見解融入論文並不妥當，論文寫作宜客觀及中立，並引述重要權威的論點為宜。

最後，也有許多研究論文（尤其是博士論文，或是許多期刊論文）要求把研究背景與研究動機整合敘寫，也就是整合研究背景與研究動機為一個節次。若有這種規範，研究者應區別研究背景及研究動機的差異：前者是研究者對於所要進行該研究議題的背後原因，或者對於該議題的發展脈絡、應用及價值性的說明，它比較是從該研究議題脈絡觀點來說明該研究問題的發展情形，而後者則是研究者對該研究議題想要研究的想法、態度，以及期待要解決該研究問題的態度，比較著重於現階段研究者所期待要理解，或從評閱文獻歸納出期待要解決的研究問題。

貳、研究目的的寫法與注意事項

研究目的較研究問題抽象性，其內涵上較具價值性。

一、撰寫方向

第一章緒論撰寫了研究動機之後，接下來重要的是擬定本研究的研究目的。為了使讀者容易瞭解研究問題的重要性，在研究計畫中單獨列一項「研究目的」是很重要的。研究者必須清晰扼要說明在本研究問題中，要解決社會科學現象問題的價值以及驗證理論的貢獻。這就是研究目的。

研究目的之寫法較為原則性與抽象性，例如：以林詩琴（2007）探討基隆市新移民子女的資訊素養與資訊能力的關係，其研究目的如下：

1. 調查基隆市國小高年級新移民子女之家庭環境情形。
2. 調查基隆市國小高年級新移民子女之資訊素養情形。

3. 瞭解不同家庭環境變項之基隆市國小高年級新移民子女的資訊素養差異。

4. 瞭解基隆市國小高年級新移民子女之家庭環境對其資訊素養之預測力。

　　在此提供值得省思的觀點供讀者思考，也就是研究者在撰寫論文時，腦海中一定要思考研究目的及研究的價值性，研究的目的在對社會現象進行描述、解釋、預測與控制。一項研究可能運用調查或訪談來描述社會的某些現象，也可能透過研究來解釋社會現象的背後原因，有些研究更可能是對社會現象進行預測，例如：研究者很想透過瞭解一位學生的智商（X_1）；家庭環境背景，如父親的教育程度（X_2）、父親的職業類型（X_3）；個人就學年數（X_4），來預測未來會有多少國民所得，如每年度可以賺取的國民所得（Y），就是一種研究的預測功能。也有一些研究透過研究來預測未來的社會現象之後，提出若干建議，以做為未來的預防或應努力的方向，像這種從研究發現提出的建議、預防或應努力的方向，就是一種研究的控制功能。就如上述的四個自變項之中，如果個人接受教育的年數對於國民所得的預測力較高，研究者可以提出個人要增加國民所得，宜透過接受更多的教育著手。雖然一篇論文不一定都能達到上述的四項目的，但是研究者在研究過程中，務必要思考，所從事的研究究竟在達成哪一類型的目的。

 二、注意事項

　　研究目的之撰寫宜注意幾個重點：⑴宜運用肯定句來說明研究目的；⑵宜一個敘述題項就有一個研究目的，不要一行文字中有多個研究目的，這樣會混淆讀者對本研究的理解；⑶研究目的不可以僅用統計處理方式來敘寫目的，宜敘寫實務的目的；⑷不可以將文獻探討中的歸納做為研究目的，例如：研究者探討主題時，不宜將文獻探討所分析或要做為研究理論基礎的理論視為研究目的；有些研究者會將研究目的說明為：本研究在掌握行為學派理論、本研究在掌握大學競爭理論、文化資本理論、領導理論等，因為文獻探討內容是做為後續研究執行的依據，並不是研究目的；⑸以上述例子來

説，第 1 及第 2 項的情形，其實也包括第 3 及第 4 項的差異性，因為了解××情形就包括人口變項的差異性，所以有些研究將上述第 1 及第 3 項合併，旨在瞭解××情形，而將第 2 及第 4 項合併，旨在瞭解資訊素養的情形。

　　總之，研究論文的研究目的較為抽象，它與研究問題或待答問題較具體不同。研究問題較為具體、可操作與可重複性的探討，而研究目的則是較研究問題更為上位的概念，屬於價值層面，兩者有明顯的不同。

參、研究問題的寫法與注意事項

研究問題是可以具體操作的……

一、撰寫方向

　　敘寫研究問題應以研究動機及研究目的為基礎，良好的研究問題可以具體操作，且在研究期間可以執行完成。研究問題宜依據研究者在整個研究文獻的蒐集、分析與思考出初步的研究架構之後，提出比較具體可以分析的問題。其實，研究問題與研究目的之敘寫方式有其差異：第一，研究問題的敘寫要以疑問句為格式，而研究目的則是要運用肯定句來説明。第二，研究問題較研究目的更為具體，也就是説，研究問題宜將所要探討的目的更細部的敘寫，從研究目的抽絲剝繭詳列問題，如此才可以讓此問題在後續的分析更具有可操作性。例如：林詩琴（2007）探討基隆市新移民子女的資訊素養與資訊能力之關係，該研究擬深入探討的研究問題如下：

1. 基隆市國小高年級新移民子女之家庭環境情形為何？
2. 基隆市國小高年級新移民子女之資訊素養情形為何？
3. 不同家庭環境變項（即不同性別、父母教育程度、父母職業類別、家中圖書資源、家中資訊設備、是否有學習軟體、家長每週陪孩子上網時數、閱讀時數、家長教育期望）對基隆市新移民子女的資訊素養是否有差異？
4. 基隆市國小高年級新移民子女之家庭環境對資訊素養的影響為何？

二、注意事項

在此要注意的是：第一，只把研究目的之文字內容以肯定句方式敘寫，也就是把研究目的之敘述改為疑問句而已，其他文字不需要有太多的變化，例如：研究目的為「瞭解國中英語老師的教學方法對於教學效能的預測力」。研究問題若寫成「國中英語老師的教學方法對於教學效能具有預測力嗎？」這樣其實較不妥適，應該調整為：「國中英語老師若運用不同的教學方法可以提升他們的教學效能嗎？」第二，有些研究的研究問題是以「待答問題」的字眼呈現；待答問題又比研究問題範圍更小，但是敘寫研究問題與待答問題類似，建議呈現一種即可。第三，研究問題或待答問題的項目應依據研究目的而來，兩者要相互呼應，不可以牛頭不對馬嘴。第四，研究問題較為具體，因此在每一項的研究問題之下，又有次要問題，以上述例子來說，第 3 項的研究問題就有九項的次要問題要回答，而這些次要問題的依據是從第三章研究架構的背景變項而來，研究者宜呼應第三章的研究架構，如此才能讓論文的前後一致。第五，研究問題宜與研究目的的呼應，不可以兩者脫鉤。

此外，有些論文在研究問題或待答問題之後，接著就敘寫研究假設，如問卷調查法、實驗研究法或準實驗研究法常在第一章就有研究假設的陳述；有些則是在第二章每一章節論述之後就提出研究假設，也就是在文獻探討中推衍出研究假設。有些則是將研究假設放在第三章的研究架構之後，但不管放在哪一章，研究假設都要針對過去文獻回顧之後，才可提出來。現有文獻發現的歸納，提供了研究者提出虛無假設或對立假設的基礎。假設包括研究假設與統計假設，前者依據理論與現有研究結果陳述變項之間的預期結果，後者包括虛無假設與對立假設，虛無假設是與研究者預期結果完全相反的假設，在統計考驗過程中，希望拒絕此假設，以接受對立假設，也就是與研究者預期結果相同的假設。研究假設的敘述要以肯定句來清楚說明變項間之關係，例如：「本研究假設認為，國中學生的智商與學業成就呈正向的關係」（為對立假設，以 H_1 表示）；「本研究假設認為，國中學生的智商與學業成就呈反向的關係」（為虛無假設，以 H_0 表示）。

肆、名詞釋義的寫法與注意事項

重要名詞是全篇文章的核心概念，界定一定要清楚。

一、撰寫方向

　　一篇論文常有幾個重要的學術用語或該篇文章的核心概念，此時需要界定這些變項或概念。這種界定不僅讓後續研究有明確的依據，而且讓讀者或後來的研究者，如對該篇文章有興趣時，可以依據相同的概念或變項進行研究，這更是量化研究累積知識與建立理論的基礎。所以，研究者對於名詞釋義不可忽略。

　　界定重要名詞應包含兩種方式：一是採用概念性定義；另一是採用操作性定義。前者以原則性論述，並參照其他概念界定研究的變項，即以抽象式的概念界定名詞或變項；後者是根據可觀察、可操作及可以重複進行的研究變項特徵所下的定義，例如：林詩琴（2007）探討基隆市新移民子女的資訊素養與資訊能力之關係，她對於資訊素養的解釋如下：

　　　　資訊素養（information literacy）係指個人擁有知覺何時需要資訊的能力，且能有效的搜尋、應用與分享資訊，並具備評估與反思資訊的能力，在認知方面，知道如何整理分析資訊，具有使用資訊科技與網際網路的基本能力，且能遵守使用資訊的倫理規範。

　　　　本研究以自覺與認知部分來掌握，兩者均以自編問卷來蒐集資料。自覺部分包含：資訊的檢索搜尋、資訊的應用分享、資訊的評估反思等三個項目，此部分問卷題目以「非常不同意」至「非常同意」，由1分至4分轉換，得分愈高，表示資訊素養──自覺部分表現愈佳。認知部分包含：資訊處理與分析、資訊科技的使用、網路的認識與應用，以及資訊的倫理規範等四個項目，此部分使用選擇題方式，每題分別有四個選項且僅有一個正

確答案，即單選題；作答者需依題意作答，答案正確者給 1 分，不正確者給 0 分；分數愈高，表示資訊素養——認知部分表現程度愈高，反之則愈低。

上述的例子從「資訊素養係指個人……」（第 1 行）到「……倫理規範」（第 4 行），屬於概念性定義；而從「本研究以自覺與認知部分來掌握……」（第 5 行）到「……反之則愈低」（最後 1 行），屬於操作性定義。

 ## 二、注意事項

名詞釋義的寫法宜注意幾項重點：(1)名詞釋義宜兼具概念性定義及操作性定義，在敘寫上，先寫概念性定義，接著再寫操作性定義較佳，兩者各分開一段；(2)名詞釋義不宜過多，一篇研究不需要太多的名詞，否則會太雜亂，舉列二至五個名詞釋義就足夠了，過多名詞無法釐清本研究的重點；(3)有些研究者會把一句話視為一個名詞，例如：「教師教學信念的滿意度」，這是一句話，而不是一個名詞，也就是說，研究者列出名詞時宜掌握該詞是名詞，非一句話；(4)研究者所認定的名詞，在研究完成之後的中文摘要及英文摘要應視為「關鍵詞」（keyword），以讓本研究的重要名詞有呼應的效果；(5)名詞釋義的內容要在第二章文獻探討中，對於該名詞的意涵有深入的討論，且接著在文獻探討中歸納出該研究在該名詞或變項的論點，通常研究者的解釋，就是名詞釋義的重點，這也是概念性定義的來源。簡單的說，第一章緒論中的名詞釋義，研究者要在第二章文獻探討中，對該名詞的歸納與解釋有一致的說明；而第一章的操作性定義也是在第二章的文獻探討，對於該名詞論述的歸納之後所獲得的意義，接下來在文獻探討中往往會說明該名詞、概念、構念的內涵及其可能包括的向度（或構面），所歸納整理的向度（構面）也是第一章的操作性定義所要說明的；(6)研究者很容易將研究對象列入重要名詞釋義中，這不適切，例如：論文的題目為「國民小學教師的幸福感之調查研究」，在名詞釋義中，也將「國民小學教師」進行名詞界定，這是不必要的，它是研究對象，可以在研究範圍中界定即可；(7)重要名詞釋義應附上英文名詞，如此在完成論文之後，可以將此英文名詞放在英文摘要

之中，例如：家長參與（parental participation）指的是參與子女學校活動，瞭解孩子的學習狀況，而進一步影響學生的學習成就。上述「家長參與」的英文名詞就可以列在英文摘要中。

伍、研究方法的寫法與注意事項

為何要選用這種研究方法，而不選用其他方法，研究者一定要不斷的問自己：Why？

一、研究方法的選用

論文的第一章應將研究方法及步驟作簡要說明。就研究方法來說，研究者宜思考需要運用哪幾種研究方法，例如：問卷調查法、個案研究法或是準實驗研究法等。在敘寫研究方法上會以這樣的文字表達：「本研究採用〇〇〇研究法，其理由是……」。關於各項研究方法簡要說明如下：

1. 個案研究法：此方法可以瞭解一個個案的發展及其相關的問題，例如：一位自閉症的學童如何與家人相處，研究者主要在瞭解自閉症學童的個案，來深入瞭解與人相處的過程，研究者深入分析個案的家庭環境、朋友及生活細節，運用相關理論與結果發現對話，以獲得結論。

2. 實驗法與準實驗法：此方法運用實驗處理進行研究，以瞭解實驗處理的效果，例如：2001 年「大學推薦甄選方案」實施之後，學生的升學壓力比過去單一聯考制度減少或增加？實驗研究的主要特徵包括：(1)要進行實驗處理，以瞭解實驗效果是否顯著；(2)讓實驗處理的效果愈大愈好，這可以更凸顯實驗的效果；(3)讓實驗的誤差愈小愈好，才可以掌握受試者所產生的實驗效果真的是由實驗處理所造成，而不是誤差所干擾。

3. 歷史研究法：此方法是分析過去的教育議題，例如：1988 至 1999 年所執行的「自願就學方案」，在學生的升學壓力是否比不參加者來得少？因為「自願就學方案」是過去執行的政策，研究者僅能以歷史觀點分析。歷史研究法應注意主要資料與次要資料的判斷，前者是直接與歷史事件有關的資

料，後者雖然與歷史事件有關，但可能是二手資料，而研究者應以一手資料為主。

4. **問卷調查法**：此法是研究者針對某一項研究議題，衍生研究問題，透過評閱相關文獻（研究、報告）與相關理論，歸納出設計的問卷藍圖。接著透過歸納出的研究藍圖設計研究工具，其形成過程為提出研究目的、釐清研究構念，將構念轉化為向度，再從向度轉化為問卷題目；選定所要使用的問卷類型（開放型或封閉型題目）、擬定問卷大綱、草擬問卷題目、修改題目，題目初步完成之後，邀請專家審題，接著再進行問卷預試，進行問卷的信度與效度評估，透過因素分析及信度分析來確定正式問卷。問卷調查步驟為確定調查目的、抽取樣本、設計工具、問卷調查與催覆。這是研究者從問卷調查中蒐集資料，接續統計分析資料，獲得研究結論的一種研究方法。實例可見張芳全（2006c）的文章。

5. **焦點團體法**：此方法是對相同的對象進行某一項政策研究，例如：研究者要瞭解國民小學校長的專業成長，此時可以找尋曾經擔任過校長的人，即把對象都鎖定為校長，成為一種研究焦點，接著針對校長進行深入晤談，將晤談內容予以分析，獲得結論。

6. **縱貫研究法**：縱貫研究（longitudinal research）或稱為貫時性研究，它係對相同受試者或團體，在其不同年齡或發展階段，連續觀察與測量其發展情形，例如：要探討學生的學習動機在 8 至 12 歲的發展情形，研究者抽取一組 8 歲學生，運用學習動機量表予以測量，接著在這些學生 9、10、11、12 歲時，再運用相同的研究工具予以測量，如此連續五年測量。縱貫研究法以固定研究對象作長期追蹤，它具有以下優點（黃國彥，2000）：⑴可以探討個體或團體發展的連續性；⑵可以探討個體或團體發展的穩定性；⑶可以探討個體或團體發展過程中陡增或高原現象；⑷可以探討個體或團體發展中早期經驗對後期行為發展的影響。雖然縱貫研究法擁有許多優點，但它仍有其限制：⑴研究時間較長，需要較多的人力與物力支援，故較不經濟；⑵在長期的追蹤研究過程中，不易掌握研究對象，易有樣本流失，影響研究效度；⑶在長期研究過程中，研究對象易受學習、經驗或其他因素的影響，以致混淆發展特徵；⑷在長期研究過程中，研究的人員、工具及實施程序等不易保持一致，以致可能影響研究結果的可靠性；⑸研究期間過長，不易獲得

充分的經費支援，研究因而半途而廢。目前在縱貫研究的資料處理上，以 SEM 的潛在成長曲線模型（Latent Growth Curve Modeling, LGM）為主，可見余民寧（2014）、Bollen 與 Curran（2005）、Miyazaki 與 Raudenbush（2000）。實例可見張芳全、王瀚（2014）的文章。

　　7. **次級資料分析法**：此法是研究者透過官方、國際組織所建置的統計資料庫，由此資料庫的資料，依據研究者所設定的研究目的，在評閱文獻及相關研究之後，從資料庫中篩選研究變項，接著建立研究架構及模式，再從資料庫中所篩選出的資料進行統計分析，獲得研究結論的一種研究方法。此法的最大優點在於研究者不用再設計研究工具，但有很多資料庫的調查經常沒有追蹤更新，很容易過時，而資料無法與時俱進，且以次級資料庫的資料常無法滿足研究目的，為最大限制之一，例如：很可能缺乏研究者所要納入的變項，或在某一變項中的某些樣本缺失，就是很大的研究限制。這方面的研究可以參考張芳全（2016）的文章。

　　8. **後設分析法**：後設分析是從眾多相近的研究進行整合的分析，旨在更完整瞭解社會現象，若相近的文章愈多，可以累積的效果愈大，研究價值更高。後設分析自 Glass（1976）確定了名稱之後，經過許多研究者的努力，並整合許多估計量數的方法，更能準確的掌握研究發現（Hedges & Olkin, 1985; Lipsey & Wilson, 2001）。Wolf（1986）認為，過去以文獻探討的分析，有一些研究限制，例如：未能探討研究中的中介變項與研究發現之關係，以及沒有辦法從過去的實證研究數據看出變項關聯性的趨勢。簡言之，透過後設分析可以讓過去的研究發現彙整，重新分析，使得知識具有累積的效果。實例可見趙珮晴、張芳全（2013）的文章。

二、注意事項

　　研究方法的敘寫宜注意幾個重點：第一，研究者常將文獻探討視為一項研究方法，也就是列為「文獻分析法」，事實上，在社會科學研究之中，並沒有文獻分析法，文獻分析僅是研究者在進行文獻整理、組織及歸納的一個過程，它不算是社會科學的研究方法，所以研究者不宜將文獻分析法視為研究方法；第二，不管研究者最後選取哪一種研究方法做為後續分析及探討的

方法，在此部分的內容，宜說明為何要選用這項研究方法，而不選用其他的社會科學研究方法；也就是說，研究者在選用研究方法時，於論文中敘明研究方法之後，更應說明為何選用該方法的原因，這才能讓該研究說服讀者為何要運用此研究方法，而不運用其他方法；第三，一篇研究論文可能不僅運用一種研究方法而已，或許有二種或三種以上，不管是幾種研究方法，研究者都應在這部分敘明，並說明為何要運用多種研究方法的原因；第四，有不少研究很喜歡質、量混合進行研究，例如：某研究以問卷調查 700 份有效樣本，而訪談五位人員；但是值得思考的是：如果 700 份樣本的變項之間的相關是顯著正相關，而五位訪談結果為明顯負向關係，此時究竟要採用哪一個結論？當兩者充滿矛盾時，易讓研究者混淆。建議如果問卷調查研究能深入及有意義完成就是很好的研究，即可以不需再用訪談來補足。

陸、研究步驟的寫法與注意事項

研究步驟是研究方向的指南針，掌握它就瞭解研究的下一步驟要做什麼。

 ## 一、撰寫方向

一篇論文如何完成，研究者應詳細說明整個研究的步驟，它可以讓讀者掌握研究流程之外，也可以提供後續要執行的方向，這對於研究者來說，是一項研究進度的指引。不過，投稿的期刊論文受篇幅限制沒有此內容。問卷調查法的研究步驟，包括：形成問題、文獻探討、編製問卷、問卷調查、問卷資料處理與統計分析、研究結果的討論，以及歸納結論與提出建議。上述的研究流程是在整個研究中進行，從研究問題開始，至研究論文完成的流程，從流程中可以瞭解研究者會進行哪些步驟以及可能完成的內容。

 ## 二、注意事項

敘寫研究步驟宜注意的項目如下：第一，可以將研究步驟運用流程圖的

方式來呈現，這能讓讀者很快的掌握研究的各階段任務。第二，研究步驟若用圖示，不要使用單一直線式的呈現與說明，最好步驟之間要有調整回饋的機制。第三，不宜把研究步驟與論文的章節順序混在一起，也就是流程常以章節的順序來呈現，而不是以執行本研究時可能會經歷的過程來敘寫，這是不對的。第四，不可以僅呈現一個研究流程圖，而沒有對圖中所要代表的意義進行說明。第五，投稿期刊的文章受到篇幅的限制，常常會省略研究步驟一節，所以在期刊論文中較看不到實施程序的說明。第六，研究步驟不宜做一般性的敘寫，也就是說，研究者宜針對本研究的內容、步驟以及期待要執行的步驟來進行，依據研究的內容及特性敘寫，才可以讓此步驟與本研究有密切的關係，否則就形同沒有意義的流程，而無法發揮對研究步驟說明的作用，例如：一位研究者的論文題目為：「國中教師的進修意願及其問題之調查」，很容易就將流程用以下的方式呈現：

　　　　本研究之研究流程包含：研究動機、研究目的、文獻分析、建立研究架構、建立研究假設、問卷設計、蒐集資料、統計分析、研究結果、結論與建議。

上述的說明內容宜調整如下較為妥當：

　　　　本研究依據國中教師的進修意願及其問題產生了研究動機，確立了國中教師的進修意願及其問題的研究目的，並藉由大量蒐集有關國中教師的進修意願及其問題的文獻與理論，在閱讀分析後，做為本研究之理論依據。根據國中教師的進修意願及其問題的文獻探討，編製了國中教師的進修意願及其問題的問卷，再經由專家學者之審定後，進行問卷預試、修改、正式問卷定稿。再依據國中教師母群體來進行抽樣，寄發問卷，以蒐集問卷資料，之後整理國中教師進修意願及其問題的問卷，進行統計分析，最後歸納結果，提出結論與建議。

柒、研究範圍與限制的寫法與注意事項

研究者的能力與時間有限，研究就需要限定範圍，並說明其限制。

 ## 一、撰寫重點

　　研究者對於寫作或需要問卷調查的範圍不是無限擴充，而是有其範圍的侷限性，此時對論文宜有範圍的說明。在問卷調查研究中，研究範圍可以就研究的地區、研究方法、研究對象及研究內容來做說明。研究者宜指出時間及人力限制，因而研究地區在哪一個縣市、哪一個區域或哪一個空間之中，而不包括其他的縣市、區域或空間。就研究方法而言，宜指出僅限於哪一種研究方法，而在資料處理上是屬於哪一種統計方法，而不包括其他的研究方法及資料處理技術。在研究對象上，宜說明本研究是調查哪一個縣市的公立學校之學生、教師或行政人員，對於私立學校之學生、教師及行政人員則沒納入分析。最後，在研究內容上，應指出研究者分析的研究構念或研究變項或理論的範圍，在這些構面中又包括哪些項目，而為何沒有包括其他的研究構面等。

　　研究範圍的界定還包括研究變項，而不是對研究對象的限定而已。第一章的研究範圍界定，研究者很容易僅以研究對象來說明，例如：一篇研究題目為「高雄市國小教師知識管理與學校效能之關係研究」，研究者在研究範圍指出，本研究的範圍僅限定於高雄市國民小學的教師為主，沒有對其他縣市以外的教師進行調查。類似這樣的說法較為不周延，較為正確的是，除了對研究對象界定之外，本研究之研究範圍鎖定在教師知識管理與學校效能，其中知識管理向度以知識儲存、知識分享及知識創新為主，對於知識管理的其他面向，如知識取得或知識生產則不在本研究範圍；在學校效能方面，因為它的研究相當多元，理論是多觀點，本研究是以○○理論所主張的內涵為主，它包括學校校長的領導、行政效能、教師滿意度、學生表現情形等，至於學校與社區的公共關係，則不在本研究範圍中。

二、注意事項

　　研究限制的敘寫要掌握的重點還有幾項：第一，研究者在進行整個研究過程中，已縝密的思考過，但仍無法解決；第二，研究者在研究過程中遭遇過的問題，研究者曾試著努力解決，但是仍無法獲得改善；第三，如果研究者在研究過程中可以克服，且已經考量過的問題，但是還是疏忽了某些細節，此時就可以將它列為研究限制，不可以未經思索，或可克服的問題也列在研究限制裡。簡言之，研究者一定要縝密思考整個研究內容之後，列出有哪些的研究限制。研究者所列出的研究限制，通常還可以在論文的第五章研究建議中之未來研究提出更具體的建議，供後續研究參考，例如：研究者在進行統計分析之後，原本預期學習動機與學業成就有高度正相關，然而得到的結果卻是沒有相關，此時研究者應思考為何過去的研究是高度相關，而本研究卻是沒有相關。研究者若找出理由，例如：學習動機之研究工具的信度及效度太低，或者設計研究工具時，對於學習動機內涵不周延，未能將重要的動機概念納入，此時雖然研究已經完成了，無法再回溯，但是研究者可以提出這方面的建議供未來研究參考。

 問題思考

論文的基本格式

對初學論文寫作者來說，學術論文五章形式的基本格式應該很陌生，在此提供簡要的說明，如圖9-1所示。這五章是要將每章內容都串連起來，不可以各自行事、各自獨立，圖中用雙箭頭線來表示此意義，第二層框中的文字為舉例，可參見張芳全（2010）《多層次模型在學習成就之研究》。

第一章「緒論」，研究動機的部分內容要從第二章引述；名詞釋義的概念性定義則是從第二章所歸納出該研究的名詞意義所引用而來，而操作性定義也是從第二章所歸納出的構念之向度與內涵，同時它還要做為第三章的研究工具編製內容之來源與文字內容之參考。

圖 9-1
論文基本格式

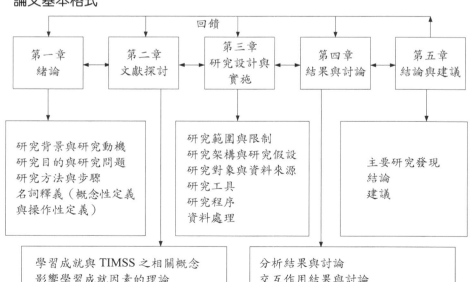

　　第二章「文獻探討」不僅要評閱研究的重要構念、透過理論詮釋構念，還要評閱研究所要納入的變項與相關構念之研究、推衍研究假說或進行論證，以釐清各變項之間的關係來建立第三章的研究架構。

　　第三章「研究設計與實施」，則是承先啟後，在第一章的研究目的與問題說明之後，透過第二章，建立研究架構，同時也指出研究者所採用的研究對象及研究工具的形成。而研究工具的形成，則需要第二章對於相關概念的評閱為基礎。

　　第四章「結果與討論」則是從第三章而來。如果是問卷調查法，就透過樣本施測及資料處理方法依序呈現研究發現。當研究結果列出之後，更需要對這些研究結果進行深入討論，此時就需要從第二章的文獻理論與過去的相關研究來比對與對話。

　　第五章「結論與建議」則是根據第四章歸納結論，進而依據結論提出建議。

第十章

如何撰寫文獻探討

壹、文獻探討的目的

　　文獻探討是論文的支柱，通篇的理論與文獻都依賴它。文獻探討宜掌握歸納與統整，更應注意研究倫理，避免抄襲。

一、文獻探討的重要

　　撰寫研究論文及學位論文，很重要的是要瞭解前人在某項議題研究結果的發現，因此需要對於前人有關的研究進行分析整理，從過去的研究中，來掌握所要進行研究議題的重要性、不要重複前人的研究、瞭解現有研究的一些優缺點，以提供研究者研究時的重要參考。試想，一位沒有經驗的研究者或是剛要寫論文的研究生，在沒有對現有研究做完整的蒐集、閱讀、組織及分析，就直接進行一項研究，接著在獲得結論及建議之後，才看到過去已有很多相同或類似研究也進行這方面探討，此時就很可能造成研究資源浪費，也降低該研究結論的學術價值。因此，研究者對於過去議題及相關研究結果的掌握是相當重要，這就是需要進行文獻探討的原因所在。良好的研究不是憑空創造，它不是根據有關的理論或資料，就是要依據實際的問題，所以研究者必須將有關研究問題的理論和相關的研究報告，加以綜合討論！

二、文獻探討的目的

　　研究者撰寫論文若沒有進行文獻評閱，容易重複他人研究的問題，可能不瞭解過去在這領域的研究已有哪些研究發現，亦即現有研究已進行到哪個階段？若重複前人的研究沒有其必要性。文獻探討之目的有以下幾項：

　　1. 釐清現有研究尚待解決者：現有研究發現可以做為研究者要繼續進行該研究的依據。如果現有研究已對該議題有深入的研究發現，且各研究都有共識，在學理能完整說明，此時如果再進行相同或相近的研究，就僅是複製他人的研究而已，並無法讓研究具有原創性，其價值性會降低許多。因此要從現有研究中找尋尚待解決者做為研究問題較適切。

　　2. 找尋現有研究的限制：從文獻探討來掌握現有研究還有哪些問題尚未被解答或還未進行研究，研究者可以從現有研究中，找出哪些研究問題沒有獲得解答，這部分可以從現有論文的研究結果，或是從該論文的研究問題來瞭解哪些研究問題已探討過；甚至可以從現有研究的研究限制及對於未來研究的建議等來找題目。

　　3. 找出適當的理論依據：文獻探討之目的在找出合理、適當及完整的觀點來解說研究內容。論文不能憑個人的主觀經驗，或僅有少數幾篇文章就認定現有研究情形。研究者應全面、廣泛蒐集有關的文獻，來說明本研究的相關內容及依據，這才可以讓該研究與學理對話，也才能釐清本研究與現有研究的差異。研究採用的理論，如果是配合問卷調查法，此時宜將研究工具中所編擬的題目與理論的內涵結合；同時在研究結果說明之後，更需要以所採用的理論來與研究結果對話。

　　4. 歸納研究問題的爭議點：從研究的爭議點，讓研究者找出新的研究取向、觀點及可行的研究方向。研究者可以從現有研究所提出的論點進行分析，從中找出本研究可以採用的觀點，甚至可以透過該理論觀點做為貫穿整個論文的依據。文獻探討除了要瞭解現有研究之外，更重要的是要找出與本研究有關的理論觀點，透過它來支持本研究的說法。

　　5. 推衍研究假設之依據：文獻探討可以提供研究者做為研擬研究假設的重要依據，例如：過去的研究文獻發現在某二個變項之間，有些研究是呈現

正向關係，有些則為反向關係，或者有些沒有關係，此時研究者可以從這些文獻中釐清變項之關係，並提出合理的研究假設；也就是說，研究者可以提出這二個變項之間是正向關聯，或者沒有關聯等。

6. **可以凸顯出研究的特色**：文獻探討還有一個重要的目的是，研究者所採用的理論、觀點及論證之取向等內容，以此來凸顯該研究的特色。研究者在設定研究題目之後，就限定了文獻蒐集的方向，最明顯的是理論依據的不同，例如：以人本理論來探討學生的學習態度，此時便很容易對於行為學派、認知學派的相關理論較少引述，這是正確的；相對的，會對人本理論論點有詳實說明。研究者所引述的相關文獻及研究，也可以看出該研究的特色及其研究重點。

在文獻整理中，必須將相關的研究有組織和有系統的彙整，常見的研究組織方式分為四種：(1)依照年代順序說明，可以依據所蒐集到的文獻年代之順序做排列鋪陳；(2)依照和研究問題相關程度來排序說明，與本研究最有關的內容最先說明，較次要的則排在後面，甚至就捨去；(3)依照研究類別說明，有些研究是將研究的概念進行區分，例如：將知識管理面向區分為知識儲存、知識取得、知識分享或知識創新，研究者就將相近的主題整合在一起，共同進行分析與評論；(4)依據 APA 格式，論述時中文作者在先，英文在後，同時中文以姓氏筆劃，少者在先、多者在後，而英文則依英文字母排列順序。

 ## 三、文獻探討的過程

文獻探討是研究者將蒐集到的文獻（包括中外文的學術期刊、教科書、字典、百科全書、政府政策、計畫、法規等），經過閱讀及思考，在理性判斷下，所歸納整理出來的文獻內容。文獻探討不是研究者任意找了幾篇文章的堆積，或僅閱讀少數文章而已。它需以嚴謹的過程來整理與評閱，其流程包含研究者的研究題目、搜尋有關文獻、篩選適合的文獻、閱讀與內化文獻、撰寫與整理文獻、批判與歸納文獻，前三個階段是文獻蒐集，後三個階段才是文獻探討。

當研究者感受到相關問題，在大量閱讀文獻之後，鎖定了研究題目（第

一步驟），接著必須要再仔細的蒐集與研究題目有關的文獻（第二步驟），在這個階段宜地毯式的蒐集；當研究者蒐集了一些文獻，可能是電子檔或紙本期刊論文，接下來宜篩選出最適當的文獻（第三步驟）；之後，再仔細閱讀蒐集到的文獻，並整理於第二章中，當然在整理論述於第二章時，需要吸收內化相關的文獻（第四步驟），接下來才可以整理與歸納出合宜的文獻內容（第五步驟），最後也才可以對這些文獻做合理的批判，並論述研究論文所需要的素材（第六步驟）。

　　找尋相關的文獻有幾個管道：第一，可以從電腦網路連結到各大型圖書館館內電腦查詢系統的 proquest 或電子期刊中找尋相關的期刊論文；第二，從期刊網站搜尋：研究者可以上網搜尋「科學教育研究相關期刊資料庫管理系統」，就可以看到一個國內的期刊系統，網頁上有一個「期刊文獻資料庫」，點入之後就可以透過關鍵字或作者，搜尋研究者所要的文章；第三，可以上網去搜尋範例，現在很方便，只要上網到「臺灣博碩士論文知識加值系統」，輸入相關的關鍵詞，就可以瞭解過去在這方面的研究有多少筆；第四，可以到大型的圖書館找尋有關的專業學術期刊，依研究者所要研究的議題來檢索。記得，論文內容最好不要引用報紙及雜誌等不具學術性質的文章。

　　為了有效的評閱文獻，研究者建立文獻檔案夾是相當重要與必要的。它可以讓研究者不會因為時間流逝或是外務多，而忘記了先前蒐集到的文獻內容。目前很多的期刊論文都有電子檔或是 PDF 檔，研究者在下載之後，最好可以建立一個文獻檔案夾，做適當的分類及管理。也要不定時的上大學圖書館搜尋電子期刊的文章，若有適合於研究議題者就下載。如果過去的期刊論文沒有電子檔，研究者可以透過手機或電腦掃描，建立自己蒐集的文章檔案。如此在文獻探討時，就可以有效率的統整、組織與撰寫。

四、蒐集重要期刊的論文

　　行政院科技部在 2019 年「臺灣人文及社會科學期刊評比暨核心期刊收錄」期刊名單中，將期刊分為第一級、第二級與第三級，研究者可以從這些期刊找尋文獻會比較適切。有興趣的讀者可參考 http://www.hss.ntu.edu.tw/model.aspx?no=354。

　　國內的專業學術期刊不少，例如：教育類的《科學教育期刊》、《特殊教育學報》、《教育研究與發展期刊》、《教育實踐與研究》、《當代教育研究》、《課程與教學季刊》、《教育與心理研究》、《教育心理學報》、《教育政策論壇》、《臺灣教育社會學》、《教育與社會》、《教育研究集刊》、《教育科學研究期刊》、《臺東大學教育學報》、《特殊教育研究學刊》、《教育學刊》、《藝術教育研究》。社會學類的《思與言》、《臺灣社會學》、《社會政策與社會工作學刊》、《臺灣社會學刊》、《臺灣社會研究季刊》、《人口學刊》。心理學類的《中華心理學刊》、《測驗學刊》、《本土心理學研究》、《中華心理衛生學刊》。政治政策類的《臺灣政治學刊》、《政治學報》、《政治科學論叢》、《公共行政學報》、《臺北大學法學論叢》、《國立臺灣大學法學論叢》、《政大法學評論》、《問題與研究》、《選舉研究》、《中國大陸研究》。經濟管理類的《組織與管理》、《人力資源管理學報》、《管理學報》、《工業工程學刊》、《資訊管理學報》、《電子商務學報》、《經濟研究》、《經濟論文》、《中山管理評論》、《交大管理學報》、《管理評論》、《臺灣經濟預測與政策》、《臺大管理論叢》、《人文及社會科學集刊》。其他類的《地理學報》、《歐美研究》、《中華傳播學刊》等。

　　國外的專業期刊更不少，研究者宜依據個人的主題搜尋相關的期刊，例如：*Review of Educational Economics*、*Sociology of Education*、*Review of Educational Research*、*Educational Researcher*、*Comparative Education Review*、*Review of Economics and Statistics*、*Journal of Human Resource*、*European Economic Review*、*Journal of Economic Growth*、*Journal of Development Economics*、*Journal of Development Studies*、*International Journal of Business & Economics*、*Economics of Educational Review*、*Journal of Finance*、*Sociological Perspectives*、*Sociological Focus*、*Economic Development and Cultural Change*、*Studies in Comparative International Development*、*Technology Analysis & Strategic Management*、*World Development*、*American Sociological Review*、*The Economic Journal*、*Social Indicator Review* 等。

五、閱讀英文期刊文章

從上述英文期刊找到與研究主題相近的文章之後，接著要有系統的閱讀與整理。閱讀英文期刊文章是擴充文獻探討視野的很好方式，可看到不同研究議題、研究構思、引用文獻、使用的研究工具、運用的統計方法、重要的研究發現，以及如何綜合討論及撰寫結論和建議等。這些都有益於提升論文寫作能力，其重要性及閱讀方式如下：

1.它的重要性在吸收寶貴經驗：從英文文獻中，可瞭解他人的研究發現是什麼、有哪些可提供給研究參考，或在未來研究相同議題時的應注意事項。還有可以學習的是他們如何敘寫研究動機、引用理論及文獻、設計研究內容、結果呈現與討論，以及如何撰寫和結論等，都可以從閱讀英文期刊中獲得啟發。全球多數國家是以英文為溝通工具，故以英文撰寫的期刊文章很多，如果可從各國的研究人員所發表之文章，學習到新知及研究素材，即是一個很好的成長方式。因此，社會科學研究從閱讀英文期刊文章來增長知識，瞭解他人的研究重點是必要途徑。

2.每天要找出規律時間閱讀：每天要有閱讀期刊的習慣，哪怕僅有幾分鐘，也是可以閱讀。有時在幾分鐘看到幾行字，卻可以引發研究議題之構思，有更多角度思維研究方向。雖然只有短短幾分鐘，但可以改變很多研究想法。筆者每天閱讀英文期刊論文，不僅在為授課準備，而且也為了發表做準備，需要大量閱讀國外新知。更重要的是可以增加視野，瞭解教育研究的新發現、議題與研究方法。因此，要以閱讀英文期刊文章的知識做為研究後盾，把新的發現寫入文獻探討，增加研究的新穎性，否則在撰寫文獻探討時容易閉門造車，無法突破現有的研究缺失，論文就難以有創見。

3.快速閱讀英文期刊文章的途徑：很多學習者的疑問是，英文期刊文章如何閱讀比較快？此並沒有捷徑，它需要英文能力與統計素養配合，當然也要理解專有名詞的意義、有基礎的正確文法觀念，加上統計能力等條件，就可很快閱讀。統計方法瞭解愈多，對於多變項統計就愈能熟悉，在閱讀英文期刊文章時的速度會愈快，若沒有這方面基礎，閱讀實證的英文期刊文章會很辛苦。這也是為什麼要學習統計的原因之一，如果瞭解統計表格呈現的內

容，也懂得統計專業用法，在閱讀英文期刊文章時就能無往不利。如有這方面素養，在閱讀英文期刊文章時，可直接閱讀所使用的統計方法與圖或表的結果，從圖表數值及統計符號，大致可以瞭解整篇文章大要。若再看一下該篇文章的各節標題及變項界定，就可以掌握該篇文章內容了。這就是如果英文閱讀能力很好，英文文章可以看的很快，統計素養又好，閱讀英文期刊文章就會更快。因此，要把統計學好、了解多變項統計方法的原理及應用，那麼閱讀英文期刊的文章就會相對容易。

4.將閱讀英文期刊文章化為生活習慣：要在閱讀英文期刊文章時很快抓到重點，需要花一段時間的努力學習，每天可抽出幾十分鐘持續閱讀，養成閱讀英文期刊文章的習慣是很重要的一件事。筆者的經驗是一定要持之以恆閱讀英文期刊文章，不可視閱讀期刊為畏途，務必要突破這盲點，否則研究就會失去一個厚實的依據。讀者應把閱讀英文期刊文章視為生活中重要的一環，每天找出時間閱讀、有計畫的閱讀，起碼在研究所進修階段，一定要如此。如果無法如此，學位論文就很難寫出來，更不用說日後做研究及發表了。

5.務必要親自閱讀，不用翻譯軟體：剛開始閱讀很慢是正常的，但逐步閱讀並養成習慣之後，就能累積閱讀能力與獲得閱讀技巧。很多人或許會使用翻譯軟體，然而不鼓勵此作法，因為學習是從個人的大腦及心靈運轉著手，軟體是機器，不是在個人內心學習歷程所獲得的學習成長軌跡，難以烙下深刻印象，因此親自閱讀、自己體會、自己整理，才是真正做研究與做學問。羅馬不是一天造成、冰凍三尺非一日之寒、滾石不生苔、滴水穿石就是這道理。

總之，就學習遷移來說，閱讀英文期刊文章可以讓論文寫作更快完成，甚至增加職場工作與生活思維的視野，一舉數得，應當好好努力閱讀。

六、文獻的選用順序

研究者在大量閱讀文獻之前，應先思考究竟哪些文獻要蒐集？文獻探討如何整理在第二章中？因此，對於文獻的篩選與採用相當的重要。在文獻重要性的引用順序上，研究者最好瞭解該領域的研究，於中英文或其他外文方面究竟有哪些著作，且在引用時一定要以權威著作、經典之作最先引述。文

獻引用順序一定要掌握，說明如下：

1. **從研究者獲得素材來看**：第一手資料勝過第二手、第三手的資料。第一手資料是指，蒐集到的文獻是原作者所撰擬的文章及資料，即「原典」。在閱讀第一手資料之後，所作的文獻探討較為可靠。第二手資料是整理出來的，許多文獻是研究者參考他人的翻譯文章，或是未能閱讀第一手外文期刊論文時，而引用其他人翻譯或整理的文獻。第二手資料很可能有誤，主因在於撰擬者可能未能詳細考查或閱讀，就整理出了第二手資料，而研究者在未詳加查證之後也使用此筆文獻，因而形成第三手資料；因為研究者沒有查證，就容易有相同錯誤產生。第一手資料不必然是國外的期刊論文，也可能是國內的期刊論文，如果是國內的期刊論文，更應找到第一手的文章，否則最好不要引用。

2. **從文章發表的屬性來看**：學術性的期刊優於雜誌或媒體的報導。媒體文章或是雜誌的報導文章通常沒有經過嚴謹的審查，只是社會大眾所能理解的文章，較不具有學術性，而是以大眾為考量。因此最好不要引用媒體及通俗性雜誌之內容，而應以有嚴謹審查制度的文章較適切。

3. **從嚴謹審查與否來看**：有審查制度的期刊論文勝過學位論文，簡單的說，學位論文的文獻最好不要引用。有很多碩士論文沒有經過嚴謹的雙盲審查，通常碩士論文是一種學習或練習寫作的論文，很多的觀點、理論及方法都運用不適當，但卻也畢業了，研究者如果不詳查，就會引用錯誤的資訊。甚至在引述博士論文時，也應避免或小心。

4. **從論文嚴謹程度來看**：嚴謹的期刊論文勝過教科書。許多研究者很喜歡把教科書中的資料做為文獻，這是比較不妥。研究是在創造新的知識，因此嚴謹審查的論文列為研究文獻有其必要，相對的，教科書的內容是將過往沉澱的知識，透過撰寫者編輯這些知識給一般讀者學習，如以教科書的內容做為文獻，勢必會降低論文品質。

5. **從文獻的年代來看**：近年的文章不一定比早期的好，但是在社會科學的實證研究中，引用太舊的文獻，無法與時俱進，就無法看出論文的新穎性。筆者常看到很多學術論文，例如：2021 年撰寫的論文，文獻探討引用的卻是三十年前的舊資料，如 1960、1970 年的文獻，近五年的文獻卻沒有，這代表研究者對於近年來的文獻掌握不確實。試想一篇研究引述的內容皆為

舊文獻，代表研究者的視野不足、內容新穎性不夠，以及無法掌握最新的研究發現，因而研究者還沒畢業或發表，該論文看起來就已經舊了，又怎麼會有創新呢？所以一定要引用新的文獻。

6. **從文獻的專業性來看**：學術論文務必引述學術專業權威的論述。這方面的引用應考量：第一，要引用權威期刊、權威學者的嚴謹論文報告；第二，要引用某一領域有專業研究或長期觀察者。研究者很容易引用一些碩博士論文，或者引用一些未經嚴謹審查的文章於論文中，這是不妥當的，未經雙盲審查，其研究過程及研究發現可能漏洞百出。因此，在某一特定領域已研究一段時間或有相當多論述的文獻會比較好；第三，引用的內容可從發表的篇數多寡及內容品質來考量，當某些研究者已經發表一定數量的論文，甚至在嚴謹期刊發表論文時，其內容會較具權威性及客觀性。

貳、無效的引用與不引用

畫蛇添足的引用，無助於研究問題的釐清。

一、無效的引用

哪些情形在文獻探討時為無效引用？所謂無效引用就是指，研究者在進行文獻資料整理時，其所呈現的文獻內容與該研究所要掌握的內容無關，或是該文獻沒有實質的意義與價值，也就是所引用的文獻內容無益於解決研究問題及研究執行。這方面有以下幾種情形：

1. **常識不需引用**：研究者常引述一般的常識、共有的概念或觀念，它不需引用，讀者也能掌握研究者所說明的重點。如果已有共識或已經成為社會的常識或觀念，就不需要再引用他人的文獻於內容之中，例如：「太陽從東邊升起，西邊落下（王甲乙，2021）」；「民主國家之所以稱為民主國家是人民的民主化程度高（張小英，2021）」；「孔子是中華民族的至聖先師（高小華，2021）」。這些都是常識，不需要引用他人的論點。

2. **公式定理不需引用**：若文獻探討呈現某一既定的定理、數學及統計公

式，這些定理與公式是眾所皆知，研究者就不需要引用，例如：「本研究發現，統計中的標準差公式（陳小東，2021），是有益於讀者瞭解學習統計的觀念」；「愛因斯坦發現的相對論公式（張新發，2021），對於宇宙的掌握可以更為明確」。對於公式或定理的引用，除非研究者發現一項研究報告提出新的統計公式，或模擬特定資料的定理或公式，而此項定理與公式不易理解或不易取得，此時可以將它引述在內文之中，或有其必要就置於附錄，讓讀者可以參考，這有助於讀者對此公式的掌握。

3. **法規條文不需引用**：法規是一種公共財，它不需要引述哪一位學者所指出的法規內容（但研究者需要指出該法規是哪一年制定或修訂），因為該學者對某一項法規內容進行評論，研究者需要瞭解現有研究對該項法規評述的觀點為何，此時引述的是他人的觀念，對於法規規定的內容則不需要引用，例如：「**師資培育法**（2019）第 4 條規定師資培育應落實……（陳小文，2021）」；「**教師法**（2019）第 31 條規定了教師的權利，而第 32 條規定了教師的義務（吳小山，2021）」。上述內容僅是一種政府部門的規定，且此種規定並非某一個專家學者所提出的規定，在文獻探討就不需要引述作者，否則就易形成無效的引用。

二、哪些文獻不應引用

當文獻有下列幾種情形時，就不應引用在研究的文章之中：

1. **不確定的文獻資料**：有一些文獻研究者最好不要引用，這對維持論文的品質比較好。這些現象包括：文獻資料沒有呈現文獻發表的年度、沒有作者、沒有出版地點、沒有期刊名稱及頁數等，尤其不要引用無名氏（anonymous），這代表資料的來源無法掌握，當文獻資料有不確定的屬性在其中，最好考量捨去不引用為宜，否則會讓文獻說明更具爭議，也會讓研究品質下降。如果真的要引用無年代、無作者的文獻，也要依 APA 格式之規範（詳見本章最後一節），儘量不要引用網站上的檔案，例如：引用維基百科、民間單位等網站資料，或是政府單位的行政計畫或立法草案等。因為這些網站很快就會重整與更新，此時所引用的檔案容易被移除，而後續就無法被查詢及求證。

2. 研究結果的數值有誤：當研究者發現過去的研究或資料所呈現的數據資料不正確，此時最好不要引用。如果數字資料令人起疑，研究者宜先考證其準確度或數字的意義之後才引用，否則會造成很大的錯誤。錯誤的數字一再的引用，易造成資訊的混雜，對於知識的形成有害而無益。如果研究者必須要引用該錯誤的文獻，其引用方式為：「○○○（2021）研究指出，國中生的智商與數學成就呈現高度顯著負相關……」（原文如此），也就是在引用之後附上「原文如此」幾個字，讓讀者瞭解。

3. 理論的論點不完整：當所要引用的文獻，論點不周延或是資料無法說明研究問題及內容時，則不引用。他人論點不完整的文獻可能有幾種原因造成：第一，他人的研究也是引用第二手資料，並沒有掌握第一手資料或完整說明，因此才有不完整的論點。簡單的說，研究者是否運用了第一手資料？運用的程度如何？是否真的是第一手資料？研究者在引用時應不斷的自省；第二，人云亦云、沒有證據佐證者，研究者若不求甚解，只引用文章表面上的文字，並沒有深入探究文獻的深層意義，這種引用對論文的詮釋有限；第三，第二外國語的文獻，例如：非英文的文獻，有時研究者並無法掌握這些文獻的意義，這種情形最好不要引用，除非有專業人士翻譯之後，再引述較合宜，或者研究者也通曉這項語言，才可以評閱這類文獻。最後，有可能研究者的專業程度及用心不足，在進行研究時就沒有認真的評閱現有文獻，加上研究專業程度不足，無法判斷所呈現的觀念與理論之完整性，就依其粗淺經驗任意引述在論文中，最後畢業或刊登發表了，後來的研究者不瞭解上述情況，在沒有專業判斷下引述，最後形成錯誤引用，造成人云亦云的現象。

4. 研究結果受質疑：當研究者所要引用的文獻是來自他人的研究結果，如果該研究結果有問題，此時宜不要引用。研究結果令人質疑的可能原因是：第一，研究結果並未受到嚴格的審查，其研究結果不正確；第二，研究執行過程不嚴謹，例如：研究取樣不正確、樣本不足、樣本沒有代表性、研究資料與統計方法無法合理的搭配、研究工具設計不當、研究者對研究工具亂填答、受試者在實驗過程中沒有完全配合（如產生霍桑效應）、實驗程序不對、實驗方法不對等。

5. 無助於解說研究問題：文獻探討在釐清現有研究發現與目前要執行研究目的及問題之關係。文獻探討掌握現有研究有哪些已經完成，有哪些研究

問題仍未被解決，以及目前有哪些新的學理可以支持本研究的觀點或證據，還有對於過去文獻內容的系統化整理，以釐清現有研究在該研究問題的解釋。如果引述文獻無助於解說研究問題，或無益於釐清研究者要澄清的觀念及理論，此時該筆文獻內容就不宜放在研究文獻探討中。如果勉強置於文獻中，不但畫蛇添足，還會讓整體的研究品質及讀者閱讀上更為模糊。當然，引述的文獻若是重複過去的研究發現，如此也可能產生文獻的堆積，而無法釐清所要解決的問題。

6. **翻譯文章不宜整篇置於文獻**：撰寫研究論文宜閱讀國外的學術書籍或期刊論文，研究者常喜歡將國外最新的學術書籍及學術期刊裡的一些文章，一字一句的照翻，接著將這些翻譯的作品置於文獻之中，而沒有經過研究者的統整及組織，此時很容易有抄襲的問題。易言之，對於國外的新作品及研究發現，不宜整段式或全篇式的置於文獻探討之中，否則就違反了**著作權法**（2019）的規定，更違反了研究倫理。

7. **不要引用太多的二手文獻**：二手引用的文獻係指，研究者直接引用他人的研究論文或報告，而他人的研究論文或報告也是轉述其他人的文章，而研究者再次引用，卻沒有直接閱讀原典的一手資料。最常見的情形是，對於他人在研究報告中引述外國學者的文獻，研究者在沒有直接閱讀一手資料的前提下，就直接引述他人引述的外國文獻，此時就形成了二手引述。一篇文章的二手引述資料太多，表示該研究沒有去評閱比較新的文獻，代表沒有去檢討過去幾年來，該議題新的研究發展趨勢，也沒有親自掌握第一手的研究發現，而這些新的研究發現，研究者並沒有察覺，就容易盲目的再進行一次相似研究。論文若二手資料引述太多，除了會降低研究論文品質，更降低了研究水準。

8. **未出版的文獻最好不引用**：對於未出版的學位論文，包括博碩士論文，因為尚未出版，還沒有經過匿名審查，也就是雙盲式的審查，這些文獻最好不要引用，研究者宜引述專業期刊或是具有匿名審查已出版的文獻。有不少研究者仍認為，碩士學位論文已有三位教授審查，博士論文至少有五位，應該有一定學術水準才是，但事實不是如此。有不少學位論文，在論文口試過程中，口試委員與指導教授很客套，沒有提出太多意見。或者有些口試委員提出不少意見，期望研究者修改，口試當天口試委員在論文本簽名，

但是研究者後來並沒有依據口試委員的意見修改，最後畢業了。類似這種沒有嚴格把關畢業論文的修正情形，國內的學位論文不少，筆者參與口試過的許多論文就有這種現象。因此研究者宜以專業學術期刊做為文獻引述為宜，畢竟這些專業期刊都經過雙盲式的專業審查，學術水準較高。

總之，文獻探討在掌握過去的相關研究內容，可以做為本研究引述及立論的基礎，如果文獻資料的內容不完整，或是沒有經過客觀的學術審查機制進行審查，研究者最好不要引述。

參、文獻探討常犯的錯誤

雖然文獻探討是細節，但是有細節卻沒品質，整體論文怎會有品質？

一、錯誤一：文獻探討沒有配合研究目的

研究者很容易犯的錯誤是，蒐集與評閱無關的文獻在文獻探討中，因而無法凸顯出所列出的文獻內容與該研究的關聯性。研究者蒐集及整理的文獻與研究題目若無關，易混淆文獻探討的內容，會降低研究價值，例如：研究題目是「新移民子女的學習適應與自我概念之研究」，但是文獻探討卻納入了新移民子女的學習成就、學習態度或自我認同的文獻。文獻探討若納入了無關的文獻，一方面無法釐清第三章的研究架構與後續研究發現的討論；另一方面也無法簡潔的表達研究重點。是故，文獻探討宜用有捨有得的心態，時時反省這些文獻與該研究之關聯性。

二、錯誤二：同質與重複性文獻過量引用

很多研究者為了湊篇幅，在文獻探討中，不會將相同性質的文獻做群組式的引用，讓文獻探討顯得太過鬆散、沒有結構，且相近的文獻引用過多，意義不大。所以，文獻探討可以將同性質的內容，運用群組式的呈現，而不要各筆單獨的陳述舉列。因為相同的觀點、文字或意思，不需要重複篇幅，

例如：某篇論文是研究家庭環境與學習成就之關係，在家庭環境方面的意義是這樣撰寫的：

A（2021）認為，家庭環境是個體所生長的重要生活領域。

B（2021）認為，家庭環境是學生從出生到死亡的生活場所。

C（2021）認為，家庭環境是個體成長的生活場域之一。

類似上述，因為對於家庭環境的說明沒有太大差異，建議可以運用以下的方式論述：

家庭環境是個體從出生到死亡所生存的環境（A，2021；B，2021；C，2021）。

如果所要引述的內容雖相近，但還是略有差異，此時可以將相近者做群組式的引用，略有差異者稍加說明即可，這可以避免相近文獻一再引用的問題。

 ## 三、錯誤三：每一個段落都看不到中心要旨

文獻論述及引用時，每一個段落務必要有中心的要旨，即這個段落的引用主旨何在。如果一個段落的文字，無法看出要表達的重點，引述內容就無法看出文獻的價值，此種引用再多也沒有意義。常見到研究者一味的湊篇幅，只將相關的文字納入，卻沒有看到該段落的重點及主旨，這是很不適宜的文獻探討。如果這一段落說明某一個名詞（如學習動機）的意義，就針對意義說明即可，不要再說明該名詞的功能、性質或內涵；如果在說明不同職務在學校滿意度之差異，此時就僅以不同職務項目來說明，不宜有其他背景變項及超出學校滿意度以外的研究構念在其中。

 ## 四、錯誤四：前後段落之間找不到連貫性

許多研究論文不僅段落沒有重點，而且段落與段落之間，也看不到連貫性。研究論文在於讓讀者可以順暢的閱讀上下文且能表達出重點，讓文獻可

以做為研究基礎。但研究者很容易落入每個段落各行其事、上下段落沒有連貫，也沒有讓人讀來有銜接的效果，只為了湊篇幅的窠臼之中。研究者常沒有「段落」的概念，一行、二行、三行都成一段，也有些二、三十行才成一段，從表面上看來就有段落論述不平衡的現象。在上下文不連貫的情形下，建議多想一些連接詞，例如：然而、此外、再者、雖然、但是、當然、還有、尤其……等，可以讓上下文的說明更具有可讀性。在段落的安排上，不能一、二行就成段，宜三行以上（多行）再成段。

五、錯誤五：運用圖表擴充篇幅沒有解說

研究者很喜歡運用表格來整理相關名詞的定義或是相關研究的內容，常看到僅整理一個表格了事，卻沒有解釋與討論表格的內容，這相當不適切，建議是：(1)研究者宜在表格前，對表的內容做一指引的說明，讓讀者瞭解表中呈現內容的意義；(2)研究者宜將整理在表中不必要的研究文獻刪除，對於一些研究發現，若將過去的研究摘要，完全照單全收放在表中，這樣也不適宜；研究者宜篩選甚至統整與組織，將與本研究無關的內容刪除，如此就可以讓表的內容更為精緻，同時更能與本研究相結合；(3)有很多研究發現沒有方向性的說明，例如：「不同年齡的教師在教學滿意度有顯著差異，或是不同社經地位的學生在學業成就有顯著差異」，上述這個他人的研究發現，如要整理在表格中，宜再加以求證，並將上述例子調整為：「年齡愈高的教師，教師滿意度較好；社經地位愈低的學生，其學業成就愈不好」等。這樣的文獻說明才是有方向性的。

六、錯誤六：教科書式的理論介紹缺乏應用

研究論文需要理論支持，文獻探討宜找到與本研究有關的理論做為依據。研究者找到了相關的理論來論述，但是對於理論的論述卻是以教科書或百科全書的方式呈現。這種方式犯了兩個錯誤：一是將某一個領域的理論，不管與本研究是否有關，照單全收的納入文獻；二是對於理論解說以教科書方式來說明，如介紹代表人物、理論主張、理論影響、理論限制、理論的未

來發展趨勢等。如此一五一十的呈現，研究者卻很少思考，這樣介紹理論的方式與研究題目、研究工具及後來的結果討論之關聯性。建議：(1)對於理論的引述宜說明該理論的重點及內涵，但這些論述宜與本研究有關，不需要教科書或百科全書式的說明；試想如果要這樣說明，讀者看教科書不就好了，何必讀這篇論文呢？(2)在理論重點說明完成之後，宜有一個段落或一小節來說明，該理論的哪些論點與本研究有關，這是理論與本研究的對話，它可能包括研究工具編擬採用的觀點或內涵，以及後續研究發現的討論等；(3)如果是理論的論述說明，建議以第一手資料為宜，尤其是閱讀外文的文獻時，不要運用第二手或第三手資料。

七、錯誤七：僅呈現文獻未對文獻加以討論

研究者在文獻引用常犯的錯誤之一是，僅呈現他人的研究發現，在呈現發現之後，沒有對該發現深入討論及批判，這樣就很容易形成有意義的文獻，但沒有「探討」，造成文獻「堆積」的情形。文獻探討之目的是要能從他人的文獻中獲得啟示，或從他人文獻中得到所要考驗的假設依據。如果僅是文獻堆積，所形成的是靜態陳述，它代表了所引用的文獻無法與研究主題及相關內容有連接與對話的功能，換言之，即無法發揮文獻探討的功能，例如：研究者在文獻探討中常敘寫：「甲（2021）發現，……；乙（2021）發現，……；丙（2021）發現……」。也就是說，僅對上述的「發現」加以引用，卻沒有對該發現的內容、意義及內涵進行討論或批判。這種只有引述，並沒有做到評閱的工夫，不是一個好的文獻探討。

八、錯誤八：將文件視為文獻卻沒有探討

研究者在探討某一項政府的政策、計畫、方案或法案，很喜歡將政府的計畫、方案、法案與政策的內容，照單全收的放在文獻探討的某一個節次；這種將政府的「文件」整筆放在文獻探討的意義不大。研究者不要忘了，文獻探討是研究者進行了閱讀、探討及歸納整理之後所得到的資料，再整理於文獻中，如果僅是將政府的一些規定或政策內容放在文獻中，甚至為了湊篇

幅，就失去了文獻探討的目的。建議，這些內容或文件可以放在附錄中，若真的需要引用這些文件，可以經過整理，將重要及最有關的部分放在文獻探討即可，如此可精簡篇幅，又具有評閱的價值。

 ## 九、錯誤九：直接引用與間接引用之混淆

研究者在文獻引用時，常將直接引用與間接引用混淆使用。美國心理學會（American Psychological Association [APA], 2020）規定，文獻引用的方式有直接引用及間接引用，前者是將他人的文獻一字不漏的引用在文獻中。嚴格來說，這種引述要用引號（「」）來陳述，且引述不可以超過 40 個字為原則；間接引用是將他人的文獻，不以全文或整句照單全收的方式引用，通常是將他人的文獻，在不失作者的原意下（例如：文獻中的研究發現為兩個變項是正相關，不可以改寫為負相關；男生比女生好，不可以改為女生比男生好；南北部學生的學業成就一樣好，不可以改寫為北部學生優於南部學生等）進行修改，修改方式可以刪除不必要的字、詞或省略一些與該研究無關的文字，或者略加重組改寫，但不失原意。

 ## 十、錯誤十：錯別字連篇並未能仔細校對

研究者常認為，研究論文與指導教授和口試委員有關，所以只要寫完論文，指導教授就會幫我修改論文，因而將章節結構、章節安排、APA 格式，甚至文字用語都留給指導教授批閱。教授常一忙就無暇修改，即進入口試程序，而研究者認為教授已說可以提口試，就認為一定是沒有問題。所以在內容上就不再仔細閱讀，因而口試委員在拿到論文本卻看到文字錯誤連篇，錯別字也沒有仔細校對。常寫錯的字有，「占有比率」、「公布」，寫成為「佔有比例」、「公佈」；「台灣」、「臺灣」、「台北市」、「臺北市」，「台」字的使用也常混用（應以「臺」為標準）。因此，研究者寫完論文後，一定要仔細閱讀幾次，用默念的方式閱讀自己所寫的內容，將冗長、贅字詞、不通順的語句一一修正。如果可以的話，也可以請他人校對一次會更好。

 十一、錯誤十一：不會正確使用標點符號

　　除了錯別字連篇之外，研究者若不會善用中文的標點符號，將使得文獻評閱看來更無結構。常看到的情形是：(1)一個段落有二、三十行，但是卻沒有一個句點，都是用逗號，讓人讀來上氣不接下氣；(2)不會適當的將文獻分段，全篇有數十行文字為一段，也有兩、三行就成一段者，段落之間並不平衡；看不出段落與段落之間的衝接性，也找不出段落的重點；(3)很喜歡運用「　」、『　』，但是通常它在特定的名詞才使用，而研究者常通篇都使用這些符號，實在有點畫蛇添足，例如：研究對象區分為「男生」、「女生」，看起來男性樣本與女性樣本有特定的意義（如變性後的性別），但並非真的是男生或女生的意思；(4)破折號或冒號，有時用半形字，有時用全形字，未能統一；(5)數字常會喜歡用全形字體，它宜用半形字體。

 十二、錯誤十二：文獻不精簡且未提及重點

　　有很多研究者的文獻探討，看到一篇抓一篇，不僅沒有系統統整，而且也看不到各段重點。甚至有些更是文獻不精簡，全篇論述完之後，看不出所要表達的重點。筆者曾指導學生撰寫「校長課程領導與教育行政溝通之研究」的論文，研究者在第二章文獻探討的寫法是：第二節「教育行政溝通的意涵」，該節內的安排為：壹、溝通的意義，溝通的意義又從「溝」的意義，「通」的意義，甚至從《說文解字》來說明它的意義，接著再說明「溝通的意義」，在此意義又分為中文的與英文的溝通意義；貳、教育行政的意義，此節又分為「教育」的意義、「行政」的意義，這其中又分為中文及英文的教育與行政的意義；參、教育行政溝通的意義。上述節次安排內容，實在太過於繁瑣，不僅不精簡，而且也沒提及重點，類似這樣的情形所在多有。一個新的學術名詞、新的研究構念及較罕見的名詞也許可以這樣說明，但是評閱文獻應簡要、明確、清淅即可。

十三、錯誤十三：引用太多未出版的學位論文

研究者很容易犯一個錯誤，就是在整本研究論文都引用未出版的學位論文（博碩士論文）。研究者會有這種情形在於未能搜尋到其他電子學術期刊、不想要閱讀英文期刊，或者是「臺灣博碩士論文知識加值系統」已有很多學位論文。然而，這種未出版的學位論文多數是沒有嚴謹研究過程所完成之作品，更重要的是沒有經過匿名審查機制的研究內容，有可能包含了研究變項或研究工具的設計錯誤、抽樣沒有代表性與充足性、資料處理方法運用不當，甚至是統計分析跑錯、研究結果與討論不嚴謹。有相當多的因素在不為研究者所瞭解的前提下就貿然引用，會讓論文的文獻探討不正確，無法釐清研究問題及歸納正確的研究構念與內涵。引用過多未出版的學位論文成為文獻之後，就像是毒樹產毒果一樣。因此，撰寫研究論文不宜引用太多未出版的學位論文之研究結果。

 ## 十四、錯誤十四：一個很重要的引用細節

在內文中引用外文書籍時，書名除了介係詞之外，每一個外文單字的第一個字母都要大寫，並把外文書書名翻譯為中文（如該外文書已有中文版，採用其書名，否則應將其翻譯出來），例如：「1962 年 Fritz Machlup（1902-1983）發表《美國知識的生產與分配》（*The Production and Distribution of Knowledge in the United States*）」，不可以寫成「1962 年 Fritz Machlup（1902-1983）發表 *The production and distribution of knowledge in the United States*」。這是錯誤的，因為沒有翻成中文書名，也沒有將需要大寫的部分呈現出來。此外，有一些官方組織、國際組織或特殊機構，也應將其外文名稱全文列出，並翻為中文，其外文名稱，除了介係詞之外，每一個外文單字的第一個字母也要大寫，例如：「經濟合作暨發展組織（Organisation for Economic Co-operation and Development, OECD）自 2000 年起辦理國際學生評量方案（Programme for International Student Assessment, PISA）評量」，不可以寫成「經濟合作暨發展組織（organisation for economic co-operation and develop-

ment, oecd）」以及「國際學生評量方案（programme for international student assessment, pisa）」。

肆、如何作好文獻探討

　　系統、完整、清晰、正確、歸納、客觀、層次，合於邏輯的文獻探討。

 ## 一、系統化分析文獻

　　研究者有系統的整理、組織、分析、歸納文獻，是指將所要納入文獻探討的文獻有條理及有系統的呈現。研究者需要將所要撰寫的研究論文架構完整的呈現，並思考應如何從研究架構中去找尋相關的研究內容及文獻。它包括應依據文獻的年代、研究論點的組織、研究內容的分配，進行系統的分析。接著進行歸納該段落及節次的發現。

 ## 二、完整呈現的資料

　　文獻探討所要呈現的內容宜包括各家學者觀點、某一理論的完整說明，或是對於新的觀點及理論做完整呈現。如果是實證性的論文，研究者宜掌握國內外的研究，對於該議題的發現合理歸納。如果文獻探討指出論文的理論依據，應對該理論有完整說明，並論述該理論與研究題目或研究構念的關聯性，相對的不宜片斷抓取理論的內容。研究者更應對研究文獻有深入的掌握，也就是對於最新的研究觀點及發現宜完整的整理在文獻探討之中。

 ## 三、引述正確的文獻

　　研究者在進行文獻探討時，宜正確的引述所要引述的文獻。學術論文的引述要有憑有據、正確引述、可以求證，不可以道聽塗說而納入論文之中。正確的引述包括了對於現有的研究發現、研究資料、研究數字、研究樣本、

研究觀點及研究發現的正反面結果。正確的引述要依據 APA 格式，它包括了文獻呈現及參考文獻或圖表的呈現等。在引述文獻時，亦應精準、文字簡潔、文字表達清楚、用語適切。章節安排具有邏輯性，對於各節的段落，段與段之間應能聯繫，切忌在段與段之間，或是節與節之間沒有邏輯性。當然段落的文字敘述不宜僅有一、二行文字就成為一個段落，研究者宜掌握三行以上成為一個段落的原則。

 ## 四、釐清研究的問題

研究者閱讀文獻的最終目的，在找出現有研究對於該議題的研究發現，以及現有研究的問題為何？現有研究的問題有哪些沒被發現，哪些已有實證，但是仍沒有釐清變項之間的關係，甚至哪些變項還沒有納入分析或是哪些樣本及研究方法還沒有進行使用等。從文獻探討中，研究者應釐清的問題是：第一，哪些研究問題已經完成，且有共識的研究結論；第二，還有哪些研究問題還未進行，卻很值得進行；第三，如果研究者在歸納某一個概念，例如：生活適應、自我概念、學習動機、組織文化的意涵，此時宜掌握這些概念具有哪些意義及面向（構面），尤其是研究面向的解說，研究者宜釐清目前在這方面的研究有哪些面向已經分析過，並能以現有研究做為借鏡。

 ## 五、挑選適切的理論與觀點

所謂適切的研究觀點是指研究者所探討的主題，有一個很適當且好的理論與觀點可以支持該論文的最後發現，以及可以做為解說該論文的內容及議題。適切的觀點不一定是指新的理論或新的發現，它可能是現有理論及現有研究結果，這些都可以做為解說論文內容的很好觀點。適切觀點就如同畫龍點睛一樣，研究者透過此觀點可以解說研究內容，並在研究結果出來之後，也可以透過此觀點來解說研究發現。一篇研究論文應持有某一種觀點及理論，透過該觀點及理論來貫穿全篇的論文，也就是從緒論開始，在研究動機及研究問題裡就應隱含出研究者所要運用的研究理論與觀點。接著在文獻探討中，宜將該觀點及理論做完整說明，在此應指出該觀點及理論在該研究的

重要性，以及該觀點及理論如何解説該論文的內容，最後它可能要詮釋研究發現與理論主張的一致性及不一致性。

 ## 六、避免文獻的堆積

文獻探討整理現有的研究發現，以及歸納與研究主題有關的理論，分析哪些內容已研究過，哪些研究問題還有爭議尚待解決。文獻探討要掌握過去在該議題的研究脈絡，瞭解現有研究有哪些缺失，更重要的是找到適當的理論及觀點，來詮釋研究者所設定的研究問題與研究結果。然而文獻探討容易陷入以下迷思：

1. 太多歷史性評述：它是指研究者引用太多年代久遠的資料，卻對於論文內容之解釋幫助不大，僅看到文獻的堆積，卻未見到這些舊有的文獻產生探討的功能。

2. 缺少研究者觀點：研究者常對一個簡單的意義及概念，透過相當大篇幅的陳述，但卻沒有提出自己的立場及論點，因而在整理及組織他人的文獻之後，並沒有提出研究者個人的看法，也就是沒有研究者閱讀之後的心得歸納。

3. 表格與內文不一：研究者運用表格呈現資料，但是卻沒有對表格內容的意義加以解説，僅是將現有研究一一列在表格之中，讓表格內容呈現的是一回事，而正文又是另一回事。

4. 二手資料太多：對於國內外研究的引述以第二手資料陳述居多，並沒有以第一手資料進行説明，多數文獻僅運用第二手資料，並沒有追本溯源去找尋第一手資料，如果一篇文章沒有閱讀原典或新的文獻，僅有第二手資料，會降低論文的可讀性及價值。

5. 引用太多學位論文：很多研究者喜歡引用未出版或未經過雙盲審查（匿名雙審）的碩、博士學位論文堆積文獻，擴充文獻探討篇幅。未經過嚴格匿名審查的論文，會有論文品質與學術價值低的疑慮。論文若堆積太多未出版的學位論文或報章雜誌的資料就會降低論文品質，不可不慎。

總之，文獻探討的目的在掌握新的文獻及與研究內容有關的文獻，來説明為何要進行此研究，以及這些文獻有哪些可以做為後續分析的基礎，而不

是大量的文獻堆積，而沒有做統整的意義解釋。

 ## 七、善用統整與歸納

　　文獻探討除了論述現有研究內容並釐清研究發現之外，研究者可運用歸納法，對資料內容做合理的說明。文獻探討可以用表格呈現或段落的方式表達，但是在每一個章節或一個大段落都應進行歸納。這方面的歸納除了應說明過去學者的觀點之外，更應提出研究者的看法，讓過去的研究與研究者的觀點都融入在歸納中，讓論文有更深入的討論。研究者很容易忽略此部分，而僅將現有研究或相關的論述做歷史性的陳述，最後並沒有進行整合歸納，這在文獻評閱上就失去意義。如果研究者可以在引述某一個段落的文獻之後，做有意義的詮釋，這不僅讓該篇文章有完整的內容，更重要的是，對於讀者來說，也可以瞭解研究者在這部分的用心程度。

 ## 八、評閱宜客觀中立

　　在文獻探討的歷程中，研究者宜嚴守客觀中立的態度對文獻進行整理與分析。如果探討爭議性的問題，例如：女性主義、女權運動、不同政黨對某一政策支持程度、不同宗教的教育態度、支持某一議題或忠實的粉絲（如同性戀、多元成家、廢除死刑）等，此時研究者如果是女性或持某一宗教主義者，在文獻探討時易產生對資料整理與分析，甚至是研究結果的呈現有偏頗、主觀及太過表達個人立場與意識形態的情況，因而讓文獻探討反應出不中立的觀點。研究者宜以客觀、中立及合理的態度來呈現文獻，否則就不是好的文獻探討，這也會失去論文的可讀性。

 ## 九、撰述宜合於邏輯

　　文獻探討的呈現宜合於邏輯性、組織性及系統性。研究者對某一個研究問題可能會蒐集到龐雜的文獻，此時要合理的取材及剪裁，重要的是應合於邏輯性。合於邏輯的文獻整理應包括：(1)宜刪除不相關的文獻，對於與研究

問題及內容或觀點不相關者宜刪除；(2)保留與本研究最直接相關的文獻來說明；文獻內容若很多，宜從與研究問題最有關的資料加以說明；(3)研究者常喜歡不加挑選而引用其他研究的圖表，對於圖表的文字或數字與文章內容的說明常有出入，因而所呈現的圖是一回事，文獻內容又是另一回事，在文獻說明並沒有合於邏輯性；(4)各章節及段落的連貫宜有邏輯性，上下文的文字敘述宜合於論述，不可上下文無法連貫。總之，合於邏輯的論述能讓文獻很有組織及系統，讀者也能很容易掌握論文的脈絡。

十、善用適當的圖表

將資料繪製成表格，一方面可以節省空間，另一方面方便資料的比較，所以太簡單的資料無需繪製成表格。如果現有研究發現很多，且與研究的議題相關者，可以運用表格，將過去的研究發現整理於表格之中，讓讀者可以一目了然掌握現有研究發現、使用的樣本、研究方法及研究限制。研究者善用圖形的呈現讓讀者更能掌握研究發現，或是讓研究內容更為精準明確。一張圖表代表千言萬語，它會吸引讀者閱讀，也讓研究者容易澄清及表達重要的觀念。圖形繪製宜掌握簡明、扼要、易懂、正確等原則。圖表引用之前，最好能徵求原作者的同意，未能徵求同意者，最好不要引用，如果一定要引用，宜將出處及來源交代清楚，以免違反**著作權法**（2019）。圖的序號、圖的標題及資料來源應置於圖下，如圖 10-1 的呈現方式。

同時在呈現圖表之前，先對圖表內容的意義加以說明，再放置圖表，即先文後圖表。

十一、建立研究的架構

文獻探討最重要的目的之一在建立及釐清整個研究的研究架構，讓研究者透過文獻探討，來釐清研究架構。在文獻探討最後的歸納，宜有綜合性的陳述，這些文獻要說明如何形成第三章的研究架構，才達到文獻探討的目的，同時也可以讓讀者在閱讀第三章時，不會太過於突兀。研究架構包括研究者可能納入的背景變項（如家庭中的人口數、教育程度、家庭所得、職

圖 10-1
知識轉換過程

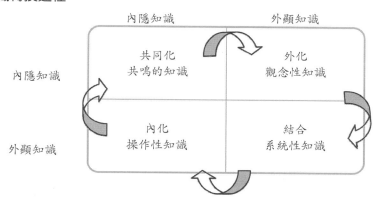

註：取自**知識管理：科技、研發、資訊與績效**（頁111），溫源鳳、湯凱喻，2005，普林斯頓。引自 *The knowledge creating company* (p.62), by I. Nonako & H. Takeuchi, 1995, Oxford University Press.

業、政黨、宗教信仰、性別、年級、年齡、婚姻狀況）、投入變項、中介變項及依變項。文獻探討宜分析研究架構所納入的背景變項，如果在研究架構之中要分析背景變項，則應深入的描述及分析。若投入變項也是分析的重點，以學校組織文化及知識管理之間的關係來說，研究者要瞭解何種學校組織文化會產生哪些類型的知識管理。此時學校組織文化可以是投入變項，在這方面的撰寫，應釐清學校組織文化有哪些類型，這些類型就是研究的一種向度或構面（如知識取得、知識儲存、知識分享、知識創新）。在依變項或歷程變項之中，宜將納入的主要構念分為不同層面的次概念、向度或構面，以上述的範例來說，就是知識管理，此時文獻探討宜多著墨這些面向、構面的解說。這方面的解說納入過去的相關研究、新理論的呈現等。此外，在研究架構裡，如果設計了中介變項，此時宜在文獻探討中，指出為何本研究認為該變項是中介變項，以及此中介變項在投入變項與依變項之間的學理依據。

 ## 十二、掌握章節與標題的層次

研究者要掌握論文的章、節、標題的層次，如此才可以讓論文的組織清

楚。章節標題的層次宜以「壹、一、（一）、1.、（1）」做為論文的章節段落。大標題以前三者為宜，且標題要用粗黑字，而段落內的文字敘述則以後面二者為宜。研究者對於每一章的標題，如果要歸類於「壹、一、（一）」層者，宜考量同一層的邏輯性，也就是它可能是章或節的位階，就可以章或節的位階來呈現，而其他論述應以「壹、貳、參……」為位階，就以相同的位階來呈現。如果論文章節段落不對稱，就好比一位穿西裝者，卻穿著草鞋，就會很不協調。另外，章節敘寫，在第一、二、……等之後不要有頓號，例如：「第一章、緒論」、「第二章、文獻探討」、「第一節、研究動機」、「第二節、研究步驟」，這頓號是沒有必要的。

 ## 十三、有條理的章節安排

研究者對於文獻探討的章節安排常感到困惑。章節的安排很重要，它需要與第三章的研究架構相互呼應，例如：探討學生家庭環境、家庭資本與學習成就之研究，其研究架構從圖 10-2 中可以看出投入變項與結果變項（C）、投入變項與中介依變項（A）的關係，以及中介變項對結果變項（B）、投入變項透過中介變項對結果變項的影響（AB）。

圖 10-2 的 A、B、C 有其意義，A 在瞭解不同背景變項在家庭資本的差異，B 在瞭解家庭資本與學習成就之關係，C 在瞭解不同背景變項在學習成就的差異。文獻探討應討論：(1)投入變項的意涵、理論與 A 線的相關研究；(2)中介變項的意涵、理論與 B 線的相關研究；(3)結果變項的意涵、理論與 C 線的相關研究；(4)背景變項（A）透過中介變項影響到學習成就（B）的相關研究。因此，建議各節標題如下：

第一節　家庭環境意涵、理論與相關研究
第二節　家庭資本意涵、理論與相關研究
第三節　影響學生學習成就因素之相關研究
第四節　影響學生學習成就的中介變項論證

圖 10-2
研究架構

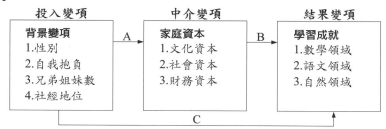

 ## 十四、推衍所要檢定的研究假設

文獻探討還有一個很重要的目的在於推衍研究假設。如果研究者所進行的研究是量化實證取向，就可以透過文獻探討來辯證研究者所要提出的研究假設。以下為張芳全、張秀穗（2016）在論文的文獻探討中之推衍研究假設：

在教育期望方面，張芳全（2006a）以家庭 SES、家庭文化資本與教育期望對學業成就的影響發現，SES 及文化資本會透過教育期望正向影響學習成就。許多研究證實，父母對子女的教育期望正向顯著影響子女的學習成就（Buchmann & Dalton, 2002; Chen & Stevenson, 1995; Fan, 2001）。Fejgin（1995）研究發現，多個家庭及學生有關的變項影響學習成就，尤其是教育期望對學習成就有重要影響。Kim（2002）以 209 位七、八年級韓國移民美國的子女分析影響其教育成就因素發現，家長教育期待、家長與子女溝通、回家作業檢查都對於教育成就有顯著正向影響；另外，女性學生、家長有較好的英語表達能力也對於教育成就有顯著影響。Reynolds 與 Johnson（2011）的研究顯示，雙親對子女的教育期望低者、黑人、男性，其子女的自我教育期望也低。因此本研究假設如下：

H[7]：新移民子女的教育期望愈高，英語成績愈好。

伍、正確運用第七版 APA 格式於文獻探討

APA 格式是論文寫作的基本工夫，一定要百分之百的掌握。

撰寫學位論文宜遵守學術的寫作格式，例如：美國心理學會（APA）出版的《APA 出版手冊》（第七版），簡稱 APA 格式，規範文稿的各種格式。該手冊自 1944 年出版以來，2001 年 7 月發行第五版、2009 年 12 月發行第六版、2020 年發行第七版。

一、資料引用

資料引用包括文獻引用（reference citations）與參考文獻（reference lists），參考文獻見第十四章的說明。APA 文獻引用格式的重點如下說明（APA, 2020）：

1. 同作者在同一段落重複引用，第一次須寫出年代，第二次以後則年代可省略。

　　範例一：Bentler (1982) described the method……Bentler also found……。

　　範例二：蓋浙生（2017）強調教育經費的分配，……；蓋浙生也建議……。

2. 作者為一個人。

　　格式：姓氏（出版或發表年代）或（姓氏，出版或發表年代）。

　　範例一：Adams (2021) ……或…… (Adams, 2021)。

　　範例二：馬信行（2017）……或……（馬信行，2017）。

3. 作者為兩人以上（括弧中註解為中文建議格式）。

　　格式：作者為兩人，兩人的姓氏（名）全列。

　　範例一：Gittleman and Wolff (2021)……或…… (Gittleman & Wolff, 2021)。

　　範例二：郭生玉與林清山（2007）……或……（郭生玉、林清山，2007）。

4.作者為三人以上，統一只寫出第一位作者並加 et al.（等人）。

範例一：Bentler, Bonett and Rock (2021) 的作品敘寫如下：

Bentler et al. (2021)……或…… (Bentler et al., 2021)。

範例二：張鈿富、葉連祺與吳慧子（2017）的作品敘寫如下：

張鈿富等人（2017）指出……或……（張鈿富等人，2017）。

5.二位以上作者，文中引用時作者之間用 and（與）連接，在括弧內以及參考文獻中用 &（、）連接。

範例一：Cummig and Fuuk (2021) found……

範例二：…… (Cummig & Fuuk, 2021) found……

6.作者為組織、團體或單位，廣為人知的單位，第一次加註其縮寫方式，第二次以後可用縮寫，但在參考文獻中一律要寫出全名。

範例一： World Health Organization [WHO] (2021) 或 (World Health Organization [WHO], 2021)。〔第一次出現〕

WHO (2021)……或…… (WHO, 2021)。〔第二次以後〕

範例二：行政院國家發展委員會〔行政院國發會〕（2021）……或……（行政院國家發展委員會〔行政院國發會〕，2021）。〔第一次出現〕

行政院國發會（2021）……或……（行政院國發會，2021）。〔第二次以後〕

7.未標明作者（如法令、報紙社論）或作者為「無名氏」（anonymous）。

格式：未標明作者的文章，把引用文章的篇名或章名當作作者，在文中用斜體（粗體），在括弧中用雙引號顯示。

範例一：*Human Capital* (2021)……或…… ("Human Capital", 2021)。

範例二：國家發展指標（2021）……或……（「國家發展指標」，2021）。

國民教育法（2016）……或……（「國民教育法」，2016）。

8.作者署名為無名氏（anonymous），以「無名氏」當作作者。

格式：…… (Anonymous, 2021)。

範例：……學校本位管理起源於美國（無名氏，2021）。

9. 書名、期刊名稱、學位論文、法規名稱等運用《》號，而篇名、問卷、量表名稱則用〈 〉號做為標示。

　　範例一：馬信行（2010）所著的《教育科學研究法》一書指出……。

　　範例二：《課程與教學》在這期的期刊之中，專題介紹校長課程領導。

　　範例三：王保進（1993）在《高等教育表現指標之研究》的研究指出……。

　　範例四：《教育經費編列與管理》第 16 條規定……。

　　範例五：楊志堅等人（2004）在〈縱貫研究以潛在成長模式分析之樣本數與檢定力研究〉一文指出……。

　　範例六：余民寧（2021）編製的〈教師幸福感問卷〉……。

　　範例七：吳治勳等人（2008）編製的〈臺灣兒童及青少年關係量表〉……。

10. 二手資料的引用，原作者不需運用括號（　）引入年代，但是仍將年代引出，引述的二手作者宜在（　）內引述年代。

　　範例：Cumming在 2017 年指出，全球的教育經費將減少四分之一（蓋浙生，2017）。

11. 引用文字在 40 個字內，需要用「　」，引號中的字要與原作者一樣，縱使原作者有誤，亦應引出頁數。

　　格式：作者（年代）認為，「……」（頁○）。

　　範例：林生傳（2000）指出「應用研究的目的在考驗科學理論在特定領域的徵驗關係」（頁 33）。

12. 引用與原作者相同的文字如果超過 40 個字以上、500 個字以內，在內文敘述時，宜另起一段，另起一段之後，不與正文從左到右論述，需內縮二個中文字。如果引述的內容，在該段落中，有些文字不引述，則需以……（中文是 6 個半形點或 3 個全形點來代替，英文是以 3 個半形點）表示。如果引述原作者超過 500 個字以上，需要原作者同意為宜。

13. 外文作者姓氏相同，相同姓氏之作者於文中引用宜引用全名，避免混淆。

　　範例：R. D. King（2021）與 G. L. King（2020）……。

14. 括弧內同時包括多筆文獻時，英文依姓氏字母（中文依姓氏筆畫多寡）、年代、印製中等順序排列，不同作者之間用分號"；"分開，相同作者

不同年代之文獻用逗號 "，" 分開。

> 範例一：(Ann, 2021; Becker & Dunn, 2021a, 2021b, in press-a, in press-b)。

> 範例二：……教育績效的提升（王保進、黃增榮，2017，2018a，2018b；張大華，2017，印製中-a，印製中-b）。

15. 引用資料無年代記載或古典文獻。

⑴當知道作者姓氏，不知年代時，以「無日期」（n.d.）代替年代。

⑵知道作者姓氏，不知原始年代，但知道翻譯版年代，引用翻譯版年代，並於其前加 trans.。

⑶古典文件不列入參考文獻中，文中僅說明引用章節。

> 範例一：Bacon (n.d.) argued, ……。

> 範例二：歐用生（無日期）指出……。

> 範例三：（Bacon, trans. 1945）。

> 範例四：孟子修身篇。

16. 引用特定文獻，如書籍的特定章、節、圖、表、公式等要一一標明特定出處（如範例一、二、四、五），如引用整段原文獻資料，要加註頁碼（如範例三）。

> 範例一：……（Unstil, 2021, chap. 2）。

> 範例二：……（Jeen, 2021, p. 10）。

> 範例三：……（Rikker, 2021）……（p. 15）。

> 範例四：……是存在主義的主張（葉學志，1990，第 3 章）。

> 範例五：……是進步主義的重點（葉學志，1990，頁 18）。

17. 引用個人通訊紀錄，如書信、日記、筆記、電子郵件、上課講義等，不必列入參考文獻，但引用要註明：作者、個人紀錄類別以及詳細日期。

> 範例一：……（陳榮政，個人通訊，2021 年 7 月 10 日）。〔引用他人電子郵件〕

> 範例二：……（張芳全，個人通訊，2021 年 8 月 15 日）。〔引用個人電子郵件〕

> 範例三：……（張芳全，高等教育統計上課講義，2021 年 10 月 10 日）。

範例四：……（Munterod, D. E., personal communication, 2, May, 2021）。

18. 引用翻譯著作，要同時註明原出版年與翻譯本出版年。

範例：……（Derrilce, 1354/1981）。

19. 網路等電子化資料之引用方式與紙本相近，可不用將網路的網址列在內文中，除非是要引導讀者搜尋，但它需要完整的列在參考文獻中。

範例：讀者如果有興趣可以參考網站：https://www.psy.com.tw/。

20. 引用 Facebook 的訊息與文章，只要在內文說明，不需列入參考文獻。Facebook 只有相互加入者才看得到訊息，這方面資料屬於個人信件或檔案。因為放在 Facebook 的資訊、資料、文件及檔案等不一定準確，引用可能會影響論文品質，建議少用為宜。其他線上媒體，如 Twitter、YouTube 等亦是。

格式：Facebook 用戶（年月日）。**放置的文章或訊息（附圖）（更新狀態）**。Facebook。URL。

範例：張文琦（2021 年 7 月 7 日）。**新冠疫情的暑假規劃（附圖）（更新狀態）**。Facebook。https://www.facebook.com/profile.php0id= 10000002578914

二、表格的製作

繪製表格宜把握下列原則（林天祐，2010；APA, 2020）：

1. 呈現於表格的資料更能顯現某種一致趨勢。

2. 必須要有表序，以阿拉伯數字為宜。

3. 表格的安排宜使讀者易於掌握重要資料，內容相近的表可整併。

4. 通常文字解釋先於圖表；切記，不要為了製表而製表。

5. 表的註解分為一般註解（general notes）、特定註解（specific notes）、機率註解（probability notes）。其中，一般註解在解釋表中的符號、簡寫或整體性說明等；特定註解是對於某些細格或欄位的解釋，通常要在細格使用上標符號，再對所標符號說明其意義，例如：24^a，需要對 a 加以說明；機率註解在說明統計顯著水準，例如：$*p < .05. **p < .01.$。這三項的呈現順序為一般註解、特定註解、機率註解，且每一種註解都需要另起一行。如果表沒有註解，可直接寫資料來源；如沒有註解與資料來源，則不用寫註解，直接

寫機率註解。

6. 學位論文為了美觀，表格序號（如 1-1、1-2、2-1、2-2⋯⋯）及標題可以略加調整，在處理表的資料來源方面，國內慣例不像國外，在取得原著作權單位或人員同意後才使用，通常以註明資料來源處理。

7. 表序號，如果學位論文是以章來排序，第一章為表 1-1、表 1-2，第二章為表 2-1、2-2，依此類推。而期刊文章則以表 1、表 2、表 3⋯⋯來排列。此外，表序為一行，表的標題另起一行。

8. 圖表若是引用他人的文獻，其資料來源有附上時，在作者、期刊名、篇名、期數及頁數上需要注意頁數僅寫上該圖表在原期刊的頁數即可，不用該篇全部頁數都呈現。

9. APA 格式因供期刊論文之用，通常在表格內不畫縱向直線。表格結構包括標題、內容及註記部分，格式如下：

(1)中文表格標題：標題置於表格之上（靠左對齊），分兩列，第一列是表格序號，第二列是標題，標題為粗體。表格如跨頁，在本頁註記、資料來源等之後右下角不用加註（續下頁），且不必畫橫線；次頁也不需要再列出表序和表標題。

格式：表 1（或表 1-1）

標題

範例：表 1（或表 1-1）

教育經費編列的情形

(2)英文表格標題：標題置於表格之上（靠左對齊），分兩列，第一列是表格序號，第二列是標題，標題為斜體。表格如跨頁，在本頁註記、資料來源等之後右下角不用加註（continued），且不必畫橫線。

格式：Table 1 (or Table 1-1)

Table Title

範例：Table 1 (or Table 1-1)

Birth Rates of Younger Mother

(3)中英文表格內容的格式。

a.格內如無適當的資料，以空白方式處理。

b.格內如有資料，無需列出，則畫上 "—" 號。

　　c.相關係數矩陣的對角線一律畫上"—"號。

　　d.同一行的小數位的數目要一致。

　　e.文字靠左對齊，數字靠個位數對齊為原則。

(4)中文表格註記的格式。

　　a.於表格下方靠左對齊第一個字起，第一項寫表的註解（一般註解），接著才是資料來源。

　　　範例：註：本資料係由九位評審依五等第計分法……。

　　　　　　資料來源：……。

　　b.第二項另起一列寫特定註解，例如：$n1 = 75$，$n2 = 72$。

　　c.第三項另起一列寫機率註解，例如：$*p < .05. **p < .01. ***p < .001.$；一般表格的機率註解屬於雙側檢定（two-tailed test）。

　　d.如同一表格內有單側（one-tailed）及雙側檢定，則可用「＊」註解雙側檢定，而用「＋」註解單側檢定，例如：$*p < .05$（雙側）；$^+p < .01$（單側）。

(5)英文表格註記的格式。

　　a.與中文格式原則相同，以英文敘述，第一項為 *Note*（斜體）。

　　b.第二項為 $n1 = 42, n2 = 53$……等。

　　c.第三項為 $*p < .05. **p < .01. ***p < .001.$。一般屬於雙側檢定。

　　d.如同一表格內有單側及雙側檢定，則可用「＊」註解雙側檢定，而用「＋」註解單側檢定，例如：$*p < .05$，為雙側檢定；$^+p < .01$，為單側檢定。

(6)中文表格來自期刊資料來源。

　　格式：資料來源：作者（年代）。文章名稱。**期刊名稱，期別**，頁別。doi。

　　範例：黃毅志、陳俊瑋（2008）。學科補習、成績表現與升學結果：以學測成績與上公立大學為例。**教育研究集刊，54**（1），117-149。https://doi.org/10.6910/BER.200803_(54-1).0005

(7)中文表格來自書籍來源。

　　格式：資料來源：作者（年代）。書名（頁別）。出版商。

範例：資料來源：張芳全（2007）。**教育政策規劃**（頁 61-62）。
心理出版社。

⑻英文表格來自期刊文章類。

格式：*Note*. From "Title of Article," by A. A. Author, year, *Title of Journal, xx*(xx), p. xx. Copyright Year by the Name of Copyright Holder.

範例：*Note*. From "Is Sen's capability approach an adequate basis for considering human development?," by D. Gasper, 2002, *Review of Political Economy, 14*(4), 435. Copyright 2002 by the American Psychological Association.

⑼英文表格來自書籍類。

格式：*Note*. From *Title of Book* (p. xxx), by A. A. Author, Year, Place: Publisher. Copyright Year by the Name of Copyright Holder.

範例：*Note*. From *On measuring and planning the quality of life* (p. 16), by J. Drenowski, 1974, The Hague: Mouton.

為了讓讀者更容易掌握正確的表之呈現形式，舉列如表 10-1 所示。

表 10-1
新移民子女的背景變項對中介變項之迴歸分析摘要

模式	模式 1	模式 2	模式 3	模式 4
依變項	文化資本	國語成績	學習動機	教育期望
自變項	b（ß）	b（ß）	b（ß）	b（ß）
常數項	8.20*	.44**	.28	.24
男性	-.44（-.11）	-.39（.21*）	-.32（-.17）	.19（.17）
SES	.52（.25*）	.09（.09）	.22（.24*）	.03（.05）
中國大陸	-.05（-.02）	.13（.06）	.07（.03）	.28（.19）
F 值	3.61*	2.44*	4.07*	.83
Adj-R^2	.05	.03	.06	.01
VIF	1.02	1.02	1.01	1.03

註：修改自基隆市新移民子女就讀國中之英語學習成就因素探究，張芳全、張秀穗，2016，**教育與多元文化研究，14**，141。

*$p < .05$. **$p < .01$.

　　總之，對於表格的製作，研究者一定要掌握幾個重點：⑴一定要製作這個表格嗎？如果不需要製作表格就不用，不要為了呈現表格而製作表格；⑵表格一定要有一個標題，這個標題是否能反應出表格內容的意義；⑶所呈現的表格能否清楚表達研究者所要說明的內容，如果無法清楚表達宜加以調整；⑷表格內容與內文是否有連結，表格的內容與內文一定要有連結，不可以僅呈現表格，但是在內文中卻沒有說明表格內容的意義；⑸表格註解：註在上，資料來源在下。

 ## 三、圖的製作

　　圖形可以清楚的顯現某種趨勢，圖形通常只用來呈現必要而且重要的資料。不論何種圖形均應包括圖序號、標題、內容（圖片）、註記、圖例。基本格式如下：

　　1. 中文圖形標題的格式：圖 1（APA 是規定圖序由 1、2、3、4、……n，不受章節影響）標題或圖 1-1（國內學位論文常依章來排圖序）標題……等，置於圖形上方，靠左對齊。

　　2. 中英文圖形內容的格式：縱座標本身的單位要一致、橫座標本身的單位也要一致，而且不論縱座標或橫座標，都要有明確的標題，且在圖中標出不同形式的圖形代表何種變項。

　　3. 中英文圖形註記的格式與表格的格式相同。

　　4. 圖的大小以不超過一頁為原則，如果超過須在後圖的圖號之後註明（續），例如：圖 1 標題（續）。

　　5. 圖序號及標題，如表格一樣，可以略加調整，在處理圖的資料來源時，國內慣例不像國外，在取得原著作權單位或人員同意後才使用，通常以註明資料出處來處理。

　　6. 圖（表）是引用他人作品，宜掌握引用方式，例如：研究者從以下這篇引用圖：「Bryan, L., & Atwater, M. (2002). Teacher beliefs and cultural models. *Science Education, 86*(6), 830.」此時資料來源宜寫：「翻釋自" Teacher beliefs and cultural models," by L. Bryan & M. Atwater, 2002, *Science Education, 86*(6), 830.」。

7. 圖中如有線條一定要在文中說明它的意義；圖例通常放在圖的下方或右邊，不可以和圖的距離太遠，會難以閱讀或造成圖例與圖之間有太多空白。圖中的文字與數字要清楚呈現。

8. 研究者一定要掌握，要製作這個圖嗎？如果可以不製作此圖，就不要為了製圖而製圖。

9. 圖的標題要能反映圖的內容意義。

10. 呈現的圖要能清楚表達研究者所要說明的內容，圖的內容與內文要有連結，不可以僅呈現圖，而內文卻沒有說明圖的意義。

為了讓讀者更容易掌握正確的圖之呈現形式，舉例如圖 10-3 所示。

圖 10-3
研究架構

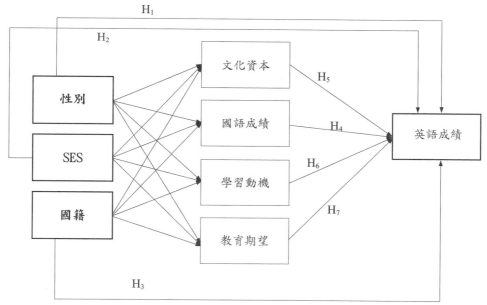

註：取自基隆市新移民子女就讀國中之英語學習成就因素探究，張芳全、張秀穗，2016，**教育與多元文化研究**，**14**，136。

四、數字與統計符號

1. 小數點之前 0 的使用格式。

　(1)小於 1 的小數點之前要加 0，例如：0.42、0.88 等。

　(2)某些特定數字不可能大於 1 時（如相關係數、比率、機率值、信度係數、因素負荷量、特徵值、結構方程模式的適配指標之指數），小數點之前的 0 要去掉，例如：$r (50) = .42$、$p = .01$ 等。

2. 小數位的格式。

　(1)小數位的多寡要以能準確反映其數值為準，例如：0.000078 以及 0.000045 兩數如只取四位小數，則無法反映其間的差異，就可以考慮增加小數位。

　(2)依據原始分數的小數位，再加取兩位小數位。

　(3)相關係數以及比率須取兩個小數位，百分比取整數為原則。

　(4)推論統計的數據取小數兩位數。

3. 千位數字以上，逗號的使用格式。

　(1)原則上整數部分，每三位數字用半形的逗號分開，但小數位不用，例如：2,005.72。

　(2)自由度、頁數、二進位、流水號、溫度、頻率等，一律不必分隔。

4. 統計數據的撰寫格式：統計符號為斜體，但 ANOVA 等縮寫不使用斜體；推論統計數據要標明自由度。

　(1)$M = 21.52, SD = 2.30$。

　(2)$F (3,19) = 65.85, p = .03$。

　(3)$Fs (4, 150) = 85.42, 35.57, \cdots\cdots, ps = .20, .54$。

　(4)$t (43) = 4.91, p = .00$。

　(5)$\chi^2 (4, N = 95) = 21.75, p = .03$。

　(6)$r = .70$

　(7) ANOVA, MANOVA, SEM, HLM, LGM, GLM。

5. 統計表格應該說明最精確的顯著水準 p 值，例如：$p = .021$，如果 p 值比 .001 小，在該變項的統計顯著水準欄用 < .001；如果沒有達到統計顯著

水準，則標示 ns，例如：$F = 3.21^{ns}$。

6. 年齡、日期、時間、頁數（字數、篇數等）、百分比、計算等數量：用阿拉伯數字，例如：3 歲、1999 年 4 月、9 點鐘、15 分鐘、100 頁（40 個字、150 篇）、90～95%。

7. 一般敘述性、人數、金額等數量，用國字，例如：一個人、將近一年、五週、十名（位）、十萬元、二次、一年級。

　　總之，文獻就是研究者要做為研究立論的證據，因此在文獻蒐集時宜以第一手資料為主，同時研究者宜將確實蒐集到且有閱讀過的文獻，才納入文獻探討之中，否則所進行的文獻探討是很危險的。文獻探討除了應將蒐集到的文獻做篩選與閱讀之外，重要的是在「探討」的過程，也就是如何將蒐集到的文獻，做有意義的安排、組織、分析、批判、論述與歸納，如此才有「探討」的價值，否則文獻是靜態的，將一些沒有透過研究者思考過的文獻置於第二章，就失去了其意義與價值。簡單的説，文獻探討如同一位裁縫師要從眾多的布料中，挑選出與衣服設計所預期的布料一樣，接著才對挑好的布料進行剪裁，最後再將剪裁好的布料搭配在衣服的不同部位，讓衣服的整體美感產生。初學者常沒有親自閱讀過文獻就將其納入研究論文之中，以及沒有蒐集到第一手資料，而以第二手，甚至第三手的資料做為文獻，就進行文獻評閱，這是不當的。試想沒有以第一手的資料或以不可靠的資料做為文獻，該篇研究的文獻立論會充滿著很多疑問及不確定，難以求證文獻真實性，這又怎能協助釐清研究問題與研究架構呢？後續的分析結果又怎能讓人信服與接受呢？

自我抄襲

自我抄襲是論文寫作很容易發生的狀況。自我抄襲是自己將個人在先前所出版發表過的文章，再納入到自己的其他文章之中，而沒有依據論文寫作規範，引用出處，讓人誤認為新寫的論文為原創性。研究所學生較難有自我抄襲的問題，然而很多在大學任教或研究機構的研究者很容易有論文自我抄襲的問題，應當要特別注意。

行政院科技部在 2013 年 2 月 25 日訂頒、2019 年 11 月 21 日修正的「**科技部對研究人員學術倫理規範**」指出：

「研究計畫或論文均不應抄襲自己已發表之著作。研究計畫中不應將已發表之成果當作將要進行之研究。論文中不應隱瞞自己曾發表之相似研究成果，而誤導審查人對其貢獻與創見之判斷。自我抄襲是否嚴重，應視抄襲內容是否為著作中創新核心部分，亦即是否有誤導誇大創新貢獻之嫌而定。此節亦有以下兩點補充：

1. 某些著作應視為同一件（例如研討會論文或計畫成果報告於日後在期刊發表），不應視為抄襲。計畫、成果報告通常不被視為正式發表，亦無自我引註之需要。研討會報告如於該領域不被視為正式發表，亦無自我引註之必要。

2. 同一研究成果以不同語文發表，依領域特性或可解釋為針對不同讀者群而寫，但後發表之論文應註明前文。如未註明前文，且均列於著作目錄，即顯易誤導為兩篇獨立之研究成果，使研究成果重複計算，應予避免，但此應屬學術自律範圍。」

雖然研究生的自我抄襲機會較少，但是在目前網路發達與資訊爆炸的時代，很多研究者會貪求快速完成論文，而從網路、電子期刊或從「臺灣博碩士論文知識加值系統」網站，直接複製與拷貝抓取他人的文章及研究，在沒有經過閱讀與整理就貼在自己的論文之中，這樣就很容易有論文抄襲的問題。目前國內很多所大學的研究生在畢業繳交論文

時，都需要透過論文比對系統來瞭解畢業論文是否有抄襲，通過比對核可，才可以畢業、取得證書，可見論文抄襲的問題一定要留意。

　　其實，論文寫作中的文獻探討很像是將水盛滿一個杯子的過程，如果杯子早有黑墨水在其中，縱使把乾淨的水倒入（就如同將已閱讀的文獻納入第二章的文獻探討），但研究者的心中已有偏見雜染、不正確觀念，那杯子的水也不可能乾淨。這種杯子原本是乾淨，但研究者的心不純淨，而任意抓取他人的文獻，直接複製貼在自己的論文上，每篇文獻都如此複製，且不擇手段完成論文、取得學位或發表論文。這種寫作不踏實，又想投機、論文抄襲、違反研究倫理等，最後所製造出來的論文會有極大的問題，研究者當慎思而行。

第十一章

如何撰寫研究設計與實施

壹、清晰的研究架構

研究設計是對研究藍圖具體說明，它強調要採取哪些策略來完成。

一、研究架構

如何撰寫第三章的研究設計與實施呢？這是許多研究者很茫然的部分。研究設計與實施是研究者將先前的研究動機、研究目的、名詞釋義、研究步驟、研究限制、文獻探討等一一釐清及歸納後，因而打算本研究應該採用哪些方式進行。在研究設計上，又將如何實施，是以問卷調查、訪談或實驗研究，以及樣本取樣時間、方法、資料回收、資料登錄與變項缺失值的說明等都是說明重點。以研究設計與實施的內容來看，包括了研究架構、研究對象、研究工具、實施程序、資料處理與統計分析。就這些項目來說，需要先對第二章所歸納出的文獻統整出各變項之間的關係，再提出研究架構。

在研究設計與實施中，需要提出清楚的研究架構，這份研究架構是依據第二章的文獻探討而來，尤其是背景變項、投入變項（自變項）、歷程變項（中介變項）或是結果變項（依變項）的來源及其關係等。研究架構常以方形圖來表示變項之關係，例如：左邊方形圖的文字代表投入或背景變項，右邊的方形圖代表的是結果變項，而方形圖之間的箭號線需要運用符號來標

示，並説明這些符號的意義（有些亦將符號視為研究假設），如圖 11-1 所示。圖中主要有家庭社經背景、家庭文化資源、學生資訊素養的自覺部分及學生資訊素養的認知部分，各個框架中都有明確的向度及變項。這些向度及變項是具體可以操作，當研究者説明研究架構時，也需要説明每個框架中的變項是如何界定，如此後續的研究才易實施。

易言之，研究架構需説明各個方形圖中的變項或構念的意義，這比概念性定義更為具體；也就是説，它對於研究架構中的每一變項都要説明如何測量、如何計分，以及這些構念（或變項）之間的關係。

圖 11-1
研究架構

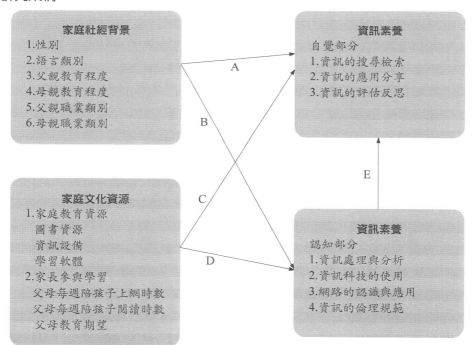

註：取自**基隆市新住民子女家庭環境與資訊素養調查**（未出版之碩士論文），林詩琴，2007，國立臺北教育大學。

二、變項與構念的釐清

在研究架構之中，有些是變項（variable）（如圖 11-1 的家庭社經背景之各變項），而有些是研究構念（construct）（如圖 11-1 的資訊素養之認知部分），兩者並不相同。變項是一種社會現象中會變動的屬性，例如：性別是一種變項，而男性、女性則是性別的屬性；身高是一種變項，100 公分、160 公分、180 公分則是身高的屬性之一；溫度是一種變項，而 -3°C 則是溫度的一種屬性，溫度可能有很多種度數，它會隨著環境不同，而有不同的屬性；又如職業也是一種變項，但是清潔工、小販、工程師、醫師、科學家、教師、部長等則是職業的一種屬性，從上述例子看來，變項的屬性常會隨著變動而有不同。實證研究必須在確立研究題目之後，就要掌握研究變項，更重要的是研究者宜思考研究所納入的變項類型，也就是類別、等級、比率或等距變項，畢竟不同的變項類型將影響後續統計方法的選擇。

至於什麼是研究構念呢？在社會現象中，有很多情境是可以直接觀察到的，例如：小朋友的身高、體重或兩地之間的距離，如果一位學生的身高為180 公分，另一位為 80 公分，很明顯的，吾人可以直接觀察到兩位學生的身高有明顯的差異。然而，社會現象也有一些變動屬性無法直接觀察到，但卻在學理中假設它們是存在的，此時研究者如果透過它們來解釋社會現象或人類行為，就必須要透過間接方式來掌握它們，例如：運用測量工具讓受試者填答問卷，才可以掌握這些變動的屬性，我們稱此種社會現象的屬性為「構念」。社會現象存在著很多的研究構念，例如：智商、興趣、情緒、人格、焦慮、壓力、領導、態度、動機、容忍力、疏離感、幸福感、創造力、生活適應、自我概念、成就動機、批判思考、學習風格、教學信念、教學效能、社會支持、學業成就等。這些研究構念在學理上都有其理論基礎，依據其相關理論就可以對人類行為或社會現象進行論述，甚至可以進行預測。研究者如果提出相關的問題，並建立研究假設，就可以檢定這些構念在解釋理論上的準確性，例如：個體在沒有學習壓力的情形下，學習成就不一定很好，但是如果有太多的學習壓力，也會造成學習困擾而表現失常，學業成就表現就不好；相對的，如果給予適度的壓力，其學業成就表現可能最好。這

些現象都可以透過研究者依據學理，接著運用適當的測量工具來對受試者的反應，進行資料的蒐集，最後加以分析，即可以驗證這個社會現象是否與學理具有一致性的情形。

　　至於變項的類型可以區分為以下幾種：一是自變項與依變項：前者是由研究者操弄，它屬於刺激變項，可以從這個變項的操作來瞭解對其他變項的影響；而後者為反應變項，它是受到自變項的操弄而改變；二是連續變項與類別變項：前者是此變項在某一範圍中可以顯示出有順序的數值，而此數值大小反應了該變項的特徵，例如：身高高矮、體重多寡、溫度高低等；後者是對於社會現象的分類，例如：性別、政黨、職業等；三是名義、等級、等距及等比變項（請見本章「伍、資料處理與統計分析」一節所述）；四是中介變項（mediator variable）與干擾變項（intervening variable），或稱為調節變項（moderator variable）：前者是介於背景變項或自變項與依變項之間的變項，它有前後變項的中介效果；後者指的是自變項對依變項之間的關係，可能有其他變項的干擾，因而讓研究不完全，故研究者應取用其所要的自變項對依變項的關係，例如：學習壓力與學習表現之間的關係，可能會受到年齡（高、中、低年級）、社會階層的差異而有不同，但是年齡與社會階層不是研究者所要研究的重點，因此年齡與社會階層為此研究的干擾變項。

三、需要調查的背景變項

　　研究者在進行問卷調查時，很喜歡在問卷的基本資料中，納入很多的背景變項（人口變項）做為調查的項目。要這樣做，宜思考未來蒐集到這些背景變項並得到結果之後，如何做後續的研究建議。就如研究者喜歡詢問受訪者的性別、年齡、就學年級、雙親的教育程度、雙親的職業類別、學校規模、學校歷史、教師年資、職務等。當研究發現男性與女性在某一個變項有顯著差異，卻未能提出合理的建議時，就失去調查此變項的意義。假如一個研究顯示，父親的教育程度愈高，其子女的學業成就愈好，或母親的職業水準愈高，其子女的情緒智商愈好。此時如果研究者要對父母親的教育程度愈高，其子女未來的學業成就或情緒智商應如何提出建議，似乎掌握不到著力點。如果建議，要提高父親的教育程度或母親的職業水準，才能提高其子女

的學業成就及情緒智商，這種建議似乎很難達成。也就是說，在調查雙親的教育程度並完成研究之後，很難提出具體的建議，原因在於雙親的教育程度及職業類型，是很難以經由建議而被改變的屬性，簡單的說，建議提高父母親教育程度，以及調整雙親的職業類型，根本是無稽之談。易言之，類似這樣的背景變項，研究者宜好好思考資料分析之後，能否提出具體的建議，否則儘量不用調查這些變項。依此，研究者可以思考在研究過程中，哪些變項是可以具體操弄，而且若與研究所納入的其他變項搭配起來之後，較容易提出建議者，可優先納入調查的項目，否則過多背景變項的調查是無益的。又如很多的研究喜歡調查學校的歷史、學校規模、教師是否兼任其他職務、教師年資等，這些背景變項在分析之後，可以提供多少的具體建議，研究者都應該深思。切記，他人使用的背景變項不一定適合研究者的研究。研究者的研究除了與現有研究有共同的背景變項之外，亦有其特殊性的內容。

四、現有研究沒有探討的背景變項

在文獻探討常發現，現有研究並沒有將一些背景變項納入，例如：家庭結構、是否有愛滋病、家中是否有殘疾者等。因為現有研究沒有將這些變項納入分析，或者因研究議題新穎，目前沒有相關的研究做為研究基礎，此時在研究設計中，如要將相關的背景變項納入，就會面臨相當困難：一是，現有的文獻及研究均未提及，因而無法納入文獻探討中進行討論；二是，有些背景變項是研究者實務經驗的體認，過去還沒有實證研究，此時研究者一定會很苦惱，這些經驗找不到充足的文獻支持。面對此問題，可以在文獻探討中說明：(1) 運用理論或概念來說明，該背景變項對於該研究的重要性，或是過去理論曾提及有哪些背景者可能會有哪些現象，也就是運用相關的概念或理論做為研究者的依據；(2)研究者可以以實務經驗或個人觀點提出自己所要的預期，即這些背景變項究竟在本研究是如何的重要。這時或許會遭受質疑，研究不就是要中立客觀嗎？如果涉入個人的價值，不是會讓研究的設計混淆或會有先入為主的預設立場嗎？在目前沒有研究可以做為文獻支持的情況下，僅能退而求其次，以此來說明。

✤ 五、中介變項的探尋

（一）中介變項的意義

　　有些研究在研究架構中有中介變項，才可以凸顯出該研究的重要性。中介變項是介於自變項與依變項之間的因素，它的重要性具有承先啟後的功能。在評閱文獻之後認為，若操弄自變項，會產生研究結果，但是在這研究結果之前，可能又會受到一些中間的因素所影響；研究者如果將這些中間的因素加以掌握，並深入的分析它與依變項，或是自變項與它之間的關係，此時該變項就稱為中介變項。研究者期待的是要拋開單純以自變項對依變項之間的關係來探討，而重新檢驗自變項對中介變項的關係，以及由中介變項來瞭解與依變項之關係。由上述來看，中介變項在自變項與依變項之間具有承先啟後的橋梁作用，如圖 11-2 所示。

圖 11-2
中介變項示意

（二）中介變項的重要性

　　中介變項有其重要性：第一，自變項對依變項有著直接影響效果之外，還需要有中介變項。在進行研究設計時，研究者從理論的探索及現有文獻的整理發現，在自變項與依變項之間需要有中介變項，此時透過中介變項的分析，更可以瞭解自變項與中介變項的關係，以及中介變項與依變項的關係，這總比單以自變項對依變項來得直接；中介變項常具有望遠鏡的效應，就如同吾人在觀看天文現象時，如果單以肉眼來觀看星空，可能個人的肉眼視野有限，無法仔細看出星空美麗的變化。然而，如果透過高倍數的望遠鏡，就

可以更清楚的觀看星空的美景，此時望遠鏡就是一個很重要的中介變項，可以發揮研究的效果。

第二，透過中介變項的影響效果比起單獨以自變項對依變項的影響還要大，以圖 11-2 來看，C 為自變項對依變項的直接效果，而 A×B 為中介效果，總效果＝ A×B ＋ C。拔靴法檢定是以重複樣本程序獲得中介效果平均數及 95%信賴區間（confidence interval, CI）的方法，在中央極限定理之下，讓樣本平均數形成的抽樣分配呈現常態，若樣本違反常態假設，則仍對中介效果檢定具強韌性。Shrout 與 Bolger（2002）建議若以 5,000 次抽樣估計得到的中介效果之 95% CI 不包含 0，就代表中介效果存在。申言之，中介效果判斷的標準如下：⑴間接效果值的 95%信賴區間內包括 0，代表沒有中介效果；⑵間接效果值的 95%信賴區間內若不包括 0，表示有中介效果，且直接效果值的 95%信賴區間內若包括 0，代表沒有直接效果，屬於完全中介效果；⑶直接效果與間接效果值的 95%信賴區間內若都不包括 0，且總效果值的 95%信賴區間內也不包括 0，代表部分中介效果。

根據 Hume 與 Mill 的觀點（引自羅勝強、姜嬿，2014），必須合乎以下的幾項條件：⑴原因發生於結果之前（**次序性**，即自變項在時間上出現早於依變項和中介變項，中介變項出現也早於依變項）；⑵原因和結果間彼此關聯（**共變性**，如自變項、依變項和中介變項之間需彼此達到 $p < .05$ 的顯著相關）；⑶原因對結果的影響關係不存在其他可能的競爭性解釋（**唯一性**，即排除其他可能解釋三者變項間因果關係的模式，表示待檢定的自變項、依變項和中介變項之三者形成關係是唯一合理成立）。

研究者要找出中介變項不容易，問題在於中介變項的複雜性。一篇研究的設計受到研究理論及文獻的支持，可能不僅只有單一個中介變項而已，很可能有兩個、三個或更多個中介變項。如果將較多的中介變項納入分析，就會讓研究設計及資料處理更為複雜，同時在進行文獻探討時，所要蒐集、整理與歸納的文獻會更多。就如以單一個自變項、中介變項及依變項來説，它需要討論自變項與中介變項、中介變項與依變項，或者自變項與依變項之間的關係，而需要對這三方面的文獻有完整的説明。如果是一個自變項、二個中介變項、一個依變項，此時要討論的情形就需要有一個自變項與二個中介變項的文獻，它需要有兩個節次或大段落來論述；二個中介變項與依變項，

也需要有兩個大段落或節次來論述，當然研究者也不要忘了要對自變項與依變項之間的關係加以說明，上述可參考張芳全（2009）。因為納入中介變項，讓研究價值提高，相對的，如果研究者納入較多的中介變項，會模糊了研究發現，反而讓研究價值降低。不管如何，納入中介變項分析，在第二章的文獻探討一定要釐清，從理論著手，找出哪些文獻已支持或驗證過，或者哪些研究不支持這樣的說法等，這比起盲人摸象嘗試錯誤還要好。

（三）多個中介變項的情形

在文獻探討之後，也可能發現自變項對依變項的影響中，可能存在有多個中介變項，因而形成了中介變項的中介變項，見張芳全（2020b）。這種中介變項是中介的中介，也就是在研究設計中，其變項設計的順序如下：自變項、中介變項（時間一）、中介變項（時間二）、依變項等，類似此種情形，是中介變項的中介變項，會有這樣的設計主要是因為有理論依據，研究設計需要有第二個中介變項，如此才能以理論來描述現象，此種的研究設計，在社會科學的論文中常會見到。因為有兩個中介變項，在研究設計及文獻整理時就需要花較多篇幅說明，重要的是，如要依此來設計，就更必須要有研究理論及充足的文獻來支持，否則僅是一種研究操作，沒有實質意義。此種研究設計常見的是時間數列的實驗設計，在研究設計接受第一次的實驗處理之後，接續接受第二次的實驗處理，再來看看兩次的實驗處理後對於依變項的影響。在此過程中，研究者想要瞭解實驗處理一，也就是中介變項一對於實驗處理二，也就是中介變項二的影響情形；也可能要瞭解實驗處理一，即是中介變項一對於依變項的影響情形。

（四）中介變項的處理

研究者在從理論察覺中介變項在研究中的重要性，宜檢定此中介變項是否存在，才能符合研究架構及其價值，否則中介變項沒有深入分析其重要性就會降低研究價值。一方面研究者在文獻探討要以強而有力的論點來說明，要將此中介變項納入的理由及其重要性，另一方面在第三章的研究設計與實施之研究架構中列出中介變項，即應說明中介變項的前因，以及中介變項對

後面變項的影響，並提出合宜的假設。當然在中介變項所獲得的結果宜有深入分析討論，才能凸顯中介變項的重要及價值。檢定中介變項成立與否有多種方式，Baron 與 Kenny（1986）認為，中介變項需符合以下幾項條件：(1)自變項必須顯著影響中介變項；(2)自變項必須對依變項有顯著影響；(3)中介變項必須顯著影響依變項；(4)在分析方程式中，納入中介變項後，自變項對依變項的影響力必定會降低。

　　舉例來說，趙珮晴、余民寧（2012）研究「自我效能可以透過自律學習策略對數學成就產生正向顯著關係」，採用迴歸分析瞭解自律學習策略在自我效能與數學成就之中介效果檢定，以 Baron 與 Kenny（1986）所提出的中介效果檢定程序：H_1：自我效能（X）對數學成就（Y）的影響；H_2：自我效能（X）對自律學習策略（Z）的影響；H_3：自律學習策略（Z）對數學成就（Y）的影響；H_4：自律學習策略（Z）為自我效能（X）對數學成就（Y）影響的中介變項。其中，中介效果以 t 考驗來診斷，稱為 Sobel's t 考驗（Sobel, 1982）。詳細呈現如圖 11-3 所示。

圖 11-3
自律學習策略在自我效能和學業數學成就之中介效果檢定

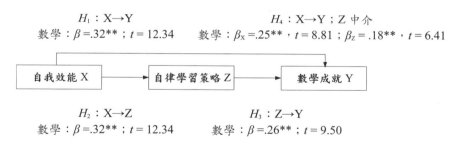

H_1：X→Y　　　　　　　　　　H_4：X→Y；Z 中介
數學：$\beta = .32^{**}$；$t = 12.34$　　數學：$\beta_x = .25^{**}$，$t = 8.81$；$\beta_z = .18^{**}$，$t = 6.41$

自我效能 X　→　自律學習策略 Z　→　數學成就 Y

H_2：X→Z　　　　　　　　　　H_3：Z→Y
數學：$\beta = .32^{**}$；$t = 12.34$　　數學：$\beta = .26^{**}$；$t = 9.50$

$^{**} p < .01.$

　　根據 H_1：自我效能對數學成就的影響；H_2：自我效能對自律學習策略的影響；H_3：自律學習策略對數學成就的影響，均達到 $p < .01$，因此 H_1、H_2 和 H_3 都成立。但是，H_4：自律學習策略為自我效能對數學成就影響的中介變項，自律學習策略對數學成就的影響，仍達到 $p < .01$，這與 Baron 與 Kenny（1986）提出的完全中介效果之條件不符合。經由 Sobel's t 考驗，數學 .32

×.18 等於 .06 的中介效果，達到 *p* < .01，表示自律學習策略在自我效能和數學成就之間具有部分中介效果。

（五）多重中介變項的分析

上述以單一中介變項的例子，事實上也可以有很多個。張芳全（2020b）採問卷調查法對 636 位澎湖縣國中學生施測，分析的架構如圖 11-4 所示，包含背景變項〔家庭社經地位（socioeconomic status, SES）〕、自律學習、國文與數學成績。架構有三條中介變項的間接效果路徑，即路徑 1：家庭 SES→自律學習→數學成績（間接效果 1）；路徑 2：家庭 SES→自律學習→國文成績→數學成績（間接效果 2）；路徑 3：家庭 SES→國文成績→數學成績（間接效果 3）。

圖 11-4
多重中介變項的架構

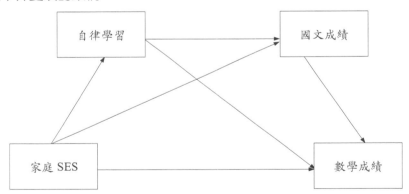

透過迴歸分析搭配拔靴法的中介變項檢定，以 Hayes（2021）的 PROCESS 軟體處理，結果如表 11-1 所示。其中，路徑 1 的間接效果 1 之 95% CI 為 .002～.022，不包括 0，代表達到 *p* < .01，且總效果與直接效果的 95% CI 內都不包含 0，也就是具有部分中介效果，表示學生的家庭 SES 透過自律學習，進而明顯提升數學成績，此部分的中介效果為 .010。路徑 2 代表學生的家庭 SES 會透過自律學習，進而明顯影響國文成績，再影響數學成績，此

部分的中介效果為 .013。路徑 3 代表家庭 SES 透過國文成績，進而明顯提升數學成績，此部分的中介效果為 .148。

表 11-1
家庭 SES 透過自律學習與國文成績對數學成績影響之拔靴法檢定結果

效果／數值	係數	估計標準誤	t 值	p 值	LLCI	ULCI
總效果	.287	.039	7.308	.000	.210	.364
直接效果	.116	.032	3.635	.000	.053	.179
間接效果	.170	.027	6.296	.000	.118	.223
間接效果 1	.010	.005	2.000	.045	.002	.022
間接效果 2	.013	.005	2.600	.010	.006	.025
間接效果 3	.148	.027	5.480	.000	.096	.200
比較 1	-.003	.005	-0.600	.890	-.015	.007
比較 2	-.138	.028	-4.929	.000	-.191	-.083
比較 3	-.135	.028	-4.821	.000	-.188	-.079

註：引自澎湖縣國中背景因素與數學成績之研究，張芳全，2020b，**教育研究學報**，54（2），52。

架構有三條路徑的間接效果量，可以比較不同路徑之間的間接效果是否達到顯著差異。比較 1 是間接效果 1 減去間接效果 2、比較 2 是間接效果 1 減去間接效果 3、比較 3 是間接效果 2 減去間接效果 3 的結果。從表中可以看出，比較 1 的 95% CI 包括 0，故這組比較的間接效果沒有明顯差異。比較 2 與比較 3 之間接效果的 95% CI 沒有包括 0，代表 $p > .05$，也就是這組的兩條路徑之間接效果有達到 $p < .05$。以比較 2 來說，間接效果 1 的值為 .010，間接效果 3 的值為 .148，兩者差距 .138，並且為負值，代表第三條路徑的間接效果明顯大於第一條路徑的間接效果，其意義是：家庭 SES 透過自律學習影響國文成績，再影響數學成績的效果量，明顯比起家庭 SES 透過自律學習，影響數學成績的效果量少了 .138。

總之，如果研究設計考量要納入中介變項，研究者需要有強而有力的理論支持，以及充足的文獻來說明，如此中介變項的納入才有意義。同時在後續的研究發現也才有價值，否則如果不瞭解為何要納入中介變項，為納入而納入，就失去了研究的價值及意義。

貳、研究樣本的代表性

　　樣本的代表性與充足性是有價值的研究發現基礎。試想，如果僅有少部分樣本的結果，又有何基礎來推論母群體呢？

 一、適當的研究抽樣

　　如果以問卷調查資料撰寫的論文，它必須對母群體的樣本進行抽樣，接著進行施測。抽樣的第一個步驟需先對於要抽取的樣本之母群體界定清楚，如此才可以瞭解要抽取的樣本是否超出母群體以外的樣本，同時如果對母群體有了清楚的界定之後，也可以確定要抽取的樣本數，如此樣本才對母群體具有代表性。然而，如何界定母群體呢？研究者應思考母群體所包含的與應該排除的樣本來界定範圍，例如：本研究的母群體是臺北市國民中學七至九年級的全體學生，共有三萬名（假設如此）（這是所有應包含的樣本），這其中排除了**特殊教育法**（2019）第 3 條所界定的十三類特殊教育的學生（這是要排除的樣本）。為了讓研究的可信度提高，通常會對問卷的施測採取二個實施階段：一是預試問卷；二是正式問卷。前者是將研究工具完成之後，瞭解該工具的性能，以確定該問卷是否還要在文字、題目數及題項上進行修改，更重要的是要評估該問卷的建構效度及信度，所以它必須進行樣本的調查。在預試問卷回收之後，就應該將回收的問卷做一篩選，將受訪者未完整填寫或亂填者挑出來，保留有效樣本。當然登錄之前，先將有效樣本的紙本問卷編碼，以利電腦登錄作業。接著把這些有效樣本登錄在電腦中，登錄於電腦的基本格式如表 11-2 所示。表的格式如電腦的 EXCEL 或是 SPSS 的視窗一樣。

　　表 11-2 顯示，共有 2,003 個樣本資料要登錄，其中性別為男性以 1 代表，女性以 2 代表。年齡為連續變項，依受訪者之填答而定。教育程度以 1 代表國中（含以下）、2 代表高中職、3 代表大專校院、4 代表研究所。變項一至變項四的題目選項均以「非常不同意」、「不同意」、「同意」、「非常同意」，讓受訪者勾選，並以 1、2、3、4 做為分數轉換。就以第一

表 11-2
資料登錄的格式

受試者／變項	性別	年齡	教育	……	變項一	變項二	變項三	變項四
1	1	30	1	……	2	4	2	4
2	2	35	4	……	2	2	3	1
3	2	26	3	……	3	3	1	4
4	1	40	2	……	4	2	1	4
⋮	⋮	⋮	⋮	⋮	⋮	⋮	⋮	⋮
2000								
2001								
2002								
2003								

位受訪者而言，性別是「男性」、年齡為「30 歲」、教育程度為「國中（含以下）」、變項一選擇「不同意」、變項二選擇「非常同意」、變項三選擇「不同意」、變項四選擇「非常同意」。研究者依此類推來登錄各個受訪者的資料，以成為一個可以分析的資料檔。

　　後者是正式問卷，研究者將預試所得到的結果修正為正式問卷，再進行正式的問卷調查。當問卷回收之後，與預試問卷一樣，進行問卷篩選，接著將資料登錄在電腦中。關於預試與正式問卷之施測，宜掌握以下幾個重點：第一，宜說明是運用哪一種抽樣方法，是隨機（亦可稱為機率抽樣）或是非隨機（亦可稱為非機率抽樣）；第二，宜將抽樣的過程做深入的說明；第三，宜將抽樣後，施測的情形加以說明，這部分要指出發出的樣本數、回收樣本數、有效樣本數，以及樣本的各屬性（如性別、職業、教育程度、所得收入等，依研究內容而定）；第四，宜說明所調查的是以哪一個年度的區域（如縣市）或是政府所公布的母群體（accessible population），做為抽樣的依據，否則無法瞭解母群體規模，例如：一份研究會這樣說明：「本調查研究以 95 學年度基隆市政府教育局公布的基隆市國民小學為母群體，母群體中的樣本數共有 3,200 位國民小學的教師，本研究從母群體中依據簡單隨機抽樣的樣本數決定公式，所抽出的樣本進行調查。」

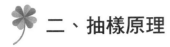 二、抽樣原理

　　心理與教育及社會學研究常以母群體的部分樣本為研究對象，再依據這些樣本所得的結果推論到母群體。推論是否正確，必須視樣本的代表性而定，因此，樣本大小和抽樣方法是決定研究結果能否推論於母群體的重要因素。抽樣方法區分為機率抽樣與非機率抽樣方法，前者是在母群體之中的樣本，每一個樣本都有被抽中的機會；而後者是在母群體之中，每一份樣本不一定都有被抽中的機會，二者的差異如表 11-3 所示。

表 11-3
抽樣的類型

機率抽樣	非機率抽樣
隨機為主要控制因素	研究者的判斷為主要控制因素
每一個抽樣單位被抽到的機率是相等且獨立的	每一個抽樣單位被抽到的機率是非相等且非獨立的
可以獲得比較具有代表性的樣本	省事簡便，但樣本缺乏代表性
包含：(1)簡單隨機抽樣；(2)分層隨機抽樣；(3)系統抽樣；(4)叢集抽樣	包含：(1)立意抽樣；(2)配額抽樣；(3)滾雪球式抽樣

　　隨機抽樣法包括：(1)簡單隨機抽樣；(2)分層隨機抽樣；(3)系統抽樣；(4)叢集抽樣。簡單隨機抽樣要合乎抽樣的均等原則和獨立原則，常見的方法是抽籤和隨機亂數表；分層隨機抽樣是母群體中個體分配不均，而抽取能符合的樣本，即採用此方法；系統抽樣是從抽樣名單中，有系統的間隔若干個抽樣單位，從抽樣單位中抽取一個做為樣本；叢集抽樣是以抽樣單位的集合體做為抽樣的基本單位。

　　非隨機抽樣包括：(1)立意抽樣：又稱為判斷抽樣（judgmental sampling），它是研究者根據個人的主觀判斷，選取最適合研究目的之樣本；(2)配額抽樣：是指就某一團體抽出特定的樣本數，另一團體也抽出不等的樣本數，但抽出的樣本數並沒有依據母群體的特性及層級的人數比率；(3)滾雪球式抽樣：是指先抽出某些樣本，再透過所抽出的樣本提供樣本，接著進行施測，後續的抽樣方式依此類推，由前一批樣本引介後續要被抽取的樣本。

🍀 三、樣本數的決定

決定樣本大小在問卷調查是很重要的，究竟宜抽取多少樣本呢？它會依抽樣方法而有不同的估計樣本數。林進田（1993，頁 194）指出，樣本決定公式：$n_0 = \dfrac{Z^2_{(\alpha/2)}}{4d^2}$；抽樣人數 $n = \dfrac{n_0}{(1 + \dfrac{n_0}{N})}$，$Z$ 為常態分配在信賴水準下相對應的機率，常以 $\alpha = .05$ 或 .01。在幾乎沒有誤差的情況下，即 $\alpha = .01$，進行抽樣，$Z^2_{(\alpha/2)} = 9$，且抽樣誤差機率設定 d 為 .05，N 代表母群體的人數，例如：一份研究的母群體為 4,000 名，而信賴水準設為 .01，抽樣誤差為 .05，此時研究者應該抽取多少樣本才足以代表該母群體呢？代入公式：

$$樣本決定公式：n_0 = \frac{9}{4 \times (.05)^2} = 900$$

$$抽樣人數：n = \frac{900}{(1 + \dfrac{900}{4000})} = 734.69$$

郭生玉（2004）認為有以下情況時，研究者必須考慮使用大樣本：⑴當許多未控制的因素產生影響時，也就是未控制的因素很多，而研究者又無法完全掌握時；⑵當預期變項間的差異或相關很小時，也就是研究者擔心在未來進行問卷調查之後，所蒐集到的資料在所要探討的變項之間，沒有顯著的高相關或差異；⑶當研究組別必須分成次要組別時，也就是研究過程需要將受試者區分許多不同的組別，如果組別一多，每組可分配的人數就會很少，此時就無法進行有關的統計分析；⑷研究的變項為異質時，也就是母群體中的樣本分布很零散，並沒有形成特定的趨勢時；⑸當研究的依變項在測量的信度較低時，也就是依變項的效果在預期上，就可能無法做為依變項，此時就需要大樣本來掌握。然而，郭生玉所指的大樣本太過於籠統，由上述公式結果可以瞭解，此研究應抽 735 名為宜。

其實，上述 n_0 的公式是由簡單隨機抽樣的樣本決定公式改變而來，其原始公式為：$n_0 = \dfrac{N}{(N-1)} \times Z^2_{(\alpha/2)} \times \dfrac{P \times (1-P)}{d^2}$，其符號與上述說明一樣，值得說明的是式中的 P 為樣本被抽中的機會，一般常設定為 .5，代表每一個樣本

被抽中與沒有被抽中的機會一樣（除非有特定的抽取比率），如依此，$.5 \times .5 = .25$，也就是上述公式 $\frac{1}{4}$ 的意思，所以上述公式會出現 $\frac{1}{4}$。而 $\frac{N}{(N-1)}$ 代表母群體數除以母群體減去 1，因為母群體往往很大，$\frac{N}{(N-1)}$ 幾近於 1.0，故此項沒有納入計算，使得公式更為簡單。

 ## 四、抽樣數等於母群體數

　　社會科學研究在進行問卷調查時，常會面臨在母群體界定之後，究竟要抽取多少樣本？但有一個常見現象是，研究者抽取的樣本數等於母群體數，應該如何繼續進行呢？例如：研究者要瞭解臺北市自閉症孩童的雙親教養、子女互動關係與學習成就之關聯而進行調查研究，但母群體僅有 150 名，如果進行預試問卷也是 150 名，而正式問卷是否應再發給這 150 名或有其他方式來解決呢？此時，面臨了預試樣本與正式樣本是一樣，預試樣本施測之後，可能就沒有正式樣本可以調查，此種情形有幾種方式解決：第一，如果是學生成就測驗，或是測量工具有練習效果，此時應該避免對這些樣本做兩次測量，相對的，如果是不具有練習效果的測量，如態度、認知、感受、興趣、人格等調查，在正式與預試樣本數少的情況下，此時是可以讓預試樣本與正式樣本都接受施測，重要的是預試施測與正式施測的時間要相隔久一些，如三個月、半年或一年。第二，可以運用跨區域的樣本，研究者如果在所界定的母群體中無法獲得充足樣本，只好找相近的母群體施測，例如：研究者可能調查臺北市的樣本，此時可以增加新北市或其他縣市的樣本進行預試，此時研究內容宜對此加以明確的說明，或可克服此問題。

 ## 五、抽樣的實例

　　上述指出，抽樣方式宜清楚說明抽樣原則；抽樣原則，除了希望考量實務現況之外，還需要考量區域的特殊性。以下就以一位研究者對「桃園市國民小學教師組織公平性的調查」來說明，該研究依照學校規模分層抽樣原則之外，還希望能夠比較區域的不同，正式樣本的抽樣方式如下所述。

桃園市地域的多元特性，除了有都市化極高的學校，亦有地處偏遠的學校，故能加以比較地區的不同。本研究以 97 學年度桃園市公立國民小學編制內正式教師為研究對象。抽樣方式如下：

首先，將桃園市國民小學規模大小區分為：12 班（含）以下、13～24 班、25～48 班、49 班以上學校。以分層抽樣原則，抽取母群體學校的四分之一為樣本，取得不同學校規模抽取數。12 班（含）以下抽取 15 所、13～24 班抽取 10 所、25～48 班抽取 14 所、49 班以上抽取 10 所，預計抽取 49 所學校。

其次，將學校位置區分為：城市、鄉鎮、偏遠地區，按照比例取得不同學校位置抽取數。12 班（含）以下於城市學校抽取 3 所、鄉鎮學校抽取 3 所、偏遠學校抽取 9 所；13～24 班於城市學校抽取 5 所、鄉鎮學校抽取 5 所；25～48 班於城市學校抽取 7 所、鄉鎮學校抽取 7 所；49 班以上於城市學校抽取 5 所、鄉鎮學校抽取 5 所。

第三，依照不同規模學校、不同學校位置等條件，以隨機抽樣方式抽取學校的樣本。

第四，再依據不同學校規模抽取不同數目的研究樣本。規模在 12 班（含）以下的學校抽取 15 所，每所 6 名（含兼任行政教師 2 人）；13～24 班的學校抽取 10 所，每所 12 名（含兼任行政教師 3 人）；25～48 班的學校抽取 14 所，每所 18 名（含兼任行政教師 5 人）；49 班以上的學校抽取 10 所，每所 24 名（含兼任行政教師 6 人），正式問卷施測對象分配如表 11-4 所示。

表 11-4
分層樣本分配情形

學校規模	母群體學校數	母群體城市學校數	母群體鄉鎮學校數	母群體偏遠學校數	抽取學校數	城市學校抽取數	鄉鎮學校抽取數	偏遠學校抽取數	問卷份數
12 班（含）以下	57	3	21	33	15	3	3	9	90
13～24 班	39	11	28	0	10	5	5	0	120
25～48 班	54	28	26	0	14	7	7	0	252
49 班以上	37	27	10	0	10	5	5	0	240
合計	187	69	85	33	49	20	20	9	702

參、研究工具的掌握

研究工具的信度、效度與合理的計分方式，才能掌握最核心的研究發現。

一、現有與自編的工具

撰寫問卷調查的論文需要研究工具。這類工具包括現成的研究工具、研究者自編的問卷或教師自編的成就測驗。研究者如果可以取得現成適合的量表或問卷——符合研究的需求，此時就不用自編問卷。研究者常為了研究需要，即自編有關的研究工具。編製一份有信效度的研究工具是很困難的，它需要有嚴謹的流程及檢定。以下說明研究工具常運用的方式：

1. 現成的研究工具：有不少現有的工具，如態度、人格、生活適應量表。若是運用現成的量表或問卷，研究者宜說明該工具的信度、效度，以及適用的對象與重要的指導內容，也應說明該工具編製的年份，並指出是否有更新的修正版本等。

舉例來說，王朝茂（1996）編製的〈教師信念量表〉，適用對象從國小到高中職的教師，該量表在瞭解教師的情緒和行為困擾程度，以做為影響師生關係及教學成效之指標。評量出教師有哪一方面的非理性信念，可及早予以輔導，使其在工作崗位上發揮所長。本量表共有 80 題，以五點量表呈現，包括十個分量表，在理想主義因素方面有七項：(1)要求讚美；(2)高自我期許；(3)譴責非難；(4)挫折反應；(5)不當情緒；(6)過度焦慮；(7)力求完美。在逃避現實因素方面有三項：(1)逃避；(2)依賴；(3)固執。它的內部一致性係數介在 .70 至 .82 之間，折半信度為 .95，重測信度為 .82。施測時間為 30 分鐘。

又如金樹人等人（2013）編製的〈國中生涯興趣量表〉（第二版），適用對象為七年級至九年級學生，其目的如下：(1)協助學生對自己興趣方向的探索；(2)藉由興趣類型的分類而對升學及職業環境類型有初步、概略及整體的認識；(3)提供國中輔導教師具體可用之生涯輔導工具。量表共有 96 題，分為七個部分：(1)職業憧憬；(2)最喜歡的學校科目；(3)最喜歡閱讀的課外讀

物或最喜歡欣賞的影片類型；(4)職業活動偏好；(5)願意花一天時間觀察並共同工作的在職者；(6)選擇參觀的工作場所；(7)問題解決能力的自我評估。測量結果可得六個分數，分別代表受試者在農工、數理、文藝、服務、法商、文書等六個類型的偏好程度，施測時間為 20 至 30 分鐘。內部一致性係數，男生介於 .72 至 .82 之間，女生介於 .70 至 .85 之間，全體學生之內部一致性係數介於 .75 至 .87 之間。以多項特質多種方法進行效度考驗，顯示本量表有不錯的聚斂及區辨效度。各個分量表分別計分，各分量表分數全距介於 0 至 16 之間，分數愈高表示受試者對該類型職業愈有興趣。

2. **自行編製的工具**：包含研究工具的形成、工具的向度、研究工具是否有理論支持、編製過程、研究工具的效度。效度是指一個測驗在使用目的上的有效性，它包括了內容效度、效標關聯效度、建構效度，為了考驗效度可以透過因素分析及多項特質—多項方法分析（multitrait-multimethod analysis）進行因素掌握。因素分析在認定心理學上的特質，藉著共同因素的發現而確定觀念的結構成分。研究工具的信度可運用庫李信度（Kuder-Richardson reliability）及運用結構方程模式之模型檢定。庫李信度在於瞭解受試者對所有題目反應的一致性；結構方程模式可見第七章的說明。

有關這部分詳細的內容還可以見第四章研究資料的取得之介紹。

二、敘寫注意事項

研究工具一節的敘寫宜考量是從已出版的標準化問卷或自行編製的工具來說明，就前者來說，如果是已出版（即引用他人問卷），一定要經過作者同意，此同意需要有原作者的同意函為宜；如欲修改他人問卷，宜將修改了哪些題目，用表格的方式呈現他人問卷題目及本研究題目的對照，如此可以讓讀者一目了然。當然也應將他人工具的信度、效度、適用對象及施測時間等略作說明。如果是測驗出版公司的標準化工具，宜尊重著作權，務必要購買且經過同意後才可以使用，採用時應指出該工具的信度、效度、適用對象及施測時間等。

如果是自編的問卷工具，注意事項如下：第一，宜說明本研究工具的形成過程，究竟採用哪些理論及研究文獻所歸納的研究構念，這些構念包括哪

些面向、這些面向的內涵，以及是否有參考其他研究工具為依據；第二，背景變項有哪些應加以說明；第三，研究工具形成過程的預試問卷、信度及效度的考驗過程、在預試中刪除哪些題目、為何會刪除這些題目，以及在效度分析中進行了幾次因素分析，或是運用哪些效度檢定方式，最後才成為正式問卷；第四，如果已經針對信度太低，或者效度不佳的原因進行檢討，並試著改善工具的品質，如預試樣本不足，加入多一些樣本之後再進行因素分析等原因都宜加以說明，這可以讓讀者瞭解到研究者的用心及對研究工具的掌握。

　　如果運用問卷調查法進行研究，在正式問卷的基本資料分析時，很容易將調查樣本做過度的推論，例如：研究者在研究中調查了性別（如男女生的樣本各為 60% 及 40%）、社會階層（如高、中、低各有 40%、35% 及 25%）、國籍（如越南、中國大陸、印尼各為 50%、30% 及 20%）等，因而就此次調查的資料，即推論是「男生、高社會階層及越南籍」最多，但這樣的推論較有問題。因為研究者僅以此次抽樣調查的資料加以推論，但並未考量抽樣的樣本數在背景變項的屬性，是否與母群體各變項屬性的比率一致（即代表性的問題），也未考量抽取出來的樣本數是否充足，因而若直接以此次之調查資料進行推論，實在不宜。建議宜找出研究者所調查的母群體之背景變項的屬性（如研究者以性別與年齡為變項，此時也需瞭解母群在這兩個變項的人口比率），這些屬性是研究者在此次調查所納入，研究者宜計算母群體在各變項屬性之比率，以做為此次樣本基本資料分析比率一致性的參考，之後才可以做後續推論。如果此次抽樣在各種變項屬性之樣本比率與母群體差異過大，此時推論宜小心，甚至在後續結果分析及推論宜更小心。

　　研究者對於變項、向度（層面）或整體分數的高低界定，建議在名詞釋義或第三章的研究變項就明確的說明，例如：某一調查問卷分為四等第，從非常不同意、不同意、同意、非常同意各以 1、2、3、4 計分，在向度（層面）及整體分數上，需要界定何種程度或分數才是高度、中度及低度，研究者或許可以設定該向度中的平均數 2 分以下為低度感受、2～3 分為中度感受、3 分以上為高度感受。明確界定有以下的好處：第一，研究者在論文的第一章或第三章界定之後，第四章的研究結果即可以運用此標準做為說明依據；第二，在歸納結論的標題時，研究者可以有高、中、低的標準參照與應

用，如此在結論時會更明確與具體。而究竟高、中、低的標準如何認定？研究者可以參考相關學理或其他研究，若沒有參考依據，研究者可以主觀的認定，但此一認定一定要有充分理由與合於邏輯與理論依據才可以。

肆、具體可行的實施程序

論文第一章的研究步驟與第三章的實施程序，有何差異呢？

一、撰寫方向

研究設計與實施有一個重要的部分，在說明該研究使用的研究方法是如何執行的，例如：問卷調查法就說明問卷調查的實施程序，如果是訪談法，就要說明訪談是如何進行的。這部分的研究程序主要在說明問卷調查的程序，也就是研究者在此宜交代如何發放問卷、如何回收問卷，以及如何將回收的問卷進行資料登錄。如果是實驗研究法，研究者應說明實驗組與控制組的樣本如何隨機化（randomization）？實驗處理完之後，如何接受後測的情形？有無樣本無法反應？無法參與後測樣本的情形為何？以及如何將實驗處理後的資料登錄在電腦中？記得，第三章的實施程序是針對正式樣本如何參與研究過程的說明，不能與第一章的研究流程相混淆。

若運用資料庫，在實施程序的寫法應指出研究者為何選定該資料庫，選定該資料庫之後，如何篩選出研究者所要的研究變項，以及在資料庫樣本中，如何篩選（哪些要保留、哪些要刪除？樣本有無缺失或遺漏值？為何它們會缺失？研究者如何處理？或者要全部納入分析等），甚至是研究工具的信效度。此外，實施程序也應指出，在篩選出變項之後，如何進行變項的信效度分析，若研究者所運用的是整個資料庫的某一個研究工具（量表），此時應指出該量表的信效度。

二、注意事項

　　若以問卷調查法為蒐集資料的方法，其實施程序寫法宜注意幾個重點：第一，此部分容易與第一章的研究步驟相混淆，第一章的研究步驟是說明整篇研究是如何進行，著重於研究題目的設定、文獻探討、運用哪些理論、選用哪些研究方法及資料處理方法，以及如何進行問卷調查，當然包括了抽樣方法，最後說明如何分析結果，撰寫結論及建議；而研究設計與實施的問卷調查程序主要是針對問卷如何收發及問卷資料如何登錄在電腦之中，二者顯然不同；第二，交代正式問卷的回收情形，應指出究竟發出多少份問卷、回收多少份問卷、有多少份是無效問卷、有效問卷有多少等，這些項目除了有具體的份數之外，亦應計算它與總發出問卷份數的比率，讓讀者掌握究竟有效問卷有多少比率。

　　要強調的是，目前有許多的學位論文，在第一次論文計畫口試時，指導教授就要求研究生要將預試回收的樣本進行前導性的研究（pilot study），也就是將這些回收的資料做前導性的探索，以瞭解研究設計與實施可能會產生哪些問題，這種作法不失為一種研究設計與實施的創新。研究者對於所回收的樣本資料，在經過統計分析之後，可以將初步的研究發現敘寫於第三章，等待口試計畫經過口試委員審查之後，再對樣本正式施測，然後將分析的結果做為最後的研究發現，此時需要將前導性的研究發現予以刪除。這種作法可讓研究者與口試委員瞭解到該研究的後續可行程度。

伍、資料處理與統計分析

　　撰寫實證性的論文需要統計分析能力，您具備了嗎？此部分分為資料處理與統計分析，您會不會整理統計軟體跑出的結果檔呢？

一、資料處理

（一）刪除無效問卷

研究者如以問卷調查法做為蒐集資料的方法，在進行資料處理的第一步時，應將所蒐集到的所有問卷先予以整理，先看每一份問卷有無漏答、沒有填寫或不實填答，此種問卷應予以剔除。簡言之，將這些問卷視為無效問卷，而予以刪除。

（二）編碼與登錄

研究者將每份有效問卷予以編碼，例如：以 1、2、3、4……，為問卷依序登錄在電腦的次序，以做為登錄每份樣本的順序。接著將每份問卷中的基本資料及問卷題目，依據每一題的選項予以編碼登錄到電腦中儲存，使問卷資料成為系統性的資料數據。

（三）資料檢核

研究者將資料登錄完成之後，在正式分析之前，最好再檢核所輸入的資料。檢核方式可以在 SPSS 視窗中，運用次數分配的功能，將所有輸入的變項進行檢核，以瞭解所輸入的資料是否有錯，如有錯誤，可依此看出哪些題目輸入有誤，並立即訂正，以避免後續的分析有錯誤的結果產生。

二、統計分析

（一）選用適切的處理方法

假若研究者自編學業成就測驗，因為其論文在探討學業成就與家庭文化之間的關係，學業成就以自編測驗做為工具，此時研究者需對該學業成就的領域、範圍或素養，進行教材的分析，例如：運用雙向細目表分析所要測量的層次，也就是教學目標的層次，以及教材內容的分布。接著編擬試題，進

行施測，當學業成就工具回收之後，接續就是要進行各題項的難度、鑑別度、誘答力及信度分析。當這些工作完成之後，才可以形成正式的學業成就測驗工具。研究者若比較不同時間在同一科目的學業成就，此時研究者在比較學業成就之前，因受到不同時間影響，宜先對不同的學業成就進行資料的轉換，讓不同時間的學業成就有相同的標準，如此進行比較或加總分數才有意義。當然，如果要比較不同學校的學生學業成就，此時學業成就轉換為標準化量尺就更為必要，因為不同學校的學業成就測驗試卷不一樣，所以在進行比較時，就更應要轉換。

（二）敘寫的重點

論文寫作需要透過統計分析，將蒐集到的資料做有意義及有價值的呈現。一篇好的論文會因為統計方法使用得當，使該研究報告的價值提高；相對的，如果使用不對的統計方法來處理研究資料，就會讓該篇報告形同垃圾，一點價值都沒有。其注意項目如下：第一，宜針對第一章的研究問題來回應該問題需要使用哪些統計方法，例如：敘述統計、獨立樣本平均數 t 檢定、多元迴歸分析、共變數分析等。第二，對於統計檢定的顯著水準一定要先說明，如 .01 或 .05 等，記得，社會科學研究少有 .10 或 .20 以上水準的。第三，對於每一種統計方法的說明宜注意段落文字的平衡，不可以有些方法說明過多，有些則說明太少。第四，有些統計方法需要將研究中的構念圖列出，如 SEM 與 HLM，最好列出來，讓讀者更可以預期瞭解所要檢定的重點。第五，有些研究會把統計方法放在結果一節之中，看起來比較容易與結果對應說明，但資料處理專節就已在說明如何分析資料，所以應放在這節較妥適。因此，研究者宜慎重的選用統計方法，以下說明變項的尺度與統計方法的選用，以及單變項與多變項的選用。

1. 變項的尺度與統計方法的選用

統計方法必須在蒐集資料之前決定。多數研究資料都不限於一種統計方法，可以同時使用多種統計方法分析。資料類型有類別尺度（區分變項類別，類別所代表的符號無法進行加總，例如：男生代表 1，女生代表 0，二

者僅是一種類別而已）、等級尺度（主要讓研究者可以比較資料屬性的大小、高低、優劣、先後、等級，不可以進行加總）、等距尺度及等比尺度（二者都可以進行數據的加總，因為它們在變項屬性上的單位一致，所以它們可以更精確的測量出現象的屬性；但是等距尺度沒有絕對零點，溫度及濕度屬之，而等比尺度則有，身高、體重屬之）。上述前二種尺度僅可運用「無母數統計」，如卡方考驗、ϕ 相關、等級相關等；後二者可運用「母數統計」，因為其資料特性為變項的單位一致與可以加總，這方面的統計處理，如積差相關係數、多元迴歸分析、典型相關、因素分析、SEM、HLM等。另外，不同的資料屬性在母數統計考驗上也有區別，一是母數資料考驗需要幾個前提：(1)資料為常態分配或接近常態分配；(2)資料的變異數具有同質性；(3)資料是等距量尺和等比量尺資料。二是無母數的統計考驗，如果資料屬性不包括上述母數統計考驗的三項特性之一者，就算是無母數的考驗。

2. 選用單變項與多變項統計的理由

撰寫論文究竟要使用單變項統計或多變項統計，當然其先決條件應依據研究目的及研究資料而定。如果只是要瞭解某一項社會現象，運用單變項統計或描述統計就可以，同時資料屬性若是類別變項，運用單變項統計即可。如果研究者要掌握更多的社會現象，其研究目的要調查更多的變項，此時需要運用多變項統計分析。

多變項統計較能掌握研究的複雜現象。為了掌握社會現象，研究者需要運用更好的技術來建構知識。社會現象既複雜又多變化，為了讓社會現象更容易掌握，多變項統計就格外重要，例如：若要瞭解究竟哪些因素影響國中生的數學學業成就；就初學者來說，可能僅認為學生的智商是重要的因素，因此設定一個簡單迴歸分析，蒐集有關的資料，接著進行資料檢定，將迴歸方程式設定如下：

$$Y = b_0 + b_1 X_1$$

接著，在資料分析之後，研究者發現智商（X_1）對於數學成就（Y）有正向的顯著影響，其預測力有 45%。然而，另一研究卻認為，影響數學學業

成就的因素不僅有智商（X_1）而已，也包括家庭因素（X_2）、學校同儕關係（X_3）、教學方法（X_4）、學生做功課時間（X_5）、學生成就動機（X_6）。於是將迴歸方程式設定如下：

$$Y = b_0 + b_1X_1 + b_2X_2 + b_3X_3 + b_4X_4 + b_5X_5 + b_6X_6 + e$$

此研究者蒐集資料之後，就進行迴歸分析，研究發現六項因素都對數學學業成就有正向顯著影響，整體預測力為85%。重要的是，在納入的自變項之間，經過 VIF 檢定，也沒有發現多元共線性的問題。

上述是以單變項與多變項進行迴歸分析所得到的結果不同，從中可以看出多元迴歸分析與簡單迴歸分析最大的不同在於，多元迴歸分析強調依變項為彼此有關的融合體，可以將不同的自變項納入分析模式之中，並分析不同變項之影響性。此外，如果沒有將各項可能的自變項共同納入分析模式，而僅作一連串的簡單迴歸分析，也就是單變項顯著性檢定，而不管各個變項之間的關聯程度，就會增加違反了第一類型錯誤的機會；易言之，會提高研究結果犯錯的機會，解釋社會現象更為零散，對社會現象之正確解讀較為困難（林清山，1995）。

總之，為了掌握複雜環境，應掌握複雜因素的統計分析方法。第十章提到的僅有一種變數分析，但在論文寫作的資料分析受到多種因素影響，需要運用多變項來觀察，較可以掌握社會現象。

3. 多變項的統計方法

實證研究論文常需要以多變項來掌握，在實際選擇適當的統計方法時，研究者須確定自變項及依變項屬於何種資料類別，以及研究目的，然後再確定自變項和依變項數目，根據這三項條件選擇適合的統計分析方法。如果母群體為一個且有一組變項，則可以運用主成分分析法及因素分析法；若母群體為一個及有二組或三組以上的變項，則有多元迴歸分析、複相關、典型相關、複淨相關。如果母群體為二個或多個，而有一組變項，則有多變項變異數分析、區別分析及集群分析；如果母群體為二個或多個，以及有兩組或三組的變項，則有多變項共變數分析。變項與統計方法的選用，如表11-5所示。

表 11-5
變項與統計方法的選用

		母群體	
		一個	二個或多個
變項	一組	主成分分析法、因素分析法	多變項變異數分析、區別分析、集群分析
	二組或三組	多元迴歸分析、複相關、典型相關、複淨相關	多變項共變數分析

　　多變項統計方法包括了因素分析、典型相關、多變項複迴歸分析（多元迴歸分析）、主成分分析、集群分析、區別分析、結構方程模式、階層線性模式、潛在成長曲線分析等。讀者可參閱本書第七章，如再有興趣請參閱林清山（1995）、馬信行（2000）、張芳全（2019）、陳順宇（2005）、陳耀茂（2001）、Afifi（2003）、Agresti 與 Finlay（2013）、Glass 與 Hopkins（1996）、Gravetter 與 Wallnau（2016）等人的著作。

問題思考

問卷預試的重要性

　　許多研究論文會以問卷調查法來蒐集資料，再進行統計分析。在此過程中，研究者若沒有現成的研究工具可以施測，就需要自行編製研究工具。編製過程有一個階段是問卷預試，也就是將大致完成的研究工具，找尋研究者所界定的母群體，抽取一部分樣本來進行問卷調查。預試的抽樣過程及分配在很多研究容易被忽略而不提及，但這是錯誤的；換言之，它必須要在研究設計與實施的研究對象中說明。問卷預試在瞭解研究工具的性能，也就是說，要知道研究者自編的研究工具之信、效度，亦即要瞭解所蒐集的資料後，再進行研究工具刪題的依據。所以，預試問卷相當重要。

　　問卷預試的過程需要思考幾個問題：第一，要有多少的樣本參與預試？第二，預試樣本可否與正式樣本重疊？第三，預試的抽樣方法為何及如何抽樣呢？

　　就第一個問題來說，研究者應思考自編問卷題目的構念之下所包含的向度（分量表）及題數，以及正式施測樣本數來判斷。就前者來說，筆者從指導近 100 名碩士畢業生自行編製問卷的經驗法則歸納，每個構念所組成題數的四至六倍即為預試樣本數，此時進行因素分析所得到的因素結構較為穩定。在不含人口變項題數的問卷中，問卷題目的研究構念常為多個向度所組成。如果該構念有 4 個向度，每個向度又有 5 個題目，以該構念所組成的題目為 20 題，此時預試樣本數應該在 80 至 120人；如果該構念共有 30 題，預試樣本數則為 120 至 180 名。就後者來說，預試樣本數為正式樣本數的四分之一至五分之一，如果正式樣本數為 800 名，此時預試樣本數為 160 至 200 名。上述兩者的樣本數略有不同，研究者要在因素分析萃取因素時，讓因素結構穩定為宜，所以預試樣本數愈多，因素結構會愈穩定。因此，上述兩者應可以理解要選定哪一種標準了。

　　就第二個問題來說，預試樣本與正式樣本最好不要重疊，如果兩者

一定要重疊，也可能是在母群體不大的前提下，而無法從母群體抽取出足夠的預試樣本及正式樣本。此時，研究者可以考量將預試與正式施測的時間差距設定在二個月以上，愈長愈好，兩者施測時間差距愈長，就愈不會有練習及記憶效果，因而影響問卷的信效度及研究結果的可信度。

　　就第三個問題來說，研究者對預試的抽樣與正式樣本的抽取方法及不同屬性的樣本分配數應一致，只是預試樣本人數少於正式樣本而已。就如正式樣本為便利取樣或叢集抽樣，預試樣本也應如此。在樣本屬性的分配上，如正式樣本數為 800 名，而該研究的大、中、小型規模學校的比例為 4：3：1，而預試樣本數預計抽取正式樣本數的四分之一（即 200 名），此時大、中、小規模學校應抽取的樣本各為 100、75、25 名。

第十二章

如何撰寫研究結果與討論

壹、研究結果的敘寫重點

研究發現是喜悅的，尤其投入了時間與精神，才發現到知識的奧秘。
研究結果的討論具有創造性，論文寫作功力由此可以看出端倪。

一、撰寫研究結果前的思考

研究結果撰寫之前，研究者宜思考幾個問題：

1. **掌握量化研究統計結果的重點**：如果是量化研究，在統計處理之後的研究結果呈現宜慎重，因為每一項統計方法都有它的基本假設，若違反了假設，資料分析則無效。這方面宜掌握的重點如下：當研究者想要呈現研究構念的平均數，宜對每個構念及向度各自進行加總平均，而不是對該構念或其向度整體加總平均而已，因為研究構念的各向度題數不一，整體加總平均無法看出該構念向度的意義，只有各個構念平均數呈現才可以掌握它們的高低數值。如果是以皮爾遜積差相關估算，切記在解釋研究結果時，不要有因果關係的論述，因為該統計方法估算數值為相關係數。如果是運用獨立樣本平均數 t 檢定，宜先檢定兩組的變異數同質性，如果沒有同質性，代表兩組並沒有相同的基準，所以無法比較，解釋時宜小心。假如運用單因子變異數分析，宜掌握每一個組別的人數是否差距太多，就如有甲、乙、丙三組，各組

人數為 100 名、50 名、5 名，因為丙組的人數太少，進行平均數的差異比較沒有意義，此時就要考量將樣本數較少的組別予以併組，再進行分析。當然，變異數分析（ANOVA）也要掌握各組是否具有變異數同質性，如果沒有同質性，在解釋及推論時宜小心。如果變異數分析在總體檢定達到 $p < .05$，但是在進行事後比較時無法比較出來，此時研究者就宜找出原因，並試著解釋原因，造成的原因是各組變異數不同質，以及選用的事後比較方法不同所致。通常以 *Scheffé* 法進行事後比較，其敏感度較低，所以總體的 F 值檢定達到 $p < .05$，但事後比較仍會有未達顯著情形。如果以卡方考驗，宜瞭解是否卡方考驗是 2×2（也就是自由度為 1），且細格中有觀察次數少於 5，此時就需要校正。如果以二因子變異數分析，除了掌握主要效果之外，更要瞭解這兩個因子是否具有交互作用效果（interaction effect），如果有交互作用效果，最好以圖形的方式呈現。如果進行多元迴歸分析，要評估資料的常態性、直線性、變異數同質性，以及自變項之間的多元共線性情形。上述相關重點，可參閱本書第六章與第七章的說明，以及張芳全（2019）的《統計就是要這樣跑》（第四版）。

2. **研究結果的呈現宜掌握邏輯性**：這種邏輯性包括章節與研究構念的陳述，就前者來說，應依據第一章的研究問題順序呈現，撰寫第四章的研究結果勢必已經將資料經過統計處理，此時只是要把這些資料做有系統的呈現與論述而已。在此，宜依據第一章列出的研究問題順序，將研究結果一一呈現。研究結果的呈現宜與第一章所列的研究問題順序相同，這樣比能夠讓該論文的敘述前後一致。反之，如果第一章與第四章的呈現不一樣，該本論文會相當雜亂。就後者來說，許多研究在掌握某些研究樣本知覺某一個構念的情形，例如：國民中學教師知覺知識管理、教學信念、教師效能、課程領導、學校組織氣氛等，經過統計分析之後，在結果呈現宜掌握論文寫作順序的邏輯性。這種邏輯性是指，在描述該構念宜先針對研究構念做整體說明，接著再說明每個向度的數值，最後再描述每一個題項的數值，這種表達順序較能讓讀者掌握該構念的情形，也較符合論述的邏輯性。當然，要讓全篇論文具有邏輯性，各章節在統計處理時，各統計數值小數點的位數宜統一。除非有特別規定或無法有意義的比較，否則小數點取二位為宜。

3. **原始資料轉換後的結果呈現**：有一些研究的調查資料要進行不同學

校、不同組織於某些構念或現象的比較，為了要有意義的比較，應先將原始
資料進行轉換，較常見的是標準化 Z 分數，再進行統計處理，此時得到的結
果才具有意義，例如：研究者要瞭解嘉義縣國民小學高年級學生數學學業成
就與文化資本之關聯，在文化資本蒐集以自行編製的問卷進行調查所得。而
在數學學業成就方面，要從三十個學校的高年級學生取得資料。因為三十個
學校的數學學業成就評量的考試卷可能不一樣，除非是三十個學校統一評量
工具，或是進行此研究，設計一份數學測驗發放給這三十個學校學生施測，
才有一致性的標準，否則每一所學校學生的數學分數無法比較高低。簡單的
說，校際之間的工具不同，評量的標準就不一，就如：甲校的學生數學成績
最高為 90 分，乙校為 75 分，但是甲校的數學評量題目偏易，而乙校的數學
評量題目偏難，此時就無法進行有意義的比較。如果研究者沒有將每一所學
校的學生數學分數以標準化 Z 分數進行轉換，就進行分析，此時就會造成研
究結果的錯誤，也會造成研究推論的問題。筆者發現，現有不少研究分析此
議題，但是對於學業成就沒有進行資料轉換，就直接進行分析，其研究發現
是有問題的。

　　4. 注意研究構念類型的屬性：這是研究結果呈現的合理性問題。有不少
的研究論文題目，所強調的重點在於瞭解某些研究樣本（如教師、學生或行
政人員）在「類型式」，如學習風格分為獨立型、依賴型與合作型；學校文
化類型分為科層型、創新型、支持型等，這些類型的構念僅是一種型態，無
法說出這些類型的高低、強弱，也就是無法明確的指出它們的方向性。因此
在結果說明時宜強調會傾向某一種行為或態度，而不是說明它們這些類型有
高低或強弱之分。此時若沒有仔細掌握該構念的屬性，在操作性定義或研究
結果敘寫時，會將類型式的研究構念解釋為該類型構念愈好，在某一個構念
也表現愈好，這就不妥當了，例如：研究者在調查國小學生的學習風格與自
我概念的關係時，將學習風格分為行動型、孤立型與文靜型，而自我概念分
為個人、家庭、同儕的自我概念。研究者從調查資料中指出，行動型特質愈
多的學生，其家庭自我概念愈好。基本上，受試者從問卷中填答的構念，如
學習風格、學校文化，沒有高低或強弱之分，不宜以高低或強弱來認定他們
的價值判斷；上述例子的敘述應調整為：傾向行動型的學生，其家庭的自我
概念愈好。又如，研究學校組織文化（分為支持型、科層型、創新型）與知

識管理的關係，研究者獲得資料之後的解釋為：「學校支持型的文化愈高，知識管理愈高」。然而，這種說明也不妥，它的論述宜調整為：「學校傾向支持型文化者，教師在知識管理的知覺愈好」。

總之，研究結果的呈現要慎重，各項的論述及資料分析的呈現要具有邏輯性，同時論述的內容也要具有合理性，如此才能提高論文的品質。

 ## 二、撰寫研究結果的技巧

研究結果的敘寫需要依據資料分析得到的內容來呈現。就整體來說，研究結果的呈現宜依據研究目的、研究問題及研究架構，分章節說明研究結果。敘寫研究結果宜掌握下列幾項重點：

1. 有效率的使用圖表：運用圖表讓很多的數字資料呈現更具有意義及易於閱讀。研究者將表格呈現之後，也需要在正文中對表中的數字或文字內容做有意義的詮釋，否則圖表內的文字無法展現出來，就減少了圖表的功能。不過，也不要有太多的表格，太多表格常使得研究的內容更為混雜，反而不易讓讀者理解與掌握到重點。研究者宜思考如何將相近的表格做合理整併，運用較少的表格，再以整體的觀點來詮釋表中的數字或文字之意義。

2. 避免複製相同的文字：在問卷調查的資料分析之研究論文中，對於不同的背景變項在不同構面的差異分析方面，研究者會運用相同的文字來描述研究結果，但因為背景變項太多，在分析後的詮釋會將先前的內容複製到後面的正文之中。這種重複性的文字敘述，並沒有太多的意義，反而會讓相同的文字敘述過多，充充篇幅，實質意義不大，使得研究品質下降。研究者不妨在第一次論述之後，後續若有類似或相近的說明，宜以較精簡的文字來取代，否則通篇運用相近或雷同的文字說明，僅有篇幅增加，並沒有對研究有實質意義的提升。

3. 整併意義相近的表格：上述已指出要統整零散的表格，如果研究結果透過問卷調查所得到的資料，研究者要設計表格來呈現研究結果，因而形成表格過多的論文。此時宜善用組織與統整的能力，將相近或類似的表格予以統整，不要讓表格太過零散，也不要讓表格太多，表格過多，反而無助於讀者的閱讀，更會混淆讀者的注意力及對該篇論文的意義掌握。

4. **忠於原來的資料做陳述**：對於所調查的資料應真實的呈現，忠於原始的調查資料，不可以任意修改。如果在分析過程中發現與預期的研究結果不同，此時研究者不可以將原始資料進行篡改，任意的添加、刪除，如果研究資料不實，在進行後續的資料處理時，會有良心不安的感覺，深怕口試委員或指導教授發現這個現象，而心生不安，何況又有研究倫理的道德規範，所以研究結果可以不好，但也不要任意修改數據資料。

5. **製作表格宜考量可讀性**：很多的問卷調查法，很容易分析不同背景變項在某些項目的差異，而使用單因子變異數分析，此時應將變異數分析的表格作基本格式的掌握，諸如平均數、標準差、樣本數、變異數來源、SS、MS、F 值，以及事後比較，甚至數字的顯著水準呈現與表格的註記等，例如：數字的顯著水準註記「＊」應放在數字的右上方；表底下的註解，要先以表主要註解為優先，再註解統計顯著水準。表體中僅有三條橫列線，沒有直欄線。林詩琴（2007）的例子如表 12-1 所示，她的說明如下。

由表 12-1 可知，不同父親教育期望之新移民子女對於資訊處理與分析、資訊科技的使用、資訊的倫理規範之變異數分析結果，顯示認知部分各構面有顯著差異（$p < .01$）。經 $Scheffé$ 法進行事後比較得知，在資訊處理與分析構面，父親教育期望為碩士或博士者顯著高於高中職者；在資訊科技的使用構面，父親教育期望為碩士或博士與大學或專科者皆顯著高於高中職與國中者；在資訊的倫理規範構面，父親教育期望為碩士或博士者顯著高於高中職與國中者。

表 12-1

不同的父親教育期望之新移民子女資訊素養認知部分差異分析

向度	父親教育期望	人數	平均數	標準差	變異數分析摘要					事後比較
					變異數來源	SS	df	MS	F值	
處理	1	5	1.60	1.14	組間	22.54	3	7.51	4.30**	4 > 2**
	2	17	2.12	1.41	組內	211.59	121	1.75		
	3	65	2.86	1.38	總和	234.13	124			
	4	38	3.24	1.20						
	總和	125	2.82	1.37						
科技	1	5	2.80	1.10	組間	20.02	3	6.67	6.42**	3 > 1**
	2	17	3.35	1.58	組內	125.70	121	1.04		4 > 1**
	3	65	4.15	1.00	總和	145.71	124			3 > 2**
	4	38	4.34	0.67						4 > 2**
	總和	125	4.05	1.08						
倫理	1	5	1.80	0.84	組間	31.19	3	10.40	5.77**	4 > 1**
	2	17	2.65	1.87	組內	218.01	121	1.80		4 > 2**
	3	65	3.22	1.37	總和	249.20	124			
	4	38	3.87	1.02						
	總和	125	3.28	1.42						

註：以 1 表示國中、2 為高中職、3 為大學或專科、4 表示碩士或博士。

**$p < .01$.

貳、研究結果的解釋

結果的解釋應忠於研究發現，有多少分證據，說幾分話。

　　一篇研究在統計處理之後，不少的研究結果就會顯現出來，因而會有幾種情形產生：一是與先前預期的研究結果一致；二是與預期結果相反；三是研究者先前並沒有預期的結果卻顯現出來。面對這些情形，研究結果解釋的掌握宜注意以下重點。

一、獲得與預期結果相同之解釋

　　如果與預期結果一致的情形，此時研究者除整理相關的發現於表格或在內文中敘述之外，對研究結果宜有以下的處理：

　　1. 解釋結果不超出研究問題：對於結果的解釋勿超越研究問題之外，研究者的研究問題或研究目的何在，僅需要針對研究問題一一的回答就可以，不宜超出研究問題的回答。

　　2. 解釋仍要對研究限制說明：研究者發現研究結果與預期是一致的，此時常會認為這樣的研究是相當完美無缺，因而沾沾自喜，很容易就忽略了本研究可能還有的細節或是相關問題，而在研究過程中逐一顯現出來；這時研究者需要對於研究過程中的限制提出說明，才不會讓讀者認為這份研究報告過於誇大。

　　3. 宜說明有哪些因素未掌握：研究結果的解釋，也須考慮未能妥善控制的因素。一篇研究論文受限於時間、人力及財力，有很多因素無法控制，因此研究者也要坦誠的說明在研究過程中，有哪些因素未能考量或是無法控制。

　　4. 宜區分實務與理論的說明：解釋研究結果時，不要將統計的意義和實用性的意義混為一談。為了讓研究論文更好閱讀，在研究結果一節所呈現的，大抵是以統計分析得到的結果，所以它比較具有統計上的意義，但是在研究結論的敘寫上，就不宜有太多統計的意義或術語，此時宜將統計分析發現轉換為實用的意義，如此更能讓讀者掌握研究發現的重點。

　　5. 勿任意以因果關係解釋：研究者宜避免對變項之間做因果關係的解釋，研究者常在得到問卷調查分析的資料後，就對資料分析之後的結果做因果關係的推論，這樣的敘寫宜避免。除非研究者運用實驗研究法或準實驗研究法，或者研究者所使用的統計資料處理方法為結構方程模式，依據它的原理建構出的模式，且建構的模式具有前因與後果的關係，此時來說明研究變項之間具有因果關係，比較合理。

　　總之，對於與預期結果相同的發現，除了說明研究發現的理論與實務上的意義之外，更應說明研究過程中有哪些因素未考量，詮釋結果也不要超出研究問題、研究範圍，且不要任意對研究發現判定有因果關係。

 ## 二、獲得與預期結果相反的解釋

若在統計分析之後所得到的研究結果與預期相反，此時在研究結果的解釋宜小心，例如：國民小學學生的智商愈高，其數學學業成就也愈高；或者國家愈現代化，其國家的經濟發展水準愈高。類似這樣的命題，照理來說，依據研究資料的蒐集與分析，應該會得到預期的結果，但是如果統計分析發現卻是與上述的預期結果相反，此時宜注意幾個重點：

1. 檢查研究過程的每個步驟，詳查是否有錯誤：研究者宜再檢視一次所蒐集到的研究資料，不僅要檢視登錄於電腦中的資料，也要檢視在紙本或問卷上的數字是否與登錄在電腦中的資料不相符。如果無誤，就要瞭解研究使用的問卷中，是否有反向題，因而未能將資料作反向處理。還是統計軟體的資料分析方法使用有誤，或者是樣本數登錄有錯誤，還是選錯變項進行統計分析，抑或是研究工具信度不夠，或者研究者並沒有進行預試與因素分析，就直接將問卷初稿視為正式問卷來施測。林林總總，不外是研究者要好好的檢查研究過程中的每一個步驟，以瞭解問題形成的原因。

2. 對研究結果詳加解釋與找出研究可能的問題：在仔細檢視每一個研究步驟之後，並未發現研究結果分析過程有誤，此時研究者對於與預期結果不同的現象，宜好好的解釋。這有很多種原因會造成此現象，諸如研究結果是對的，因為時空的差異，理論與現有研究發現確實與研究結果有所不同，也就是說，理論與現有研究發現無法解釋結果。或者研究結果是正確的，但因與現有研究的樣本數不同、地域不同（例如：現有研究僅以臺北市為範圍，本研究以全國樣本或是僅以偏遠地區為範圍）、樣本屬性不一（例如：現有以國民小學學生為樣本，而本研究以國民中學學生為樣本），或者因為理論或現有研究具有跨文化差異（例如：本研究以臺灣的學生為樣本，而該項理論以歐美國家的學生為樣本）。類似這樣的問題，研究者都應仔細檢視，才能掌握研究結果為何與現有研究的發現或理論不相同。

總之，如果研究發現與預期結果不同，並不要氣餒，也不要絕望，相對的，研究者如果詳細的檢視每一個研究步驟，仍然發現整個研究沒有瑕疵，此時的研究發現，可能是真實的，即可以依此來檢視與過去理論的差異，或

許這就可以做為修改理論的參考依據，也是研究發現最大的價值。

三、獲得未曾預期結果的解釋

研究者可能獲得未曾預期的結果，此時應對未曾預期的結果或沒有列在研究目的之結果，做合理的解釋，例如：研究者根據壓力理論，來探討學生的學習壓力與學業成就之關係發現，學生沒有壓力時，學業成就普遍低落，但是如果給予適度的壓力，學業成就會明顯提升，如果給予學生過度的壓力，學業成就又會普遍的下降。類似這樣的研究發現，也許研究者可以依據學習壓力與學業成就呈現倒「U」字型的關係，這樣的研究發現與理論一致，可是在資料分析還發現，學生的學習壓力還與學生的成就動機有密切關聯。也就是說，學習壓力、成就動機與學業成就是有非直線性的關係，就如成就動機強的學生，在高度的學習壓力下，仍然有較高的學業成就表現；同時成就動機強的學生，在低度的學習壓力下，也還是有高度的學業成就表現。簡單的說，學習壓力與成就動機可能有交互作用的情形，此時如果要瞭解三個變項之關係，不是僅以個別的學習壓力或成就動機來看學業成就表現，相對的，除了個別與學業成就的關係做分析之外，也要瞭解壓力與動機互動下，學業成就的表現情形。

類似上述的研究結果發現，研究者在解釋時宜注意到：研究過程中，研究者應加以報告和解釋。這種不在假設或研究目的之內的發現，研究者應視為附帶的結果，切勿喧賓奪主，畢竟它不是本研究的主要問題。若研究者獲得未曾預期的結果，應抱持著懷疑的態度，建議在未來研究，進一步的深入探討，以瞭解問題的真相。

參、研究結果的討論

討論一節，在實際撰寫過程中，困難度很高，往往需要統合與創意。

討論研究發現是讓研究者可以運用想像力來深入分析研究的結果。初學

論文寫作對於研究結果的討論常不知所措，主因是研究者仍無法串連第二章文獻探討的內容，做深入及有意義的分析。常見的缺失是將研究結果一節中的表格或文字重新複製呈現，並沒有做深入的解釋分析；一篇好的論文宜有深入的討論，以加深研究發現的背後意涵，研究結果的討論具有統整及詮釋全篇論文的功能。這是全篇論文的內容寫作較難完成的部分，研究者宜多看品質比較好的作品，多揣摩與多練習如何撰擬這部分的內容，也可以提高這部分的寫作技巧。以下說明討論一節應注意的重點。

一、說明與現有研究發現的異同

一篇研究論文需要針對研究結果做深入的討論，如此才可以讓該篇研究論文的價值及意義提高。論文撰寫在研究結果之後，都有綜合討論或綜合分析。所謂的綜合分析是研究者針對研究結果賦予數字的意義，它仍有統計數字在內文之中，研究者可能將所得到的結果運用簡要的統計資料，來與其他的研究結果做比較分析。而綜合討論則是將過去相關的研究，來與本研究主題有關的內容一一進行比對分析，過去的研究結果與本研究結果有哪些是一致的結果，而哪些是不一致的發現，它較少涉及統計數據的結果分析。以林詩琴（2007）的研究討論之一段文字為例，說明如下。

據邱皓政（2005）以 .10 以下為微弱相關或是無相關，.10 至.39 為低度相關，.40 至.69 為中度相關，.70 至.99 為高度相關，並以 1.00 為完全相關之特性為評量標準，而本研究統計分析結果可發現，雖然部分家庭環境的家庭背景因素和家庭文化資源與資訊素養為顯著相關，但從相關係數數值判斷多為低度相關。由此顯示，新移民子女的資訊素養表現雖然與家庭環境因素間存有相關性，但相關性為偏低的情形。資訊素養自覺部分與認知部分為顯著相關（.41），相關情形為中度相關。本研究結果顯示，資訊設備（電腦與網路）與資訊素養呈現正向相關，與司俊榮（2005）指出資訊設備與資訊素養為正相關結果相符。

上述的例子，.41 顯著相關之解說為分析或綜合分析的形式，而對司俊

榮（2005）的解說，則為研究的討論、比較的形式。

二、沒有相關研究佐證時的討論

社會上常有一些新的議題或社會現象，研究者常做為論文題目，在研究結果出現之後，沒有相關的研究與文獻可以做為比對與討論的依據，因而研究者在這方面的討論就會產生詞窮、文思枯竭的現象。假如過去以來都沒有類似的研究與文獻做為討論的依據，研究者可以從該篇所引述的相關理論進行概念式的分析。運用第二章文獻探討所納入的理論、概念或現況，來對研究結果做綜合性的討論。這種討論方式是以研究理論的概念、內涵及意義或價值來詮釋研究發現，可以讓研究結果貼近於研究理論，究竟研究發現是與理論相符，或與研究理論不相符，而這些相符或是不相符的原因何在。另外，透過研究的理論來詮釋研究結果，運用理論中的概念、觀念來詮釋研究發現是一種很好的討論方式。

三、討論研究結果對理論的貢獻

研究者如果要透過先前的研究結果做為討論與對話的素材，亦可以從這些研究發現來詮釋，究竟這些研究發現對於研究理論有哪些貢獻。若研究的發現剛好與過去的研究理論有些不符合之處，研究者宜詳細說明本研究的發現與研究理論不符之處，而這樣的差異是何種原因所造成，例如：是樣本不同、抽樣方法不同、研究方法不同、跨文化的差異或是實驗過程中的實驗處理不當等，研究者應好好的檢討相關的原因。如果研究者在整個研究過程中，從變項的操作性定義、研究樣本、抽樣技術、研究方法，到資料處理方法都符合正確的程序，但還是發現與過去的理論有差異，此時研究者可以用謹慎的態度說明本研究的發現特色，究竟與過去的理論差異何在，此時就可對理論加以修正或建議，因而有更具體的文獻內容來佐證研究結果。

四、討論與解釋研究結果如何修改有關的理論

　　研究者可能在研究結果呈現之後，發現得到的研究結果與本研究所採用的理論有所不同，也就是理論意涵與研究發現不一樣。此時很可能就是研究發現對理論修正的價值所在，不過在這方面的詮釋就應更謹慎小心，畢竟一個理論的形成有相當多研究或長時間的驗證分析才獲得。一本學位論文也許還不足以反駁過去的理論是否真的有錯誤或有調整空間，但也並不是學位論文的發現就沒有價值，也許因為時空改變、跨文化差異或是研究方法的創新，使得研究發現與過去的理論不符，這也是有可能的事。因此研究者在這方面的解釋就更應小心，或許在研究建議上，未來的研究持續的追蹤驗證，或是以更長時間的觀察與分析，如有相同的研究結果，就更能對理論做必要的修改。

　　以下就以張芳全（2008）一文中的「討論」之一段文字為例。

　　　　就 1990 年與 2000 年臺灣高等教育在學率與各國平均水準相較，1990 年的臺灣是低於各國發展水準 1.40%，但是至 2000 年時，卻成為過量高等教育在學率的國家，這是近年來政府因應民間訴求廣開大學所致。如果以高等教育在學率與失業率之間的關係來看，1990 年的臺灣屬低於各國高等教育在學率平均水準國家，失業率在 2.00%，2000 年過量高等教育在學率形成之後，失業率提高為 2.99%，失業率比起 1990 年已增加 1.00%。由於高等教育在學率對失業率的比較不一定是在當年度，如果再看看 2001 年、2002 年的臺灣失業率超過 4.95%，甚至 5.00% 以上，這就說明了高等教育在學率過量之後，免不了有高度失業率的現象產生。這或許可以補充辛炳隆（2000）在〈由勞動市場調整機能討論當前失業率上升的原因〉一文所強調的，目前臺灣高失業解釋有兩個學派的說法：一派是經濟循環學派，李誠與韋端等認為，臺灣失業率上升是因為國內投資環境惡化的結果，並非結構性失業惡化的結果；另一派學者如劉克智則認為，此波失業率上升是來自勞動市場調整機制惡化的結果；也就是說，過去學

者在分析失業率問題時，是以經濟結構、個人搜尋職業及薪資問題為主，然而臺灣近年來的失業率不斷提高，有一部分是由於政府持續擴充高等教育量來滿足社會需求所致。

上述的討論方式，研究者主要是在解釋如何修改有關的理論。

 ## 五、討論應說明研究結果的應用性

研究討論也可以從研究結果，適合運用在哪些層面的觀點來論述。當研究者針對研究結果與過去的文獻整合性的論述及討論之後，還可以針對這份研究發現，如何運用於實務之中，以及運用在實務中有哪些價值及限制進行討論，例如：研究者以結構方程模式探討學校組織文化與教師知識管理之模式獲得支持，也就是學校組織文化為創新型，則教師在創新與分享的知識管理較有正向性；或者以統計方法來檢定社會、政治、經濟、文化、教育現象或議題，常僅有模式上的支持或學理的驗證而已，但是類似這種統計模式的支持或驗證在研究討論敘寫之中，如果僅討論它的模式獲得支持與否，並無法顯現它的實用意義及價值，因此研究者可以試著說明統計方法所檢定的模式之實用價值。承上述，研究者可以朝著實用價值方面來討論，學校組織文化的創新也有助於教師在知識的創新與分享，因此學校教職員在組織文化的塑造上，就必須有賴所有教職員在平時行政運作、教學方法、對學生輔導、對危機處理的創新思維。總之，有些研究結果的討論，受限於發現的結果，就如統計模式的探索及驗證，類似這方面的發現若從研究結果的實用價值來討論，也是一種方式。

 ## 六、研究結果的比較與推論

除了上述的研究結果分析之外，也可以從本研究與現有研究結果的發現進行比較。研究結果是對資料分析的一種描述，也有些研究是對資料分析進行預測；然而，研究結果討論側重在研究結果（發現）的分析與比較的論述。討論可以從研究結果的數值做說明之外，更可以運用問卷調查發現與先

前問卷調查發現的數值進行比對，也就是對研究發現進行比較；從比較的過程來掌握，本研究與過去的研究發現是否有不同或相同。從這些研究討論的差異性，試著來進行背後原因的論述。如果本研究發現與過去的研究發現是一致，說明形成的原因之後，就可以很明確歸納研究結論；如果本研究發現與過去的研究發現仍有爭議，此時研究者宜試著去深入探討其中的原因，這些背後原因的論述，例如：可以試著從理論的內涵、樣本屬性、地區性、時間性、研究者使用的統計方法或研究工具（如可能是問卷的題目敘述不同、題數太多或太少）等面向來思考。

 ## 七、從研究結果歸納主要研究發現

在量化研究中，第四章的研究結果撰寫，除了說明統計結果，在運用相關文獻來對話討論之後，很重要的是將研究的主要發現做一個歸納，以做為第五章的結論依據。很多研究常以第四章的研究結果做為第五章的結論，這是比較不妥，其主因在於：第四章的研究結果以統計術語（如「達到統計的顯著水準」）或學術術語來說明研究發現，而此種研究結果的寫法對於多數讀者來說是較難理解。筆者建議，在第四章結果與討論之後，宜有一小節針對研究者提出的研究問題，在經過統計檢定之後，對主要研究發現進行歸納與敘寫。

舉例來說，一份研究論文的研究問題之一為：探討不同背景變項（如性別、年級、父母教育程度，即代表有四個研究問題要探討）的國小高年級學生生活適應之差異情形為何？在經過研究結果與討論之後，主要研究發現，列舉如下：

1.男女學生的生活適應，沒有達到顯著差異。

2.五、六年級學生的生活適應達到顯著水準，男性的生活適應顯著高於女性。

3.父親為大學及研究所以上教育程度的學生生活適應顯著高於父親教育程度為高中職者。

4.母親為研究所以上教育程度的學生生活適應顯著高於母親教育程度為國中者。

　　從上述來看，主要研究發現依據研究結果而來，這些發現仍有統計術語，研究者不宜將這些發現視為結論；相對的，研究者宜將這些主要研究發現，再進行歸納，並運用更為口語與易懂的文字來做結論之敘寫，這部分可以見第十三章中「壹、結論的敘寫重點」之「五、結論的實例」。

　　總之，研究結果的討論要寫的完整不容易，對初學者來說更是困難。研究者撰寫到這節次，宜不斷思考論文第二章的文獻探討已論述了哪些理論、觀點、派別主張，或者已評閱了哪些過去的研究發現可以支持研究者所獲得的研究結果，或是哪些研究發現無法支持，透過這些分析、比較與討論，來釐清本研究發現的重點及特色。當然在結果討論之後，宜有主要研究發現的敘寫較好。

問題思考

討論應該放的位置

　　第四章除了呈現研究結果之外，還要對研究結果進行討論。討論的內容應該放在研究結果之後，這樣才是正確的格式。

　　然而，學位論文所呈現的研究結果，尤其是以統計資料分析所得到的研究結果往往有很多表格，如果在大量表格以及對所有研究結果都說明之後（通常都有 15 至 25 頁，甚至更多），再進行討論，對讀者來說，要將論文翻前翻後來對照，會很難以閱讀。

　　因而在學位論文的討論上，通常在幾個統計表格及說明（研究者認為可以成一段落時）之後，接著就進行一個小段落的討論（包括對於研究假設的接受與否），這就是很好的呈現方式。換句話說，考量學位論文要呈現的研究結果較多，故可以不用在全部的結果都完成說明之後再進行討論，這是可以接受的。若是更嚴謹的學位論文，在整個研究結果及討論完成之後，還會有一個「綜合討論」，它提出了研究的貢獻、特色，以及研究可能的應用與價值。

　　若是學術期刊的文章之結果討論，會受到期刊論文刊載的字數限制，研究結果不可能以大篇幅及大量表格來說明，就需要精簡研究結果，與重點說明研究發現。此時，通常在研究結果與說明之後，會有一段深入的「綜合討論」。這段綜合討論常說明該論文的貢獻、特色、價值、詮釋與對話，以及對研究假設檢定之後的接受與否。因為期刊的篇幅，所以把結果全部呈現與說明之後，再進行討論也是很好的方式。

　　上述兩種呈現的位置及方式都正確，就看是學位論文，還是期刊論文而定。

第十三章

如何撰寫結論與建議

壹、結論的敘寫重點

研究結論是對研究過程畫下初步的句點。

結論與建議是學位論文的最後一章，研究者撰寫至此已經是精疲力竭，沒有過多時間及腦力來思考該如何敘寫，因此常沒有對研究結論加以陳述，研究建議更容易草草結束，這就影響整篇的論文品質。然而，結論與建議對一篇論文相當重要。試想：研究者花了很久的時間，投入很多資源，對很多樣本進行調查，更有不少專家及口試委員的提醒。當然還有大筆資料的統計分析，整理製作出圖表，此時如果未能把先前努力，做成一份很好的結論與建議，就失去了研究的價值，也浪費了研究者的資源及時間，因此敘寫具體與可讀的研究結論與建議很重要。在結論敘寫上應先指出研究結果是否支持研究的立場或假設，其次依據研究結果的一致性和差異性，以及相關文獻引出結論，再依據結論做成建議，其中也可略述研究的限制。

 ### 一、結論需回應研究目的及問題

研究者不要忘記，在第一章中，提出了該研究所要完成的目的及研究問題，為了讓論文的前後內容具有一致性，敘寫研究結論宜依據研究的目的及

問題。如果結論沒有依據研究的目的及問題，此時論文的一致性會受質疑。研究目的或研究問題有幾項，結論就應該有幾項為宜。簡言之，結論不應超出研究目的及問題，研究結論與研究目的及研究問題息息相關，一篇論文之中，有什麼樣的研究目的及研究問題就應該有什麼樣的結論。如果先前沒有列出來的研究目的及研究問題，也不可以在結論上有所回應，如果有回應就顯示出研究論文的不一致性，也會讓讀者感到相當突兀。同時，針對先前的研究結果，有幾分證據就說幾分話，不可以堂而皇之的任意下結論。

總之，除了依研究目的、研究問題的順序來撰寫研究結論之外，更應參照第四章的研究結果與討論來撰寫。研究結果與討論是以第一章所提出來的研究目的與研究問題為依據，因此這些章節應前後呼應。在撰寫過程中應依據研究結果的真實性及發現來撰寫，不可以將未發現的結果也做為結論。

二、結論應言簡意賅與條理分明

結論應該淺顯易懂，讓讀者在很少的時間內就可以掌握，因此研究結論之撰寫不要再有統計符號或學術用語在其中。結論要讓讀者一目了然的掌握該研究的重要發現，如果贅述太多或過於冗長的論述，就看不出研究的結論。試想，一位演講者在臺上的講演，經過起承轉合長篇論述過程之後，對演講的主題已有深入的分析與說明，而聽眾在最後要聽到最重要的精華內容時，一定不是枝節與片斷的內容，所以結論當然應該強而有力，並簡短的告訴聽眾，結局為何。論文寫作與演講一樣，結論的敘寫宜中肯詳實又精要，且能呼應該項研究所提出的研究問題，這才算是達到研究目的之掌握。研究結論要言簡意賅、切中要旨，研究者宜針對先前所提出的研究問題及研究發現，有系統及條列式的將研究結論加以呈現。不過，常有些調查研究得到的分析結果之變項並沒有顯著差異，此時如果條列式的舉列，文字將被重複敘寫，且容易有零散及沒有統整研究結論的現象。如果細部項目沒有達到統計顯著水準或有差異的項目，可以將它們整併為一項，並做完整的敘述，以免讓結論過於零散。

三、研究結論與討論不同

　　學位論文的寫作，在撰寫第四章研究結果之後，接下來就要針對研究結果進行討論，但常因為經驗不足、閱讀他人的研究報告不多，因此容易將研究結論與研究討論，或稱為綜合討論一節相混淆。研究討論要針對研究結果的發現來與第二章的文獻探討進行比較、分析，同時對研究結果推論的相關原因，需要引述第二章的內容來與研究結果進行佐證，以瞭解本研究與其他研究的差異及特色，這也就是文獻探討的目的之一，否則第二章蒐集了很多的研究報告，並花費了很多的時間整理、分析及撰寫，不就沒有發揮功用了嗎？這部分研究者可以好好的思考。

　　而研究結論是針對第四章的研究結果與討論而來，它僅要針對本研究所發現的研究現象，進行簡要、重點式、條列式或是整合性的說明，不需要像研究討論一樣還要引述第二章的文獻探討資料來佐證，這是與研究討論最大的差異，也就是說，研究結論不再引述相關文獻來說明。在針對本研究歸納研究結論時，就不要再引述第二章文獻探討的資料來說明或佐證，試想一篇論文在研究討論與研究結論都引述他人的研究，來比較研究發現或是推論研究發現的相關原因，則此研究論文就會出現兩個地方是雷同或重複章節內容的現象，這會讓讀者覺得沒有將研究的最後重點發現指出來，而會有一再閱讀相同資料分析的感覺。

四、避免易犯錯的結論敘寫

　　初學者撰寫論文時，論述到研究結論，容易有以下幾種情形產生：

　　1. 仍複製研究結果的內容：研究者仍將研究結論與結果的文字內容敘述一樣，此種情形會讓讀者感到研究結論與結果沒有差異性；同時研究者還將第四章研究結果的統計顯著性檢定符號呈現在結論之中，但過多符號易造成讀者在閱讀結論時感到混淆及不易理解。

　　2. 研究結論的標題過於冗長：照理來說，研究結論應該是運用精簡而有力的文字來敘述，有時口試委員認為撰寫研究結論，除了列標題之外，宜對

所列的標題再申述，研究者未能掌握其精神，因而形成了長篇大論的敘述，就失去結論要精簡且掌握重點的精神了。

3. **結論的標題有「結」沒有「論」**：研究者常僅列一個不具有方向性或意義的標題，此時讀者並無法掌握其研究發現，還要仔細閱讀標題以下的文字敘述，才能掌握結論，像這樣有「結」而沒有「論」的結論寫法宜調整。研究者在下結論的標題時，應考量標題是否反應研究目的或研究問題的旨意。最簡單的例子，研究者常會有這樣的標題：「不同的性別在自我觀念有顯著差異」、「不同的任教年資在知識管理有顯著差異」、「不同國籍別的學生在學業成就表現有顯著差異」。上述的結論應調整為：「男生的自我觀念顯著高於女生」、「任教年資愈長的教師，在知識管理表現較優異，尤其是任教五年以上者更是如此」、「本國籍的國小學生學業成就顯著高於新移民女性子女」等。

4. **輕易提出因果關係的結論**：研究者可能在第四章的研究結果與討論之中，運用了迴歸分析或是相關係數來檢定變項之關係。因此在結論的敘寫上，將變項之關係程度，解釋為某些變項是原因，而某些變項是結果，因而陷入因果關係的謬論之中。縱然研究者對於統計方法熟悉，但是在資料分析之後的結果，不宜任意評定是變項之因果關係。

5. **結論的標題沒有方向性**：如某研究結論的標題為：「新北市國小教師之教學效能高」，這標題沒有指出哪些是重要或較為優勢或表現不良的教學效能，其標題應改為：「新北市國小教師之教學效能高，其中教材準備及教學技巧最高，其次為師生關係，最低為教學計畫」。這樣會更有方向性及層次感，對讀者來說，也較易理解。

總之，結論的標題不可以太冗長，一定要有方向性，讓人讀後有印象，同時結論不可以任意推論因果關係。

五、結論的實例──標題精簡與論述內容有方向性

實例如：「研究者在瞭解不同背景變項（如家庭經濟收入，其區分為20,000 元以下、20,001 至 40,000 元、40,001 至 60,000 元、60,001 元以上）的受試者（如學生），在生活困擾、學習困擾、壓力困擾及同儕困擾的差異情

形。」研究者在完成統計分析的結果之後，其結論的撰寫常有以下的情形：

1. 學生家庭經濟收入為 60,001 元以上者的生活困擾，顯著低於 20,000 元以下者。

2. 學生家庭經濟收入為 40,001 至 60,000 元者的學習困擾，顯著低於 20,000 元以下者。

3. 學生家庭經濟收入為 60,001 元以上者的壓力困擾，顯著低於 20,000 元以下者及 20,001 至 40,000 元者。

4. 學生家庭經濟收入為 60,001 元以上者的同儕困擾，顯著低於 20,000 元以下者。

上述的結論之撰寫過於零散、沒有統整，較看不出其意義，又浪費不少篇幅，重要的是當讀者讀完之後，仍難獲得較具體的結論，類似這樣的結論寫法較為不妥。其實，上述的內容為主要研究發現，而非研究結論。因此，針對上述內容，可以調整如下：

本研究發現，學生家庭經濟收入為 60,001 元以上者的生活、壓力與同儕困擾，低於家庭經濟收入為 20,000 元以下者；而家庭經濟收入為 40,001 至 60,000 元者的學習困擾，明顯低於 20,000 元以下者。由上述可以看出，學生家庭經濟收入愈多者，其生活、學習、壓力及同儕困擾明顯低於經濟收入較低者。

上述的實例，重點在提醒研究者對於研究結論的寫法，不僅在標題上宜精簡（如由四項變成一項，而且細部說明在標題下即可）、不零散與具統整性，更重要的是，在標題的論述上，看出其方向性（即愈高……，愈低者……），對於讀者來說這樣也比較容易掌握研究發現，對研究來說也較有意義，否則太零碎與枝節的說明，是看不出研究價值。

貳、建議的敘寫重點

研究建議是對研究提出啟發性的說明，更為未來的研究開啟另一扇窗。

　　研究建議是撰寫論文的最後階段，也是寫作論文的收尾，研究者常會草率或三言兩語提出建議，這就降低了論文的價值。好的論文可以從建議中，看出研究者從研究發現提出哪些具建設性又有意義的啟示，供未來的研究參考，因此研究建議的敘寫相當重要。

一、針對研究結論提出建議

　　研究者宜針對研究結論來提出研究建議，以強化研究結論的重要。試想研究者已投入相當多的時間整理文獻，也花了很多時間對樣本進行調查（觀察、實驗、訪談），更運用不少時間對龐雜的資料作統計分析（逐字稿、實驗結果分析），也運用不少的篇幅對於研究發現進行討論，因而得到研究結論，此時如果沒有對研究結論提出建議，似有些可惜。因此，研究者宜一一指出這些研究結論可以有哪些實務、方法或理論上之建議。初學論文寫作者在撰寫此部分時，常犯了一個嚴重的缺失，就是對本研究根本沒有發現的研究結論，卻仍提出許多的建議，這種研究建議與研究結論無關者，就不必要浪費篇幅來敘寫。像這樣的情形，研究者一定要牢記在心，不要犯了研究結論與建議牛頭不對馬嘴的謬誤，即沒在論文中探討的問題或目的，卻有若干的研究建議，這會造成論文品質降低。所以在敘寫研究建議時，合宜的寫法，例如：「本研究發現……，因此建議……」；或者「綜合第三項的研究結論發現，……；建議未來的政府部門宜……」。

二、實務性與理論性的建議

　　一份研究的建議常包括實務性與理論性的建議，但仍須依研究的目的及性質而定，也可能有些研究報告是在驗證理論，或是建置一份研究工具，或是在推演數學公式證明等，所以要建議的內容就會不一樣。但是大部分的學位論文，都可以提出理論性與實務性的建議。理論性的建議可以朝著究竟研究發現與理論的內涵有何不同，如果研究發現與理論有不同，此時就可以建議修改理論，但是學位論文可能是短時間完成的，受限於經費或人力及樣本數，所以建議修改理論的部分宜審慎小心為宜，除非研究生與指導教授深入

討論，認為研究發現足以推翻先前的理論。

　　就實務性的建議來說，這是研究建議比較容易思考到的內容。研究者可以依據研究發現，對行政機關、學校、家長、教師、學生或產業界等提出實務性的建言，期待他們朝著哪些方向進行，較能解決研究所提出的問題以及發現的現象。實務性的建議應具體可行及具有前瞻性為宜。當然，實務性的建議分為原則性及特殊性的建議，研究論文的原則性建議宜少，特殊性建議宜多，特殊性建議通常較為具體，範圍也較為受限，所以比較可以執行。研究者常提出以下幾種不好的建議：第一，提出要求設立專責單位來負責處理研究中的問題，例如：研究者撰寫學校本位管理，研究建議就提出要建立一個學校本位管理的機構來掌握學校本位管理的執行績效；又如：研究者撰寫知識管理與教師的教學效能，在結論就提出要在學校建立一個專業委員會來提升教師的知識管理；再如：教育行政機關的危機處理之探討，就提出建議未來教育行政機關要設立一個危機處理機構等，像這樣的研究建議，似乎不用研究就可以得出，每篇研究都要設立專責機構，政府哪有這樣的經費？第二，建議未來要有專責人員負責相關的業務，這也是類似前述的問題，如果每篇報告都建議要有專責人員，試想，政府怎會有那麼多的經費及人力編制來從事這些業務呢？第三，建議政府或有關機構要編列更多的預算，讓該研究問題的現象可以獲得解決，類似這些不痛不癢的建議，猶如狗吠火車一樣，並無法實質看出建議的價值。

三、不要忘了對於未來的研究建議

　　研究論文的建議不僅要有實務性與理論性的建議而已，還應包括對於未來的研究建議。研究者在完成一篇研究論文後，在研究過程裡一定會發現還有很多的研究現象在研究過程中沒有考量到，或是研究限於時間、人力及經費所無法完成，或是研究過程也有疏失等，這都可以做為未來的研究建議，讓後來的研究者可以有參考的資訊。如果未來的研究者有興趣，就可以繼續完成該研究未能解決的問題，有助於後來的研究者投入這領域的分析。換言之，研究者可以提出未來研究應改進之處，以及此研究的缺失，在未來有何新的研究方向等，都是值得建議。舉例來說，研究者可以從研究方法來建

議，研究者也許在一開始進行論文撰寫時，比較沒有研究及寫作的經驗，因此執著於某一項研究方法就投入研究（如問卷調查法），但是在後來執行該研究時，卻發現這個研究主題以某一種研究方法（如實證研究法）進行更為適當，或更能獲得學術及實務價值，但是研究已進行了一些時間，也有部分結果產生，無法再調整研究方法，此時研究者僅能對未來研究提出建議，供未來如要進行類似研究問題的研究做為參考。

而類似上述研究方法的建議在一篇研究論文之中還真不少，諸如：研究者可能在研究對象的選取、研究樣本數、統計方法、研究變項的測量、研究構面的向度篩選、研究工具的信效度、研究範圍等都會面臨相同的問題，因此可以在此部分提出建議。再以研究工具來說，如果研究者針對國民小學低年級的學生進行問卷調查，在問卷題目之中設計反向題，或是運用的語句是低年級學生無法體會者，此時很可能會讓低年級學生在填寫問卷時，產生無法理解問卷的語彙與反向推理而亂填的現象，所以未來建議在問卷的語彙上應與低年級學生相若，儘量減少反向題的設計。又如在統計方法選擇上，如果現有研究以多元迴歸的方式來處理資料，因為這方法受限於僅能有一個自變項、多個依變項，研究者或許可以建議未來的研究可以運用結構方程模式（SEM）來處理相關的資料，因為它可以處理多個自變項與依變項，並可以對資料做完整的分析與解釋。

 ## 四、避免易犯錯的研究建議之敘寫

初學者在研究建議敘寫中，除了敘寫一些與研究內容無關的建議以及提出一些不用進行該篇研究，也可以想出來的建議之外，還有幾項很容易出現的不妥當建議：第一，研究者未能將相類似的研究發現，整合成研究結論，並提出建議，因而提出來的建議都過於零散，猶如亂槍打鳥，沒有系統與內涵；研究者宜將相近的研究結果或較枝節的發現，做統整性的歸納，再敘寫建議，會更具有說服力；第二，研究者若無法掌握建議的優先順序，不一定要依研究結果的順序來提出建議，研究建議除可對整合幾項的研究結果提出建議之外，亦可以針對該研究樣本的相關人士及機關進行建議，例如：對學生、教師、家長、社區人士、產業界、行政機關、學校等提出適當的建議；

第三，當研究結果無法提出實務建議時，研究者還是一味的要擴充篇幅，因而提出一些與研究結果無關的建議；因為研究者的實務性建議要具體可行，不可以誇大不實，若提出一些不可行的建議，到最後，雖然進行了這樣的建議，也無法對該現象有實質的助益與改善。

最後，在研究建議的項目中，宜以研究結論標題做為建議的依據。結論的標題為研究的主要結論，研究者若沒有依據此結論，提出合理建議，而以細微、枝節、不重要與零散的發現做為建議的依據，易產生捨本逐末或頭重腳輕的現象。

五、掌握未來研究建議的價值

未來研究建議具有相當大的價值，因為它是研究者在研究過程中，經過思考、處理卻仍無法解決的問題，留給後人研究參考的方向。試想一篇論文寫作要花不少時間執行，後來的研究如留意前人的研究缺失或限制，常可以省下很多寶貴時間，並避免重蹈覆轍。未來研究建議之價值有下列幾項：(1)研究者在進行研究前未曾考量過的現象，卻在研究過程遭受到的困難，以過來人的經驗指出未來的研究建議，供後續研究發展的方向；(2)研究者在研究過程裡已對相關細節深思熟慮，但還是發現很多爭議的研究結果，這些爭議是研究者無法在該研究中解釋，此時可以將該爭議的現象或遭遇的問題提出來，做為未來研究納入探討的方向。是故，研究者撰寫到未來研究建議，已是論文的最後階段，此時最好再花一些時間好好的審慎思考研究過程中，各種曾經面臨到的問題，或是研究結果與現有研究發現不同，研究者已試著解釋或討論，但是仍存在著爭議，此時研究者即可列為未來研究建議。

針對上述情形，依筆者的研究及寫作經驗，提供幾項撰述的例子：(1)研究者的研究方法是採問卷調查法，但是在預試問卷的因素分析中發現，某些題目的因素負荷量太低、信度太低，在研究者已有後續的樣本補充之後，仍然還是有此問題，此時就可以將此現象列為未來研究的建議；(2)研究者在問卷設計的反向題過多，偏偏研究樣本是國小低年級學生，發現學生在反向題的填答充滿困難，此時研究者就可以建議，未來研究在編製問卷宜以正向題為主，不宜有太多的反向題；(3)研究者在深思熟慮之後，採用了某一種類型

的研究方法，如實驗研究法、焦點團體法等，但是在研究過程中，發現這些方法執行時困難重重，或者研究者在執行研究之後的經驗發現，還是採用其他的研究方法比較好，此時也可以在未來的研究建議中提出可行的方式；(4)研究者已經對問卷完成預試、正式施測，但是後來才發現還有不少的研究構念與該研究有密切的關係，此時研究者可以把這些可能與本研究有關的研究構念，列在未來研究建議，供未來研究參考。其實，上述僅是代表性的列舉而已，研究者還是要依研究的題目及情境而有所不同。

　　許多研究者在撰寫未來研究建議時常有幾種迷思，例如：研究者指出：(1)「本研究為量化研究，未來應配合質性研究，如訪談法、觀察法來掌握研究現象」，其實這說法不當，因為研究者在研究設計與實施提出了研究方法，此研究方法的選用是經過研究者的深思熟慮，當然也考量了質性方法的困難，才選用量化研究，如果研究者已經深思熟慮，在未來建議還提出要以質性研究方法來補充研究不足，就陷入了自相矛盾的窘境，表示研究者在研究過程並沒有周密思考；(2)「本研究的研究對象是以彰化縣為主，未來的研究宜以其他縣市或是以全國性的樣本做為對象較為適當」，類似這樣說法也有迷思，也就是說，研究者既然一開始就僅以彰化縣的樣本為主，就表示研究者已有思考過，才會以該縣市做為母群體來抽樣，如果在未來的建議才說要用全國性的樣本或其他縣市的樣本，就凸顯出研究者為何在研究一開始，沒有要以其他縣市或全國性樣本做為分析對象的迷思了。

　　筆者在指導學生完成論文之後，常會有以下的對話：

生：教授，謝謝您，我寫完論文之後，發現與本研究有關的題目還有很多可以研究分析的。

師：對啊！如果您用心研究，在過程中可以瞭解很多的問題是先前所沒有想到的。

生：真的耶！像一開始對於研究動機不曉得要寫什麼？文獻也不知道要蒐集哪些？要用哪一個理論？問卷要如何編製？編製過程中又不曉得受訪者是否可以理解我所要的？統計分析更是有意義，而在寫建議時更體會到這一路走來的感受。

師：這就對了，這也是為什麼您在找我擔任指導教授時，我就特別叮

噔，研究過程中的每個細節都應思考其合理性、可能會面臨哪些問題等。當您都瞭解這些問題之後，論文寫作就很容易入門了。

生：真的謝謝，現在瞭解了我的研究論文，在未來研究建議上應該提出哪些內容，可以做為未來研究者參考或未來研究的方向。

師：如果您有這樣的體會與感受，代表您已經在研究及論文寫作上，知其然，更知其所以然了，恭喜，好好繼續努力加油。因為研究可以為您帶來快樂及知識水準的提升，加油。

生：謝謝，再次謝謝教授。

　　如果研究者能有如上述的研究經驗之體會，代表研究者在研究及論文寫作上有其一定的水準，更代表日後在閱讀他人的研究論文時，能瞭解他人的研究重點，這也是代表學習有成的研究生了。

　　總之，對於未來的研究建議敘寫，研究者宜靜下心來，好好思考在整個研究過程中，究竟發生了哪些問題，而這些問題是已經深思過，卻仍無法解決者，或是研究過程並沒有深思過卻突如其來，而研究者亦無法解決者，此時就可以列入未來的研究建議。筆者經驗是，對未來的研究建議，就如同是研究者對於所進行的研究做後設評估一樣，除了研究者知道自己的研究發現之外，更知道未來如果要進行類似的研究時，宜朝哪個方向進行會比較好。如果研究者撰寫到這個章節能有這樣的體會，也代表研究者對研究及寫作的投入，更代表在這方面下了很多工夫，可以提供後續研究的參考了。

問題思考

令人印象深刻的結論與建議

　　論文的結論與建議相當重要，畢竟論文寫到最後，總要有結論，並提供好的建議參考。本章已提供一些結論及建議的寫法，另外還有以下幾項提供參考。

　　在結論上不宜有以下幾項內容，相對的，結論與建議要令人印象深刻：

　　1. 結論內容不宜再引述文獻：結論是該篇研究的結語，不宜再引用文獻來佐證結論的正確性，相對的，在討論或綜合討論時則需要引用文獻深入的對話。研究者很容易將結論與討論混為一談，這需要加以釐清。

　　2. 結論的內容不宜置入圖表：結論是很精簡明確的幾段簡短文字，不宜再放入圖或表來擴充篇幅。圖或表宜在先前章節使用，不可以再置入結論中。

　　3. 結論內容不宜有統計術語：結論為普遍式及通俗式的內容，它不再提供給專業的研究者瞭解，因此有些統計術語或統計的表達，例如：達到統計顯著 .01 或 .05 顯著水準，或 $p < .05$、$p < .01$ 等，不可寫在結論之中。

　　4. 結論的內容不宜拷貝結果：研究者應該將研究結果做有系統的整合，也許將幾項相近的結果整合為一項結論。結論不是將研究結果一一的列出，研究結果之後通常會有主要研究發現，從主要研究發現再歸納為結論，並整合式的撰寫。

　　總之，結論內容要令人印象深刻與好記憶，對論文更有加分效果。一篇研究都在數萬字以上，研究者很難將整個研究過程及結果用簡短話語說明，此時在結論敘寫方面一定要運用巧思，整合幾項結果，敘寫出令人讀了之後很有印象又好回憶的結論，這樣會讓讀者很容易想起，甚至研究者也容易回憶起研究發現。

　　然而，在建議上不宜有下列幾項內容：

　　1. 不宜提出不進行該研究就能提出的建議：研究者很容易寫出不用

進行該篇研究就可以寫出的建議。研究者宜根據結論來思考應該如何提出建議，而不是敘寫一些與本研究無關的建議，甚至不用做該研究就可以提出的建議。試想不用做該研究就可以提出該建議，那又何必研究呢？

2. **研究建議應具有對象及範圍的特定性**：建議不用從個人、家庭、社會與國家方向都敘寫。研究者探究的研究題目及研究問題都有其特定性，因此所獲得的結果也有特定對象與用途，所以在建議敘寫上應針對研究對象及與結論有關的內容來敘寫建議，而不用從社會、政府與國家面向等加以建議，除非是重大的國家議題。

3. **建議不宜空泛、虛無縹緲的不可行內容**：研究者很容易提出一些不切實際的建議，例如：建議政府提供更多經費、設立專責機構、增加人力、師資員額、頒訂相關法案、提供更多補助等。也有研究者很喜歡建議家庭要充實更多教育資源及設備等，問題是研究對象為低收入戶者、貧窮與偏鄉資源不利者，要他們充實教育資源或更多經費是相當困難的事。類似上述建議，有建議等於沒建議，不切實際。

第十四章

摘要、附錄與參考文獻的敘寫

壹、摘要的敘寫

摘要具有畫龍點睛的效果；摘要也是一本論文的核心，更是論文的門面，其重要性不可言喻。摘要包括中文摘要與英文摘要，缺一不可。

一、摘要敘寫重點

摘要是一篇論文的精神所在，當全篇論文完成之後，研究者必須將整個論文的內容做一精簡論述。摘要依研究類別及性質有不同的格式：實證研究的摘要內容，包括研究問題、研究對象、研究方法、研究結果（不含統計的顯著水準），以及結論與建議；如果是評論性文章或理論性文章，摘要的內容包括分析的主題、目的或架構、資料來源、最後的結論。據 APA 之規定，英文摘要（abstract）的字數，以 250 個字為上限，不分段落，學位論文摘要內容較多，仍建議以 1 頁為原則，但可以分段及條列敘述。因為研究者使用的研究方法不同，例如：問卷調查研究、實驗研究、個案研究、後設分析、訪談研究等，在摘要的寫法就不太相近，但大致都要將研究目的、研究樣本、研究方法、結論與建議，以及研究貢獻做摘錄式說明。

摘要要將數萬字的論文濃縮為幾百個字，實在相當的困難。它運用有限文字，不用技術性用語，以簡單陳述做最完整說明，也不可以把文章沒有提

及的研究發現寫在其中。撰寫宜注意幾個重點：⑴運用簡潔的方式陳述研究問題、研究對象、研究方法、研究結果，以及結論與建議；⑵忠實反映研究的內容，用詞明確，不宜添加研究者主觀意見；⑶摘要不能說明研究者的背景資料，不能進行研究討論，更不能引用圖表，也不可以引用文獻，且不能用縮寫（abbreviation）；⑷如果是英文摘要，所運用的動詞建議採用過去式，因為已經完成研究成果；⑸中、英文摘要都要提供三至五個關鍵詞，且中、英文摘要的敘述宜一致，不可以中文摘要內容是一回事，而英文摘要的說法又是另一回事；⑹研究者往往英文寫作能力不會比英語系國家者好，英文摘要完成之後，最好請母語為英語的專業人士潤飾，讓英文摘要錯誤減少，可讀性提高；⑺如果背景變項之間在某些項目有顯著差異，或是顯著相關，在摘要敘寫時，宜明確指出它們的方向性，例如：「男生與女生在喜愛玩躲避球、打籃球、跳繩有顯著差異」，宜修正為：「男生比女生喜愛玩躲避球、打籃球，女生跳繩比男生多」；又如：「不同的父母親教育程度的新移民子女在人際關係表現有顯著差異」，這看不出來變項的顯著差異方向，建議調整為：「父母親教育程度較高之新移民子女，人際關係表現比較好」；再如：「不同的父親職業對新移民子女學習風格有顯著差異」，建議調整為：「父親職業為半專業人員或一般性公務人員之新移民子女學習風格，顯著高於父親職業為無技術或非技術工人」；⑻英文摘要需運用數字描述時，除字首之外，全部數字均採用阿拉伯數字為宜；⑼研究者撰寫摘要時，所陳述的內容宜依據研究結論進行論述，也就是研究結果與摘要的內容要一致，才不會一本論文有研究發現前後不一的現象；⑽摘要應寫出本研究的貢獻與價值，不能僅有結論；⑾英文摘要第一行不用空二個英文字，應與左邊各行切齊；⑿摘要末尾要有關鍵詞，中文詞的排列依筆劃由少到多，英文詞的排列是按字母順序。

以下列舉一篇論文的題目及中、英文摘要的內容（引自張芳全，2012）。

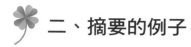
二、摘要的例子

（一）中文摘要的例子

勞動者教育收益與影響薪資因素之研究

摘要

本研究基於人力資本理論，分析臺灣勞動者之教育收益，以及影響勞動者薪資所得因素。本研究以行政院主計處（2010）的人力資源調查資料為依據，並採用年齡薪資所得的模式分析臺灣的各級教育收益。獲得結論如下：勞動者教育程度愈高，教育收益率愈高，這與Mincer的薪資所得公式一致，即勞動者的教育年數、工作經驗對薪資所得有正向顯著影響，而經驗平方對薪資所得有負向顯著影響。2010年臺灣整體勞動者教育收益為7.8%，雖然女性薪資所得明顯低於男性，但是女性教育收益率（8.9%）高於男性（7.2%）。若以大學就讀類科來看，法學、理科、工程、醫學、警政與教育類科的薪資所得比起文科高，而商管及農科與文科沒有明顯差異。此外，主管與具專業技術者、居住臺北市，以及男性已婚勞動者有較高薪資所得。最後，勞動者教育程度愈高，其工作經驗價值增加，因而其教育收益愈高。本研究的貢獻在於發現，雖然臺灣的高等教育擴充，但大學畢業生就業後的教育收益仍接近8%，尤其女性比男性更高，代表臺灣的高等教育值得投資。針對結論深入討論，並提出建議。

關鍵詞：Mincer薪資所得公式、人力資本理論、教育收益、薪資所得

（二）英文摘要的例子

Worker Returns to Education and the Influence on Wages

Abstract

This study analyzes returns to education and the influence on wages in Taiwan, based on human capital theory. To study this issue, we used multiple regression analysis to estimate and employed the Mincer wage equation to analyze. Data are from the Manpower Utilization Survey issued by

the Directorate-General of Budget, Accounting, and Statistics (2010). The results are as follows: The higher the level of education a laborer achieved, the higher the returns to education were for the laborer. The reliability of the Mincer wage equation to estimate returns to education was confirmed for Taiwan. Worker education, experience, and wages had a positive significant correlation. The relationship between the experience square and wages was negative. The total returns to education were 7.8%. Women's wages were significantly lower than men's, but female and male returns to education were 8.9% and 7.2%, respectively. For faculty in higher education, wages for medical, natural science, engineering, health, security service, and education faculty were higher than for liberal arts faculty. Business management and agriculture faculty wages were lower than were liberal arts faculty wages. Managers and skilled workers who had professional knowledge earned higher wages. Laborers who lived in Taipei City earned higher wages than other counties in Taiwan, and married men had higher wages than unmarried men. Finally, the returns to education increased with the length of work experience indicating that a person's work experience is crucial. The contributions of this research was that despite the expansion of higher education in Taiwan, the education income of university graduates after employment was still close to 8%, especially for women and men, which meant that higher education in Taiwan was worth investing in. In-depth discussion on the conclusions and specific suggestions were made.

Keywords: Human capital theory, Mincerian wage equation, returns to education, wage

貳、附錄的呈現與格式

在研究過程中凡是具有意義的資料，但無法納入正文中，都可以列入附錄；置於附錄可以讓讀者專注正文中最直接的資訊，避免閱讀正文時分心。

 一、附錄的呈現

研究者在寫作論文中，為了讓本文的呈現更為豐富與有意義，常會把容易使讀者分心或易偏離主題的內容置於正式論文之中，這是比較不好的論文

編排，此時研究者不要將它們刪除，可將其收錄於論文的「附錄」之中。

　　附錄的處理宜掌握幾項重點：(1)掌握哪些是附錄：研究者在研究過程中，自行設計的電腦軟體、未出版的測驗，例如：研究者自編問卷、問卷初稿、複雜的數學證明公式或流程、實驗用材料或器具、專家效度評定問卷的結果整理、向他人或機構申請的有關同意書等，都可以列在附錄之中；(2)研究者本身的註記，例如：簡要介紹研究者、註明協助完成研究的單位或人員、與研究者聯絡的方式等，也可以列在附錄之中；(3)附錄與「章節」架構不一樣，但是它的位階與章一樣，附錄的標題字級大小也與章一樣；(4)附錄排序之前，也應給予「附錄」名稱，其字級與章一樣；(5)如果有許多個附錄，宜依據內文中的指引順序呈現，英文的附錄以 A、B、C……為順序，中文的附錄以一、二、三、……為順序，並給予每個附錄標題名稱。

二、論文的基本格式

　　瞭解論文格式是寫作論文最基本的工夫，研究者應完全掌握。為了讓讀者掌握實證性論文的基本格式，將其格式列於表 14-1。要說明的是，這是論文格式的基本要項，研究者可以依研究需要重新編排章節名稱，就如有些教授認為研究方法宜在緒論中說明，也有不少的教授認為應該置於第三章來說明，此依教授的風格及要求即可。

參、參考文獻的格式

　　參考文獻的敘寫是論文寫作的基本工夫，研究者應百分百的掌握。

一、參考文獻敘寫的基本規定

　　論文寫作常會引用他人的文獻，畢竟一篇研究論文不易原創，因此引用文獻是正常且必要。因而內文有引用其文獻之作者，就需要在參考文獻中呈現出來，避免有抄襲的爭議。參考文獻是一篇論文很重要的地方，從研究者

表 14-1
量化論文的基本格式

論文前置資料
> 題目頁
> 謝詞
> 中、英文摘要
> 目次
> 表次
> 圖次

論文主體
> **第一章　緒論**
>> 研究動機（或研究背景）
>> 研究目的（研究問題、待答問題或研究假設）
>> 名詞釋義
>> 研究方法與步驟
>> 研究範圍與研究限制
>
> **第二章　文獻探討**
>
> **第三章　研究設計與實施**
>> 研究架構
>> 研究對象
>> 研究工具
>> 實施程序
>> 資料處理與統計分析
>
> **第四章　研究結果與討論**
>> 研究結果
>> 綜合討論
>
> **第五章　結論與建議**
>> 結論
>> 建議（對實務的建議、理論性或未來研究的建議）

參考文獻
> 中文部分
> 英文部分

附錄
> 附錄一　○○○○
> 附錄二　××××

所列舉的參考文獻內容及格式的準確率，就可以看出一位研究者對於該研究議題的掌握程度，以及研究者的認真與謹慎態度。假如研究者對於參考文獻都馬馬虎虎，每筆格式都錯誤，其論文品質一定不佳。如果是投稿學術期刊，參考文獻的格式不正確常直接被退稿。參考文獻基本格式說明如下（林天祐，2010；潘慧玲編著，2004；APA，2020）：

1. 研究者引用過的文獻，必須出現在參考文獻中，而且參考文獻中的每一筆文獻都被內文引用過。

2. 內文與參考文獻的作者姓氏（名）以及年代，國內年代以西元敘寫較多。全篇的內文年代以西元敘寫，參考文獻也要以西元呈現，必須完全一致。

3. 引用英文文獻僅寫出作者姓氏，但在參考文獻必須同時寫出姓氏及名字（字首）；中文文獻則都寫出全名。

4. 參考文獻如果一行無法寫完，可以列為二行，但在第二行，中文需要空二個字，英文需要空四個半形字。

5. 參考文獻的排列順序，以中文為優先，英文在後。中文文獻的順序，以作者姓氏筆畫為依據，如為英文文獻的排列順序有以下的標準：

⑴依作者姓氏字母順序排列，如以文章篇名或書名當作者，而該篇名或書名是以數字開頭，應以英文字之字母順序比較排列，例如：21st century leaderships 是以 Twenty-first century leaderships 做為排列順序的比較基準。

⑵第一位作者姓名相同時，如為同一作者，依年代先後順序排列：
範例：Little, A. D. (2020).
　　　Little, A. D. (2021).

⑶一位作者永遠排在多位作者之前：
範例：Gikkr, H. A. (2020).
　　　Gikkr, H. A., & Hu, W. -Y. (2021).

⑷多位作者，依序由第二或第三、第四、⋯⋯作者姓氏字母順序排列：
範例：Tingle, H. R., King, L., & Reew, O. F. (2021).
　　　Tingle, H. R., & Levin, U. D. (2021).

⑸相同作者且相同年代，則依（扣除 A, The 等冠詞之後）篇名或書名字母順序排列，並於年代之後附 a、b、c 註記：

範例：Ruipe, W. A., & Hu, E. -Y. (2017a). *There are many concepts*……

Ruipe, W. A., & Hu, E. -Y. (2017b). *Human capital*……

⑹引用後設分析文獻時，不必在附錄一一列舉，但需要融入參考文獻，並在該筆文獻前加註「＊」號，且在參考文獻一開始，就説明加註＊者為後設分析的文獻：

範例：＊ Johnston, B., & Webber, S. (2003). Information literacy in higher education: A review and case study. *Studies in Higher Education, 28*(3), 335-352. https://doi.org/10.1080/0307507030 09295

6. 在英文文獻的撰寫上，凡是在「．」、「，」、「：」之後的英文字母都要空一個半形字。英文文章的篇名，第一個字母要大寫，其餘的都是小寫，除非是該英文單字為專有名詞，或者在「：」之後的第一個英文字母也要大寫外，其餘都是小寫。英文期刊的名稱，介系詞、冠詞都不要大寫，其餘英文單字的第一個字母都要大寫，例如：*Journal of Educational Research*。

 ## 二、APA 的參考文獻舉例

（一）APA 第七版與第六版的主要差異

APA（2020）第七版與第六版的主要差異如下：

1. 刪除書籍的出版地點，僅留出版單位。

2. 書籍、期刊文章、報紙等需要有 URL（Uniform Resource Locator），也就是「https://doi.org/xx.xxxx/」的網址。第六版則以數位辨識碼（digital object identifier, doi）為主。

3. 圖的序號和名稱調整在圖的上方。「註：」需要用粗黑字，英文格式則用 *Note.*，需要用斜體，置於圖下。它與表相同，都有三種註解方式。有時圖的來源是引自他人作品，則在註之後，以引自、取自、修改自等加以説明，而英文則以不斜體的 From 或 Adapted from 來説明。

4. 中英文文獻之引用若有三人以上，第一次出現時只寫出第一位作者，加上「等人」，英文則加上 et al.，如 Ballcse et al.（2021）即可。

5. 參考文獻的作者，第七版規定可以列一至二十位，第六版規定七人以上列出七位，八人以上列出前七位，後續作者以……，加上最後一位作者。如果是二十一人以上，則列出前十九位作者及最後一位作者，其他以……取代。

6. 研討會議發表的論文，省略主持人及評論人，但要列出年月日，並把舉辦會議的城市改為國家，有州、縣的也要加註，例如：臺北市，臺灣。

7. 學位論文的引用格式，刪除大學所在地點，只要呈現大學名稱即可，同時學位論文分為兩類：一為已出版；二為未出版。以臺灣來說，如果在「臺灣碩博士論文知識加值系統」有顯示電子全文屬於已出版，格式要再列入該論文的資料庫編號，如果沒有顯示電子全文則為未出版。

8. 網路的文獻省去「年月日取自」、「Retrieved from」的格式，只列出網址，除非網頁不穩定，才要敘寫「年月日取自」、「Retrieved from」。

9. 媒體報導報導者（報導年月日）。報導標題。報導來源，版次。此種情況，報導標題要斜體，列上網址。

10. 法律條文（公布或修正日期）。英文法律名稱要斜體，中文則法律名稱粗黑，網址可加也可不加。

此外，增加 Facebook、YouTube 影片的引用方式等，因受限篇幅，在此不說明。同時，還有其他相關細節之差異，例如：表的最後底線在第七版不加粗；圖的序號不粗黑，但圖的名稱要粗黑；機關團體名稱在參考文獻不用縮寫，必須用全稱，例如：World Bank. (2021)，不可以寫 WB. (2021)。有興趣的讀者可以找 APA（2020）閱讀。

（二）APA 第七版參考文獻的重要規範

因為臺灣早期的中文書籍、期刊文章和報紙文章都沒有 doi，所以無法提供，國外也有類似情形。目前，臺灣的 doi 多沒有提供 URL，因此以 doi 呈現。目前新的英文期刊文獻多有 URL，建議以此格式呈現。參考文獻的相關規範，說明如下。

1. 期刊、雜誌、新聞、摘要文獻

(1)中文期刊（作者一人）

格式：作者（年代）。文章名稱。**期刊名稱，期別**，頁別。URL 或 doi

範例：張芳全（2021）。國中生的家庭社經地位、英語學習動機對英語學習成就之成長軌跡分析。**臺北市立大學學報・教育類，52**（1），1-27。https://doi.org/10.6336%2fJUTEE.202106_52(1).0001

若同一年代有二個以上作品，則在年代後面以 a、b、c……排列，例如：張芳全（2010a）。**邁向科學化的國際比較教育**。心理出版社。

張芳全（2010b）。**多層次模型在學習成就之研究**。心理出版社。

⑵中文期刊（作者二人以上）

格式：作者一、作者二（年代）。文章名稱。**期刊名稱，期別**，頁別。URL 或 doi

範例：張芳全、王翰（2014）。新移民與非新移民子女的家庭社經地位、家庭文化資本與家庭氣氛之縱貫性研究。**教育研究與發展期刊，10**（3），57-94。doi:10.3966/181665042014091003003

⑶中文期刊（作者超過二十人）

格式：列出前十九位作者，後續作者以……，最後一位作者列出（年代）。文章名稱。**期刊名稱，期別**，頁別。URL 或 doi

範例：潘一、林二、徐三、嚴四、林五、周六、張七、楊八、劉九、丁十、陳十一、吳十二、林十三、周十四、呂十五、伍十六、宋十七、曾十八、蕭十九……羅最後（2021）。健康照護之認知與滿意度分析。**大愛教育，19**（2），26-39。doi:120.6145/je.202106_19(2).0005（註：本篇為模擬）

⑷中文期刊（文章已獲同意刊登，但尚未出版）

格式：作者（印製中）。文章名稱。**期刊名稱**。URL 或 doi

範例：張芳全（印製中）。以國民所得與性別平等為中介探索教育年數與數學學習成就之關聯性。**學校行政**。doi:10.6423/HHHC.202107_(134).0011

⑸英文期刊（作者一人）

格式：Author, A. A. (year). Title of article. *Title of Periodical, xx*(x), xx-xx.

URL

範例：Rindermann, H. (2008). Relevance of education and intelligence at the national level for the economic welfare of people. *Intelligence, 36* (2), 127-142. https://doi.org/10.1016/j.intell.2007.02.002

⑹英文期刊（作者二十人以內）

格式：Author, A. A., Author, B. B., & Author, C. C. (year). Title of article. *Title of Periodical, xx*(x), xx-xx. URL

範例：Sun, H.-P., Sun, W.-F., Geng, Y., & Kong, Y.-S. (2018). Natural resource dependence, public education investment, and human capital accumulation. *Petroleum Science, 15*, 657-665. https://doi.org/10.1007/s12182-018-0235-0

⑺英文期刊（作者超過二十人）

格式：Au, A., Au, B., Au, C., Au, D., Au, E., Au, F., Au, G., Au, H., Au, I., Au, J., Au, K., Au, L., Au, M., Au, N., Au, O., Au, P., Au, Q., Au, R., Au, S., ⋯⋯ Au, Z. Z. (year). Title of article. *Title of Periodical, xx* (x), xxx-xxx. URL

範例：Trivedi, M. K., Branton, A., Trivedi, D., Nayak, G., Nykvist, C. D., Lavelle, C., Przybylski, D. P., Vincent, D. H., Felger, D., Konersman, D. J., Feeney, E. A., Prague, J. A., Starodub, J. L., Rasdan, K., Strassman, K. M., Soboleff, L., Mayne, M., Keesee, M. M., Pillai, P. N. ⋯⋯ Jana, S. (2017). Effect of biofield energy healing (the trivedi effect[®]) based novel herbomineral formulation on immune biomarkers after oral administration in female Sprague Dawley rats. *European Journal of Clinical and Biomedical Sciences, 3*(6), 120-128. https://doi.org/10.11648/j.ejcbs.20170306.14

⑻英文期刊（文章已獲同意刊登，但尚未出版）

格式：Author, A. A., Author, B. B., & Author, C. C. (in press). Title of article. *Title of Periodical*. URL

範例：Teachman, D. J. (in press). Family background, educational resource, and educational attainment. *American Sociological Review*. URL

(9)中英文雜誌

中文格式：作者（年月）。文章名稱。**雜誌名稱，期別**，頁別。URL

範例：張采妮（2007 年 8 月）。你被「叮」上了嗎？夏日防蚊大作戰。**嬰兒與母親雜誌，370**，39-42。

英文格式：Author, A. A., & Author, B. B. (year, month). Article title. *Magazine Title, xxx*, xx-xx. URL

範例：Garner, H. J. (1997, July). Do babies have a universal song? *Psychology Today, 102*, 70-77.

(10)中文報紙（有作者）

格式：記者或作者（年月日）。文章名稱。**報紙名稱**，版別。URL

範例：張一文（2020 年 6 月 9 日）。教育大學的問題與發展。**聯合報**，A6 版。

(11)中文報紙（無作者，用〈　〉符號標示文章性質）

格式：文章名稱（年月日）。**報紙名稱**，版別。URL

範例：二二八的歷史共業與轉型正義〈社論〉（2007 年 2 月 28 日）。**中國時報**，2 版。

(12)網路中文報紙（有作者）

格式：記者或作者（年月日）。文章名稱。**報紙名稱**。URL

範例：潘才鉉（2021 年 6 月 30 日）。110 學年度國小教甄改採線上受理 7 月 1 日起資格審查。**聯合新聞網**。https://udn.com/news/story/6939/5568207?from=udn-catelistnews_ch2

(13)網路中文報紙（無作者，用〈　〉符號標示文章性質）

格式：文章名稱（年月日）。**報紙名稱**。URL

範例：對百年中共在經濟體制實驗上的評價〈經濟日報社論〉（2021 年 7 月 6 日）。**聯合新聞網**。https://udn.com/news/story/7338/5580526?from=udn-catelistnews_ch2

(14)英文摘要資料

格式：Author, A. A., Author, B. B., & Author, C. C. (year). Title of article [Abstract]. *Title of Periodical, xx*(x), xxx-xxx. URL

範例：Woolf, N. J., Young, S. L., Fanselow, M. S., & Butcher, L. L. (1991).

Map-2 expression in cholinoceptive pyramid cells of rodent cortex and hippocampus is altered by Pavlovian conditioning [Abstract]. *Society for Neuroscience Abstracts, 17*, 480.

2.書籍與手冊

⑴中文書籍

格式：作者（年代）。**書名**。出版商。URL

範例：張芳全（2018）。**校務研究：觀念與實務**。五南出版社。

⑵中文書籍（註明版別）

格式：作者（年代）。**書名**（版別）。出版商。URL

範例：王文科、王智弘（2020）。**教育研究法**（增訂第十九版）。五南出版社。

⑶中文書籍（作者為政府單位，政府出版）

格式：單位（年代）。**書名**（編號）。作者。URL

範例：教育部（2004）。**中華民國教育統計**（編號：2004600003）。作者。

註：如果沒有編號，就不用列。

⑷英文書籍

格式：Author, A. A. (year). *Book title*. Publisher. URL

範例：Ailken, L. R. (1985). *Psychological testing and assessment*. Allyn & Bacon.

⑸英文書籍（版別）

格式：Author, A. A. (year). *Book title* (No. ed.). Publisher. URL

範例一：Bordwell, D., & Thompson, K. (2013). *Film art: An introduction* (10th ed., International ed.). McGraw-Hill Education.

範例二：Cohn, E., & Geske, G. (1990). *The economics of education* (3rd ed.). Pergamon Press.

範例三：Foster, T. C. (2017). *How to read literature like a professor: A lively and entertaining guide to reading between the lines* (Rev. ed.). HarperCollins Publishers.

範例一、二、三各為第十版與國際版、第三版、再版。

(6)英文書籍（作者為政府單位，政府出版）

格式：Institute. (year). *Book title* (No. xxx). Author. URL

範例：Australian Bureau of Statistics. (1991). *Estimated resident population by age and sex in statistical local areas, New South Wales, June 1990* (No. 3209.1). Author.

(7)中文書文集（多位作者，並有主編）

格式：作者（主編）（年代）。書名。出版商。URL

範例：黃光雄、簡茂發（主編）（1990）。**教育概論**。師大書苑。

(8)英文書文集（單一作者，並有主編）

格式：Author, A. A. (Ed.) (year). *Book title*. Publisher. URL

範例：Gibbs, T. J. (Ed.) (1991). *Children of color*. Jossey-Bass.

(9)英文書的論文集（主編二位以上）

格式：Author, A. A., & Author, B. B. (Eds.) (year). *Book title.* Publisher. URL

範例：Gibbs, J. T., & Huang, L. N. (Eds.) (1991). *Children of color: Psychological interventions with minority youth*. Jossey-Bass.

(10)中文百科全書或辭書

格式：作者（主編）（年代）。書名（版次，冊次）。出版商。URL

範例：黃永松等人（主編）（1985）。**漢聲小百科**（第四版，第五冊）。英文漢聲。

(11)英文百科全書或辭書

格式：Author, A. A. (Ed.) (year). *Title* (No. ed., Vols.). Publisher. URL

範例：Sadie, S. (Ed.) (1980). *The new Grove dictionary of music and musicians* (6th ed., Vols. 1-20). Macmillian.

(12)中文翻譯書（原作者沒有中文譯名）

格式：原著者原文名（年代）。**翻譯的書名**（翻譯者譯）。出版商。（原著出版年）。URL

範例：Galvan, J. L.（2012）。**如何撰寫文獻探討：給社會暨行為科學學生指南**（吳德邦、馬秀蘭譯）。心理出版社。（原著出版於

1999 年）

⒀中文書文集文章（文集中的一篇文章，註明頁碼）

格式：作者（年度）。篇名。載於編者（主編），**書名**（頁碼）。出版商。URL

範例：張芳全、蓋浙生（2018）。臺灣的人力供給：從社會需求與教育收益分析。載於黃昆輝教育基金會（主編），**繁榮與進步：教育的力量**（305-368 頁）。高等教育。

⒁英文書文集文章（文集中的一篇文章，註明頁碼）

格式：Author, A. A. (year). Article title. In B. B. Author (Ed.), *Book title* (pp. xx-xx). Publisher. URL

範例：Csikszentmihalyi, M. (1999). Implications of a systems perspective for the study of creativity. In R. J. Sternberg (Ed.), *The handbook of creativity* (pp. 313-335). Cambridge University Press.

3.專門及研究報告

⑴中文報告（政府部門補助或委託的研究報告，未出版）

格式：作者（年代）。**報告名稱**。政府部門委託之專題研究成果報告（編號：xx），未出版。

範例：張芳全（2019）。**高中生數學學習表現的長期追蹤調查研究**。行政院科技部專題研究成果報告（編號：MOST108-2511-S-152-008），未出版。

⑵中文報告（政府部門委託的研究報告，已出版）

格式：作者（年代）。**報告名稱**。政府部門委託之專題研究成果報告（編號：xx）。出版商／者。

範例一：陳伯璋、周志宏、李坤崇、吳武雄（2003）。**實施十二年國民教育理論基礎及比較研究**。教育部委託之專題研究成果報告（編號：920024575）。教育部。

範例二：張芳全（2013）。**新移民族群學生科學與數學學習的教育長期追蹤資料庫之建置：國民中學階段新移民族群學生科學與數學學習的長期追蹤調查**。行政院科技部年度核定計畫成果報告

（編號：MOST99-2511-S-152-008-MY3）。國立臺北教育大學教育經營與管理學系。

⑶ ERIC 報告

格式：Author, A. A. (year). *Report title* (Report No. xxxx-xxxxxxxxx). Retrieved from ERIC database. (ED xxxxxx)

範例：Becher, R. M. (1984). *Parent involvement: A review of research and principles of successful practice*. Retrieved from ERIC database. (ED247032)

4.會議專刊或專題研討會論文

如果研討會出版論文集（有 ISBN）的文章，其書寫格式與書籍或期刊相同。如果是未出版的發表論文，格式如下：

⑴中文研討會文章

格式：作者（年月日）。**論文名稱**〔發表形式〕。研討會名稱，舉行地點，國家。

範例：余民寧、林倍依、許雅涵、曾文志、林悅汝（2017 年 4 月 26 日）。**大學生學習投入量表編製之研究**〔口頭發表〕。2017 校務研究新思維與專業學術研討會，新竹市，臺灣。

⑵英文研討會文章

格式：Author, A. A. (year, month, day). *Paper title*. [Oral presentation]. Conference Title, Place, Country. URL

範例：Chang, I., & Chin, J. M. (2006, April, 21). *Elementary school principals' technology leadership: An empirical investigation in Taiwan*. [Oral presentation]. Paper presented at the meeting of American Educational Research Association (AERA), San Francisco, USA.

⑶英文會議海報發表

格式：Author, A. A., & Author, B. B. (year, month, day). *Paper title*. [Poster presentation]. Conference Title, Place, Country. URL

範例：Hsu, Y. H., Yu, M. N., & Hsiung, S. Y. (2019, August 27-30). *Development and item response analysis of the Awe-Scale* [Poster presen-

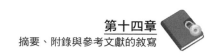

tation]. Annual Conference of the New Zealand Psychological Society, Rotorua, New Zealand.

5.學位論文

⑴中文未出版學位論文

格式：作者（年代）。**論文名稱（未出版之博／碩士論文）**。校名。

範例：林信言（2018）。**新加坡與臺灣國民小學學生閱讀表現之研究（未出版之博士論文）**。國立臺北教育大學。

⑵中文已出版學位論文（在「臺灣碩博士論文知識加值系統」顯示電子全文）

格式：作者（年代）。**論文名稱（資料編號）**（博／碩士論文，學位授予機構名稱）。資料庫名稱。

範例：陳宛廷（2021）。**警察職業承諾與工作投入之研究：以專業警察單位為例**（資料編號：109NTPT0576009）（碩士論文，國立臺北教育大學）。臺灣碩博士論文知識加值系統。

⑶英文未出版學位論文

格式：Author, A. A. (year). *Dissertation title* (Unpublished doctoral dissertation or master thesis). University Name.

範例：Chang, I. (2002). *Assessing principals' leadership in implementing educational technology policies: An application of structural education modeling* (Unpublished doctoral dissertation). University of Missouri-Columbia.

6.網路等數位化資料

中文格式：作者（年代）。文章名。URL

英文格式：Author, A. A. (year). *Title*. URL

⑴有作者與年代的範例

教育部（2018）。**五大素養 & 教師專業素養**。http://literacytw.naer.edu.tw/five.php?REFDOCID=0m8mpdw6gr8lgj9g

⑵沒有年代與日期的範例

林明地（無日期）。「小班教學精神」之理念與做法。http://ssig.tnc.
edu.tw/teach/doing.htm

(3)政府單位的範例

Wisconsin Department of Natural Resources (2001). *Glacial habitat restora-*
tion areas. http://www.dnr.state.wi.us/org/land/wildlife/hunt/hra.htm

7.法律條文規章

(1)中文法令

格式一：法令名稱（公布年代）。URL

範例一：國民教育法（1979 年 5 月 23 日）。

格式二：法令名稱（修正公布年代）。URL

範例二：國民教育法施行細則（2016 年 7 月 1 日修正）。

(2)英文法院判例

格式：Name vs. Name, Volume Source Page (Court Date). URL

範例：Lessard vs. Schmidt, 349 F. Supp. 1078 (E.D. Wis. 1972).

(3)英文法令

格式：*Name of Act*, Volume Source §xxx (year). URL

範例：*No Child Left Behind Act* (2002).

問題思考

英文參考文獻的寫法

　　初學論文寫作，若要引述英文期刊的文獻，就要將所引用的作者、篇名與期刊名稱整理到參考文獻之中，但研究生往往不知道如何整理才好。各期刊文章呈現於版面的方式不同，但要如何把相關的資訊整理成 APA 格式呢？以下舉一個例子供讀者參考。

Journal of Educational Psychology
2007, Vol. 99, No. 1, 83–98

Copyright 2007 by the American Psychological Association
0022-0663/07/$12.00　DOI: 10.1037/0022-0663.99.1.83

Early Adolescents' Perceptions of the Classroom Social Environment, Motivational Beliefs, and Engagement

Helen Patrick
Purdue University

Allison M. Ryan
University of Illinois at Urbana–Champaign

Avi Kaplan
Ben Gurion University of the Negev

　　上述所呈現的是某一篇英文期刊文章的第一頁上半部。在左上角的文字 Journal of Educational Psychology 是期刊名稱，而 2007 是刊載的年度。Vol. 99, No. 1, 83-98 代表第 99 期第一卷第 83-98 頁。

　　中間呈現的文字 Early Adolescents' Perceptions of the Classroom Social Environment, Motivational Beliefs, and Engagement，是文章的篇名。

　　在篇名底下有三位作者的名字與所服務的學校（許多期刊不會附在作者之下）。本例的第一位作者是 Helen Patrick，服務於 Purdue University；第二位作者為 Allison M. Ryan，服務於 University of Illinois at Urbana-Champaign；第三位作者為 Avi Kaplan，服務於 Ben Gurion University of the Negev。而在作者底下的通常是該篇的摘要。

　　依據 APA 第七版的格式，此時要整理在參考文獻中，作者僅留姓的全稱，名字縮寫，而所服務的學校不需要放。英文字都要半形，不可以全形，且一個單字，含括弧之後都要空一個半形。英文篇名首字的第一個字母大寫之外，其餘小寫，除非有冒號，冒號之後，空一個半形，

再大寫英文字。期刊名稱除了介係詞之外,第一個英文字母都要大寫。相關的細節請詳閱本章內容。本例的正確格式如下:

Patrick, H., Ryan, A. M., & Kaplan, A. (2007). Early adolescents' perceptions of the classroom social environment, motivational beliefs, and engagement. *Journal of Educational Psychology, 99*(1), 83-98. https://doi.org/10.1037/0022-0663.99.1.83

第十五章

結語：論文寫作困難嗎？

後記

　　凡事起頭難，持之以恆，漸入佳境，寫作論文如倒吃甘蔗。記得，凡事按部就班，掌握論文寫作的研究倫理，當可完成論文。

　　本書從第一章論文寫作的管理、第二章論文寫作經驗分享、第三章如何找尋論文題目、第四章研究資料的取得、第五章統計的正誤用、第六章及第七章說明單變項統計在論文的應用以及多變項統計在論文的應用等，主要在強調論文寫作觀念的重要，其中也討論到寫作論文時的人際溝通與互動，尤其是尋找指導教授、口試委員、研究題目與學習統計的重要。從這些篇章來看，論文寫作不僅有技術面的問題，還有人際互動的成分在其中，可見論文寫作需要手腦並用之外，更需要人際互動，常向指導教授及口試委員請益與討論，才易使論文早日完成。而在實務篇之中，說明了如何進行論文的寫作技巧與注意重點，其中包括第八章如何撰寫研究計畫、第九章如何撰寫緒論、第十章如何撰寫文獻探討、第十一章如何撰寫研究設計與實施、第十二章如何撰寫研究結果與討論、第十三章如何撰寫結論與建議、第十四章摘要、附錄與參考文獻的敘寫等，都環繞在論文寫作的技巧，如果讀者將這些內容一一掌握，一篇良好的論文寫作應該不成問題。上述各章節已闡述寫作重點，本書行文至此，仍需提出一些值得思考的問題，供進行論文寫作、正要撰寫論文，或是還沒有撰寫論文者參考。

壹、體悟：好論文在各章節都能串連

好論文的條件之一是章節之間的內容都能串連。

　　好的學術論文內容一定要掌握到各章節的內容都能彼此串連，前後的邏輯性要嚴謹，縱使在研究計畫的階段也是一樣，雖然它僅是論文寫作的開端而已，但在研究計畫階段的前三章也要能夠彼此連結，相互呼應。因此，研究者宜掌握論文計畫的前三章或正式論文的五章寫作；因為各章關係密切，彼此是一體且可以互相串連。優質的論文就是這樣的，怎麼說呢？論文第一章緒論在強調研究價值、研究目的、研究問題、分析範圍、研究步驟及研究限制，第二章接續第一章所需要的有關文獻與理論進行有系統的整理及歸納，以做為第三章研究設計與實施的依據，而第三章則導引出第四章宜使用的資料處理方式；第四章以第三章的研究架構、樣本調查與統計方法獲得研究結果之外，更需要回應到第二章文獻探討的內容做對比分析與討論，讓第二章的文獻探討能與第四章的結果做有意義的銜接；而第五章則是依據第四章的研究發現與討論，提出的結論與建議。

　　總之，論文寫作時能達到各章節相互串連與交錯，撰寫論文就具備成熟的寫作技巧，所撰寫的論文當有其學術與實務價值。切記，不要讓各章之間太過零散，且產生章節無法串連的情況。同時在每章的各節，也要有串連的效果存在，節與節之間的關係應該環環相扣，如此才可以讓論文更具可讀性。如果各章節各行其是，沒有組織、沒有系統、沒有歸納，就把文獻堆積在內文之中，就如同一輛多頭馬車，是無法順利前進。

貳、研究者想問：哪一個章節最困難？

章章如果都困難？就好好加油！

　　研究者撰寫論文的過程常會詢問，究竟在這五章之中，哪一章最困難

呢？其實，要衡量這五章的困難度，會因研究者的態度、研究問題屬性、指導教授風格、研究者投入時間而定，誰也無法明確指出究竟哪一章最困難。筆者認為，論文寫作的困難應包括構思困難、寫作困難（包括撰寫、統整及歸納）、閱讀外文資料的困難、問卷發放的困難、資料分析的困難、研究結果與討論的困難、結論與建議敘寫的困難。

就構思困難來說，它包括了要思考如何找到研究題目與如何進行各章的內容，思考的問題沒有獲得解決就會造成困擾，困擾就會產生恐懼與害怕，最後就無法進行論文寫作。就論文寫作困難來說，生活上的口語表達很簡單，但是要以學術論文的文字表達，需要依據格式及相關的資料來論述，不僅資料蒐集要完整，整理他人意見更要歸納自己的想法。因此研究者的文章之組織、批判、分析與歸納工夫要很強，但往往這些能力不是事前就具備，所以在撰寫論文時會感到特別困難。就閱讀外文資料的困難來說，很多學生視閱讀外文資料為畏途；一篇學位論文若沒有新的外文研究報告來補強文獻探討，代表研究者沒有掌握近年的研究，這就無法讓人體會該篇研究的價值；因為很多研究也許已執行過，只是研究者沒有蒐集到資訊。好的指導教授會要求研究生搜尋及閱讀新的外文期刊之文獻，將最新的文獻納入研究中，做為解釋研究發現的依據。不令人意外的是，能具備這樣能力的學生不多，尤其時下的在職生對外文專業期刊的閱讀恐懼不已，而日間部碩博士班學生外文程度持續下降，對他們來說，要將外文專業期刊的文章納入研究也是很困難。

就問卷發放的困難來說，很多研究者之所以感到困難，一方面是外在因素，另一方面是個人因素。就前者來說，目前研究所學生人數不少，研究者透過發放問卷來蒐集資料很常見。由於研究問卷數量增加，受訪者無心填答，導致問卷回收率持續下降，造成研究者無法蒐集到資料進行統計分析而感到困擾。就後者來說，如果是在職生人脈廣，可以透過人脈發放問卷沒有問題；相對的，對於尚未進入職場謀職及沒有人脈的日間部碩博士生來說，發放問卷要勞師動眾，透過拜託、請託、送禮等，他人還不一定會協助，因此對這些研究生來說，發放問卷是相當困難。

就資料分析的困難來說，研究者因先備知識及年齡限制無法做進階統計分析而感困擾。研究所常有統計或資料分析課程，只是各研究所在這方面的

開課學分數及必選修規定不同。如果研究者一開始研究取向鮮明，進入研究所之後，就應該修習統計（高等統計、多變項統計、SEM、HLM），後續才能進行量化研究。但多數研究生常不瞭解論文寫作方向，也不瞭解學習統計的重要，學習統計僅配合必修課程，不是真正要將統計學好，所以統計的基礎知識或後來撰寫量化論文的先備知識欠缺。到了撰寫論文需要運用統計時，才體會學習統計的必要性與急迫性，此時覺醒已有些晚，所以研究者當好好的學習。就在職班學生來說，大多年紀不小，不僅在學生時代沒有學好統計，而且在進入碩士班或博士班之後，思維、學習、體力與領悟力降低，學習統計感到害怕，若要以統計來分析論文資料，對他們來說，是比登天還難。

最後，就研究結果、討論、結論及建議的撰寫困難來說，它們是論文最後二章，論文寫作至此，已有疲憊感，尤其運用統計分析獲得結果更花費不少時間。此時又要運用第二章的文獻來討論第四章的結果，若統整功力與知識不足，常會在此章無法深入討論，更不用說後續的寫作進度。因為綜合討論需要比較宏觀、深入與統整的觀點，以便對研究結果深入討論，但研究者在這方面能力欠缺，所以感到相當困難。因此，在結論與建議撰寫時草率為之，接著提出一些不必進行該項研究，就可以建議的內容，這更顯示出，提出好的研究結論，並提出具體的建議也頗為困難。

參、一份調查檢視：研究者的困難在哪裡？

讓論文寫作困難的程度由數字來說話。

其實，研究者可以自我檢視一下，論文寫作究竟是哪一個層面、哪一章或哪一個細節最感到困擾及困難呢？為了瞭解這問題，筆者對臺北教育大學教育政策與管理研究所（含暑期班與日間班學生各有 43 份樣本）、國民教育研究所碩士班（10 份）、淡江大學教育政策與領導研究所（15 份）、中原大學教育研究所（25 份）與銘傳大學教育研究所（11 份）的 147 位研究生進行調查。樣本中有 9 位研究生已畢業，有 138 位在學，碩一、碩二、碩

三及碩四各年級人數各為 61 位、40 位、25 位、12 位；一般生與在職生各有
100 位及 47 位。雖然多數受訪的研究生尚未畢業，但是此次調查有 61 位碩
一生，發放問卷的時間為學期末，碩一都有修習教育研究法與統計課程，碩
二也都修過教育研究法或教育統計。請他們指出感受到的論文寫作困難，內
容詢問：敘寫緒論、文獻探討、研究設計與實施、研究結果與討論、結論與
建議等問題，經過分析，結果如表 15-1 所示。

　　從表中看出，在緒論部分，決定論文題目、撰寫具體的研究問題、撰寫
研究所需的研究假設等項目，有近 70%的樣本感到困難；相對的，較不困難
的是決定論文的研究對象。在文獻探討部分，選定研究的理論、外文文獻的
閱讀整理、歸納統整研究的觀點等項目，也超過 70%的樣本認為困難，而外
文文獻的閱讀整理高達 91.8%的受訪者認為困難，可見外文的期刊閱讀對研
究者來說相當困難。在研究設計與實施部分，撰寫研究設計與實施、研究變
項的操作性定義、研究架構的歸納、論文數據資料的蒐集、研究工具的信度
估算、進行研究工具的專家效度、進行研究工具的預試、論文統計方法的掌
握與選用等項目，認為困難者都在 70%以上。在研究結果與討論部分，撰寫
研究結果（文字詮釋部分）、撰寫統計數據結果的解釋、撰寫研究結果的討
論等項目，也都有 70%以上的樣本認為困難。在結論與建議部分，歸納撰寫
研究結論、撰寫研究上的理論性建議等項目，有 70%以上的樣本認為困難。
從整體來看，研究者對於外文專業期刊的閱讀及整理、研究題目的決定、撰
寫研究設計與實施、撰寫研究結果與討論等項目，認為相當困難者居多，可
見碩士生在論文寫作上，宜在這些項目好好加強，才能提升論文寫作的進度
與品質。

表 15-1
研究生撰寫論文困難調查

題目	非常困難(%)	困難(%)	不困難(%)	沒有困難(%)
緒論				
決定學位論文的研究題目	20.4	55.8	22.4	1.4
撰寫論文的研究動機	3.4	32.0	60.5	4.1
撰寫論文的研究目的	2.0	42.9	50.3	4.8
決定論文的研究對象	5.4	29.3	57.8	7.5
撰寫具體的研究問題	6.8	63.9	26.5	2.7
撰寫研究中所需的研究假設	8.8	60.5	29.9	0.7
撰寫研究的重要名詞解釋	4.1	36.7	52.4	6.8
撰寫整個論文的研究流程	8.8	47.6	41.5	2.0
撰寫論文的研究限制	6.1	47.6	38.1	8.2
文獻探討				
撰寫論文時，選定研究的理論	11.6	64.6	23.8	0.0
撰寫文獻探討時，中文文獻閱讀整理	6.8	46.3	43.5	3.4
撰寫文獻探討時，外文文獻閱讀整理	51.0	40.8	8.2	0.0
撰寫文獻探討時，直接引用他人文獻	3.4	27.2	65.3	4.1
撰寫文獻探討時，引用其他人研究的圖表	3.4	34.0	59.2	3.4
撰寫文獻探討時，歸納統整不同研究觀點	15.0	59.2	25.2	0.7
論文寫作時，整體 APA 格式掌握	9.5	46.9	38.1	5.4
研究設計與實施				
撰寫研究設計與實施	4.8	70.1	25.2	0.0
研究變項的操作性定義	9.5	64.6	25.2	0.7
歸納論文的研究架構	7.5	64.6	27.2	0.7
界定研究所需的樣本	4.1	49.0	44.2	2.7
論文的數據資料蒐集	10.2	59.9	28.6	1.4
研究工具的信度估算	17.7	66.0	16.3	0.0
進行研究工具的專家效度	19.7	61.2	17.7	1.4
進行研究工具的預試	11.6	59.2	27.9	1.4
論文統計方法的掌握與選用	25.2	59.2	15.6	0.0
研究結果與討論				
撰寫研究結果（文字詮釋部分）	12.2	60.5	27.2	0.0
撰寫統計數據結果的解釋	19.0	58.5	22.4	0.0
撰寫研究結果的討論	14.3	58.5	27.2	0.0
結論與建議				
歸納撰寫研究結論	13.6	63.9	21.8	0.7
撰寫研究上的實務性建議	12.9	53.1	33.3	0.7
撰寫研究上的理論性建議	17.0	65.3	17.7	0.0
其他				
撰寫研究的參考文獻格式	4.1	35.4	52.4	8.2
整理研究所需的相關附錄	2.7	32.7	58.5	6.1
尋找指導老師	14.3	44.9	36.1	4.8
尋找研究題目	15.6	60.5	22.4	1.4
論文寫作有問題時，尋求協助	6.8	45.6	44.9	2.7
尋找論文所需的參考文獻	11.5	57.8	33.3	1.4
研究倫理之掌握（例如：論文抄襲認定）	10.9	50.3	33.3	5.4

$n = 147$

註： 數字灰底表示「非常困難」加「困難」大於 70%。

肆、一定要掌握：人際互動也相當重要

待人處世也是論文寫作的重要課題之一。

論文寫作之困難還包括人際互動，也就是與指導教授、口試委員以及系所主管與師生的互動，對某些研究生來說是困難的項目，例如：不曉得如何找指導教授，縱使找到指導教授，也不曉得如何互動。研究生沒有上過指導教授的課，而是聽人建議、自行找尋或慕名而來，像這類研究生，不瞭解指導教授的風格，常不曉得如何與教授討論論文。而口試委員僅是二次正式論文審查，這二次互動對學生與口試委員也很重要，要讓口試委員認為研究生很認真的寫作論文，口試過程的審查意見，也要詳細且深入回答，這對研究生來說，不一定很容易。就研究生與系所主管的互動來說，有些學校系所主管對於某些研究議題有特別的「個人偏好」，在論文題目選擇上無法接受研究生的觀念，尤其在撰寫論文計畫之前，還要欲提計畫口試的碩博士班學生向他（她）報告，他（她）「認定通過」才可以撰寫，這種規定常與指導教授的意見相左，而讓很多研究生感到困擾。

當然，還有一種人際關係也相當重要就是師生互動。有些時候研究所的授課教授，在授課期間表明要指導某位研究生，但是該位研究生因為某些因素，無法讓該位教授指導。此時應試著向教授說明原因，否則很容易會造成師生對立，甚至後續學習受到刁難，很難畢業，這種情形常發生在研究所主管與研究生的互動上。若師生關係處理不好，良好的師生互動很難產生，研究生宜掌握這種人際關係的奧妙。

伍、心中的疑惑：論文的厚度要多少？

論文的價值不在於論斤稱兩。論文不在於厚度，而在於深度。

一本學位論文究竟要多少頁才可以畢業呢？有些僅五十頁、有些一、二

百頁，有些更有四、五百頁，其實沒有絕對的標準。學術論文強調創新及可讀性，重點在知識創造與累積，因此薄薄的論文也可以畢業。試想，如果論文很薄，口試委員及指導教授在審查完論文之後，都願意在學位論文的簽名頁簽名，就代表他們已經認可這論文。有很多研究生為了充篇幅，將不必要的文獻及資料都納入論文之中，要以厚度來決定論文價值，這是不對的。一篇優質的論文，不僅形式上要具備，論文寫作格式體例要正確，而且更重要的是論文的實質內涵具有價值，才能顯現出該篇論文的可貴。有不少論文，沒有寫得很厚，但是所提出的研究發現、對學術理論的紮根貢獻，以及實務見解卻是無比重要。愛因斯坦的相對論，也僅有簡單的 $E=mc^2$ 的公式，而牛頓的牛頓定理，不也是簡單的公式，但是他們對當代或後世貢獻不可言喻。因此，學術論文的價值在於內涵，從其內涵中獲得重要啟示才是重點。

　　所以社會科學領域的碩士或博士論文，沒有規定要有多少頁才足夠，端看研究者在這論文的論述是否完整、文獻是否充足與新穎、研究問題是否具體、研究目的是否有價值、研究方法是否創新、研究發現是否有創見、結果與建議呈現是否得當。如果以很少的篇幅就可以將所要論述的內容完整說明，就是一本很好的論文；簡言之，論文的價值不是用重量或頁數多寡來衡量。記得，整個研究過程要合於研究倫理，也要依據論文體例來撰寫，否則基本規範都無法達成，又何來有論文價值呢？

陸、論文的定位：具有原創性或依樣畫葫蘆？

　　　只要可以寫完論文就好了嗎？

　　撰寫學位論文常苦思於沒有研究題目，主因在於教授期待研究生在研究方法、研究題目、研究設計與資料處理的搭配能具有原創性，但是原創性不易達成。研究生的研究及寫作經驗不足，所以研究生在原創性的侷限下，常寫不出論文。許多指導教授常替研究生著想，讓研究生運用最大的努力思考原創性的作品，如果無法找出原創性，就依樣畫葫蘆，參考他人的論文，撰擬學位論文即可。依據**學位授予法**（2018）之規定，碩士畢業一定要有論文

或展演，論文既然必備才能畢業，因而將碩士論文認定為論文習作，退而求其次就沒有原創性的要求，只要依據論文格式符合學術規範就可以。這類要求頗有幾分道理，如果研究者能在碩博士階段習得論文寫作技巧，對研究問題或整個研究過程的掌握也就足夠。倘若碩士生有興趣繼續鑽研高深知識，日後還可以進入博士班進修，博士班階段的論文寫作，原創性就是必要的要求，畢竟再依樣畫葫蘆就無法展現博士論文的特色。所以碩士學位論文，可以不必那麼強調論文寫作的原創性，能學習到社會科學方法的應用及論文寫作規範就不錯了。

柒、誘人的訊息：可以代寫學位論文嗎？

> 代寫論文可以矇混一時，卻無法免除一生的良心不安。

　　本書閱讀到此，相信一定是幾家歡樂幾家愁，有部分讀者無暇完成論文寫作而感到苦惱，當然有部分的讀者已可以掌握論文寫作重點，或者已積極進行之中。就後者來說，能與指導教授約定計畫，一步步朝向完成階段邁進，論文完成指日可待。就前者來說，外務太忙、公關太多、生兒育女忙於家庭、無法負擔寫作論文的體力與腦力，卻又想早一點畢業，盡快晉級加薪或踏出校門找工作。然而，受限於自己的條件及論文寫作的因素，完成論文拿到畢業證書遙遙無期。所以想著是否有「代寫研究論文的機構」、「代寫研究論文的人士」等來幫忙代寫。如果有這種機構及人士，就很想將自己的論文「發包」讓他們來進行，如此一來可以省下寫作論文的時間及困擾，還可以有更多時間做其他事，反正論文寫作不就是計畫口試與正式論文的二次口試而已。平時對指導教授適度公關，逢年過節買個禮物打發，而口試委員在第一次口試就買個好禮，封住他們嘴巴，口試時就會少問問題，第二次口試完成之後，再以「後謝」方式回報，這樣應該可以把論文搞定。

　　目前在廣告媒體上，已有人打出「代寫研究論文，從論文題目到研究建議的完成，實證論文價碼十五萬、訪談十萬，只要告知口試時間，一手交錢，一手交貨，隨時搞定」，這看起來頗為誘人，尤其是對那些沒時間閱讀

作品、思考論文架構、撰寫論文的研究者或想升等者來說，真是一大「福音」。筆者要提醒的是，不要有這個念頭。**學位授予法**（2018）第 18 條規定：「有下列情形之一者，處行為人或負責人新臺幣三十萬元以上一百萬元以下罰鍰，並得按次處罰：(1)以廣告、口述、宣播或其他方式，引誘代寫（製）論文、作品、成就證明、書面報告、技術報告或專業實務報告；(2)實際代寫（製），或以口述、影像等舞弊方式供抄寫（製）論文、作品、成就證明、書面報告、技術報告或專業實務報告。前項罰鍰之處罰，由主管機關為之。」因此請人代寫或抄襲者，除了取消學位或晉升後的職級之外，還會讓指導教授、研究所或家人蒙羞，且取得學位獲得晉級與加薪部分都要全數追回，得不償失。更重要的是，論文是讓研究者學習論文、構思寫作內容、提升寫作技巧以及學習治學態度，與其請人代寫，不如不要寫。

捌、凡事記得：研究倫理的掌握

俯仰無愧，才經得起考驗。

從整個論文寫作的過程來看，論文寫作需具備學術規範，因此除了代寫論文會引起研究倫理問題之外，研究者在進行論文寫作過程也要遵守其他研究倫理。這方面包括運用問卷調查法蒐集數據資料，若研究者根本沒有進行實際的調查，自己在電腦模擬了一些數字及樣本就進行後續分析；或是對受訪樣本取得，未獲得受訪者同意，如果樣本不願意接受調查或訪談，不可以強迫他人接受。研究者在研究資料蒐集之後，是否有篡改數據資料的現象？常有研究者為了讓論文結果更漂亮，把沒有顯著關係或差異的變項，任意改成達到統計的顯著水準。還有不少研究者，從網路隨意抓取他人的文獻探討資料做為自己研究的一部分，在貪圖快速畢業，不求謹慎，在大量抓取文獻之後，論文抄襲、畢業了，但畢業論文要繳交至國家圖書館，甚至放在國家圖書館網站供人查閱。來日，如果有人看到論文內容相同，這問題就很嚴重了。這就是不少案例，原作者向法院申告論文被抄襲的原因。

研究者宜好好的思考，如果沒有真實的蒐集資料，或是篡改了資料、抄

襲他人文獻，雖然一時獲得學位，但是良心卻是永遠不安。現在網路發達，論文資料到處可見，哪天讓人發現論文抄襲，將會後悔莫及。有些學校甚至訂出研究倫理的規範，例如：國立臺灣大學於 2007 年 1 月 13 日的校務會議決議，未來師生若在學術研究上有冒名、抄襲、造假、侵害著作權等情形發生時，皆送交獎懲委員會依照情節輕重懲處，輕則記小過，重則勒令退學；**國立成功大學研究生學位考試細則**（2020）第 9 條規定：「論文、作品、成就證明、書面報告、技術報告或專業實務報告有造假、變造、抄襲、由他人代寫或其他舞弊情事，經博、碩士學位考試委員會審查確定者，以不及格論。」第 14 條規定：「授予之學位，如發現論文、作品、成就證明、書面報告、技術報告或專業實務報告有造假、變造、抄襲、由他人代寫或其他舞弊情事，經調查屬實者，撤銷其學位，追繳已發之學位證書，並通知其他大專校院及相關機關（構）」；**國立東華大學博、碩士學位論文抄襲處理原則**（2011）第 2 條規定：「如發現用已獲得學位之論文、創作、展演或書面報告、技術報告等有抄襲或舞弊情事，經調查屬實者，即撤銷其學位，並公告註銷、追繳其已發之學位證書及通知其他大專校院、相關機關（構）；其有違反其他法令者，並應依相關法令處理。」也許研究生被退學，論文抄襲仍無法告一段落，所就讀的學校及研究所還會蒙羞，指導教授及口試委員更可能無法承擔此學術壓力，這對研究生、學校、研究所、指導教授、口試委員都不好。因此，一步一腳印，有多少證據說多少話，有多少能力寫多少論文，切記論文不在於厚薄，重點在於準確性與沒有瑕疵，不要抄襲，而喪失光明前途。

　　筆者曾經指導一位學生，在其撰寫論文過程中，發現有抄襲的情形，後來請他來說明，其對話情形如下：

師：我發現您的文獻探討，看起來不像是您所寫的。

生：有嗎？是哪些文獻，可否請教授指出來？

師：您應該很清楚才是，就直接說出來會比較好，我可以原諒您，但是要誠實。

生：我不曉得是哪些文獻？教授可否具體指出來。

師：我在過去的研究中，看過您目前所呈現的文獻內容，而且很雷同。

生：（面無表情）

（老師將被抄的文獻拿出來之後）

師：這就是證據，您要如何解釋？

生：我！我！我！……我不敢再這樣了。

師：一定要牢記，論文抄襲的後果，要警惕在心，不要走邪路，要好好
　　寫論文。

生：我知道了。

這位學生後來畢業，也努力於工作中。幾年後的某一天（目前擔任校長），與筆者不期而遇，他向筆者說：

生：教授，我真的要謝謝您，還好您在我寫論文的過程中，提醒我要遵
　　守研究倫理，我目前畢業，心中很坦蕩。

師：為什麼您會這麼說呢？

生：最近媒體報導研究生論文抄襲的情形，看到報導內容，真的很不可
　　思議。還好教授您當時慎重的提醒我，否則就難以想像，我也可能
　　會成為被報導的主角之一。

師：還是那句老話，凡是走過必留下痕跡，論文更是如此，應謹記在心。

生：十二萬分的感謝，謝謝教授。

總之，凡事要慎重，縱然在口試委員及指導教授，或甚至系、所主管已經在論文本簽名之後，研究生在上傳國家圖書館網站之前，自己應再好好檢視與思考，論文是否有抄襲或違反研究倫理。思考過後，如果確實有這樣的問題，記得一定要誠實的向指導教授說明，並向系、所做陳述，讓系、所瞭解狀況，以做後續因應。畢竟，這比起論文已上傳國家圖書館網站，完成畢業手續，拿到畢業證書之後，有人提出論文抄襲的檢舉還要好得多。

玖、問題與回應：我思故我在

心中的疑惑一直存在，應勇於向專業人士請益。

寫作論文很容易閉門造車，更容易在問題無法獲得解決時，喪失了寫作的動力。遇到此種情形一定要向專業人士請益，當能讓您的問題獲得解決，以下提供三個問題與回應供讀者參考。

研究生問題一：

教授，我的預試問卷已全數回收，發出 180 份，收回 174 份，無效問卷 4 份，共計有效問卷 170 份。嘗試著跑統計第一次因素分析，發現到組織公平四個構面，經由因素分析後，卻只有三個構面；教師專業承諾六個構面，經由因素分析後，也只有三個構面。不知問題出在哪？

教授回應一：

組織公平四個構面，經由因素分析之後只有三個構面；教師專業承諾六個構面，經由因素分析後也只有三個構面，其可能的原因如下：⑴可能真的就是如此，所以就以三個構面為主，此時就要修改第二章的文獻，將它調整為三個向度來說明，研究架構也要調整為三個向度；⑵可能是研究者在文獻歸納不足，不夠完備，此時就應該要檢討並將研究變項向度整併；⑶預試的樣本數不足，資料結構不良所致；⑷受訪者亂填。但上述第四項研究者往往無法確切印證，因為僅能將受訪者所填答者視為正確，且有認真填答；而第三項應該不是問題，尤其研究者已有 170 份預試有效樣本，樣本數已足；如果是第二項，依研究者歸納可以接受，唯一可能是，現況真的是如此。因此，研究者宜就目前問卷，做為正式問卷繼續發出施測，再就應有的份數做為研究結果的撰寫依據。研究者可以等待正式問卷回收之後，再跑一次因素分析（因為目前的解釋量不錯，歸併的也有些合理），唯發出去的問卷記得都不要刪題，如此才可與預試問卷分析結果比對。在撰寫第三章部分可以以目前跑出來的資料先寫，但在該研究中，其程序與人際需要整併為一個構

念，而另一個構念是認同與留業整併、關係與倫理整併，唯在整併向度後，對於向度的名稱要再命名。這樣應該就可以解答您的問題。

研究生問題二：

　　教授，我在因素分析之後的研究構念產生了兩個重要問題，可否解惑？(1)組織公平在相關研究大多分為分配公平、程序公平和互動公平，這係根據 Greenberg（1993）強調互動公平在個體公平性知覺和判斷中的重要性。互動公平反映了組織成員對程序執行過程中人際處理方式的公平感知，一方面表現在人際之間的公平，即管理層是否以禮貌、尊重、平等的方式對待員工；另一方面表現為資訊的公平，主要是指企業是否給當事人傳達了應知曉的信息，包括給當事人提供關於程序、分配規則的解釋等。Colquitt（2001）指出，互動公平包含兩個因素：一個因素是決策被執行時，上司對下屬是否給予合理的尊重，此稱為人際之間的公平；另一個因素則是決策被執行時，上司是否給予下屬必要的解釋說明，此稱為資訊的公平。因此分為分配公平、程序公平、資訊公平和人際之間的公平，所以如果要合併為三個構面，是否還是將資訊公平和人際之間的公平，整併成為互動公平；(2)待學生將組織公平整併為分配公平、程序公平與互動公平構面，且教師專業承諾也已整併成三個構面後，是否可以直接發問卷，內容均無須更動？懇請解惑。

教授回應二：

　　針對第一個問題來說，研究者擬將組織公平分為分配公平、程序公平、資訊公平及人際之間的公平，主因是目前已有許多研究將互動公平區分為資訊公平及人際之間的公平。經過文獻探討之後，將組織公平分為四個面向，且已編製問卷，在預試問卷分析之後，還是遇到組織公平分為分配公平、程序公平和互動公平的情況，此時研究者還是可以將先前的文獻調為三個向度，也就是將資訊公平及人際之間的公平再調整為互動公平即可。這有可能是研究者將一項新的構念面向納入之後，無法得到預期的效果，此時修改問卷及研究架構是正常的，所以研究者調回原來的三個向度，並再對文獻做一

調整是合宜的。針對第二項問題，如果研究者對於預試樣本的問卷經過因素分析所得到的向度，修改得與第二章的文獻探討一致，此時就可以將正式問卷發出，這是沒有問題的。

研究生問題三：

　　教授，我在問卷調查之後，進行統計的研究發現，一綱一本和工作壓力都是正相關，即愈傾向一綱一本者，其工作壓力知覺愈大；一綱多本和工作壓力都是負相關，即愈傾向一綱多本者，其工作壓力知覺愈小，如表 15-2 所示。這結果和我自己當初的預期相反，這樣跟文獻探討是否會相矛盾（我的文獻探討有探討一綱一本及一綱多本的優缺點）？因為跟先前的研究結果大相逕庭。教授的看法呢？

表 15-2
一綱多本、一綱一本與教師壓力之相關係數

變項	一綱多本選一本	一綱多本	行政壓力	教學壓力	選書壓力	學生表現壓力	工作壓力
一綱多本選一本	-						
一綱多本	-.27**	-					
行政壓力	.16**	-.27**	-				
教學壓力	.21**	-.37**	.66**	-			
選書壓力	.22**	-.25**	.52**	.49**	-		
學生表現壓力	.33**	-.45**	.53**	.69**	.54**	-	
工作壓力	.28**	-.41**	.81**	.86**	.77**	.85**	-

$n = 600$
$**p < .01.$

教授回應三：

　　同學好！您先不要緊張，這是很好的機會來看一下，是否研究過程可能出現了哪些問題？您應該仔細檢查一下，問卷選項的計分，是否愈高者，他們也愈如何？（如愈積極、愈正向）如果問卷計分及資料登錄都無誤，也就是實際調查的情形就是這樣，雖然與先前研究發現不一致，但是還是可以據實寫出來，並在研究討論一節深入討論，究竟過去研究與現在研究是否有社

會變遷的影響，或是研究樣本不同，還是研究工具，也就是問卷設計內容或題目不同所造成，如已深入討論，仍與過去研究不同，就據實論述，畢竟這是一項重要發現。所以有這樣的發現不要擔心，也不用擔心文獻探討所列的文獻與此發現明顯不同的疑慮，因為您已檢查過整個研究過程均確實無誤，所以這樣的研究發現應該是可以接受的。

拾、格局與結局，態度與高度

努力決定一切，態度看到希望。

為了讓讀者瞭解到論文的寫作經驗，筆者最後以一篇短文，與大家分享，讀者當好好的體會，很快就會完成論文。內容如下：

有人說：一個人的格局會影響他（她）的結局，一個人的態度決定他（她）的高度。這話很簡單，聽起來頗有道理，但是要執行起來卻是困難多多。怎麼說呢？

如果一個人做事不積極、不努力、不向上提升，一味以消極態度來等待機會，往往就無法把事情做好。最後不僅無法嚐到甜美的果實，而且還浪費很多時間。孔子不也曾說過，不登泰山，就不知道天下是如此的渺小。

我們都瞭解要走到山頂，才能讓我們的視野望得遠、看得更清楚，對周遭環境更能掌握。登山的比喻不也代表著要持之以恆的努力，期待個人在日後為人處世的態度與經驗，才能有更多的判斷依據。

其實，要登到最高山頭，除非您有一股持續不間斷的毅力與決心，否則不易完成。因為登山途中會遭遇到許多事物誘惑，讓您分心，阻斷了繼續往前登高的念頭及動力，因而就在原地駐足休息起來。

在山風徐徐吹來，沁人心脾，更有力的說服自己，應停下腳步在原地休息。久之，卻忘掉要登高山的念頭，無形中也忘掉了最終的目標，或許還失去了原本要追求美夢的期待與態度。

在後面的來者，不斷的往前走，一樣要爬到山頂，鳥瞰風景，有些人努

力的達到目標，然而也有些人途中遇到相知相惜的人，就駐足山路，渾然忘我，在同樣的高度，駐足與休息起來。

顯然，達成目標者透過積極、努力與堅持毅力，不停歇的走完全程，接著映入眼簾的是美不勝收的風景，更重要的是他們還可以將登高山的一切酸甜苦澀經驗都記錄在腦海之中，哪天更可說出登到最高點的心路歷程與人分享。

對中途駐足安逸者來說，眼前所見到的是，不再追求進步的滿足視野。當然或許您還無法滿足眼前的一切，但又沒有用積極、努力的態度往前走。這種欠缺毅力，無法走完全程的最大遺憾，就僅能自怨自艾，不能看到廣闊視野。

想想上述都是不變的道理，但是這場景常發生在生活周遭中，您的朋友、兄弟姐妹、同學，甚至自己身上，都可能是如此。記得二十年前，筆者也有安逸的念頭，但後來體悟到不斷努力的道理，於是在大學、研究所求學階段，看到同學們一樣的駐足山邊，吃喝玩樂，以此滿足，找不到方向與目標，但是筆者卻仍保有一股傻勁，不斷的往前走。縱使他們一再的向我招手期待同流，但筆者仍不為所動，慢慢的走出了自己的方向。

記得當時，時而駐足政治大學社會科學資料中心，時而到學校圖書館，又時而到國家圖書館與其他大學的圖書館，不斷的吸取他人的寫作與研究經驗。後來，筆者終究來到知識的殿堂，看到更多的專業知識，以及掌握從事研究的竅門。

這一段路程還在繼續進行著，筆者仍默默的往前進，過往的歷程讓筆者體會到，掌握格局，才會有好結局的道理。一路走來要感謝一股莫名努力的傻勁態度，終究可以站在更高的視野，看到更多更遠的地方。親愛的朋友！您要有什麼樣的格局與態度呢？就端看您的付出與努力來決定了。

（取自 2006 年 9 月 21 日，筆者的上課講義）

拾壹、感人的謝詞

論文完成之後，要感謝的對象一定很多，要感謝誰呢？要如何寫謝詞呢？

不管論文寫的好壞，感人的謝詞會令人印象深刻，永難忘懷。很可能論文的貢獻僅在謝詞內容，而不是研究發現。以下是一個範例。

　　我的論文要感謝的人很多，從遠親到近鄰都有，例如：我的爸媽在研究過程中幫我打包問卷、key data、寄問卷，還有寄論文給指導教授，以及平時引導我的校長等。當然也要感謝曾經教我教育統計應用於論文的朋友（○○學姐），真的很想送個匾額給她，讓我能夠快速完成論文，所以要大謝特謝她。而我在縣府工作中，送公文的阿公阿嬤、保全人員，送信件的郵差等也都是感謝的對象，因為工作中的好朋友幫忙寄送論文給指導教授批改，指導教授改好後到郵局再寄回，要感謝臺灣郵政的便利，才可以讓信件傳得很快，論文才可以順利完成。上述對象都要感謝，但還有以下的人也要感謝。

　　首先，我可以順利完成論文要感謝最大的老闆——縣長，因為有他的領導，才可以讓縣府的教育業務順利推動，其中舉辦 2012 年的鹿港燈籠節，吸引了近一千萬名遊客，使得縣府的名氣大增，提高了教育處的聲勢，工作人員的士氣也跟著提高（包括我），這讓我更有動力來寫論文。當然也要感謝每天搭的公車，它來往的送我上下班，尤其要感謝所走過的路面，如果沒有路面平穩，會有舟車勞頓之苦，會影響我好好寫論文的情緒，而無法順利畢業。而我到臺北所搭的高鐵之便捷，可以提高論文寫作的效率，在此一併感謝。我也要感謝賣咖啡的人、每天用餐的餐盤，它讓我拿餐食更方便，以及賣自助餐的阿婆及阿姨，提供美味可口的食物，因為有她們，所以讓我飽足之後，論文寫作更加順利。

　　其次，我還要感謝天上的白雲，可以讓我望斷了天空，片片白雲飛走，啟發了要繼續完成論文的念頭。我也沒有忘記，寫作論文的過程也遇到下雨天，我能撐傘走路才沒有把寫好的論文稿件弄濕，可以回家繼續的完成論文。我更要感謝纜車給我的啟發，在我工作與論文寫作心情不好時，曾經逃班到木柵搭纜車與北投洗溫泉，很感謝溫泉讓我恢復精神體力，繼續寫論文，尤其看到一滴滴熱水，

以及冒出的煙氣，真令人心曠神怡，刺激我要快快完成論文的念頭。當然搭木柵的纜車來回的看風景，更不知不覺的提升了論文寫作動力，尤其在來來回回的纜車之旅中，終於體會出，論文就是要這樣被指導教授來來回回的修改，真的謝謝您，纜車。

第三，我還要感謝家中養的寵物，以及在路上看到的小貓或小狗，謝謝您們的可愛，因為在論文寫作不順利時，路過或在家中看到您們可愛的模樣，就讓我覺得論文應該趕快完成，好讓我可以與您們的心情一樣可愛；有您們可愛的模樣，讓我體會到世界是美好的，論文寫作也應該是這樣，應該要趕快完成才是。當然，天上飛的小鳥，也是我要感謝的對象，有牠們在天空飛翔，讓我感受到自由的可貴；論文無法完成的束縛，使得碩士學習的幾年中沒有自由，然而每每看到小鳥自由自在的在天空中飛翔，真是羨慕至極，讓我也感受到要趕快完成論文的價值及重要，感謝牠們給我的啟示，要是沒有牠們，我的論文不曉得要到何時何年才能完成，說不定還畢不了業。因此要感謝牠們。

第四，論文完成，心中更有無比的感謝，要感恩空氣與乾淨的水，因為可以呼吸到新鮮的空氣，並可以飲用到乾淨的水，讓我可以過好每一天，有動力可以繼續寫論文。如果沒有新鮮的空氣，就沒有好的頭腦及思維，尤其每天上午的空氣清新，都有想寫論文的念頭，寫作進度也比較有效率，所以要感謝新鮮的空氣。當然乾淨的水也是我必須要感謝的，尤其個人喜歡喝咖啡，泡咖啡要有乾淨的水，如果沒有水就沒得喝，謝謝水。乾淨的水給我很大的啟發，給了動力及希望，尤其這幾年念研究所時，乾淨的水提供了寫作論文所必須，包括食用與生活使用的，所以要謝謝水。

最後，要謝謝我的指導教授，因為他一再的要求進度，讓我倍感壓力，在每每沒有進度時，更會說出一些刺激我的話，讓我退縮不想寫，才會讓我的進度這樣的慢慢完成，因而對論文愈來愈覺得害怕及不敢親近。然而，事後想想，論文口試最後獲得高分，也需要他最後的簽名才可以畢業，所以要謝謝他。畢竟，他還有指導與簽名的價值，不得不感謝他。

　　總之，要感謝的很多，我無法一一列出，若沒有在謝詞中感謝的，來日再感謝。對了，還要謝謝每年節日，因為節日放假，可以好好睡覺，補充體力後再好好寫論文；或者不想寫論文時，也能好好休息充電，再走更遠的路，也讓我獲益良多，這也是要感謝的對象。

💡 問題思考

依「六種想」完成論文

研究者若沒有把做研究及治學觀念建立好，就難以完成論文。正確心態是很重要的，但什麼是正確心態呢？《菩提道次第廣論》指出，要依「六種想」來學習，以下說明之：

1. 病想：是指研究者要把自己當成病人來想。研究者若在論文寫作上的專業知識還沒有成熟，在缺乏專業知識及研究能力的情況下，論文寫作也不熟悉，常會有很多缺點，就像生了重病一樣。當我們生病時一定會想把病醫好，若研究者把自己的研究能力當成是生了重病，甚至病情嚴重，需要找醫生，那想要學習的心態就會比較積極。有此觀念代表自己的專業知識沒有基礎，像生了重病一樣，就會想要學習，學習態度也會比較強烈；反之，愈自我感覺良好，就會愈沒有動力學習。

2. 醫想：是指研究者要把指導教授當成醫生來想，就可以增加學習動機。研究者把自己的學習不足與專業知識不夠視為生了重病，就會找各種方法來醫治，其中找良醫就是一途。也就是說，要找到一位好老師來引導自己的論文寫作，是很重要的事。老師一定有其獨到之處，不僅在人品、道德，還有專業知識與經驗上，都能夠不斷的研究發表、接受新知，這些都是學習的榜樣。若是要取得學位，學術論文絕非一蹴可幾，研究道路沒有捷徑，研究者應該向老師學習研究技巧與論文發表。

3. 藥想：是指研究者把老師的教導視為良藥來想。研究者的職責在學習，對於老師教導傳達的學習內容、提供的研究資料、論文、研究觀念、研究方法、研究態度、專業知識與學習精神等身教言教，都應視為良藥。老師有其專業養成及歷練成長才能成為教授，他們可以提供很好的觀念、知識技能、學習態度，以及影響研究者日後的工作態度。因此，研究生在學習前要放下自己的成見，放下自己的高慢態度，多方聽從老師的建言。哪怕一節課僅聽懂一個觀念、學到一個小小的研究技能、僅聽到幾句對於自我心靈成長有幫助的話語，在生命中有價值，就是一種很好的學習與收穫了。

4. **療病想**：是指研究者要把學習過程視為療病狀態的歷程。專業知識之養成不是一蹴可幾，研究者要不斷接受老師的觀念。在學習進程上，要隨時想想自己增長了哪些研究能量。在研究方法、統計、調查方法、資料處理、研究議題、英文期刊閱讀及論文寫作上，要像養病的療程一樣認真學習，才可以改善觀念、提高能力，並增加研究能量。研究者要不斷精進向老師學習，就如同生了重病之後，到醫院看醫生，醫生開處方，常告知要按時服用良藥才可以改善病況；換言之，研究者在學期間的規劃，要按時接受與學習新知識及研究方法。學習到知識就馬上做，因為不確定明天是否還有時間，切記不可一曝十寒，不依照學習進程提升能力。試想，論文寫作的過程要有哪些態度，才可順利完成呢？學習會不會持之以恆呢？如果每學期都可像一個療程，依著老師指導，善用時間、找到正確方法，怎麼會寫不出論文呢？

5. **善士想**：是指研究者要把指導教授視為榜樣。教授需經過撰寫與發表相當多論文，在專業知識的養成上經過了很長時間。他們除了專業知識外，治學嚴謹的態度及精神更非一朝一夕才建立。研究者要把老師當成學習的榜樣，接受老師傳達的知識，虛心受教。縱使自己無法學習老師提供的專業知識，但老師嚴格的提出建言，也不應想成是老師對自己的印象不好或對自己的偏見等。研究者應把老師傳達的觀念知識，視為改善自己缺點的良藥，這才是提升自己研究能量的好方式。

6. **久住想**：是指研究者要持續不斷的學習正確觀念。在修行上，久住想強調要把正法長久住世，也就是將佛菩薩的經典永久傳承。若換成世俗話來說，對於正確觀念應該期待它永久存在。若運用在論文寫作上，就是要把正確的學習觀念永存於心中。論文寫作是持續性歷程，需要投入時間，才會有收穫，不可因取得學位後就停止。相對的，要有活到老、學到老的終生學習觀念。我們應在有限時間裡持續及認真的學習，才不會辜負自己及家人。

總之，若要學好專業知識、增加研究能力，應好好思考上述六想。若要完成研究理想與目標，上述六種正確的學習心態，您具備了嗎？

中央研究院調查專題研究中心（2021）。**臺灣教育長期追蹤資料庫後續調查**。http://srda.sinica.edu.tw/browsingbydatatype_result.php?category=surveymethod&type=2&csid=20

王朝茂（1996）。**教師信念量表**。心理出版社。

史靜琤、莫顯昆、孫振球（2012）。量表編製中內容效度指數的應用。**中南大學學報（醫學版）**，**37**（2），152-155。http://doi.org/10.3969/j.issn.1672-7347.2012.02.007

司俊榮（2005）。**原住民地區小學資訊環境與學生資訊素養之相關研究：以南投縣信義鄉與南投市高年級學生為例**（未出版之碩士論文）。大葉大學。

余民寧（2006）。**潛在變項模式：SIMPLIS 的應用**。高等教育出版社。

余民寧（2012）。**心理與教育統計學**（修訂三版）。三民出版社。

余民寧（2014）。**縱貫性資料分析：LGM 的應用**。心理出版社。

辛炳隆（2000）。由勞動市場調整機能討論當前失業率上升的原因。載於李誠（主編），**臺灣的失業問題**。臺灣經濟發展研究中心。

周文賢（2002）。**多變量統計分析**（69-97 頁）。智勝出版社。

林天祐（2010）。**APA 格式第六版**。http://lib.tmue.edu.tw/service/Data/APA_format_990830.pdf

林清山（1995）。**多變項分析統計法**。東華出版社。

林清山（2014）。**心理與教育統計學**。東華出版社。

林進田（1993）。**抽樣調查：理論與應用**。華泰出版社。

林詩琴（2007）。**基隆市國小高年級新住民子女家庭環境與資訊素養關係之研究**（未出版之碩士論文）。國立臺北教育大學。

邱皓政（2012）。**結構方程模式：LISREL ／ SIMPLIS 原理與應用**（第二版）。雙葉出版社。

邱皓政（2020）。**量化研究與統計分析：SPSS 與 R 資料分析範例解析**（第六版）。五南出版社。

金樹人、林世華、田秀蘭（2013）。**國中生涯興趣量表**（第二版）。心理出版社。

科技部對研究人員學術倫理規範（2019 年 11 月 21 日修正）。

師資培育法（2019 年 12 月 11 日修正）。

特殊教育法（2019 年 4 月 24 日修正）。

馬信行（2000）。**教育科學研究法**。五南出版社。

國立成功大學研究生學位考試細則（2020 年 11 月 13 日）。http://cid.acad.ncku.edu.
　　tw/ezfiles/56/1056/img/730/degree2.pdf

國立東華大學博、碩士學位論文抄襲處理原則（2011 年 10 月 5 日）。http://www.
　　aa.ndhu.edu.tw/ezfiles/6/1006/attach/36/pta_11955_1473559_83825.pdf

國家教育研究院（2021）。**「臺灣學生學習成就評量資料庫」建置計畫**。http://
　　www.naer.edu.tw/files/11-1000-1408.php?Lang=zh-tw

張芳全（2001）。**國家發展指標之探索**（未出版之博士論文）。國立政治大學。

張芳全（2003）。量化研究的迷思：從問卷調查法談起。**國民教育，43**（5），
　　21-27。

張芳全（2006a）。**教育政策指標研究**。五南出版社。

張芳全（2006b）。影響數學成就因素在結構方程式模型檢定：以 2003 年臺灣國
　　二生 TIMSS 資料為例。**國立臺北教育大學學報，19**（2），163-196。

張芳全（2006c）。社經地位、文化資本與教育期望對學業成就影響之結構方程
　　模式檢定。**測驗學刊，51**（2），171-195。

張芳全（2008）。過量及低度高等教育與失業率之國際分析。**教育研究與發展期
　　刊，4**（3），79-116。

張芳全（2009）。家長教育程度與科學成就之關係：文化資本、補習時間與學習
　　興趣為中介的分析。**教育研究與發展期刊，5**（4），39-76。

張芳全（2010）。**多層次模型在學習成就之研究**。心理出版社。

張芳全（2012）。勞動者教育收益與影響薪資因素之研究。**臺東大學教育學報，
　　23**（1），91-124。

張芳全（2014）。**問卷就是要這樣編**（第二版）。心理出版社。

張芳全（2016）。國家幸福感的評比及其影響因素之研究。**教育政策論壇，19**
　　（2），31-62。

張芳全（2017）。**高等教育：理論與實證**。高等教育出版社。

張芳全（2019）。**統計就是要這樣跑**（第四版）。心理出版社。

張芳全（2020a）。教育、經濟、健康因素與預期壽命關係之跨國研究。**教育與心理研究，43**（2），33-64。http://doi.org/10.3966/102498852020064302002

張芳全（2020b）。澎湖縣國中背景因素與數學成績之研究：以自律學習與國文成績為中介變項。**教育研究學報，54**（2），31-70。http://doi.org/10.3966/199044282020105402002

張芳全（2021）。國小教師工作滿意度因素之多層次分析：2018 臺灣參與TALIS 資料為例。**教育與心理研究，44**（2），25-61。http://doi.org/10.3966/102498852021064402002

張芳全、王瀚（2014）。新移民與非新移民子女的家庭社經地位、家庭文化資本與家庭氣氛之縱貫性研究。**教育研究與發展期刊，10**（3），57-94。http://doi.org/10.3966/181665042014091003003

張芳全、張秀穗（2016）。基隆市新移民子女就讀國中之英語學習成就因素探究。**教育與多元文化研究，14**，123-155。http://doi.org/10.3966/207802222016110014004

張健邦（1993）。**應用多變量分析**。文富出版社。

教師法（2019 年 6 月 5 日修正）。

郭生玉（2004）。**教育測驗與評量**。精華出版社。

郭生玉（2012）。**心理與教育研究法：量化、質性與混合研究方法**。精華出版社。

陳順宇（2005）。**多變量分析**。華泰出版社。

陳耀茂（2001）。**多變量解析方法與應用**。五南出版社。

著作權法（2019 年 5 月 1 日修正）。

黃叔建（2009）。**桃園縣國民小學學校氣氛與組織公民行為關係之研究**（未出版之碩士論文）。國立臺北教育大學。

黃芳銘（2004）。**社會科學統計方法學：結構方程模式**。五南出版社。

黃芳銘（2006）。**結構方程模式：理論與應用**。五南出版社。

黃國彥（2000）。縱貫研究法。載於**教育大辭書**。文景出版社。

黃毅志、曾世傑（2008）。教育學術期刊高退稿率的編審制度、惡質評審與評審倫理。**臺東大學教育學報，19**（2），183-196。

溫福星（2006）。**階層線性模式：原理、方法與應用**。雙葉出版社。

趙珮晴、余民寧（2012）。自律學習策略與自我效能、學習興趣、學業成就的相關研究。**教育研究集刊，58**（3），1-32。

趙珮晴、張芳全（2013）。情緒智力與高層次思考關係研究之後設分析。**臺北市立教育大學學報：教育類，44**（1），29-50。

潘慧玲（編著）（2004）。**教育論文格式**。雙葉出版社。

學位授予法（2018 年 11 月 28 日修正）。

羅勝強、姜嬿（2014）。調節變項與中介變項。輯於陳曉萍、徐淑英、樊景立、鄭伯壎（編），**組織與管理研究的實證方法**（第二版）（399-420 頁）。華泰文化。

Afifi, A. A. (2003). *Computer-aided multivariate analysis* (4th ed.). Van Nostrand Reinhold Company.

Agresti, A., & Finlay, B. (2013). *Statistical methods for the social sciences: Pearson new international edition* (4th ed.). Pearson Education.

American Psychological Association. (2020). *Publication manual of the American Psychological Association* (7th ed.). Author.

Bagozzi, R. P., & Yi, Y. (1988). On the evaluation of structural equation models. *Academic of Marketing Science, 16*, 76-94.

Baron, R. M., & Kenny, D. A. (1986). The moderator-mediator variable distinction in social psychological research: Conceptual, strategic, and statistical considerations. *Journal of Personality and Social Psychology, 51*, 1173-1182.

Bentler, P. M. (1982). Confirmatory factor analysis via non-iterative estimation: A fast inexpensive method. *Journal of Marketing Research, 19*, 417-424.

Bentler, P. M., & Bonett, D. G. (1980). Significance tests and goodness of fit in the analysis of covariance structures. *Psychological Bulletin, 88*, 588-606.

Bollen, K. A. (1989). *Structural equation modeling with latent variables.* John Wiley & Sons.

Bollen, K. A., & Curran, P. J. (2005). *Latent curve models: A structural equation perspective.* John Wiley & Sons.

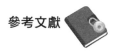

Everitt, B. S., & Dunn, G. (2001). *Applied multivariate data analysis* (2nd ed.). Edward Arnold.

Glass, G. V. (1976). Primary, secondary, and meta-analysis of research. *Educational Researcher, 5*, 3-8.

Glass, G. V., & Hopkins, K. D. (1996). *Statistical methods in education and psychology* (3rd ed.). Allyn & Bacon.

Gravetter, F. J., & Wallnau, L. B. (2016). *Statistics for the behavioral sciences* (10th ed.). Wadsworth.

Hair, J. F., Black, W. C., Babin, B. J., & Anderson, R. E. (2018). *Multivariate data analysis* (8th ed.). Pearson Education.

Hardle, W. K., & Simar, L. (2019). *Applied multivariate statistical analysis* (5th ed.). Springer.

Hayes, A. F. (2021). *Introduction to mediation, moderation, and conditional process analysis: A regression-based approach* (3rd ed.). The Guilford Press.

Hedges, L. V., & Olkin, I. (1985). *Statistical method for meta-analysis.* Academic Press.

Jöreskog, K. G., & Sörbom, D. (1984). *LISREL VI: User guide* (3rd ed.). Scientific Software International, Inc.

Jöreskog, K. G., & Sörbom, D. (1993). *LISREL 8: Structural equation modeling with the SIMPLIS command language.* Scientific Software International, Inc.

Kirk, R. E. (2012). *Experimental design: Procedures for the behavior sciences* (4th ed.). Brooks/Cole.

Kline, R. B. (1998). *Principles and practice of structural equation modeling.* The Guilford Press.

Kreft, I., & DeLeeuw, J. (1998). *Introducing multilevel modeling.* Sage.

Lipsey, M. W., & Wilson, D. B. (2001). *Practical meta-analysis.* Sage.

Marsh, H. W., & Hocevar, D. (1985). A new more powerful method of multitrait-multimethod analysis. *Journal of Applied Psychology, 73*, 107-117.

McDonald, R. P., & Marsh, H. M. (1990). Choosing a multivariate model: Noncentrality and goodness-of-fit. *Psychological Bulletin, 107*, 247-255.

Miyazaki, Y., & Raudenbush, S. W. (2000). Tests for linkage of multiple cohorts in an ac-

celerated longitudinal design. *Psychological Methods, 5*, 44-63.

Mulaik, S. A., James, L. R., Van Altine, J., Bennett, N., & Stilwell, C. D. (1989). Evaluation of goodness-of-fit indices for structural equation models. *Psychological Bulletin, 105*, 430-445.

Mullis, I. V. S., Martin, M. O., Smith, T. A., Garden, R. A., Gregory, K. D., Gonzalez, E. J., Chrostowski, S. J., & O'Connor, K. M. (2003). *TIMSS assessment frameworks and specifications 2003* (2nd ed.). Boston College.

Raudenbush, S. W., & Bryk, A. S. (2002). *Hierarchical linear models: Applications and data analysis methods* (2nd ed.). Sage.

Rosenthal, R. (1991). *Meta-analytic procedures for social research*. Sage. http://doi.org/10.4135/9781412984997

Shrout, P. E., & Bolger, N. (2002). Mediation in experimental and nonexperimental studies: New procedures and recommendations. *Psychological Methods, 7*(4), 422-445. https://doi.org/10.1037/1082-989X.7.4.422

Sobel, M. E. (1982). Asymptotic confidence intervals for indirect effects in structural equation models. *Sociological Methodology, 13*, 290-312.

United Nation Development Program. (2004). *Human development report, 2003*. Author.

United Nation Development Program. (2005). *Human development report, 2004*. Author.

Wolf, F. M. (1986). *Meta-analysis: Quantitative methods for research synthesis*. Sage.

國家圖書館出版品預行編目（CIP）資料

論文就是要這樣寫 / 張芳全著. -- 五版. --
新北市：心理出版社股份有限公司, 2021. 09
　面；　公分. --（社會科學研究系列；81240）
ISBN 978-986-0744-29-3（平裝）

1.論文寫作法

811.4　　　　　　　　　　　　　110014265

社會科學研究系列 81240

論文就是要這樣寫（第五版）

作　　　者：張芳全
責任編輯：郭佳玲
總 編 輯：林敬堯
發 行 人：洪有義
出 版 者：心理出版社股份有限公司
地　　　址：231026 新北市新店區光明街 288 號 7 樓
電　　　話：(02) 29150566
傳　　　真：(02) 29152928
郵撥帳號：19293172　心理出版社股份有限公司
網　　　址：https://www.psy.com.tw
電子信箱：psychoco@ms15.hinet.net
排 版 者：辰皓國際出版製作有限公司
印 刷 者：辰皓國際出版製作有限公司
初版一刷：2007 年 10 月
二版一刷：2010 年 6 月
三版一刷：2013 年 3 月
四版一刷：2017 年 4 月
五版一刷：2021 年 9 月
五版二刷：2022 年 11 月
Ｉ Ｓ Ｂ Ｎ：978-986-0744-29-3
定　　　價：新台幣 400 元